Curd Jürgens Der süße Duft der Rebellion

Curd Jürgens

Der süße Duft der Rebellion

Roman

Droemer Knaur

1. bis 100. Tausend

Umschlaggestaltung: Graupner + Partner
Umschlagfoto: dpa
Satz: Zobrist & Hof AG, CH-Pratteln
Druck und Bindung: Richterdruck, Würzburg
Printed in Germany · 22080
ISBN 3-85886-079-4

Für Margie, die mir, so Gott will,
das Lebensende meines »Helden«,
des Barons R. v. Th., ersparen
wird ...

»Dich hat Frau Mab betört, das seh' ich klar!
Mab ist der Elfen Wehenmutter.
Sie tanzt, nicht größer an Gestalt als der
Achat am Zeigefinger eines Aldermanns,
im Schlaf den Menschen auf der Nas' herum ...«

William Shakespeare, *Romeo und Julia*
Rede des Mercutio

Am 25. Juli 1975 übergab ein Beamter des österreichischen Konsulats in Triest in einem Hause in der Via Gabriele D'Annunzio der Baronin von Thalhammer ein Kurierpost-Paket aus Mexiko. Absender war ihr Sohn Rafael. Die alte Dame schaltete den Fernseher in der Halle des hohen altmodischen Hauses aus, rückte die Leselampe an den Tisch, setzte die Brille auf und öffnete vorsichtig die Verpackung. Auf dem dicken versiegelten Dossier lag ein Handschreiben des Grafen Thun, eines entfernten Verwandten, seit Jahren Botschafter in Mexico City, in dem er ihr mit ergebensten Grüßen und Handküssen mitteilte, beiliegende Sendung sei ihm anläßlich eines Besuches in Palenque, einer Provinzstadt im mexikanischen Bundesstaat Chiapas, von ihrem Sohn übergeben worden.
Es war ein dreihundertseitiges Manuskript, eng und oft schwer leserlich beschrieben. Zuoberst lag ein Brief.

Liebste Mutter,
vor allem verzeihe, so lange kein Lebenszeichen von mir erhalten zu haben. Vor wenigen Tagen stöberte Graf Thun, unser Missionschef in Mexico City, mich hier in meinem Huipil, meiner kleinen Sisalhütte am Rande der Stadt auf und berichtete, Du hättest von dem tragischen Ende meiner Reise in den österreichischen Zeitungen gelesen und seist in Sorge um mich.

Nun, das dicke Konvolut, das vor Dir liegt und den Bericht dieser Fahrt enthält, begann als Brief an Dich. Aber bei dem Versuch, aus unbedeutenden Einzelheiten und äußeren Begebenheiten die inneren Zusammenhänge zu erklären, die Beweggründe zu analysieren, welche Marisa in den Tod trieben, mußte die Phantasie zu Rate gezogen werden. Denn die Andeutungen und Fragmente ihres Tagebuches geben Rätsel auf, über denen ich wochenlang grübelte.
So ergänzte ich bei der Niederschrift die fehlenden Glieder des Torsos durch meine Gedanken und Visionen. Benutzte sie nach Art meines Berufes als Mörtel, um die bei Grabungen unter Erd- und Lavaschichten feuerspeiender Vulkane versprengt aufgefundenen Einzelteile zusammenzusetzen.
Dabei entdeckte ich, zu meiner Verwunderung zuerst, fast genießerisch später, daß wie unter dem Einfluß einer Droge mein Denken sich spaltete. Als wüchsen dem trägen grauen Rumpf bunte Flügel.
Doch immer noch drohen sie den Körper auseinanderzureißen, denn sie wollen in verschiedene Richtungen fliegen. Wohl zurück in die Vergangenheit, doch der eine im Höhenflug der Sonne zu, der andere im Tiefflug der Nacht entgegen.
Oft beobachte ich von meinem Platz vor der Hütte winzige Kolibris, die, von dem Duft der Jacarandablüten angelockt, mit zitterndem Flügelschlag in der Luft stillstehen, und es kommt mir vor, als erreichten sie den Stillstand durch das Schlagen der Flügel in verschiedene Richtungen.
Ich bin sicher, Marisas offene, oft gewollt schockierende Art zu reden und zu denken wird Dir Stirnrunzeln verursachen. Aber Du weißt besser als ich, der ich auch das von Dir gelernt habe, wie oft Herausforderung und Aggression aus Unsicherheit und Angst entstehen, und so wirst Du ihre Demutsgesten und ihre Liebenswürdigkeit zwischen den Zeilen finden.
Und nun lies, Mutter, als wäre es die Geschichte eines Mannes, den Du nicht gezeugt hast, und eines Mädchens,

dessen Todessehnsucht sie zu einem »wilden Leben und rätselhaften Ende« trieb. Du wirst vielleicht auch die Geschichte Deines Sohnes entdecken und seiner Geliebten, die ihn am Sinn des Lebens verzweifeln läßt. Wenn die Flügel des Falters sich wieder beruhigt haben und in dieselbe Richtung schlagen, komme ich heim.

Dein Rafael

1.

Der Mann

Plötzlich fängt das Geschirr an zu klappern. Anders, als wenn Schlaglöcher ein Stück Straße mit Pockenkratern überziehen. So, als fege ein Rockschlagzeuger sein Solo über die Becken.
Der Mann erwacht, blinzelt aus dem Fenster. Blechhütten, über deren flachen Dächern dünne Rauchschwaden grauweiße Hälse in den abendlichen Himmel zeichnen, stürzen angriffslustig auf das Fenster zu, treten im letzten Augenblick in die Reihe zurück, bevor der vorbeirasende Wagen sie zermalmt, und scheinen mit Palmzweigen zu winken, sobald die Gefahr gebannt ist und er zurückschaut.
Der Mann steht von dem breiten Doppelbett auf, hält sich mit beiden Händen an den dünnen Kunststoffwänden des schmalen Korridors fest, der an Waschraum und Schrankwand vorbei zum »Salon« und zum Führerhaus führt.
»Warum fährst du denn plötzlich so schnell?«
Statt zu antworten, kräuselt sich ein grübchenbildendes Lächeln um ihren Mund. Er schwankt an der scheppernden Kitchenette vorbei und hält sich hinter dem Führersitz fest. Im Rückspiegel begegnen sich ihre Augen. Bevor sich ihr Blick jedoch wieder auf die Straße konzentriert, verweilt er noch eine Sekunde im großen seitlichen Außenspiegel.
Sofort verschwindet das Lächeln, um entschlossen geschürzten Lippen Platz zu machen, als sie mitten in einer langgezogenen Kurve Tempo zulegt.
»Folgt uns jemand?« fragt der Mann. Er kann von seinem Standort aus die hinter ihnen liegende Straße nicht sehen.
»Ja«, sagt sie. »Bullen!«

»Das wäre doch eigentlich ein Grund, langsamer zu fahren«, sagt der Mann nach einer Pause, als sie die die Kurve mit nur winziger Steuerkorrektur geschafft hat und wieder auf gerader Strecke dahinbraust. »Oder glaubst du, du kannst die Bullen abschütteln, wenn sie wirklich was von uns wollen?«

»Vielleicht verlieren sie die Lust, uns zu verfolgen.«

»Nicht, wenn du auf einer Neunzig-Stundenkilometer-Strecke hundertzwanzig fährst. Sei ein braves Kind und nimm Gas weg!«

Ein buntbemalter Omnibus mit Bauern und Landarbeitern kommt ihnen entgegen. Er ist so überfüllt, daß sie Pakete und zusammengebundene lebende Hühner aus den Fenstern halten. Das Mädchen steuert nur um zwei, drei Grad mehr nach rechts, so daß man die verdrehten Augen der Hühner und die Gesichter der Reisenden ganz nah vorbeihuschen sieht und durchs offene Fenster eine Fahne aus Knoblauch und geschmalztem Mais in die Nase zieht.

Das Wohnmobil Marke Bendix »Four Seasons« mit Chrysler-Motor, Air-Conditioning, zwei Fünfundzwanzig-Gallonen-Tanks und Schlafgelegenheit für vier Erwachsene hat nur eine Tür. Wahrscheinlich haben die Designer im Vertrauen auf Benedixsche Astronautenerfahrung einen Notausgang für überflüssig gehalten. Oder in ihren Überlegungen hat eine Rolle gespielt, daß man bei unerwünschten Besuchen eine Tür besser im Auge behalten könne als zwei.

Der Polizeiwagen, der das Wohnmobil stoppt, ist nach amerikanischer Manier durch eine breite Aufschrift gekennzeichnet: POLICIA NACIONAL. Schon während des Überholens schwenkt der Beifahrer eine Kelle mit Leuchtschrift: STOP! Das Mädchen läßt den Wagen im Leerlauf ausrollen, als wolle sie die Gendarmen durch Auf-den-Fersen-Bleiben daran hindern, auszusteigen. Der Fahrer parkt den Wagen schön vorschriftsmäßig an der Böschung. Das Mädchen stellt den Motor ab und sieht erwartungsvoll um sich: »Ich denke, jetzt ist der Moment gekommen, sich eine saftige Marlboro ins Gesicht zu stecken.«

Der Mann kramt im Handschuhfach, reicht ihr die Zigaretten. Seit sie die mexikanische Grenze passiert haben, besteht das Mädchen darauf, sich Zigaretten selbst anzuzünden. In der ersten *Tabaquería*, die sie sofort mit ihren Luchsaugen entdeckt hatte, kaufte sie Stöße bunter mexikanischer Zigaretten und Pakete *Fósforos*, Wachszündhölzer.

»Sie erinnern mich an meine Kindheit«, hatte sie strahlend gesagt, »da war es streng verboten, Wachshölzer anzuzünden. Das war schön!«

»Es war schön, weil du es dennoch tatest?«

»Ja, *claro*! Es war schön, weil es verboten war.«

Die Gendarmen nehmen sich Zeit. Sie genießen es, die beiden zappeln zu lassen. Sie kommen frontal auf das Auto zugeschlendert, trennen sich kurz vor dem Kühlergrill und gehen um den Wagen herum. Als sie sich am Heck treffen, unterhalten sie sich. Man kann sich vorstellen, wie sie kopfschüttelnd das Nummernschild studieren und das »A« neben der New Yorker Zollnummer ihnen Kopfzerbrechen zu bereiten scheint.

»Alemán?« fragt der eine. *»O americano?«* setzt der andere nachdenklich in tiefem Baß, den komplizierten Gedanken fort. Bevor sie beim Fenster anlangen, sagt das Mädchen triumphierend: *»Buenas tardes, señores!«*

Der Dicke mit dem Baß, dem man an den Hüften ansehen kann, wie er sich zu Hause vor dem Spiegel bemüht, den beginnenden Embonpoint durch »Brust-raus-Bauch-rein« in eifersüchtiger Angleichung an die amerikanischen Texas Rangers zu korrigieren, kratzt sich mit dem gezückten Kugelschreiber am Schnurrbart. *»Hablas mexican?«*

»Si, señor«, antwortet das Mädchen. Der Mann kennt die Art, wie sie ihn mustert. Die grünen Augen wandern nachdenklich von den Haarwurzeln hinunter zu den Hüften, streifen die Wölbung der Hosenmitte und landen neugierig bei Mund und Schnurrbart.

»*Violación del tiempo*«, dröhnt er, ohne mit dem Kratzen aufzuhören. Wahrscheinlich meint er, der Kugelschreiber

kündige noch unbarmherziger die zu erwartende Strafe an als Uniform und militärische Haltung. Da muß das Mädchen lachen. Zuerst rumort es in der Kehle, dann springt ein heiseres Lachen aus dem Zwerchfell und schüttelt sie. Der zweite Polizist kommt näher, bereit, den Kameraden zu unterstützen, der da offensichtlich verhöhnt wird. »Entschuldigen Sie, Señor«, ruft sie zwischen Lachen und Atemholen, »Sie kratzen sich mit Ihrem Kugelschreiber eine richtige Kriegsbemalung ins Gesicht. Da, schauen Sie!« Wütend und sprachlos betrachtet der Dicke sein Schreibzeug, sieht, daß er die Mine zum Kratzen genommen hat, reißt den großen Rückspiegel zu sich herum und versucht, die Landschaft, die er sich zwischen Schnurrbart und Nase gemalt hat, mit seinem fettigen Handschuh abzuwischen. Das Mädchen nimmt ein Kleenex-Tuch von der Ablage am Führersitz, rekelt ihre Schulter zum Fenster heraus. Nimmt ihm die Reinigungsarbeit ab, indem sie ihm mit der einen Hand den Kopf hält und mit der anderen den Schnurrbart und die Oberlippe abreibt, als wolle sie ihm die Nase putzen. Eine Weile läßt er sich das gefallen, dann besinnt er sich auf seine Würde und Männlichkeit, zeigt mit dem Finger auf die auf der anderen Seite des Fahrzeugs befindliche Tür und schreit: »*Fuera*! Raus! Kommen Sie raus!«
Der Mann im Auto ist bereits zur Tür gegangen und hat auf dem Weg Papiere und Pässe aus dem Handschuhfach gefischt. Die Tür geht nicht auf. Der Sicherungshebel ist in Position OPEN. Er schiebt den kleinen Knauf nach unten auf CLOSED und wieder zurück. Nichts! Er rüttelt und hilft mit dem Fuß nach.
»Die Tür sperrt!« ruft er dem Mädchen zu, das in den Sitz zurückgelehnt genüßlich an seiner Marlboro zieht wie nach getaner Arbeit. »Nun komm schon und hilf!«
Das Mädchen rekelt sich: »Bin doch kein Schlosser.«
»Nun mach schon. Die glauben, wir haben Marihuana oder sonst was versteckt!«
»Haben wir?« fragt sie gedehnt und steht auf.

Die fremden Stimmen, der erregte Ton des Mannes haben Seine Majestät den Neufundländer geweckt, der bis dahin regungslos von seinem Platz vor dem Bett das Ganze aus halbgeschlossenen Augen verfolgt hat.
»Faß, Fund!« ruft das Mädchen, während es träge zur Tür geht, vor der den wartenden Hütern mexikanischer Ordnung nichts Besseres einfällt, als ihrerseits gegen sie zu hämmern, so daß Fund sich endlich genötigt fühlt, anzuschlagen und die Tür seinerseits näher in Augenschein zu nehmen. (Er heißt gar nicht Fund, sondern Harras, aber das Mädchen hatte gemeint, ein solches Monstrum von Neufundländer könne der Mann unmöglich gekauft, sondern nur in einem Mülleimer gefunden haben.)
Das Fenster in der Tür läßt sich nicht öffnen, daher zieht das Mädchen das danebenliegende Kitchenettefenster auf: »*Perdón, amigos,* wir haben Ärger mit der Tür, versuchen Sie es doch mal von außen.«
Von außen wird gerüttelt, daß der Wagen schwankt. Der Dicke schnauft, wischt sich aber bald mit dem Handschuh über Mund und Schnurrbart und überläßt dem schlanken Kollegen das Feld. Männern bei erfolgloser Arbeit zuzusehen hat immer etwas Entwürdigendes.
»Hast du einen Schraubenzieher in deinem Rettungsboot?« fragt das Mädchen. Wortlos sucht der Mann nach dem Werkzeugkasten, findet einen Schraubenzieher, beginnt, an den Schrauben des Schlosses herumzufummeln. Nach einer Weile fällt die Türschnalle herunter, doch die Tür bleibt auch ohne Knauf störrisch wie ein mexikanischer Packesel. Die beiden draußen haben sich eine Zigarette angezündet. Der Mann reicht den Schraubenzieher hinaus und sagt zu dem Mädchen: »Mach ihnen verständlich, sie sollen das Schloß von außen abschrauben.«
»*Por favor, señores …* «
Inzwischen ist es dunkel geworden, und der Dünne findet die Schrauben nicht mehr. Das Mädchen rennt zum Wandschrank und kommt mit einer Taschenlampe zurück, die es

nachts immer unterm Kopfkissen verstaut. (»Damit ich die Leute wenigstens sehe, wenn sie mich überfallen und vergewaltigen.«)
Der Dicke hat es satt und ruft durchs Fenster: »*Pasaportes.*« Der Mann reicht ihm die Pässe hinaus. Der Dicke öffnet zuerst den des Mädchens und streicht mit dem Handschuhrücken über ihr Foto. Dann will er weiterblättern und zieht dazu die Handschuhe aus.
»Woher kommen Sie?« fragt er knurrend.
»*From USA. Laredo via Tampico–Veracruz*«, sagt der Mann. Jetzt verlangt der Dicke den Führerschein des Mädchens. Er muß durchs Fenster ins Wageninnere schielen, denn sie sitzt inzwischen am Boden und streichelt den Hund, über den sie beim Holen der Taschenlampe gestolpert ist, so daß er aufjaulte. Sie kramt in ihrer Tasche, wirft dabei den Marlborostummel in die Spüle. Der Gendarm studiert den Internationalen Führerschein. Dann entdeckt er ihren Geburtsort. »*Nacida en Lima*?« fragt er, und nun, als sie bejaht, bricht das Palaver los. Die beiden schnattern auf Teufel-komm-raus, so daß der Dünne, der bislang noch am Schloßkasten geschraubt hat, schließlich aufhört, denn die Taschenlampe in den Händen des Dicken leuchtet beim Gestikulieren überall hin, nur nicht aufs Schloß.
Dem Mann im Wagen wird das Groteske der Situation unheimlich. Die Tatsache, nicht aus dem Auto zu können, verursacht ihm Platzangst. Von neuem wirft er sich mit aller Gewalt gegen die Tür. Der Wagen schwankt, aber die Tür rührt sich nicht. Die drei halten in ihrer Unterhaltung inne, beeindruckt von den Anstrengungen des Mannes. Dem Dikken dämmert es, daß es sich hier um keine Finte, keinen raffinierten Trick ertappter ausländischer Schmuggler handelt, und er entscheidet:
»Folgen Sie uns, wir bringen Sie zu einer Werkstatt, wo ein *mecánico* Sie befreien wird.«
Er hat tatsächlich *librar*, »befreien«, gesagt. Die Blicke der beiden Insassen begegnen sich für einen Augenaufschlag,

dann schmunzelt das Mädchen und ruft hinaus: »*O.k., one Tequila for the road?*«
»*No, no durante el servicio*«, antwortet der Dicke, und die beiden machen sich auf den Weg zu ihrem Auto.
Es sind noch etwa zwanzig Meilen bis Villahermosa. Sie folgen den Polizisten, das Mädchen fährt. Der Mann hat den Griff wieder angeschraubt und probiert fluchend, mit Fußtritten die Tür zu öffnen. Auch bei schärferen Rechtskurven, in denen er mit Schwung an die Tür prallt, rührt sich nichts.
»Wenn sie jetzt aufginge, lägst du draußen.«
»Würdest du mich pflegen mit gebrochenen Knochen?«
»*Claro*! Das hier« – sie beschreibt mit großer Geste den Wagen – »hat ohnedies Ähnlichkeit mit einer Ambulanz.«
Die Bemerkung wurmt ihn. Ist es vielleicht seine Schuld, daß sie jede Nacht ihr Bett über dem Führersitz aufschlägt und er ihr dabei meist noch helfen muß, denn einmal hatte sie die Haltegurte nicht richtig befestigt, und mitten in der Nacht war das Bett mit Plumps und Krach auf das Steuerrad gefallen. Da der Volant über die Vordersitze hervorragt, fiel die Liege schräg nach vorn gegen die Windschutzscheibe, und es gelang ihr nicht, herauszukriechen. Sie strampelte zwischen Bett und Scheibe, bis sie auf dem ledergepolsterten Vorbau überm Armaturenbrett eingekeilt war, in hoffnungsloser Lage, unfähig, die Matratze mit eigener Kraft weg- oder gar hochzuschieben.
Der Mann hatte hinten im breiten Doppelbett tief geschlafen und erwachte erst, als der Hund wie verrückt anschlug. Nachdem er sie befreit und die Schlaufen sachgemäß befestigt hatte, bedankte sie sich mit ihrem militärischen Gruß – Fingerspitzen an die Schläfe – und sagte nur: »Wie schade, ich hatte gerade so schön von dir geträumt. Wir ritten beide, du hinten, ich vorn, auf einem wilden Schimmel über die Pampas direkt ins Meer. Du hattest die Arme ganz fest um mich gelegt und hieltest die Zügel, bis das Pferd unter uns verschwand und wir schwimmen mußten.«

»Und dann?«
»Dann fiel das Bett runter.«
»Das mit den Armen kannst du auch ohne Pferd haben«, sagte der Mann ernsthaft.
»Ja, das denke ich mir. Gute Nacht!«

Der Mann gibt es auf, mit der Tür zu kämpfen, setzt sich auf den drehbaren Beifahrersitz und zündet sich eine von seinen österreichischen Zigaretten an. Er beeilt sich mit dem Feuerzeug, denn oft hatte sie es sich nicht nehmen lassen, die geliebten Fósforos auch während des Chauffierens anzuzünden, mit dem Erfolg, daß der Wagen lebensgefährlich hin- und herschlingerte.
Zwei- oder dreimal biegt der Polizeiwagen von der Straße ab, hält an trüb beleuchteten Tankstellen, hupt, doch nach kurzem Palaver mit einem mißtrauisch herauslatschenden Indio fahren die beiden wieder weiter. Es läßt sich erkennen, daß das Achselzucken für die beiden im Wohnmobil gedacht ist. Wahrscheinlich wollen sie den *turistas alemanes* nur eine erstklassige Werkstatt anbieten. Kurz vor der Einfahrt nach Villahermosa biegen sie nach rechts in eine frisch asphaltierte Straße. An der Kreuzung ein Schild: AEROPUERTO.
»*Tengo sed«,* sagt das Mädchen, »ist nicht Tequila-time?«
»Das fehlte noch. Betrunken in Polizeigewahrsam.«
Statt einer Antwort schaltet sie den Cassettenrecorder ein. Santana quirlt aus der Quadrophonie.
Am Horizont erscheinen Lichter. Die Umrisse des Flughafengebäudes werden erkennbar. Doch die Polizisten fahren an der Tankstelle vorbei und halten erst an der Auffahrt. Der Dicke steigt aus. Macht Zeichen zu warten. Der Mann dreht Santana wieder ab.
»Die holen ein Kommando Antiterrorspezialisten zum Türsprengen«, scherzt er ahnungsvoll.

Das Mädchen schaltet das Aggregat ein und macht Licht. Plum-bumbrum macht der Motor am Heck. Sie wirkt jetzt nervös, steht vom Führersitz auf und öffnet das Küchenfenster. »Ich muß mal raus!«
Er hatte die Diskretion, mit der sie es vermied, die Toilette zu benutzen, verständnisvoll respektiert. Nur tagsüber, wenn er fuhr und der Wagen rollte, war sie manchmal verschwunden, um frisch parfümiert, oft sogar mit geschminkten Lippen, zurückzukommen. Jetzt klettert sie auf den Spültisch und hockt sich vors Fenster. Sie überlegt, was ratsamer wäre. Rückwärts, Hintern zuerst, oder vorwärts, mit baumelnden Beinen. Dann dreht sie sich auf den Knien herum und steckt die Blue jeans ins Freie.
»Hältst du mich?« fragt sie, das Kinn überm Spültisch. Der Mann hält sie an den Händen, sie stößt ab und gleitet hinaus, bis die Wölbung ihrer Hüften – Hüften wie von Maillol, hat er einmal beim Baden gesagt –, der Kletterpartie ein Ende bereitet. Auch Schwimmübungen helfen nicht. Er will sie zurückziehen.
»Au«, winselt sie, »der Scheißrahmen ist zu eng!«
»Die Abmagerungskur beginnt ja erst. Du wirst sehen, wenn du die Pyramiden von Chichén Itzá erstiegen hast, kommst du mit einem Hechtsprung durchs Fenster.«
Die Bemerkung nimmt sie übel, denn ihre Hüften, die er aufregend findet, sind sozusagen ihre Achillesferse. Als er vorgeschlagen hatte, die Reise mit einer dringend notwendigen Abmagerungskur zu verbinden, hatte sie sich begeistert auf eben diese Hüften geschlagen.
»Das wird mir guttun. Sieben Wochen, pro Woche ein Kilo, ja? Nur frischen Fisch und selbstgefangene Seeigel!«
Trotz Zerren, Ziehen, Klimmzügen, der Hintern will weder vor noch zurück. Zum Glück ist der Flugplatz wie verödet, nur ein paar alte Frauen fegen hinter Glastüren den Steinboden. Jetzt kommen die beiden Gendarmen zurück, in ihrer Mitte ein untersetzter kleiner Mann im weißen Overall mit Werkzeugkasten. Das Mädchen strampelt mit den Beinen,

als sie die Stimmen der Herannahenden hört. Sie kann sich die Wirkung ihres einladend aus dem Fenster heraushängenden Hintern vorstellen, und die Scham rötet ihre erhitzten Wangen mehr als die Anstrengung. Der Mann genießt das. Er mag ihre merkwürdige Keuschheit, die zu ihrer kumpelhaften Burschikosität paßt, wenn man sie studiert hat.

Der Mechaniker zerrt an der Tür, dann holt er Schraubenzieher und Stemmeisen aus dem Kasten. Dabei gleitet sein Blick zu der heraushängenden Rundung, und der Schraubenzieher rutscht ab.

»*Sóqueme, por favor!*« ruft das Mädchen.

Nach verlegenem Austausch von Blicken unter den Männern stellt sich der Dicke zwischen die Blue jeans, greift sich die Knie und zupft vorsichtig.

»*Más fuerte*«, schnauzt das Mädchen.

Plumps ist sie draußen. Sitzt am Boden. Steht auf, reibt sich die schmerzenden Hüften, sagt »*Gracias*«, läßt sich ihre Handtasche herausreichen und verschwindet im Inneren des Flughafengebäudes, entbietet den erstaunt aufblickenden Reinemachefrauen ihren militärischen Salut und stürmt in Richtung des einzigen Abfertigungsschalters davon.

Als sie zehn Minuten später gekämmt und geschminkt zurückkommt, ist die Tür offen. Der Mechaniker war seinerseits durchs Fenster geklettert und hatte, nach Abschrauben des Schlosses, mit einem Tranchiermesser aus dem Küchenfundus die Tür unter dem Spalt angehoben, während er an der Sicherung drehte, und plötzlich war sie aufgesprungen.

Tequila wird angeboten, und jetzt sagen die Herren nicht nein. Man klopft dem erfolgreichen Helfer auf die Schulter, und das Mädchen stößt mit ihm an.

»*Hija?*« fragt er und schaut auf den Mann, der am Eßtisch sitzt und sich ein Münchner Löwenbräu aus der Blechdose genehmigt. Das Mädchen lacht hastig auf, schaut fragend zu dem Mann hin, als müsse diese Frage erst geklärt werden. Es entsteht eine Pause.

Da sagt der Dicke: »*Esposa?*«
Eigentlich ist es keine Frage, sondern eine eher resignierte Feststellung. Wahrscheinlich träumt er manchmal von Reisen mit einer schönen jungen Frau ins Unbekannte.
»*No*«, sagt das Mädchen hart, »*amigo mió.*«
Der Hagere wechselt das Thema mit lateinamerikanischem Takt: »Die Tür hat wohl geklemmt, weil sie sich durch die Erschütterung gesenkt hat. Durch die schlechten Straßen hier«, fügt er wie entschuldigend hinzu, um nicht das faszinierende Automobil mit seiner Superausrüstung, den Betten, der Küche, den Armaturen und den Teppichen verantwortlich zu machen. Der Mann ist versucht hinzuzufügen: Durch zu schnelles Fahren auf diesen Straßen, doch er verkneift es sich. Das Thema Schnellfahren scheint vergessen.
»*Tengo hambre*«, sagt sie und erkundigt sich beim Dicken nach dem besten Restaurant in der Stadt.
»Fahren Sie mir nach, wir bringen Sie hin«, meint er und erhebt sich.
Der Mann gibt dem Mechaniker Pesos, bedankt sich und setzt sich ans Steuer. Das Wohnmobil folgt »ihrer Eskorte«, wie das Mädchen leise triumphierend raunt. In der Stadt geht es durch schmale Gassen an dichtbesetzten Cafés und an gemächlich auf der Straßenmitte flanierenden Feierabendgenießern vorbei über eine holprige Brücke zu einer Art Bude, aus der es nach Fett und Fisch riecht. Der Dicke springt aus dem Auto und betrachtet gespannt die Tür des Wohnmobils. Als sie sich mühelos öffnet und das Mädchen strahlend aussteigt, lacht er stolz und weist auf den Eingang der *taberna*. Nach Händeschütteln und Schulterklopfen sagt er noch, bevor er ins Auto steigt: »Versuchen Sie, die Tür abzuschließen!«
Der Mann schließt vorsichtig, behutsam das Schloß streichelnd, wie um ihm gut zuzureden. Dann dreht er den Schlüssel wieder zurück und öffnet. Langsam, fast zärtlich. Lautlos springt die Tür auf!

»*Muchas gracias.*« Das Mädchen winkt und sendet Handküsse nach.

Als die *gambas a la plancha* vertilgt sind, das Mädchen mit einem Stück Tortilla die letzten Zehen Knoblauch aus dem Fett gefischt hat und der Wirt auf einer dampfenden Terrakottaplatte *caracoles* und *bacalao* bringt, sagt das Mädchen: »Den Trick mit der Tür muß man sich merken. Nicht nur beim Schnellfahren!«
Sie trinken braunroten Wein mit leichtem Petroleumgeschmack und kehren zum Wagen zurück. Ein paar Männer lungern herum und glotzen durch die Scheiben. Fund steht, die Pfoten auf dem Spültisch, unbeweglich hinter dem unverhängten Fenster und glotzt zurück. Als er die beiden kommen hört, gibt er Laut, und die Männer stieben erschrocken zurück. Zaghaft schließt der Mann die Tür auf. Der Hund springt heraus, schnuppert knurrend an den zurückweichenden Neugierigen herum, um sich aber bald auf Wesentliches zu konzentrieren: das Fettpapier mit abgenagten Schweinsknochen, die der Wirt bei Erwähnung des Hundes aus der Küche geholt hatte.
Eine Weile hört man nur das Knacken der Knochen, die leise Unterhaltung der sich im Dunkel Entfernenden und das Rauschen des Flusses, den man von hier nicht sehen kann. Nur selten blitzt ein Stern durch die milchige Mütze, doch plötzlich fegen neblige Kegel näher, werden zu wippenden Scheinwerferaugen. Der Hund hat aufgefressen und leckt das raschelnde Papier ab, das sich über die magere Grasnarbe am Straßenrand schiebt. In kurzen Abständen stampfen fauchend drei Lastwagen vorüber.
Der Wirt ist aus der Bude gekommen. Er hat die Schürze abgebunden und einen schwarzen Caban über den Schultern. Er betrachtet ehrfurchtsvoll den Wagen, dann strei-

chelt er den Hund, der ihm zutraulich am Schoß herumschnüffelt. Als die Lastwagen vorbei sind, sagt er: »Die jagen sich. Wer zuerst auf der Fähre ist, braucht nicht zu rangieren und kann schlafen bis Sonnenaufgang. Würde es Ihnen etwas ausmachen, mir den Wagen innen zu zeigen?«
Bereitwillig geht das Mädchen voraus und entschuldigt sich wie eine Hausfrau bei unerwartetem Besuch: »*It's a mess, I'm sorry*« und wiederholt damit wörtlich, was der Wirt handtuchwischend auf englisch sagte, als sie den Gastraum betreten und den einzigen freigewordenen Tisch eingenommen hatten. Erst beim Bestellen merkte er, daß zumindest das Mädchen fließend Spanisch sprach. Sie ordnet die Bücher und Notizen des Mannes auf dem Bett und wirft sie in den Hängeschrank. Beim Backofen stößt er Entzückensrufe aus: »Da können Sie grillen, rösten, schmoren, panieren, *fantástico!*«
Sie zuckt die Schultern: »*La panza!* Verstehen Sie? Wir wollen abnehmen. Er will, und ich muß!« Dabei streicht sie über Bauch und Hüften.
Der Wirt schüttelt bedauernd den Kopf: »Aber Sie essen doch so gern ... «
»Leidenschaftlich!« ruft das Mädchen.
»Ja«, sagt er schmunzelnd, »ich habe es bemerkt an der Art, wie Sie den *bacalao* abgenagt haben. Das Fleisch schmeckt am würzigsten, wenn es nicht versalzen und zwölf Stunden in frischer Milch eingeweicht worden ist.«
»Ich werde es mir merken«, tippt sie sich mit dem Zeigefinger an die Stirn, öffnet den Barschrank, fischt eine Calvadosflasche heraus, angelt drei Gläser und gießt ein. Als sie trinken wollen, werden sie wie zum Anstoßen durcheinandergeschüttelt. Ein Lastwagen mit Anhänger rast vorbei, und der Luftzug stemmt sich schnaubend gegen den aufgeschreckten Wagen.
»Hier werden wir nicht schlafen können«, meint der Mann und schaut auf die Karte. Sie ist mit Klebestreifen an der Querwand befestigt, die zum Korridor führt.

»Bis Frontera ist es nicht weit. Da können Sie zwischen den Dünen kampieren«, meint der Wirt und macht Anstalten, sich zu verabschieden. »*Buen viaje*, und grüßen Sie mir Deutschland!«
»Kennen Sie es denn?« fragt der Mann überrascht.
»Nein. Aber von Veracruz fahren Schiffe dorthin. Ich habe oft daran gedacht, und in Coatzacoalcos bin ich mal an Bord eines Frachters gewesen, der nach Hamburg fuhr. Aber sie brauchten keinen Koch, sondern Papiere, haha, Seemannspapiere. Na ja, es war wohl so eine verrückte Idee, wie man sie hat, wenn man jung ist.«
»Danke für das köstliche Mahl«, sagt sie, »schlafen Sie gut und vergessen Sie Deutschland. Da gibt's nur Atomkraftwerke, Autobahnen und Fußballplätze!«
»Ja«, sagt er und schüttelt respektvoll ihre Hand, »die Deutschen sind große Fußballer!« Er winkt, und das Mädchen klappt das Einstiegtreppchen hoch.
Er winkt, bis sie abfahren, und als der Mann vom Beifahrersitz zurücksieht, beobachtet er, wie der Wirt mit einer Konservendose Fußball spielt.
»Bin ich zu dick?«
»Mir gefallen deine Formen, auch wenn du nie durch ein Schiebefenster passen wirst.«
»Ja, dir! Du heißt ja auch Rafael. Das spricht Bände. Aber der Wirt sagte nicht, als ich ihm erklärte, wir müßten eine Abmagerungskur machen, ›Aber *senõrita*, Sie sind gertenschlank, warum wollen Sie hungern?‹, sondern »Dabei fressen Sie doch so leidenschaflich gern!‹«
»Na gut. Ab morgen wird gehungert. Wo fährst du eigentlich hin in deinem Rausch?«
»Hast du doch gehört. Zu den Dünen nach Frontera.«
»Aber in Villahermosa ist ein berühmter Park mit Ausgrabungen aus Tabasco und Campeche.«
Einen Augenblick lang nimmt sie den Fuß vom Gas. Doch nur eine Sekunde, dann tritt sie schon wieder aufs Pedal. »Wahrscheinlich sind wir sowieso auf der falschen Straße.«

Sie fahren falsch und kommen hinter einem Ort, der Comalcalco heißt, zu einer Fähre. Sie ist verlassen, nur eine trübe rote Funzel hängt hilflos an einer Stange. Neben der Rampe eine Hütte. Es riecht nach Benzin und Algen, als sie aussteigen. Man kann, wenn man den Nachtfeldstecher nach Norden richtet, die Lagune und sogar den Landesteg der Fähre sehen, wo ab und zu ein schwaches rotes Licht aufleuchtet. Der Hund beschäftigt sich mit einem toten Fisch, den er unter Disteln gefunden hat und nun mit Schnauze und Vorderpfoten sachte anrempelt, wie um ihn zum Spielen aufzuwecken. Wenn die ferne Brandung ab und zu aussetzt, ist es so still, daß man die Moskitos hört, die um den Kopf herumschwirren. Rafael hat eine Pfeife angezündet, um die Blutrünstigsten zu verscheuchen.
Sie setzen sich auf einen Stein. Plötzlich lautes Schnarchen. Sie schauen sich verblüfft an, auch Fund läßt von seiner Leichenschänderei ab. Es kommt aus der Hütte.
»Die Fährleute«, sagt der Mann.
»Wirkt ansteckend«, meint das Mädchen und fängt demonstrativ an zu gähnen. »Bleib nur sitzen und genieß dein Pfeifchen.«
»Hm«, macht er, »sollten wir nicht einen Platz näher am Strand suchen, wo wir morgen früh baden können?«
»Bin zu müde, und das Wasser stinkt.«
So ist sie. Hart und glasklar, wenn es am allerunnötigsten ist. Sie steht auf und geht zum Wagen. Dann macht sie drinnen Licht, und gleich darauf stottert der Generator.
»Hoffentlich weckt er die Fährleute nicht!« denkt Rafael.

Er fühlt sich behaglich auf dem Stein, den Hund zu seinen Füßen, den warmen Pfeifenkopf in der Hand. Das Aroma von Dunhill's Nightcap vermischt sich mit dem Geruch der Algen. Er denkt an die bevorstehende »Expedition«, wie das

Mädchen ihre Reise immer hochtrabend nennt. An Yucatán, die Mayas, die »Griechen Amerikas«. Ob seine Erwartungen sich erfüllen werden? Beim Anblick der Tempel von Angkor war er damals in Tränen ausgebrochen und hatte sich hinter der Statue des Pockenkönigs versteckt, als Touristen ihn einholten.

In letzter Zeit war es ihm manchmal vorgekommen, als wären sein Enthusiasmus, sein Eifer beim Studium alter Kulturen und – besorgniserregendstes Symptom – seine Neugierde auf unerklärliche Weise ermattet, stumpf geworden. »Die Neugierde ist, genau wie das Gedächtnis, ein Muskel, der trainiert werden muß«, hatte er sich gesagt. »Du bist ganz einfach faul geworden, verwöhnt.« Das tägliche Einerlei an der Universität, die wienerischen Lobhudeleien seiner Studenten, hinter deren verkrampfter Aufmerksamkeit sich Teilnahmslosigkeit, oft sogar Renitenz nur allzu durchsichtig versteckten, hatten, unmerklich zuerst, eine Leere in ihm erzeugt. Manchmal, bei Vorträgen in der Akademie, aber auch bei Vorlesungen in der Universität hatte er das Gefühl, daß er sich in einer Metamorphose befände. Daß er zu einem Projektionsapparat erstarrt wäre, der Wissen, Daten, Gedanken, mit Humor gewürzt und durch dramatische Pausen unterstrichen, mechanisch von sich gab.

Er fing an, sich in Kneipen herumzutreiben, beim Heurigen oder beim nächtlichen Whisky Diagnosen zu stellen. Kollegen, dann auch Künstlern – Bildhauern zunächst, weil sie seinem Arbeitsgebiet am nächsten kamen – stellte er Fangfragen, um zu ergründen, ob das Ganze vielleicht eine vorübergehende Erscheinung war, unter der sie auch litten wie unter länger anhaltendem Föhn. Immer war das Ergebnis nicht endenwollender Gespräche nichtssagend und ging am Kern der Sache vorbei. Ratschläge wie »Such dir ein Mädchen« konnte er bald nicht mehr hören. »Liegt die Kontaktlosigkeit am Sender oder am Empfänger?« dachte er oft, wenn er nachts heimkam.

Dann entschloß er sich, seine Mutter zu besuchen. Er nahm sich frei und fuhr an einem kühlen Märzmorgen über den Semmering nach Süden. Hinter Klagenfurt machte er einen Umweg, um bei Pörtschach in einem gemütlichen Beisel ein ausgedehntes Mahl zu sich zu nehmen: Forelle blau mit zerlassener brauner Butter, danach Salonbeuscherl, dem er roten Weinessig und kalten Rahm beimengte, und als Abschluß die Spezialität des Hauses: Germknödel, mit frischem hausgemachtem Powidl reich gefüllt, übersät mit feingemahlenem Mohn und Puderzucker und am Tisch übergossen mit heller, nach Nuß schmeckender heißer Butter. Dazu trank er grünen Veltliner und Südtiroler Magdalener. Den Espresso sparte er sich für die erste Tankstelle nach der Grenze auf.
So gestärkt konnte er auf der »Wartburg«, wie die Kinder den elterlichen Besitz am Osthang über Triest nannten – wohl weil alle in jungen Jahren, auch der Vater in jungen Ehejahren in die Welt hinausgezogen waren, um nur allzu sporadisch zur Mutter und zur Gattin heimzukommen –, so gestärkt konnte er seiner Mutter unter die Augen treten. Es dämmerte, als er, den turbulenten Hafen hinter sich lassend, zu den Hügeln der österreichisch-aristokratischen Gegend kam, in der er seine Kindheit verlebt hatte. Der Duft der blühenden Mimosen erhöhte den wehmütigen Zauber, dem man so oft beim Heimkommen erliegt. Jedesmal, wenn er nach jahrelanger Abwesenheit hierher zurückkam, hatte er den Eindruck, das prächtige Fin-de-siècle-Herrenhaus, das sowohl an Wiens Renommierarchitekt Wagner als auch, mit seinen bizarren Karyatiden, an Barcelonas Gaudí erinnert, sei kleiner geworden.
Magnolienknospen stachen am Hauseingang in den Frühling. Rafael hatte sich nicht angesagt. So läutete er geduldig, bis das Portal geöffnet wurde. Josef, das alte Faktotum, das ihm Reiten, Segeln, Schwimmen und Fischen beigebracht hatte, öffnete die Tür: »*Professore*, wie schön, daß du da bist ... « Er stammte aus dem Dreiländereck, dorther, wo in

der Gegend von Radkersburg Ungarn, Jugoslawien und Österreich zusammenstoßen. Seine harte Aussprache war durch die lange Dienstzeit im italienischen Norden (»Im k.u.k. österreichischen Süden«, wie er sagte) nicht verbindlicher oder gar weicher geworden. Rafael legte schnell mit einem »Pst!« den Finger an den Mund, fragte flüsternd »Mama?«, der Alte nickte und zeigte zur Halle. Rafael schlich zur Samtportiere, schob sie vorsichtig auseinander.
Hier in Tabasco, bei der Fähre sein Pfeifchen schmauchend, Haut, Poren, Geist und Gedanken weit der nächtlich-trägen Wärme geöffnet, überkommt ihn ein Frösteln, als er an das Bild denkt, das sich ihm damals bot. Ein Bild endgültiger, unwiderruflicher Einsamkeit.
In der weiten Halle brannte ein anheimelndes Kaminfeuer. Die Gemütlichkeit, die es verbreitete, erhöhte dramatisch die Wirkung der alten Dame, die bewegungslos an einem gedeckten Tisch saß, die scharfen Habichtsaugen beutesuchend auf einen Fernseher gerichtet, dessen Ton von weither zu kommen schien.
»Mama!«
Wie geblendet ruckte der kleine schmale Kopf mit der großen Nase herum. Ein Zittern ging durch den Körper, und gespenstische Schatten fielen auf die marmorne Freitreppe, als sie sich aufrichtete und erhob.
»Rafael!«
Bei der Umarmung, als er den rauhen Stoff des weiten Schales um ihren Schultern streichelte, dachte er unwillkürlich an das zitternde Gefieder eines großen Vogels. Trotz eines beginnenden Buckels war sie, wenn sie sich aufrichtete, noch immer so groß wie er. Eine zarte, zerbrechliche Riesin. Sie drückte ihn in einen Stuhl, der am Tisch bereitstand – wahrscheinlich darf der Josef da manchmal sitzen, dachte er, wenn er vom Einkaufen zurückkommt und Klatsch aus der Stadt zu berichten hat –, musterte ihn scharf und betätigte den elektrischen Klingelknopf neben sich. Josef erschien lautlos und sofort. Er mußte hinter der Samt-

portiere auf das Zeichen gewartet haben, denn hören konnte man die Klingel nur in der Anrichte.

»Hast du gegessen?«

»Ja, danke, kurz vor der Grenze ein opulentes Mahl. Nur einen Grappa, bitte, und ein Glas San Pellegrino, Josef.«

»Du scheinst in letzter Zeit viele opulente Mahle gehabt zu haben. Du bist dick geworden.«

Obwohl er es an seinen Hemden und Hosen gemerkt hatte, war er doch überrascht. Er hatte seine Mutter zwei Jahre nicht gesehen, und beim letzten Besuch hatte sie ihn »gut in Form« gefunden.

»Ich weiß, daß du keine Sentimentalitäten liebst, Mama«, begann er, als Josef die Getränke gebracht, ein paar verglimmende Scheite aufgerüttelt, neue aufgelegt, den Koffer hinaufgebracht und sich diskret hinter die Tür zur Anrichte zurückgezogen hatte. »Ich werde dir also nicht erzählen, ich sei heimgekommen, um mich nach deinem Befinden zu erkundigen. Oder daß der verlorene Sohn Heimweh gehabt habe, obwohl etwas daran ist.«

»Hast du Kummer, Filius?«

Rafael nickte nachdenklich. Ihr harter, neugieriger Blick verriet keine Zärtlichkeit, keine Freude, gebraucht zu werden. Nur das Vibrato in der heiseren Stimme der Kettenraucherin ließ Rafael ihre Anteilnahme spüren. Wohl mehr um ihre großen ausgemergelten Hände zu beruhigen, drückte sie die halbaufgerauchte »Ariston« aus und begann, mit kantigen Bewegungen eine Mandarine zu schälen, deren quellender Duft sich angenehm mit dem Aroma seines Grappa vermischte.

»Ich hätte es mir denken können. Wer dick wird, verbrennt schlecht. Und wer schlecht verbrennt, lebt und denkt schlecht.«

Rafael stand auf, rückte seinen Stuhl an die gobelinbehangene Wand neben dem Kamin, schob einen bequemen ledernen Fauteuil an den Tisch, setzte sich, streckte die Beine aus und schaute in die Flammen, um bei dem, was er jetzt sagen wollte – er hatte es sich auf der Fahrt zurechtgelegt –, ihren durchdringenden Blick zu meiden. Er streichelte das kühle Leder und sagte:

»Nun, so liege ich denn auf der Couch deines Freundes Sigmund und beichte. Da wir bei der Analyse sind, laß mich damit beginnen: Mein Sexualleben ist in Ordnung. Die Geschichte mit Dagmar ist ausgestanden, vergessen. Ich habe nicht die geringste Lust, wieder zu heiraten. Wenn Wien auch immer mehr von der verträumten Residenz zu einem verschlafenen Schrebergarten wird, der Nachwuchs an reizvollen jungen Damen ist abendfüllend. In dieser Beziehung scheint alles in Ordnung zu sein. Wobei ich nicht ausschließe, daß die ausgefahrenen Antennen eines Junggesellen manchmal auch fernweherzeugende Melodien auffangen, die meine Trostlosigkeit verstärken.«

»Also der Beruf!« Mama hatte ihre Mandarine geschält und steckte mit spitzen Fingern die schmalen Fruchtsegmente zwischen die kaum geöffneten Lippen. Noch immer erinnerte ihn ihr großer voller Mund an die Selbstporträts ihrer Landsmännin Leonor Fini, die ganz in der Nähe, ein paar Häuser weiter, aufgewachsen war. Rafael beugte sich vor und goß Grappa aus der Kristallkaraffe nach. Er nahm einen tiefen Schluck.

»Mama, ich weiß, du liebst mich. Aber ich weiß auch, du bist unbestechlich. Daher nehme ich mir die Kühnheit heraus, dir eine Frage zu stellen, die im allgemeinen von keiner Mutter objektiv beantwortet wird. Von keiner Mutter jedenfalls, die ihren Sohn liebt. Mama, bin ich … bin ich … mittelmäßig?«

Ihr Raubtiergebiß öffnete sich, ungeniert spuckte sie einen Kern auf den Teller. Sie sah konzentriert auf die Obstschale, als erwäge sie eine zweite Mandarine.

»Seit wann stellst du dir diese Frage?« fragte sie zurück, bereits eine Zigarette zwischen den Lippen.

»Seit ich … dicker geworden bin«, lächelte er und gab Feuer. »Wohl seit zwei Jahren.«

»Du hättest früher kommen sollen. Nein«, sagte sie nachdenklich, machte einen tiefen Zug, räusperte sich, und nun war nichts Bellendes in ihrer Stimme, nur ein wärmender, klarer Alt. »Du bist nicht mittelmäßig. Du bist« – sie suchte seine Augen und lächelte zaghaft und keusch wie ein junges Mädchen –, »du bist über Durchschnitt. Deine Arbeit über die Khmer war sogar hervorragend.«
»Über Durchschnitt!« entschlüpfte es ihm. »Wenn eine Mutter das sagt, heißt es mittelmäßig!«
Ohne Kommentar sah sie ihn forschend an und fragte weiter: »Erinnerst du dich, wann dir dieser Gedanke zum erstenmal bewußt geworden ist?«
Rafael schloß die Augen. Ein Gefühl der Geborgenheit überkam ihn. Er erinnerte sich an seine Kindheit, wenn seine Mutter darauf bestand, Träume und Sorgen zu erzählen. »Es übt das Gedächtnis und macht das Hirn von Dünsten rein«, pflegte sie Hofmannsthal zu zitieren. Rafael lehnte sich zurück.
»Ich war«, begann er, »mit einem netten Mädchen im Kino. Kein dümmlicher Reißer, sondern ein längerer Kulturfilm über einen Hengst in der Camargue. Ich war beeindruckt. Hinterher gingen wir essen und tranken Wein. Ich erzählte dem Mädchen von meiner Reise in die Camargue vor ein paar Jahren und wie nachdenklich mich damals der Besuch bei einem bekannten Ornithologen gestimmt hatte. Er lebte mit seiner jungen schönen Frau an der äußersten Spitze einer Landzunge in einem herrlichen alten Turm, aus dem er, der Sohn eines steinreichen Schweizer Arzneimittelfabrikanten, mit Kostbarkeiten aus aller Welt ein lebendiges Museum gemacht hatte. Um meiner Bewunderung für den erlesenen Ort und die Schönheit des Hauses Nachdruck zu verleihen, hatte ich bemerkt: ›Und wenn man bedenkt, daß ihr von diesem Märchenplatz, mitten unter Flamingos und Pelikanen, in einer guten Stunde in Saint-Tropez oder Monte Carlo sein könnt!‹ Die beiden hatten mich überrascht, fast ungläubig angesehen und nach einer Pause mit entschuldi-

gendem Lächeln geantwortet, das wäre eigentlich wahr, daran hätten sie in all den Jahren, die sie hier wohnten, noch nie gedacht. ›Es gibt immer soviel zu tun. Abends das Nachtgetier, morgens die Flamingos, die Reiher. Weit über Arles kommen wir eigentlich nie hinaus.‹ An diese kleine unwichtige Begebenheit hatte ich im Kino denken müssen, und die Erinnerung daran hatte mir den Abend verdorben. Mein Leben kam mir plötzlich leer und unnütz vor. Das nette Mädchen hatte es wohl gespürt und begleitete mich bald nach Hause. Sie schlief bei mir, wie schon öfters. Meine Abwesenheit und mein Ungestüm müssen sie verwirrt haben, denn als sie ging, früher als sonst, meinte sie zwischen Pullover und Mantel: ›Als Geliebte könnte ich mir nichts Besseres wünschen, aber als Freundin tust du mir ein wenig leid in deiner … in deiner … Hilflosigkeit.‹

Als sie gegangen war, stellte ich mich ans Fenster, wartete, bis sie das Haustor geschlossen hatte und vom Ring in die Bellaria einbog. Plötzlich sah ich sie die Straße zurückkommen, schlendernd, mit wiegenden Hüften. Sie stellte sich direkt unter mein Fenster, ein Windstoß fuhr in ihren Mantel, öffnete ihn, wie ein schlaffes Segel um den Mast schlug er um ihren Körper, dann legte sie beide Hände als Sprachrohr an den Mund und rief: ›So hilflos, daß dir niemand helfen kann.‹

Das erste, was ich registrierte, war, daß ich sie durch die geschlossenen Fenster unmöglich hätte hören können, selbst wenn die Straße ganz still gewesen wäre und sie gebrüllt hätte. Ich trat ein wenig zurück, um die breiten Fensterflügel zu öffnen. Als ich mich vorbeugte, um ihr eine Antwort zuzurufen, war sie verschwunden. Der Wind pfiff mir ins Gesicht und ich fror. Ich beugte mich weit hinaus, vielleicht war sie unters Haustor getreten, wollte herauf, hatte etwas vergessen.

Nichts. Sie war fort. Oder nie dagewesen. Nie zurückgekehrt. Seit meiner Kindheit, wenn Fieber mich schüttelte und ich zu dir ins Bett kriechen durfte, hatte ich keine

Halluzinationen mehr gehabt. Ich schloß das Fenster, ging zum Plattenspieler, meine Hand zitterte beim Auflegen des Saphirs, so daß heute noch ein Kratzer auf Guldas Beethoven-Klavierkonzert mich an diese Nacht erinnert, goß ein Wasserglas voll Whisky. Ich begann, mich zu analysieren, wie ich es von dir gelernt hatte, ließ die Ereignisse des Tages vorüberziehen, erinnerte mich, daß schon morgens in der Universität ein Ereignis mit einem hochbegabten Studenten mich verunsichert hatte, der mich bei einer technischen Erklärung zur Bauweise der Mayas gelangweilt unterbrach: ›Ach, das interessiert doch heute niemanden mehr. Ich möchte wissen, wie die Kenntnis der Geometrie und Astronomie die Mayas zu ihrer Religion geführt hat.‹ Auf meine barsche Antwort, er befände sich dann wohl in der falschen Fakultät und solle besser Religionswissenschaft hören, war er aufgestanden, zur Tür gegangen und hatte mit einer höflichen Verbeugung durch den Saal gerufen, er danke für den guten Rat, er werde ihn beherzigen!

Vielleicht war dieser Affront vor versammelter Hörerschaft der auslösende Faktor.

Dann – der Whisky zeigte Wirkung – versuchte ich meine merkwürdige Unruhe zu erklären, die mich beim Betrachten des Films über die Camargue befallen hatte. Bereits während der schönen Bilder von Les-Saintes-Maries-de-la-Mer mit dem malerischen Zigeunertreffen hatte ich an meinen Freund, den Ornithologen, in seinem Elfenbeinturm gedacht. Ein erfülltes Leben, schoß es mir durch den Kopf, und: Warum hast du kein erfülltes Leben? Das Allermerkwürdigste aber war, daß mich jetzt, als ich versuchte, Klarheit über mein Verhalten zu gewinnen, ein beklemmendes Gefühl der Eifersucht beschlich, das mich hilflos machte und lähmte. Denn ich entdeckte gleichzeitig eine kindische Eifersucht auf die Zigeuner in ihren Wohnwagen, wie sie der Film gezeigt hatte.

Beide Formen des Lebens kamen mir unerreichbar vor, aber über alles begehrenswert.

Und als ich, vom Whisky benebelt, Resümee ziehen wollte, kroch ein neuer Gedanke hoch: Flucht! Nicht so sehr Flucht vor dem täglichen Einerlei an Universität und Akademie, Flucht vielmehr vor der Hilflosigkeit, mit der man den Fragen, Zweifeln und Ängsten gegenübersteht, die zu beantworten, zu beruhigen, man außerstande ist ... «

Rafael war aufgestanden, hatte zerfahren in seinen Taschen nach Pfeife und Tabak gesucht, schließlich die Lust verloren, auch noch den Reiniger zwischen den Münzen zu finden, und hatte endlich, mit einer unangezündeten »Ariston« zwischen den Lippen, wieder Platz genommen. Es war Mama, die ihm mit einem altmodischen Feuerzeug die Zigarette anzündete. Das Feuer im Kamin war heruntergebrannt, nun war die alte Dame an der Reihe, in den verglimmenden Scheiten zu stochern, bis flackerndes Zischen ihre Bemühung belohnte.

»Ich weiß, du denkst jetzt, dem armen Jungen ist plötzlich bewußt geworden, daß er unwiderruflich erwachsen ist. Aber Mama, soll ich denn ein Schlafmittel nehmen und warten, bis ich nach den Wechseljahren als Greis erwache? Der Abend, von dem ich dir erzählt habe, ist zwei Jahre her. Das Schlimme ist, ich glaube nicht mehr an den Wert der Archäologie in dieser Zeit, in der die Jugend, zu der ich mich bis vor kurzem noch meinte zählen zu können, zerstört und verscharrt wie stinkendes Aas, was Forscher und Wissenschaftler seit Generationen ausgegraben, erkannt und entdeckt haben!«

Mamas Antwort war so unerwartet, daß sie ihn fast vom Stuhl riß, um sich zu ihren Füßen hinzukauern und ihre blaugeäderten, geliebten Hände zu küssen: »Ach, zum Teufel mit dem Humanismus *et toute cette merde!* Darüber bin ich längst hinaus. Zu Zeiten Hitlers haben wir ihn gebraucht, um zu überleben. Heute sind die Probleme – um in deiner Sprache zu reden – archaischer geworden. Aber deshalb dürfen wir die Hände nicht in den Schoß legen, und du, mein Junge, mußt sofort etwas tun. Nimm dir deinen

Zigeunerwagen und zieh als fahrendes Volk – was du ja immer warst, genau wie deine Schwestern und dein Vater –, zieh zu deinen geliebten Mayas nach Yucatán. Wie auf einer Wallfahrt. Sich selbst kann man nicht entfliehen. Die alte zittrige Weisheit habe ich an mir selbst am besten erfahren. Darum bin ich hiergeblieben. Aber unser Gehirn findet manchmal die Lösung für Probleme, wenn es sich mit ganz anderen Dingen beschäftigt, mit Alltäglichkeiten, mit Autofahren, Radwechseln, Kartenlesen. Nimm ein Mädchen mit, wenn du eins findest, ein sportliches, schlankes, das diät kochen und Spanisch kann. Das hast du nie gelernt. Bedauerlich. Eine Unterlassungssünde. Fürs Hirn ist Spanisch wichtiger als Italienisch. Italienisch ist« – während sie seufzt, spielt ein verlorenes Lächeln um ihre Lippen – »Italienisch ist gut für etwas anderes. Sonst nichts.«
Wahrscheinlich hat die alte Dame recht, dachte er, als er eine halbe Stunde später in seinem Kinderzimmer lag. Alles war hier unverändert. Er vermeinte noch den Geruch der Sandelhölzer wahrzunehmen, die er aus dem Fernen Osten mitgebracht hatte, als er auf dem Heimweg von Pnom Penh in Triest gelandet war und für eine Woche der Akklimatisierung im elterlichen Haus Station machte. Bis auf Großaufnahmen von Reliefs und Plastiken, die er in der einschlägigen Literatur nirgends finden konnte, machte er nie Fotos. Seine Mutter hatte ihn gelehrt: »Das Album muß man im Kopfe haben. Homers Gesänge würde es nicht geben, wenn er eine Kamera gehabt hätte.«
So war ihm während der Monate seiner Arbeit über Angkor-Vat das Abbrennen von Sandelholzstäbchen ein Stimulans gewesen. Er stand auf, machte Licht und kramte in den Einbauschränken der geräumigen Mansarde. Er fand, was er suchte, löschte das Licht wieder und entzündete im Dunkeln ein Sandelholzstäbchen. Noch bevor es verglühte, war ein Entschluß gefaßt, der Plan entstanden.
»Ich werde nach den USA fliegen und dort ein Wohnmobil mieten oder kaufen. Hoffentlich kann ich singen wie dein

geliebter Homer, wenn ich zurückkehre. Eine kleine, verwegene Melodie klingt mir im Ohr seit unserem Gespräch. Ich danke dir, du große weise Hexe!« Die alte Dame goß Tee in die Wedgwood-Tassen, stand wortlos auf und ging zur Eingangstür hinaus.
Sicher pflückt sie mir Mimosen für den Weg, dachte Rafael gerührt. Aber wie immer überraschte sie ihn. Die Tür ging auf, und ein weißgraues Knäuel fegte herein. Bellte, schnupperte an seinen Hosen zuerst, ließ dann mit gehörigem Abstand, der auf Erziehung schließen ließ, schweifwedelnd den Kopf am Tischrand mit entwaffnendem Augenrollen zwischen Rafael und dem duftenden Parmaschinken hin- und herpendeln. Mama schloß die Tür und setzte sich schweigend an den Tisch, konzentrierte sich auf ihren Toast, als wäre sie allein.
»Gefällt er dir?« fragte sie endlich. »Er heißt Harras.«
»Was ... was ... ist denn das für eine Rasse?«
»Die Nachbarn sagen Neufundländer, aber ich bin nicht so sicher. Sie müssen ihn hergeben, denn sie verlassen das Haus und ziehen in die Stadt.«
»Er ist lieb und freundlich. Du wirst Spaß mit ihm haben, Mama.«
»Ich habe an dich gedacht, als du von deinem Wohnwagen sprachst. Er ist wachsam und macht Angst, wenn er« – sie lächelte mokant – »wenn er selber Angst hat.«
Der Gedanke, nun plötzlich ein lebendiges Wesen um sich zu haben, für das er sorgen, das er ausführen und betreuen mußte, behagte ihm nicht recht. Aber wie konnte er seiner Mutter, die ihm mit dem Hund etwas von ihrem mütterlichen Schutz mitgeben wollte, begreiflich machen, ohne sie zu kränken, daß er eher eine Belastung als eine Ablenkung sein würde?
Doch bevor er noch etwas entgegnen konnte, beendete sie das Thema mit einem Klaps auf Harras' Hinterteil. »Er hat Impfschein und Papiere. Er wird dich beschützen, wenn du allein reist, auch gegen Alpträume, denn an die spanisch-

sprechende Diätköchin glaube ich nicht, wenn ich es mir so recht überlege.«

Die Pfeife ist ausgegangen, und als er sie ausklopft, stößt ein Stück Mond durch die Wolkendecke und beleuchtet spitz und scharf die Lagune und das Dach des Wohnmobils. Das Mädchen steht im Rahmen der Wagentür und betrachtet ihn. Sie trägt ein dünnes, knöchellanges Nachthemd. Der Wind kommt vom Land und klatscht das Hemd wie liebkosend an ihre olivfarbene Haut, ritzt schattige Konturen in ihren Schoß.

»Wie lange stehst du schon da und betrachtest mich?« fragt er wie ertappt.

»Schon eine ganze Weile.« Sie hat ein gefülltes Whiskyglas in der Hand. »Aber ich wollte dich nicht stören in deinem Wachtraum. Du hast glücklich gelächelt.«

»Ich dachte an meine Mutter, an Triest und zu Hause«, antwortet er fast entschuldigend.

»Merkwürdig, ich dachte, als ich dich so mit halbgeschlossenen Augen deine Pfeife bearbeiten sah, daß Pfeifenrauchen im Grunde für Männer ein Masturbationsersatz ist. Man lutscht am Mundstück wie an der Mutterbrust und streichelt dabei die warme Eichel, bis man benebelt ist. Hast du nie daran gedacht?«

Er kommt aus einer heilen Welt, wenn auch das Wort heil ihn immer an kranke Zeiten erinnert, und die burschikose Frivolität ihrer Bemerkung stößt ihn ab und erregt ihn zugleich. Sie steht dicht vor ihm, ihre grünen Augen funkeln im Mondlicht. Sie setzt das Whiskyglas an seine Lippen. Er nimmt einen Schluck, läßt Pfeife und Glas in den Sand fallen und schlingt seine Arme um ihre Hüften. Reibt seine Nase durch den hauchdünnen Stoff an ihrem Nabel. Er spürt, wie ihre Muskeln sich unterhalb des Bauches spannen, und hebt langsam das an den Schenkeln klebende Hemd bis zu den Hüften. Behutsam drückt er einen Kuß auf den spärlichen zarten Flaum ihres Schoßes. Er steht auf – die engen Blue jeans spannen –, hebt sie empor, wiegt sie im Halbkreis in der Luft und legt sie wie eine im Mondlicht schimmernde zerbrechliche Statue auf den Stein.

Als ihre Fußknöchel sich wie Fesseln um seine Lenden schließen und rhythmisch langsam, fast gemächlich die Flut in die Lagune stürzt, geschieht etwas Seltsames. Fund springt jaulend auf, läuft wie ein verbellender Jagdhund um den Stein und trottet dann, als könne er den Anblick nicht länger ertragen, kläffend und verängstigt in den offenen Wohnwagen.

Als die beiden, noch zitternd, eng umschlungen zum Wohnmobil gehen und wie erlöst aufs Bett im dunklen Heck fallen, denkt Rafael: »Dank ihr Götter, eine eurer buntgefiederten Gemahlinnen hat mich vom Stein gehoben und zu eurem Nest geflogen, damit ich mich euch vermähle.« Wie er im Dunkeln die vollen runden Brüste des Mädchens streichelt, erinnern sie ihn nicht mehr wie früher an die Khmer-Tänzerinnen in Angkor-Vat, sondern an das Bild der verzückt die Stufen zum Opferstein hinaufschreitenden Auserwählten, die dem Opfer als höchstem Ziel der göttlichen Vermählung entgegensahen, wie es auf den Steinen von Campeche und Chichén Itzá eingemeißelt ist.

Da er nicht einschlafen kann, klettert er, nackt wie er ist, zum Cockpit, startet den Wagen und fährt, am Stein vorbei, Plastikbecher und Pfeife als bescheidenes Opfer im rosa aufdämmernden Sand zurücklassend, auf die Fähre, die kratzend und schwappend in ihrer Vertäuung ächzt, als er den Motor abstellt und die Handbremse zieht.

Das Mädchen schläft, an das Rückfenster gerollt, atemlos, ein entspanntes Lächeln um die halbgeöffneten Lippen, als ob sie verwundert eine unbekannte Landschaft an sich vorüberziehen sieht.

Er betrachtet sie lange, versucht, aus ihrer Haltung Rückschlüsse auf ihr Verhalten, ihr Wesen zu ziehen, das ihm mehr denn je unverständlich erscheint. Er kann nicht umhin, das Abenteuer, das er mit ihr erlebt, seit sie sich ihm begeistert als Begleiterin angeschlossen hat, mit Erlebtem aus dem Bereich seiner Arbeit zu vergleichen.

Fragmente waren freigelegt, vermerkt, geprüft, in ihrer Besonderheit erkannt, doch nun, wo es darum geht, die Teile zusammenzufügen, entdeckt er, daß das Puzzlespiel des Forschers nicht aufgeht. Zu seiner Überraschung und Verwunderung gesteht er sich ein, daß die fieberhafte Aufregung, die ihn jedesmal befiel, wenn er an einer Ausgrabung teilnahm, diesmal nicht den ballspielenden Göttern der Mayas gilt, sondern dem fremden, begehrenswerten Mädchen, das da in einer Ecke des großen Bettes lächelnd träumt.

Er weiß so gut wie nichts von ihr. Das wenige, was sie während der Reise erzählt hat, ergibt kein Bild. Während einer Vorlesung über Entwicklungsparallelen in den außereuropäischen Kulturen zwischen dem fünften und zwölften Jahrhundert nach Christi Geburt war plötzlich die Tür zum großen Hörsaal aufgegangen, das Mädchen schritt in ausgewaschenen Blue jeans am Katheder vorbei, tippte militärisch zackig mit den Fingern an die Schläfe, blickte erst forsch, dann hilfesuchend die besetzten Reihen hinauf und hinunter und setzte sich schließlich – nach einigen wohlwollenden Pfiffen von den oberen Rängen – auf die dritte Stufe des Podestes. Rafael hatte eine kleine Pause gemacht, um den störenden Auftritt nicht ohne pädagogische Mahnung zu übergehen. Das Mädchen saß auf der dritten Stufe, hatte die Beine gekreuzt und hörte mit geschlossenen Augen zu, ohne sich zu rühren. Nach Beendigung des Lichtbildervortrages hatte Rafael mit dem Vorführer noch einige Korrekturen zu besprechen. Er sah sie zögernd auf sich zukommen und unterbrach sein Gespräch:

»Kann ich etwas für Sie tun, mein Fräulein?«

Das Mädchen nickte nur und sah ihn fragend an.

Etwas an der Art, wie das selbstbewußte junge Geschöpf – sie mochte nicht älter als fünfundzwanzig sein – gehemmt und schuldbewußt um ein kurzes Gespräch zu bitten schien, veranlaßte ihn, den Vorführer mit einigen freundlichen Worten zu entlassen und ihr mit einem geraunten »Bitte« voranzugehen. Im Korridor stand sie ihm einen winzigen Augenblick lang stumm gegenüber, dann tippte er ihr, einer impulsiven Regung folgend, auf die Schulter und fragte, ob sie etwas dagegen habe, ihn zum Ausgang zu begleiten, denn er sei in Eile. Was nicht zutraf, aber er glaubte, sie leichter zum Sprechen zu bringen, wenn sie gemeinsam den langen Korridor hinuntergingen, ohne sich anschauen zu müssen. Und richtig, schon nach wenigen Schritten sprudelte sie los: »Es ist nämlich folgendes: Ich möchte so gerne nach Wien. Das heißt ... nein, falsch. Ich möchte so gerne Archäologie studieren. Ich bin zwar völlig ungebildet, ich meine, ich habe nicht mal das Abitur oder Matura, wie man hier sagt, habe aber eine gewisse familiäre künstlerische Belastung. Quatsch, nicht mal das, aber Sehnsucht. Verstehen Sie mich nicht falsch, ich weiß, das ist überhaupt nicht der Weg, um weiterzukommen. Ich verwechsle sogar oft Akkusativ und Dativ. Meine Muttersprache ist nämlich Spanisch. Aber das interessiert Sie natürlich nicht, worauf ich hinaus will oder vielmehr, was ich Sie fragen wollte, gerade die Präkolumbianer, die Sie vorhin erwähnten, faszinieren mich so. Was ich wissen will, ist, könnte ich bei Ihnen hospitieren, das heißt hören, ohne zu inskribieren oder wie man das nennt?«
»Tja, das ist allerdings ein ungewöhnlicher Weg.« Er suchte nach den üblichen Worten, um die bürokratischen Formalitäten zu erklären, und ertappte sich dabei, daß er ihre Redeweise imitierte. »Aber schicken Sie mir ein möglichst kurzes Curriculum vitae, mit dem üblichen Drum und Dran. Ich werde sehen, wie man Sie hineinschmuggeln kann, Fräulein, wie war doch der Name?«
»Caspar«, lispelte sie, »Maria-Isabel Caspar, genannt Marisa.«

Dann kam ein Brief. Dem entnahm er, daß sie in Peru geboren, in Chile aufgewachsen war, in London bei einem ihm wohlbekannten deutsch-jüdischen Galeriebesitzer, der sich auf Tantra und präkolumbianische Kunst spezialisiert hatte, als Au-pair-Mädchen gearbeitet hatte, dann wegen familiärer Umstände nach Deutschland zog und nun ein Studium nachholen wollte. Warum sie von ihrem letzten Wohnort, einer renommierten Universitätsstadt, ausgerechnet nach Wien gekommen war, erklärte der Brief mit der Verehrung für ihn, Professor Rafael von Thalhammer, dessen eigenwillige Theorie über die Beringstraßenvölkerwanderung, mit der er die Zusammenhänge zwischen indianischer und fernöstlicher Kultur erklären wollte, sie seit langem faszinierte.
Er beschloß, auf echt wienerische Art das Problem zu lösen, indem er ihrem durchaus verständlichen Wunsch unbürokratisch nachkam.
Ein paarmal erspähte er sie während seiner Vorlesungen, aber bald verlor er sie aus den Augen, da er mit sich und seinen Problemen zu beschäftigt war.

Animiert durch die bei seiner Mutter neugewonnenen Zuversicht hatte er auf der Heimfahrt über die Autobahn plötzlich beschlossen, die Abzweigung nach Venedig zu riskieren. Den Gedanken, die geliebte Stadt wiederzusehen, empfand er bereits als gelungenen Beginn seiner »Beschäftigungstherapie«. Die Vorstellung, sich einen Tag lang treiben zu lassen, bei »Quadri« den ersten Espresso zu trinken, mittags in Torcello bei »Cipriani« im Garten ein maßvolles Menü – einen gegrillten Rouget zum Beispiel, um die Abmagerungskur zu beginnen! – mit einer Flasche Soave zu sich zu nehmen, dann unter dem Porticus von Santa Fosca zu promenieren, abends vielleicht eine Oper oder ein Konzert

im Teatro Fenice zu hören, sich dem Strom der Touristen genießerisch anzuschließen (denn um diese Jahreszeit werden auch die Venezianer zu Touristen und flanieren selbstbewußt, die beringten Hände ihrer Gattinnen haltend, durch ihre zehn Monate des Jahres von Fremden beschlagnahmte Stadt), gegen Mitternacht im »Florian« noch einen Kaffee und in »Harry's Bar« einen Scotch *for the road* zu nehmen, all das entzückte ihn.
Als er die aufgeschüttete Schnellstraße, die Mestre mit Venedig verbindet, entlangfuhr, sog er in tiefen Zügen die Brise ein, die zwar von der Adria herwehte, aber als unverwechselbare Essenz den fauligen Geruch der Kanäle mit sich führte. Er streichelte Harras, der aufmerksam und interessiert vom Rücksitz zum Fenster hinausspähte. Der Hund, durchfuhr es ihn plötzlich, was soll ich denn mit einem Hund in Venedig, der Stadt der Katzen! Wie wird er sich im Vaporetto, Motoscafo oder gar in einer Gondel benehmen? Noch weiß ich gar nicht, ob er gehorchen wird oder ihn die tausend Gerüche oder eine der an jedem Palazzoeingang lauernden Katzen auf Nimmerwiedersehen fortlocken werden. Einen Augenblick dachte er, daß es vielleicht die beste Lösung des Problems wäre, das Tier einfach laufen zu lassen. Sicher entlaufen täglich Dutzende von Hunden in Venedig und finden nie mehr zu ihrem Herrn, weil ihr Spürsinn durch die Wasserwege, die jeder benutzen muß, irritiert wird. Aber sogleich verwarf er den Gedanken wieder und schämte sich. Vor seiner Mutter, vor sich selbst und vor dem freundlichen Tier, das sich vertrauensvoll in sein Schicksal und seinem neuen Herrn ergeben hatte.
Rafael parkte den Wagen in der Großgarage beim Bahnhof und beschloß, Koffer in der Linken, Leine mit Hund in der Rechten, mutig das Unternehmen zu beginnen, indem er sich zunächst ein Motoscafo leistete. Die Prophezeiung seiner Mutter, der gemütliche Neufundländer mache Angst, wenn er selber Angst habe, bestätigte sich bereits bei dem Conduttore. Harras beschnupperte das Boot, den Steg,

linste ins Wasser, erschrak sichtlich über seine verzerrte Silhouette, bellte, als sie sich bewegte, und mußte sich sehr bitten lassen, bevor er an Bord ging.

»*Cane o.k?*« fragte der Bootsmann und blieb in respektvoller Entfernung. Rafael setzte ihm die tapsigen Vorderpfoten auf den Steg und zog dann rückwärtsgehend so lange an der Leine, bis er das Sträuben aufgab und mit einem gewaltigen Satz neben dem Kapitän landete, der ihm, sichtlich beunruhigt, die kleine Doppeltüre zur Kabine öffnete, um ihn so schnell wie möglich loszuwerden. Rafael bestellte sich den teuren Umweg über den Canal Grande und genoß auf der hinteren offenen Bank, Harras' Ohr massierend, das Wiedersehen und Wiederriechen der geliebten »Hure« Venedig, dieser Jahrmarktsstadt der Kunst und der Scheußlichkeiten, die auch Karneval spielt, wenn sie Trauer trägt, die sich jedem Touristen hingibt, und komme er aus Sydney, Tokio und Manhattan.

Als er am nächsten Morgen in dem schmalen Pensionszimmer an der Piazza di San Marco im ehrwürdigen Haus des Uhrturms erwachte, war sein erster Gedanke Harras. Er hatte, nachdem ihn die alte Wirtin wie einen mit einer merkwürdigen Braut heimgekehrten Sohn empfangen hatte, beschlossen, unmißverständlich klarzustellen, daß er sich in Zukunft von einem Hund nicht tyrannisieren lassen würde. Er war mit schlechtem Gewissen noch einmal die drei Etagen hinuntergestiegen, um einen Imbiß und einen Nightcap zu nehmen. Den Hund hatte er mit beruhigenden, kosenden Worten auf einem Teppich neben seinem Bett in unmittelbarer Nähe des scheußlichen englischen Heizkörpers zurückgelassen.

Nach einer Begrüßungsrunde war er in Harry's Bar mit einem englischen Speläologen, der, zu einem Job im Bermuda-Dreieck angeheuert, mit seinen Taucherfahrungen prahlte, in ein hitziges Gespräch geraten, so daß aus dem Nachttrunk eine Nachtflasche wurde. Harras erwartete ihn schweifwedelnd; weder am Platz beim Kamin noch im

offenen Badezimmer waren Spuren schlechten Benehmens zu entdecken.
Die Aufregung bei der Begegnung der Tauben auf der Piazza wurde nach zwei, drei vergeblichen Spurts von gelangweilter Uninteressiertheit abgelöst, die sich in einem Strahl mit artig gehobener Hinterpfote zeigte.
Rafael war gerade dabei, im Café Florian Geld auf den Blechteller mit dem Coupon für Brötchen und Espresso zu legen, als er angesprochen wurde. Eine helle glitzernde Stimme redete auf ihn ein. Die Sonne blendete, als er sich der Sprecherin zuwandte, so daß er eine Weile brauchte, bis er sie erkannte. »Ich hab' ja nicht gewußt, daß Sie so ein Monstrum haben. Wie hinreißend dieses Tier, ich meine, wie schön, daß wir uns hier treffen. Urlaub? Wie geht es Ihnen?«
»Guten Morgen. Nett, Sie wiederzusehen. Nehmen Sie Platz. Haben Sie Zeit für einen Cappuccino?«
Das Mädchen schaute einen Augenblick zu einem entfernten Tisch, an dem eine Gruppe junger Leute die Köpfe zusammensteckte. Dann nahm sie ihm gegenüber Platz. Die morgendliche Sonne knallte ihr hart in die blitzenden grünen Augen.
»Danke. Nur einen Moment!«
»Harras, komm her und begrüß' Fräulein Caspar.«
Das Mädchen blinzelte erstaunt: »Sie haben sich meinen Namen gemerkt?«
»Nehmen Sie's als Kompliment.«
Harras kam und schnüffelte freundlich. Sie streichelte seinen zottigen Hals unterm Kinn. Dann legte er sich hin, den Kopf zwischen den Pfoten, und beäugte das Hin und Her des Gesprächs, als beobachte er ein Tennisspiel.
»Was machen Sie in Venedig?«
»Gute Frage. Ich weiß es eigentlich selbst nicht. Man fühlt sich hier frei und befangen zugleich. Wenn man auf dem Canal Grande gondelt, beobachten einen die vornehmen Palazzi herablassend und feindselig. Flaniert man durch die

Gassen und über die versteckten Plätze, hat man das Gefühl, jeder *Padre*, dem man begegnet, jede Katze, die einen anmauzt, möchte dich zum Drink einladen.«

Sie machte plötzlich eine Pause, als hätte sie sich verplappert, schon zuviel geredet. Der Ober brachte den Cappuccino. Ihr Blick flatterte erschrocken zu dem Tisch, wo die Burschen saßen. »Und Sie? Keine Vorlesungen? Auch Wien entwischt?«

»Ich bereite einen längeren Arbeitsurlaub vor.«

»Ach, hier in Venedig? Im Archäologischen?«

Sie deutete mit der Hand in Richtung Neue Prokurazien, wo sich das Archäologische Museum befindet.

»Nein. Mexiko, Guatemala. Zu meinen Freunden, den Mayas.«

»Wie faszinierend. Waren Sie schon mal da?«

»Nein, eben nicht. Meine Schwierigkeit besteht darin, ich spreche nicht Spanisch. Man möchte doch ein wenig vom heutigen Leben dort mitbekommen. Ich habe keine Lust, mit Reiseführer und Wörterbuch in Mérida aus dem Flugzeug zu steigen.«

»Dann nehmen Sie jetzt in Venedig Spanischkurse?«

Er mußte unwillkürlich lachen. Der Gedanke, in irgendeinem Schnellkurs die Schulbank zu drücken, kam ihm albern vor. »Nein, dazu fehlt mir die Ruhe.«

Zwei Polizisten schlenderten vorüber, musterten argwöhnisch den Hund, als er sie, schwach knurrend, mit schrägem Blick verfolgte, tuschelten lächelnd beim Anblick des Mädchens. Sie schaute recht unverfroren zurück, doch ihr Lächeln erstarrte, als sie in Gürtelhöhe die Pistolen entdeckte. Sie sah hinüber zum Tisch der jungen Männer, die jetzt im Schatten hockten. Zwei machten ihr Zeichen.

»Schade, ich könnte Ihnen Unterricht geben. Spanisch ist meine Muttersprache.«

Rafael war einen Augenblick so verwirrt, daß er nicht wußte, was er sagen sollte. Es kam ihm vor, als hätte seine Mutter diese Begegnung arrangiert.

»Vielleicht könnten wir darüber reden. Wo wohnen Sie?«
»Ach, ich weiß nicht. Meine Freunde ziehen wohl heute um. Am besten, ich melde mich bei Ihnen. Wo wohnen Sie?«
Rafael wies auf den Turm schräg hinter ihnen. »Gleich um die Ecke. Hätten Sie Lust, mit mir zu essen?«
Zwei von den Burschen waren aufgestanden und gingen in Richtung Platzmitte. Beide waren blond und trugen goldgeränderte Sonnenbrillen. Der Größere hielt ein Paket Zeitschriften unter dem Arm. Rafael kramte in seinen Taschen, fand die Karte der Pension. »Hier! Ich würde mich freuen. Ich bin noch bis morgen da. Und heute abend wollte ich im ›La Fenice‹ essen. Sie wissen, das Restaurant neben dem Theater.«
»Mit einer schönen Venezianerin?«
»Mit Harras und, hoffentlich, Ihnen. Es gibt dort so guten Muschelsalat mit geriebenen frischen Trüffeln. Da kann man auf die dickmachenden Lasagne verdi verzichten. Und danach schlage ich gegrillte Rougets vor.«
Sie schien intensiv nachzudenken. Ihre Augen wanderten prüfend von Rafael zu Harras. Dann machte sie den Burschen ihrerseits ein Zeichen zu warten, stand auf, studierte die Karte der Pension, lächelte, als bereite ihr der Gedanke an Muscheln, Trüffeln und Rougets Freude.
»Ich will es versuchen. Tschau!«
Weg war sie. Harras stand auf, um ihr nachzuschauen.

Es war Mittag, und die »Mori« schlugen 12 Uhr wie seit fünfhundert Jahren. Rafael überlegte. Er hatte vorgehabt, einen Freund im Museum zu besuchen, mit ihm die bevorstehende Reise zu besprechen und dann gegen Abend loszufahren. Die Einladung zum Abendessen hatte ihn überrascht, noch während er sie aussprach. Er versuchte sich einzureden, daß er nur dem rührenden Plan seiner Mutter nachgab.

Trapp, trapp, trapp folgte ihm Harras die Treppen zur Pension hinauf, überholte ihn am letzten Absatz und blieb schweifwedelnd vor der Tür stehen. Als er ins Zimmer trat, dröhnte noch dumpf der zwölfte Schlag. Gestehe es dir ein, dachte er, du bist nur hergekommen, um der Wirtin zu sagen, du erwartest ein Telefongespräch, und man solle genau notieren, was gesagt würde, wenn du nicht daheim seist. Und du wärst um neun Uhr im ›La Fenice‹. Jawohl, dem Anrufer solle es ausgerichtet werden. (Er hielt es für überflüssig hinzuzufügen, daß es nur einen Anrufer geben könne.)

Dann ging er zum Motoscafo nach Torcello. Er ertappte sich dabei, wie sich die Motorboote in Wohnwagen verwandelten, sechsrädrige Kolosse, wie man sie auf der Panamericana trifft. Er erinnerte sich an Fotos von Mayabauten und verglich sie mit Torcello. Reisefieber, dachte er. Aber da war noch etwas anderes. Eine Spannung, die er sich nicht eingestehen wollte. Mit ihr verging der Tag in ziellosen Spaziergängen, Pinkelstopps für Harras, Campari-Sodas, Espressi. Um das Archäologische Museum, wo sein Freund saß, machte er einen Bogen.

»Ein Anruf für mich?«

»Nein, *professore.*« Die Wirtin machte eine Pause, bevor sie, genießerisch lächelnd, die Stimme senkte. »Aber eine junge Dame war da. Sie hat Ihnen eine Nachricht hinterlassen. Ich hoffe, Sie haben nichts dagegen, daß ich sie in Ihr Zimmer gelassen habe. Sie wollte die Aussicht sehen und hatte nichts zum Schreiben da. Eine sehr hübsche junge Dame. Ich mußte sie einen Moment allein lassen, weil das Telefon läutete. Als ich zurückkam, war sie fort. Merkwürdig, ich habe sie nicht weggehen sehen. Sie muß den Hinterausgang benutzt haben. Hoffentlich« – sie stockte, und das Lächeln war verschwunden – »hoffentlich fehlt Ihnen nichts. Ich weiß, ich hätte sie nicht allein lassen sollen, entschuldigen Sie.«

Jetzt lächelte Rafael: »Schon gut, Sie haben alles richtig gemacht.«

Harras schnüffelte am Fenster herum, dann inspizierte er das Badezimmer. Rafael ließ Wasser ins Bidet. Harras schlürfte und schmatzte, leckte sich die Knie mit der gekühlten Zunge. Auf dem Zettel, der mit einer Sicherheitsnadel am Kopfkissen befestigt war, leuchtete nur ein Pfeil, dick mit Lippenstift gemalt. Der Pfeil wies in Richtung Badezimmer. Auf dem Spiegel stand dick und rot in Kinderschrift: *Wenn ich es bis zehn nicht schaffe, rufe ich Sie in Wien an. Hasta luego!* Um fünf Minuten vor zehn stand Harras unter dem Tisch, den der Maître d'hôtel sorgfältig an die Balustrade mit Blick aufs Theater gerückt hatte, schweifwedelnd auf, so daß die Gläser, als er mit dem Schwanz gegen das Tischbein schlug, zu klirren begannen. Da stand sie. Atemlos. Kraulte Harras um die Augen. »Ich hoffe, Sie haben die Muscheln mit den Trüffeln schon gegessen. Ich habe es mir nämlich überlegt, ich möchte doch lieber Lasagne verdi.« Sie lachte, ließ sich vom Ober Feuer geben. Die Zigarette hatte sie wie ein Rollkutscher hinterm Ohr versteckt.

Rafael wartete mit seinen Rougets, bis sie die Lasagne gegessen und das letzte Trüffelscheibchen mit einem Stück Grissino aufgestippt hatte. Unter der Brücke, die zur Piazza Fenice führt, sangen arbeitslose Gondolieri vierstimmig. Von der Lagune her wehte ein lauer Wind, der Algen- und Fischgeruch strich über Crème caramel und frischgeschnittene Orangen mit Maraschino, ohne den Appetit zu nehmen.

Sie lehnte sich zurück: »Uff! Ich habe so viel gegessen, ich glaube, ich habe nicht mal mehr Platz für eine Zigarette!«

»*Due espressi doppio, per favore.*«

Rafael hatte, behutsam vorgehend, von seinem Plan erzählt. Je mehr er sich in Einzelheiten der Reiseroute verlor, der Beschaffenheit des Fahrzeugs, um so klarer wurde ihm die Notwendigkeit der Therapie, die die Reise für ihn bedeutete. Es war, als hätte das nachmittägliche Reisefieber ihn elektrisch geladen, und das Mädchen war der Katalysator, der den Funken überspringen ließ.

»Ich habe unlängst einen Film über die Versetzung der Assuantempel gesehen. Da lebten die Kollegen in solchen Wohnmobilen in unmittelbarer Nähe der Grabungen. Sie konnten den Einfallwinkel des Lichts auf die Tempel gemütlich beim Frühstück beobachten. Mittags brieten sie ihre Steaks an Ort und Stelle. Und abends kamen die Eingeborenen auf einen Plausch.«

Er hielt inne, wie ertappt. Das Mädchen trank, wischte sich mit Daumen und Mittelfinger die Mundwinkel, schaute ihn belustigt an: »Wenn man Spanisch mit ihnen sprechen kann.«

»Ja, richtig, wenn man Spanisch sprechen kann«, wiederholte er nachdenklich und erwiderte ihren Blick, »oder einen Dolmetscher hat.«

Das Mädchen hob den Finger wie in der Schule: »Hier. Dolmetscher anwesend!«

»Hätten Sie Zeit und Lust?«

»Jede Menge, nur« – sie tat, als suche sie nach Zündhölzern für ihre Zigarette – »nur Sie kennen mich doch gar nicht.«

»Um so besser. Dann stehen mir gleich zwei Entdeckungsreisen bevor.«

»Eine Entdeckung kann die andere anstecken. Die ganze Sache zum Mißerfolg machen, zur Enttäuschung ... «

»Das Risiko nehme ich auf mich. Ich habe in letzter Zeit zuviel nachgedacht und zuwenig gelebt. Besser eine Enttäuschung als gar nichts erleben. Und, wie sagt Peter Altenberg: ›Das Leben ist die beste Gelegenheit, die Welt anzuschauen.‹« Sie sah ihn nachdenklich an, nahm einen tiefen Lungenzug und antwortete leise – es wirkte altklug, einstudiert – : »Und sein deutscher Kollege Tucholski meinte, das Leben sei gefährlich, aber es übe kolossal.«

»Dann üben wir mal gemeinsam.« Rafael strahlte, als er das sagte.

»Wann wollen Sie abreisen?«

»Sobald ich einen Vertreter gefunden habe. Das kann ganz schnell gehen.«

Der Wirt kam und bot Grappa an. Für Harras wurde draußen auf dem Platz eine dicke Tüte mit Fleischresten und Knochen ausgeschüttet. Bald lagen angeknabberte Stücke im Halbkreis auf dem Pflaster und bildeten eine abstrakte Collage, vom Neonlicht beleuchtet. Rafael bedankte sich für Harras, verlangte *»il conto«*, goß in bester Laune vom Grappa nach, den der Wirt aufmerksam hatte stehenlassen. Ihn überkam plötzlich ein Hochgefühl von prickelndem Abenteuer, er sah die Zigeuner von Les-Saintes-Maries vor sich, wie sie sich reisefertig machten, roch den Duft des Meeres.

»Aye, aye, sir«, salutierte sie, Zeige- und Mittelfinger an die Schläfe tippend, blies das brennende Streichholz des kassierenden *cameriere* aus, steckte die Zigarette hinters Ohr, halb ins hochgesteckte Haar. Stand auf, gab die freigewordene Hand dem Ober, als wäre er ein Schulkamerad, sagte: »*Grazie, amico*!« und rauschte, von Harras gefolgt, auf den Platz.

Die Gondolieri wachten auf, als das Mädchen und Rafael über das Brückchen kamen, und priesen sich an. »Romantische Fahrt, mein Fräulein. Eine schöne Nacht, steigen Sie ein!« Die beiden schmunzelten. Harras schnupperte vorsichtig, als traute er dem stillen Wasser nicht. Sie lagen mehr als sie saßen. Nur Harras stand und schaute dem Paddel nach, bewachte den regelmäßigen Schritt des Gondoliere. Als sie zum Canal Grande kamen, schaukelte es, und das Mädchen fragte plötzlich: »Gesetzt den Fall, ich meine angenommen, Sie haben, zurückgekehrt nach Wien, noch immer diese abstruse Idee, mich mitzunehmen. Als was eigentlich? Als Dolmetscherin, Frühstücksbereiterin, Steakbraterin, Tellerwäscherin, Bettenmacherin? Als was eigentlich?«

Rafael dachte nach. Er hatte die Antwort auf diese Frage verdrängt. Er wollte gern mit dem Mädchen schlafen, gewiß, aber er war sich nicht sicher, ob es allein das war, was er sich wünschte. Der Gedanke, mit diesem fremden Wesen

eine fremde Welt kennenzulernen, hatte eine andere, hypnotische Faszination, war eine neue Dimension seines Lebens. Das Alibi gab seine Mutter, die alles ausgeheckt hatte.
»Flaaaatsch, wuuii« machte das Paddel, ein leiser Schritt vor war zu hören, ein halber zurück, als tanzte der Gondoliere einen Tango mit den Wellen als Orchester und der Gondel als Partnerin.
»Natürlich, selbst wenn ein Wagen zu kaufen wäre, der genug Platz hätte, um getrennt zu leben, der Kontakt wird sehr – nahe sein.«
Sie hielt die Hand ins vorbeiziehende Wasser, betrachtete die glitzernden Tropfen: »Sollten Sie nicht ein Mädchen mitnehmen, das Sie besser, näher kennen?«
»Nein! Übrigens haben Sie eine entscheidende Rolle vergessen. Ich weiß gar nicht, ob Sie es können: Chauffeur! Wir müßten abwechselnd fahren. Haben Sie den Internationalen Führerschein?«
»*Claro*, jede Menge. Internationalen, österreichischen, deutschen, italienischen ... «
Rafael war belustigt, überrascht: »Warum so viele?«
»Das ist praktisch. Wenn sie dir einen wegnehmen wegen zu schnellen Fahrens oder« – sie machte die Geste des Trinkens – »kannst du immer noch mit den anderen weiterfahren. Und außerdem habe ich Fahrprüfungen gern. Sie sind spannend, und es ist immer interessant, die Bullen zu beobachten, wie man sie ablenken, einseifen kann, wenn man es richtig anstellt.« Sie kicherte vor sich hin, als erinnerte sie sich an solche Erlebnisse.
In Harry's Bar war nicht viel los, und so wurde ihr Eintreffen mit Aufmerksamkeit gewürdigt. Der Speläologe war bereits betrunken und pfiff in GI-Manier bewundernd durch die Zähne, als er das Mädchen sah. Emilio, der Bartender, rückte persönlich zwei Stühle zurecht, eine Ehre, die Reverenz bedeutete vor dem Mädchen mit den im Nacken geknoteten schwarzen Haaren, dem geschwungenen langen Hals, den verschmitzt blitzenden grünen Augen, dem anmutig

prallen, verwaschenen Blue-jeans-Anzug. Rafael ertappte sich dabei, die Bewunderung, an der er teilhatte, zu genießen.
»Und wann kommen Sie nach Wien, Fräulein Caspar?«
»Marisa. Einen Chauffeur nennt man beim Vornamen, Herr Professor!«
»Rafael! Ein Team nennt sich beim Vornamen, Marisa.«
»Ein Team duzt sich, Rafael. Prost!«
Das Eis knisterte in den Gläsern, als honigfarbener Black Label darübergegossen wurde. Sie stießen an. Eine Katze sprang auf den Nachbarstuhl und fauchte Harras an. Der winkte arrogant mit der Pfote ab. Es lohnte sich nicht einmal, die Haare zu sträuben. Marisa nahm einen tiefen Schluck. »Das Problem ist, ich kann nicht nach Wien kommen. Bitte fragen Sie nicht, äh, frag nicht, warum. Zu kompliziert.«
Er fragte nicht, obwohl es ihm im Kopf herumspukte. Es ergab sich wie von selbst, daß sie über den Markusplatz heimschlenderten. Der Ablehnung, nach Hause gebracht zu werden, folgte automatisch die Einladung, von seinem Pensionszimmer einen Blick auf den nächtlichen Platz zu werfen.
Sie wurde so selbstverständlich akzeptiert, daß Rafael erschrak.
»O.k. Wenn man es recht überlegt, du sollst keine Katze im Sack kaufen. Oder?«
Rafael war so verblüfft, daß das Treppensteigen ihm Atemnot verursachte. Er erinnerte sich an ihre erste Begegnung im Hörsaal. Die Mischung von keuscher Scheu und burschikoser Unverfrorenheit hatte ihn damals beeindruckt. Keine Sekunde hatte er den Gedanken, ein blasiertes Playgirl oder eine jener hemmungslosen Studentinnen mitzunehmen, wie sie ihm allzuoft über den Weg gelaufen waren. Sie stand vor dem winzigen Fenster, von dem aus man die Piazza, halb verdeckt von den bronzenen Mori, sehen konnte. Er mischte Whisky und Soda in zwei große Highballgläser. Als er zu ihr trat, klingelten die Eisstücke.

»Wie beim Almabtrieb«, sagte sie, ohne sich umzuwenden. Er reichte ihr das Glas über die Schulter: »Tschin-Tschin, Marisa.«
»Salud, Rafael!«
Von fern hörte man die Gesprächsfetzen der Touristen in den Cafés auf dem Platz. Im »Quadri« fing das Orchester noch einmal an zu spielen, ritueller Kehraus. Er blieb hinter ihr stehen, die Hand auf ihrem Nacken, beugte sich vor und schmiegte seinen Kopf an ihre Wange. Es dauerte lange, bis sie sich küßten.

Sie kam aus dem Badezimmer zurück (er lächelt, als er daran denkt, daß sie Harras im Badezimmer eingeschlossen hatte) und hatte sein Hemd an, das er gestern nach seiner Ankunft zerknüllt und verschwitzt ins Badezimmer geworfen hatte. Ein Hemd aus früheren Jahren, das er im Schrank seines Zimmers in Triest gefunden hatte, ein Mitbringsel aus dem Fernen Osten. Gelblich, mit einem verblaßten Drachen auf dem Rücken. Sie tat, als hätte sie die ganze Zeit, die sie im Badezimmer war, an nichts anderes gedacht als an das, was sie jetzt fragte, wie sie da mit zusammengekniffenen Knien vor ihm stand: »Auf was schaust du zuerst, wenn du ans Meer kommst? Auf den Strand oder auf den Horizont?«
»Zuerst auf deinen Schoß und dann auf deine Brüste!«
»Oje, dann wirst du wohl nie das Meer sehen.«
»Das Meer sind deine Augen, Marisa!«
Und lange, nachdem die erste Begegnung verklungen war, das Licht vom Markusplatz goldene Netze auf ihren braunen Schoß zeichnete und sie, die Arme noch immer um seinen Hals, neben ihm lag, sagte sie: »Seit ich dich zum erstenmal gesehen habe in dem blöden Hörsaal, habe ich mir gewünscht, deine verdammte Autorität körperlich zu spüren.«

Später entdeckte er an ihren Fußknöcheln Einkerbungen wie Ringe tief in der Haut. Als er fragte, woher sie stammten, seufzte sie und lachte, wie um dem Seufzer den Ernst zu nehmen: »Das ist auch so eine lange Geschichte ... «
Rafael dachte an Wien und daran, daß sie nicht dorthin durfte: »Bisher hast du noch keine lange Geschichte erzählt. Du ziehst es vor, dich in Geheimnisse zu hüllen.« Er hockte am Fußende des Bettes und massierte die Ringe in ihrer Haut. Dabei spreizte er ihre Schenkel. Sie bedeckte ihren Schoß mit beiden Händen, so daß ihre Brüste über die Arme quollen.
»Ich kenne dich seit einer Stunde, wenn ich dir jetzt schon alles erzähle, was bleibt da für Mexiko?«
»Ich habe schon einmal solche Narben gesehen. Bei einem Mädchen, das ... «
Plötzlich traute er sich nicht, den Satz zu vollenden. Sie richtete sich erschrocken auf: »Hast du den Eindruck gehabt, daß ich eine Frustrierte bin, die mal vergewaltigt worden ist?«
Er lachte und küßte sie. Sie schloß die Augen nicht, und als ihr Mund sich löste, lehnte sie sich zurück. »Ich war wohl ein, wie sagt man, schwer erziehbares Kind. Das Schlimmste war, ich wollte immer ausreißen. Wir lebten auf einer Farm. In ... na, ist ja egal, wo, irgendwo in Südamerika. Einmal mußten meine Eltern eine Reise machen und überließen mich der Obhut – blödes Wort, nicht? Als ob es eine Unterhut gäbe – der Obhut einer schwarzen Nanni. Die hatte aber denselben Bazillus wie ich und dazu einen Freund im nächsten Dorf. Da hat sie mich übers Wochenende an mein Eisenbett gebunden. Medizinisch ungeschult. Füße nach unten. Als meine Eltern zurückkamen und mich fanden, hatte ich Sülzfüße. Ich war fünf, und die Nanni kam nie mehr zurück. Mein Vater fuhr mit ihren Habseligkeiten ins Dorf. Aber die Hütte des Freundes war leer. Die Narben sind geblieben.«
»Und warum kannst du nicht nach Wien?«

»Ich wußte, daß es kommen würde.« Sie verschloß ihm mit zwei Fingern den Mund. »Einigen wir uns: Ich will nicht nach Wien, o.k.?«

Sie zog das zerknüllte Hemd wieder an, bevor sie aufstand und Zigaretten holte. »Aber dafür muß ich dir was anderes beichten, etwas, das entfernt damit zusammenhängt. Ich habe heute abend mein Pensionszimmer aufgegeben. Meine Freunde sind abgereist.«

»Um so besser, dann kommst du morgen mit mir. Ich setze dich in Salzburg ab. Salzburg ist nicht Wien.«

»Das geht nicht. Habe hier noch was zu tun, ich meine nur, glaubst du, die Wirtin würde mir dein Zimmer vermieten, wenn du morgen abreist?«

Einen Augenblick lang überlegte er, ob sie das alles schon ausgeheckt hatte, bevor sie ihn im »Fenice« traf.

Als erriete sie seine Gedanken, setzte sie hastig hinzu: »Das Hotel am Rialto war so stickig und laut. Als ich heute nachmittag dein Zimmer hier sah ... «

» ... da hast du dich entschlossen, mit mir zu schlafen.«

»Vielleicht«, sagte sie nur und hatte wieder dieses Lächeln. Dann stand sie auf und ließ Harras aus dem Badezimmer, der schon mehrmals in Abständen an die Tür gekratzt hatte. Rafael beschloß, keine Fragen mehr zu stellen.

Rafael erwacht jäh. Er muß, in ihre Betrachtung versunken, eingeschlafen sein. Das Rattern des Diesel, der die Fähre durch die brackige Fahrrinne zieht, vermischt sich mit dem Klatschen der Wellen. Er braucht einen Augenblick, um sich zurechtzufinden. So deutlich sieht er noch das schlafende Mädchen in dem Zimmer in Venedig vor sich, daß er meint, das Läuten der Fährglocke käme vom Campanile.

Er richtet sich auf und sucht schlaftrunken eine Hose in der Schublade unter dem Bett. Es hat sich nichts geändert, denkt er, während er Hose und Hemd anzieht. Seit jener Nacht, in den drei Wochen ihrer gemeinsamen Fahrt durch Mexiko hat er sie nicht besser kennengelernt. Im Gegenteil, sie wird ihm täglich rätselhafter. Manchmal, wenn er tagsüber am Steuer sitzt und sie in der Küche hantiert oder hinten im Schlafabteil bei Radiomusik irgendwelche Blusen oder Hosen flickt, meint er, die Idee zu dieser Reise stamme gar nicht von seiner Mutter, sondern von ihr. Als hätte sie irgendeinen geheimnisvollen Zauber, irgendeine telepathische Fähigkeit aus den Wäldern ihrer südamerikanischen Heimat mobilisiert, um ihn auf diese Reise zu locken.

Müde und schwitzend kehrt er von seinen Kletterpartien auf die Plattformen der Pyramiden, vom Vermessen der Ballspielplätze, aus den Höhlen der Cenotes, der unterirdischen Seen, zurück, und sie sitzt auf den Stufen des Wagens, lächelnd und faul. Aber der eisgekühlte Gin-Tonic steht bereit. Und immer öfter passiert es ihm, daß er mitten in einer Besichtigung innehält, weil er meint, sie rufe ihn oder winke ihm. Einmal hat er das Walkie-Talkie in eine Höhle mitgenommen, als sie es ablehnte, ihn zu begleiten. Nach einstündiger Kriechtour war er am unterirdischen See angekommen. Der Führer ließ den Lichtkegel der Taschenlampe über die Stelen und Skulpturen gleiten, aber Rafael interessierte sich mehr für die Sprechanlage:

»Marisa, hörst du mich?«

»*Claro, amigo!*«

»Hast du mich gerufen?«

»Ja.«

»Aber ohne den Apparat zu benutzen?«

»Ich wollte dich nicht stören. Wie ist es da unten? Hast du Klaustrophobie? *Over.*«

»Jetzt, wo ich mit dir spreche, ist sie weg. *Over.*«

»Siehst du, dann bin ich doch für etwas gut. *Over.*« Und bevor er abschaltet, hört er noch: »*Gin-Tonic is ready. Over.*«

Der Wagen schwankt ein wenig, als der Diesel auf halbe Kraft geht. Die Holzrampe, in der Nacht durch das Fernglas ausgemacht, entpuppt sich als ein schlüpfriges Floß, das zum Ufer führt. Rafael geht zum Cockpit. Fund folgt ihm und legt sich gleich wieder hin. Rafael läßt den Motor an. Die Sonne sticht durch bleierne Wolkenlöcher, schmerzt in den Augen. Er sucht nach der Sonnenbrille, die das Mädchen ihm in Veracruz gekauft hatte. Sie ist goldgerändert. Die Chauffeure der Lastwagen, die verschlafen an der Reling gestanden hatten, schlendern zu ihren Kojen. Motoren springen an. Bläuliche Abgase werden vom Wind an seinem Wagen vorbeigetrieben. Zwei Gestalten werfen Taue, ohne Kommandos, sachlich, ernst, ein wenig mürrisch. Rafael kommt es vor, als wären die Menschen hier wortkarger. »Wenn sie lachen, geht es nicht hinter die Zähne«, wird Marisa bald feststellen.

Als der Wagen aufs Festland ruckelt, steht sie hinter ihm, barfuß und im Nachthemd.

»Kaffee an Bord oder in der Stadt?« fragt sie.

»Vielleicht am Marktplatz. Ich muß Geld wechseln, tanken, abschmieren lassen, und du mußt Tomaten und Butter kaufen.«

»Und vielleicht gibt's ein Hotel mit einem verdammten großen gekachelten Badezimmer und einer Wanne, aus der das Wasser überlaufen darf.«

Das Hotel heißt Fernandez. Auf der Bank haben sie Rafael gesagt, es sei das erste Haus am Platze. Das Badezimmer ist gekachelt, die Dusche funktioniert. Marisa schließt sich ein für »eine gute Stunde«, wie sie meint. Aber bereits nach zwei Minuten geht die Tür wieder auf, sie steht nackt da, triefend, mit schwellenden Schenkeln und glitzernden Brüsten:

»Ach bitte, ich hab's mir überlegt, könnten wir nicht die Rollen tauschen? Zeitalter des Feminismus. Du kaufst Butter und Tomaten, und ich überwache das Tanken und Abschmieren?«

Er steht am Fenster, hat gerade die ehemals grünen Jalousien geöffnet. Man sieht auf den Hafen, wo Hunderte von Fischkuttern festgemacht haben. Aus dem Seeräuberdorf des siebzehnten Jahrhunderts ist inzwischen ein Zentrum der Krabbenfischerei geworden.
»Ja, aber warum willst du denn frisch gewaschen und sauber in einer schmutzigen Garage das Abschmieren überwachen? Beim Abschmieren muß man hier dabeisein und achtgeben. Sonst ruinieren sie einem die Nippel oder sind zu faul, Fett einzupressen.«
»Aber ich stehe so gern unterm Wagen. Da denkt man die absonderlichsten Dinge. Stellt sich vor, was wohl die Frösche sehen, bevor du sie überfährst.«
»Von der Hebebühne tropfen nur Fett, Benzin und Kot!«
»Das stimmt«, sagt sie nachdenklich, spürt, wie sein Blick auf ihren Körper begehrlich wird, »aber es ist aufregend. Die Hydraulik könnte doch aussetzen ... « Sie schließt die Tür bis auf einen Spalt.
»Und der Wagen könnte herunterstürzen?«
»Ja. Und zermalmt einen, wenn man nicht im letzten Moment zur Seite springen kann.«
»Jetzt hab' ich's! Deine Generation verkündet eine atavistische Todessehnsucht als letzten Ausweg aus der Langeweile in einer Welt ohne Vaterland, Krieg und Religion. Und du hast Sehnsucht nach einem Totalschaden. Einer Totalkompression, bei der der Mensch wie ein mumifizierter Wurm als Ornament mit eingepreßt wird.«
Die Tür fällt zu. Er stellt sich vor, wie sie dahinter steht und nachdenkt. Dann geht sie wieder einen Spalt auf: »Leute wie du glauben, es nütze was, die Vergangenheit auszugraben wie wiederkäuende Kühe. Wir glauben, die Vergangenheit muß begraben werden, schlimmstenfalls indem wir sie auffressen und ausscheißen!«
Bums, knallt die Tür wieder zu. Und Rafael beschließt, Tomaten zu kaufen.
Es ist noch früher Morgen, als sie im Café am Marktplatz

frühstücken. Die Geräuschkulisse der Hausfrauen an den Ständen und der Fischer bei den Kuttern, die sich zum Auslaufen bereitmachen, verebbt hier unter den Arkaden und erreicht sie wie durch einen Filter. Die wenigen Gäste, an kleinen runden Tischen aufgereiht, hängen wie Farnkraut über ihren Kaffeetassen. Sie hat Schokolade und »Churros« bestellt, »obwohl es stopft«, wie sie mit verlegenem Lächeln beim Bestellen bemerkt. Die Tüte mit Tomaten und frischer Butter liegt auf einem Stuhl in der Sonne. Ihm fällt ein, daß Fund den Wagen bewacht und noch kein frisches Wasser bekommen hat.

Er überläßt sie ihren langen, mit Zucker und Zimt bestreuten Spritzkuchen, die sie in die heiße Schokolade taucht, und geht hinüber zum Parkplatz. Eine ehrfürchtige Runde Halbwüchsiger macht Platz, als er sich, den Schlüssel gezückt, den Weg zur Tür bahnt. Er verstaut die Tüte im Eisschrank, läßt Fund heraus, der vergnügt schweifwedelnd die Gaffer beschnuppert, bevor er das Bein an einer dürstenden Platane hebt. Ein Junge nähert sich mit einem Eimer Wasser und macht Rafael Zeichen. Der bedankt sich und ruft den Hund. Fund vergißt die Platane und läuft so eilig zum Wassereimer, daß er noch im Laufen weiterpinkelt und zu schlabbern beginnt, ohne dem Jungen Zeit zu lassen, den Eimer abzusetzen.

Aber offensichtlich hat der Junge mit dem Eimer etwas anderes vor. In der Linken hält er einen Lappen. Mit dem schlägt er auf den Kopf des Hundes, bis der die triefende Schnauze aus dem Eimer hebt. Da springt der Junge gestikulierend auf die vordere Stoßstange. Beginnt, die Scheiben zu waschen. »O.k.?« fragt er Rafael. Der nickt gutmütig »o.k.«, nimmt Fund an die Leine und verschließt behutsam die Tür. Sofort schließt sich der Kreis der Gaffer wieder, als wären die Gefahren des Die-Nase-an-die-Scheiben-Drükkens nun, da der Hund draußen war, gebannt.

Rafael geht zurück zum Tisch unter den Arkaden. Das Gespräch zwischen Badezimmertür und -angel beschäftigt ihn. Ihre Aggressivität, gesteigert durch ihre provozierende Nacktheit, verbirgt etwas Bitteres, zeugt von Einsamkeit und Trostlosigkeit. Jetzt sitzt sie da, Zigarette im Mund, und liest die Lokalzeitung. Ihr Haar ist noch naß, wodurch ihr Kopf kleiner, ihre Nase spitzer wirken.

»Was waren das eigentlich für Freunde in Venedig?«

Sie schaut nicht auf, sondern blättert um. Als sie antwortet, hat ihre Ausdrucksweise wieder etwas Altkluges, Schulmeisterliches: »Freunde ist ein gewichtiges Wort, es bedeutet Treue, Verantwortung. Programme wie ›Edel sei der Mensch, hilfreich und gut‹. Nein! Die sind nicht edel, und ich bin nicht gut. Wir sind« – sie sucht nach dem passenden Wort und entkräftet das folgende mit einem scheuen Lächeln, als wolle sie durchblicken lassen, man solle das Ganze nicht zu ernst nehmen –, »vielleicht sind wir aufeinander angewiesen, weil wir so viel voneinander wissen. Vielleicht, weil die Wut uns zusammengeschweißt hat. Quatsch! Schon wieder so ein pathetisches Wort. Zusammengespült ist besser. Das erinnert an Klosettspülung. Die Scheiße hat uns zusammengespült.«

Rafael hat das Gefühl, ihre Rede beleidige den gemächlich-geschäftigen ehrbaren Marktplatz und die Einwohner des Städtchens, nicht aber ihn persönlich. Die wenigen Touristen sitzen und dösen oder flanieren, von der Beschaulichkeit des Platzes angesteckt, lässig und wohlwollend an den Ständen vorbei. Zwei Omnibusse parken bei der Platane. Die Chauffeure rauchen und vergleichen Lottozahlen aus der Lokalzeitung. Der Junge mit dem Eimer hat die verstaubten Fenster gewaschen und trockengerieben. Jetzt holt er sich von einem Fischstand einen Schlauch, der am Hydranten angeschlossen ist, und berieselt mit müdem Strahl die Karosserie.

»Die Wut auf wen oder was?«

Statt zu antworten, lacht sie. Dann faltet sie die Zeitung zusammen. Fein säuberlich, fast pedantisch, als wolle sie Ordnung machen. Es dauert eine Weile. Die Zigarette im

Mund kringelt Rauch in ihre Augen. Sie drückt sie sorgfältig aus. Es kommt ihm vor, als mokiere sie sich mit dem Getue über ihn. Dann lehnt sie sich herüber und nimmt ihm die goldgeränderte Sonnenbrille von der Nase. Setzt sie sich selbst auf. Schaut ihn voll an.
»Ich brauche deine Augen für das, was ich dir jetzt beichte. Bevor ich es endgültig verdränge. Nachdem ich dich zum Motoscafo gebracht hatte, bin ich ins Hotel zurückgegangen, um meinen Koffer zu holen. Zwei von meinen Leuten sahen mich vom Café aus. Sie trugen mir das Gepäck in die Pension und inspizierten ausführlich das Zimmer. Dann wünschten sie mir eine gute Reise und fragten ganz beiläufig, wann ich Venedig verlassen würde. Ich sagte, morgen früh.«
Rafael unterbricht sie: »Hast du ihnen erzählt, was du vorhattest?«
»Nein. Ich habe nur angedeutet, daß ich die Möglichkeit hätte, nach Mexiko zu gehen. Am späten Nachmittag, als ich mich gerade zu einer gemütlichen Siesta hingelegt hatte, kamen sie wieder. Sie tranken Coca-Cola aus der Mini-Bar und taten so, als ob sie Lust hätten, die Nacht bei mir zu verbringen. Zehn Minuten später kam die Polizei und nahm sie mit.«
»Und dich haben sie laufenlassen?«
»O ja! Ich war, während sie im Korridor die Pässe prüften, durch das kleine Fenster aufs Dach geklettert und bin mit den Mori, die gerade sechs Uhr anschlugen, auf Runde gegangen.« Sie lacht schallend. »Die Touristen, die mich da oben entdeckt haben, während ich von Figur zu Figur hüpfte, müssen sehr gelacht haben.«
Rafael beschließt, vorsichtig zu sein: »Hast du inzwischen von ihnen gehört?«
»Nein. Natürlich nicht. Aber ich glaube nicht, daß sie ausgeliefert werden. Die Italiener haben da traditionelles Verständnis. Ich bin, um allen Schwierigkeiten aus dem Wege zu gehen, bis Mailand geradelt.«

»Die Ausgrabung wird fündig«, denkt Rafael. »Langsam werden Konturen im Boden sichtbar.« Er frohlockt fast, und Entdeckerfieber stellt sich ein. Auch wenn er sich im klaren darüber ist, daß die bloßgelegte Schicht nichts Gutes zutage bringen wird. Nicht die Verstrickung mit ihren merkwürdigen Freunden interessiert ihn, sondern ihre Zwiespältigkeit, ihre Vergangenheit, ihre Zärtlichkeit und Widerborstigkeit, der Haß auf und ihre unbändige Liebe zum Leben.

»Willst du hier zu Mittag essen oder soll ich unterwegs etwas kochen?« Sie deutet mit dem Zeigefinger auf die Marktstände. »In diesem Fall müßte ich einkaufen. Mir schwebt da ein Krabbengericht vor, wie wir es zu Hause gemacht haben.« Sie schnippt mit den Fingern und verdreht die Augen.

Rafael spürt, wie ihr das Wasser im Munde zusammenläuft. Er hat keinen Hunger, aber die Vorstellung, daß sie in der Küche hantiert, während er chauffiert, erfüllt ihn mit einer Freude, der sich bald gastronomische Neugierde zugesellt. Sie hat, während sie in der Erinnerung die Gewürze vor- und nachschmeckt, die Brille abgenommen, sie Rafael zurückgereicht und die Augen geschlossen.

»In diesem Falle, wie du es so schön formulierst, gehst du einkaufen, und ich lasse den Wagen abschmieren. Ich bin sicher, wenn du nur intensiv genug daran denkst, wird die Hydraulik der Hebebühne dir den Gefallen tun und aussetzen, wenn ich unter dem Wagen stehe.«

Jetzt sieht sie aus wie ein Kind, das sich vom geliebten Spielzeug trennen muß. »Es wird ein würdiger Leichenschmaus!«

Der Junge, der den Wagen gewaschen hat, darf zusätzlich zum Trinkgeld einsteigen und Rafael den Weg zur einzigen Garage zeigen, die eine Hebebühne für Lastwagen hat. Das Ölwechseln und Abschmieren dauert länger als vorgesehen. Der Mann, der die Hydraulik bedient, hält in der linken Hand eine offene Coca-Cola-Flasche, und als er das Anti-

Rost-Spray auf das Chassis spritzt, nimmt er zwischendurch einen Schluck aus der Pulle. Rafael dreht sich der Magen um bei der Vorstellung, was für eine Brühe der Kerl trinkt.
Er tritt unter den Wagen und entdeckt an Ölwanne und Auspuff klebende Frosch-, Libellen- und angesengte Vogelleichen. Wie sie es geahnt hat. Mit einem Stock kratzt er sie ab und denkt, wie sie wohl, vom Sog unter den Wagen gepreßt, ihre Sterbeminute verbracht haben. Er stellt sich vor, an wen und was er denken würde, wenn die drei Tonnen plötzlich auf ihn niedersausen würden. Hätte er noch Zeit, ein Testament zum Himmel zu senden? Ein Testament für wen? Für seine Mutter? Für Dagmar? Für Marisa? Blödsinn. Das Krabbengericht bei Sonnenuntergang im Angesicht der Tempel von Chichén Itzá, das ist dein Leben.
Als er aus der Garage kommt, um die Rechnung zu bezahlen, steht sie da, als hätte sie ihn schon eine Weile beobachtet. Er fragt nicht, wie sie die Garage gefunden hat. Er weiß, sie würde sich schmunzelnd in Schweigen hüllen, um ihm ihre Allwissenheit unter die Nase zu reiben.
Kaum sind sie aus der Stadt, beginnt sie Pakete auszupakken. Die Hummerkrabben kommen in die Spüle. Manchmal fällt bei einer scharfen Kurve oder bei einem tiefen Schlagloch eine heraus und krabbelt auf dem Teppich umher, so daß Fund ängstlich vor ihr flieht und sich nach hinten verzieht.
Kurz bevor sie bei Paso Real die Fähre nach Aguada erreichen, winkt ein Mann am Straßenrand, und als Rafael nicht gleich rechts ranfährt, um anzuhalten, tritt er unbekümmert auf den Wagen zu.
»Champotón?« fragt er freundlich, und als das Mädchen vom Küchentisch aus bejaht, steigt er wie selbstverständlich ein und setzt sich auf die Bank beim Eßtisch.
Rafael versteht nicht, was sie reden. Sie sprechen nicht laut, und außerdem grölen Mariachis aus dem Radio. Erst auf der Fähre, als Marisa die Krabbenschwänze in die Pfanne gelegt

hatte und die Köpfe im Sud brodelten, versteht er, daß die beiden vom Kochen reden. Der Mann hat den ihm angebotenen Tequila lässig gekippt, jetzt steht er auf und mustert aufmerksam das Gewürzregal. Schnuppert an Thymian, Estragon und Basilikum, kippt eine Prise auf die Daumenmulde, leckt sie auf, nickt mit Kennermiene und schüttet nach einer Kostprobe vom Knoblauchsalz eine gehörige Menge in die Bouillon, wobei er, vermutlich Linkshänder, mit der rechten Handfläche gegen den linken Unterarm schlägt.

Kurz vor der Einfahrt nach Champotón, als die Straße in eine palmengesäumte Allee einmündet, steht sie plötzlich hinter Rafael, streift sein Ohr mit ihrem Mund und raunt: »*Lunch is ready, sir. Stop! We have a guest.*«

Rafael parkt hinter einer Düne unter einer einladenden Palmengruppe am Meer. Mit ungeheurem Knall schlägt eine Kokosnuß aufs Dach des Wagens. Es ist wie eine Detonation, und Marisa schüttelt sich vor Lachen.

»Das war der Gong fürs Mittagessen«, ruft sie, nimmt den Mann am Hemdzipfel und holt, während Rafael Zitronenscheiben in drei Tequilagläser fallen läßt, aus dem Heck Klappstühle und Picknicktisch. Der Mann hilft ihr beim Aufstellen, rückt die Stühle zurecht und tut, als gehöre das Ganze zu seinen selbstverständlichen Obliegenheiten. Das geschäftige Hin und Her des Tischdeckens ermuntert Fund, der bellend zwischen Tisch und Küche hin- und herrennt. Endlich sitzen die beiden Männer und trinken ihren Tequila, doch Rafael bringt kein Gespräch zustande, da Marisa in ihrer Eigenschaft als Köchin die Dolmetscherin vernachlässigen muß.

So trinken die Männer schweigend, bis endlich das Mädchen mit einer dampfenden Schüssel erscheint. Der Wind weht

vom Land her, ein trockener, kühlender Wind, der eine Fahne von Knoblauch und Zwiebeln vor dem Mädchen hertreibt. Während sie mit der Hand die Hummerkrabbenschwänze in das Gewürzmus tunken, stellt sich heraus, daß auch sie vieles von dem, was der Mann sagt, nicht versteht. Er spricht einen Mayadialekt, der indianische Wörter mit altmodischem Spanisch vermengt. Den Sud hat Marisa in Holzbecher gefüllt, und sie schlürfen ihn zwischen den triefenden Happen schluckweise.
Rafael hat im Laufe der Reise einige Wörter Spanisch gelernt und verfolgt fasziniert die Formulierung seiner Fragen. Marisa hat eine höchst individuelle Art, sie zu verdolmetschen. Sie schickt den präzisen Fragen langatmige Einleitungen voraus, als bedürfe etwa die Frage »Fühlen Sie sich als Maya oder als Mexikaner?« einer Entschuldigung. Es dauert eine Weile, bis er begreift, daß sie spanischen Takt und lateinamerikanische Höflichkeit wie Schlingpflanzen um seine kargen Fragen windet, so daß ein Dialog entsteht, in den sie Kritik an seiner Neugier mit einfließen läßt:
»Sind Sie in Yucatán geboren?«
»Nein. In Campeche.«
»In der Stadt Campeche oder in dem Staat?«
»In dem Staat Campeche. In Calkini. An der Grenze zu Yucatán.«
»Das ist aber auch die Heimat der Maya, nicht wahr?«
»Ja. Wir sind alle Maya.«
»Aber ihr seid doch in erster Linie Mexikaner!«
Das Essen ist vorüber, und er sitzt zurückgelehnt in dem gelben Plastikstuhl, nippt vom Wein, den Marisa kredenzt hat, und raucht eine jener Marlboros, die sie immer in ihren Blue jeans versteckt hält. Er mag etwa siebzig Jahre alt sein, ist schlank und, für die untersetzte Rasse dieser Gegend, hochgewachsen. Seine weißen Hosen und sein weißes Hemd aus grobem Leinen sind staubig, aber fleckenlos. Sein kurzgeschnittenes weißes Haar gibt dem verwitterten, mit Falten übersäten Gesicht etwas Lustiges, Junges, wie man es

manchmal bei alten Gauklern trifft, denen noch immer der Schalk im Nacken sitzt.
»Mexiko«, meint er – und vieles, was er im Laufe des sonnigen Nachmittags erzählt, muß Rafael aus zweiter Hand zur Kenntnis nehmen, denn er ist sich nicht sicher, ob Marisa nicht tendenziöse Freiheiten in ihre Übersetzung einflicht –, »Mexiko hat sich nie sehr viel um uns gekümmert. Eigentlich waren die Leute, die Mexiko gemacht haben, immer gegen uns. Ein deutscher Plantagenbesitzer, bei dem ich in Soconusco gearbeitet habe, als ich zwölf war, erzählte mir, Mexiko sei achtmal so groß wie Deutschland. Wissen Sie, daß vor der Revolution von 1911 in Mexiko 17 Personen 96 Millionen Morgen Land besaßen und 97 Prozent der Mayabevölkerung nicht einen Zentimeter von diesem ihrem Land? Es gibt heute noch fünf Millionen Maya in Lateinamerika, vier Millionen in Guatemala, Belize, El Salvador und Honduras, eine Million in Yucatán und Campeche. Meine Vorfahren waren freie Menschen, doch die mexikanische Regierung, die wir angeblich mitgewählt hatten, verriet uns, wo sie es konnte, das heißt, wo es sich lohnte. Als ich dreißig war, konnten die *habilitadores* mich zum ›Vagabunden‹ erklären, nur weil wir kein Stück Land besaßen und daher Freiwild waren, das zwangsverpflichtet und in Karawanen bis zum Usumacinta getrieben wurde. Dort wurdest du im Dschungel ausgepeitscht, wenn du nicht täglich vier Tonnen Mahagoniholz gefällt und transportfähig gehauen hattest.
Dann kamen, pünktlich in der nächsten Generation, die Amerikaner. Die ›United Fruit Company‹ pflanzte Bananen in unserem Land und Menschen, die nicht teurer waren als ein paar Früchte, wurden gebraucht und willig durch Regierungsdekrete geliefert. Bis die amerikanischen Freunde entdeckten, daß Agaven einen Stoff liefern, mit dem sich ihre Weizengarben billig binden lassen. Sisal mußte angebaut werden auf bis zu siebzig Prozent der Anbaufläche unseres Landes. Campeche hatte keinen Platz mehr für unsere eige-

nen Felder. Wir Maya, Erben der größten Kultur, die Amerika je hervorgebracht hat, mußten hungern, um den Weizenfeldern der Vereinigten Staaten, das heißt der Wall Street, Henequen zu liefern. Sie fragen, ob ich mich als Mexikaner fühle? Ich fühle mich als Yucateke!«

Während der alte Mann, durch Marisas Zwischenfragen zur Weitschweifigkeit verführt, aus der jüngsten Geschichte seines Volkes berichtet, fühlt sich Rafael mehrmals verpflichtet, sie zur Ordnung zu rufen. Er kann sich einfach nicht vorstellen, daß der Mann von sich aus so redet. Hatte sie ihn durch geschickte Fragen zu diesen politischen Bekenntnissen animiert? Noch während er fuhr und sie kochte? Daß sie ihm erzählt haben mußte, woher sie kommen, ging aus der Erwähnung des deutschen Plantagenbesitzers hervor.

»Interpretierst du, was er sagt, oder übersetzt du?«

»Ich übersetze wort-un-getreu, so, wie sich das gehört.«

»Frag ihn, was für einen Beruf er hat.«

Sie tut es und übersetzt triumphierend die Antwort, als sei sie die Erklärung für seine Gesinnung: »Landvermesser, Geometer. Man kann sich vorstellen, wieviel Leid er bei den Enteignungen vermessen hat.«

Ist es der Tequila, das scharfgewürzte Mus oder einfach die Verteidigung der eigenen Vorfahren, die ihn plötzlich, zu seiner eigenen Verwunderung, aggressiv und wütend macht? Oder spürt er, hellhörig, Feindseligkeit aus der Art, wie die beiden sich gegen ihn zu verbrüdern scheinen? Hätte ein Dreißigjähriger so geredet, wäre Rafael wahrscheinlich mit höflich-österreichischem Achselzucken zu einem anderen Thema übergegangen. Aber dieser freundliche Alte mit den lustig blitzenden Augen, der breiten fleischigen Nase, aus der Haarbüschel bis auf seinen Schnurrbart wachsen, regt ihn auf. Gewohnt, sich zu analysieren, entdeckt er Neid und Eifersucht auf die ungebrochene Kraft, den weisen Haß, der von dem Alten ausgeht.

»Frag ihn, ob er sich als Christ fühlt!«

Er antwortet auf ihre diesmal gehörig kurze Frage mit einem

langen Satz, von dem Rafael nur das Wort *Brasil* versteht. Manches scheint auch Marisa nicht zu verstehen, und er muß es ihr erläutern, es in einem dialektfreien Spanisch sagen. Dann übersetzt sie, während sie sich aufrichtet und das Geschirr auf ein Plastiktablett räumt: »Er meint, ja, er wäre Christ. Schon deshalb, weil die Götter seiner Vorfahren seinem Volk Unglück gebracht hätten. Sie wären zu schwach gewesen, die Konquistadoren zu zertrümmern und die Inquisition mitsamt ihren Folterinstrumenten dorthin zu verdammen, woher sie gekommen war. Die Afrikaner in Brasilien wären von den Portugiesen besser behandelt worden. Ihr Woodoo- und Macumbakult habe die Kirche befruchtet, lebendig und phantasievoll gemacht, als wäre auf einen dürren Baum ein grüner Zweig aufgepfropft worden. Entschuldige, ›phantasievoll‹ hat er nicht gesagt, das ist von mir. Er sei Christ, weil Jesus zwar feige, aber voll guter Ideen gewesen wäre. Sonst noch Fragen, oder darf ich jetzt abräumen und Kaffee bringen?«
»Ja. Noch eine Frage an dich: Bist du Christin?«
Sie steht auf und salutiert: *»Nein!«*
Die beiden Männer sitzen sich gegenüber. Es entsteht eine lange Pause, die Rafael stört. Dem Alten jedoch scheint alles zu gefallen. Er lehnt sich behaglich im Stuhl zurück und lächelt. Eine Staffel Sandläufer kommt kopfnickend vom Strand herangestakst und inspiziert mit ruckartigen Verrenkungen den Eßplatz. Hinter der Düne scheppern Lastwagen auf der Straße vorüber, und der Luftzug zwingt den Palmen eine Verbeugung ab. Das Mädchen hat den Generator angestellt. Vom Heck quält sich eine bläuliche Rauchwolke wie Bodennebel über den Strand, löst sich auf in Geruch, der sich – endlich – mit Kaffeeduft vermischt.
»Habt ihr geschwiegen?« fragt sie mit mokantem Lächeln.
»Sei nicht überheblich. Du solltest froh sein, endlich ein Alibi für deine Flucht vor deiner venezianischen Verbrecherbande zu haben, indem du präzise dolmetschst!« antwortet er giftig.

Da knallt sie das leere Tablett in den Sand und baut sich vor ihm auf. »Das ist keine Verbrecherbande! Ich warne dich. Wenn du das noch einmal sagst, dann kannst du deine Leichenfledderreise ohne mich zu Ende führen«, zischt sie und fährt übergangslos zum Alten gewendet fort: »Wieviel Zucker, *amigo*?«

»*Tres, por favor.*«

Einen Augenblick rühren alle drei in ihren Tassen. Dann schlürft der Alte plötzlich so laut und genußvoll, daß Fund, der beim Hinknallen des Tabletts aufgesprungen war, neugierig an der Hand des Alten herumschleckt.

»Frag ihn, ob er glücklich wäre, wenn sein Volk hier in Yucatán die Unabhängigkeit erhielte wie in Belize.«

Marisa wartet mit der Übersetzung, als wolle sie ihm zu verstehen geben: »Und was geschieht, wenn ich es nicht tue? Bin ich dann meinen Job los und werde wie eine entlassene Sekretärin nach Hause geschickt?«

Dann aber trinkt sie aus und rückt näher zum Alten. Das macht den Eindruck, als ob die Frage von ihr käme, reine Konversation wäre. Der Alte lacht und sagt – so zumindest übersetzt sie es –, es wäre schön, dann gäbe es eine neue, gerechtere Agrarreform, und er hätte als Geometer viel zu tun. Aber neue Grenzen brächten keinen Frieden, das müsse sie doch aus Europa wissen. Frieden gäbe es erst, wenn der gefiederte Gott, der sich in den Wäldern des Hochlandes versteckt halte, den Menschen die Habgier aus dem Herzen gerissen habe.

»Frag ihn, was er besitzt.«

Auch diese Frage scheint ihm Spaß zu machen. Er schlägt sich mit der Faust auf die Brust und deutet dann auf seinen Sisalsack, in dem seine Instrumente verstaut sind. »Nichts! Meinen Kopf, meinen Sack, meine Augen, meine Füße und noch etwas dazu.« Der aufgestützte Unterarm mit der Faust erklärt, womit er sich ungeniert vor ihr brüstet.

»Außerdem«, verdolmetscht sie, »besitzt er noch einen Huipil mit Garten, eine Hängematte und eine Feuerstelle.«

Marisa strahlt: »Und eine Frau, die jünger ist als seine Söhne!«
»Und seine Söhne?«
»Die besitzt er nicht. Die werden wahrscheinlich von denen besessen, für die sie arbeiten«, antwortet sie wie aus der Pistole geschossen, ohne den Alten zu fragen.
»Ich will wissen, was seine Söhne tun, zum Donnerwetter, und es freut mich, daß es deinen Feminismus nicht beleidigt, wenn er seine junge Frau zu seinem Besitz zählt!«
Marisa lächelt verträumt: »Er meint das animalisch, nicht reaktionär.«
Es stellt sich heraus, daß zwei seiner Söhne beim Straßenbau arbeiten, einer ist Mechaniker bei einer Landmaschinenfabrik, und die zwei jüngsten arbeiten bei Kreolen auf einer Henequen-Hacienda bei Mérida.
»Wieviel verdienen die beiden Jüngsten?« Das Lächeln verschwindet, als er antwortet: »Zehn Pesos oder einen Dollar pro Tag und Kopf. Dafür muß er tausend Henequenblätter ernten, Blätter so groß wie ausgewachsene Delphine und mit Dornen wie Haifischzähne. Jetzt ist der Lohn aufgebessert worden, und beide kommen zusammen auf siebenhundert Dollar im Jahr, bei einem Achtstunden- statt Zehnstundentag.«
»Wie viele von seinen Landsleuten arbeiten auf den Sisalkulturen in Yucatán?«
»Zirka fünfundzwanzigtausend.«
»Als Geometer kann er doch abschätzen, wieviel Prozent der gesamten Anbaufläche auf Sisal entfallen.«
»Fast 80 Prozent würde er schätzen.«
»Da bleibt nicht mehr viel Platz für Nahrungsmittel.«
»Nein, die Bevölkerung muß hungern, damit die Gringos ihre Weizenernte in handliche Garben binden können.«
Unwillkürlich identifiziert sich Rafael während des Gesprächs mit den Konquistadoren. Er erinnert sich seines Professors in Wien, der arrogant näselnd sein Interesse für Archäologie einem Schuldkomplex zugeschrieben hatte, um

»aus Angst aufzuzeigen, daß die Vergangenheit recht hatte«. Das Mädchen und der Alte aber verkörpern Auflehnung gegen die Gegenwart und Kampf für eine Zukunft, an der er nicht teilhat, obwohl *sie* seine Tochter und *er* sein Vater hätten sein können. Sitzt er zwischen zwei Stühlen? Zu jung, um tolerant zu sein, zu alt, um mitzukämpfen? Gibt es wirklich nur die Möglichkeit, an der Zukunft teilzuhaben, indem man berechtigten Stolz auf Erreichtes in heiligen Zorn auf Unerreichtes verwandelt? Erstarrt der Mensch ohne die permanente Revolution?
»Ich möchte gern seine Frau und sein Huipil kennenlernen. Sag ihm das!«
Der Alte macht, als er es versteht, eine zeremonielle Geste, als lade er einen Fürsten zu einer Partie Golf auf seinem Privatplatz ein. »Es wird ihm eine Ehre sein, doch sei es weit.«
Über die Karte gebeugt erfahren sie, daß er in Champotón seine Vermessungen beim Alkalden abgeben müsse, denn sie beträfen die Verlegung eines Dammes bei Aguada, um Champotón besser dem ständig wachsenden Fremdenverkehr zu erschließen. Sein Huipil aber stehe in Calkiní, hundertzwanzig Kilometer von Campeche und zwanzig Kilometer von Uxmal entfernt.
»Uxmal ist eines unserer wichtigsten Ziele. Wir werden ihn besuchen«, ruft das Mädchen fröhlich.
»Wir könnten ihn mitnehmen«, sagt Rafael nachdenklich, »und uns die Festungen von Campeche anschauen, während er seinen Alkalden in Champotón besucht.«
Bei diesem großzügigen Angebot hat er einen Hintergedanken, denn Rafael stellt sich vor, der Alte würde auf der Reise überm Führersitz und Marisa notgedrungen bei ihm schlafen. Er denkt an die Nächte. Er würde die Falttür, die den schmalen Korridor vom Schlafplatz trennt, abends, wenn sie zu Bett gingen, schließen. Nicht einmal Fund hätte mehr Platz vor dem Bett, und die wärmende Geborgenheit des Abteils würde zum Komplizen seiner Zärtlichkeit. Die

unmotiviert aufflackernde Eifersucht auf den Alten, auf ihre Vergangenheit, macht ihm langsam klar, daß das Mädchen Besitz von ihm ergriffen hat. Daß sie sein Verhalten bestimmt, so wie sie Besitz von dem rollenden Gefährt ergriffen hat. Tagsüber entscheidet sie, welche Straßen genommen werden, abends sucht sie den Parkplatz aus, nachts verweist sie ihn mit einem freundlichen Gutenacht und einem flüchtigen Kuß in die Einsamkeit des Schlafabteils, wo er grübelnd und innerlich fluchend Gespräche erfindet, mit denen er sie am nächsten Morgen aus ihrer Reserve locken will, damit sie ihm um den Hals fällt und um Verzeihung für ihr dummes, grausames Verhalten bittet.
Eines Nachts hatte er sich so in seine Gedanken hineingesteigert, daß er nicht umhin konnte, den heißesten, glühenden Teil seines Körpers in die Hand zu nehmen. Da stand sie plötzlich vor ihm, riß ihm die Bettdecke weg. Der Mond beschien seinen erhitzten Körper. »Ich dachte es mir«, murmelte sie und küßte ihn, bis befreiende Ermattung seine Glieder durchzitterte. Noch bevor er sie mit zärtlicher Dankbarkeit aufrichten und zu sich ziehen konnte, war sie ihm entglitten, mit einem »Schlaf jetzt« verschwunden. Am nächsten Morgen hatte er sie heiter-vorwurfsvoll gefragt: »Warum bist du heute nacht nicht bei mir geblieben?«
Sie hatte erstaunt von ihrer Kaffeetasse aufgeschaut und geantwortet: »Bei dir? Heute nacht? Ich war nicht bei dir. Das mußt du geträumt haben.«
Zum Glück fiel ihm eine Antwort ein, mit der er sein maßloses Erstaunen überspielen konnte: »Dann muß ich sehr große Sehnsucht nach dir gehabt haben – im Traum!«
Doch erinnerte er sich, obwohl er fast schon bereit war, das nächtliche Erlebnis als Traum abzutun, daß er beim Erwachen die Falttüre geschlossen gefunden hatte. Er wäre nie auf den Gedanken gekommen, sie zu schließen. Aber er war einverstanden, es bei ihrer Version zu belassen, denn, so meinte er, nun hätten sie ein Geheimnis miteinander, das sie verband. Doch es blieb bei diesem einen Mal, so oft er auch

in den folgenden Nächten seine Selbstgespräche und Gedanken auf sie konzentrierte, in der Hoffnung, sie telepathisch zu beeinflussen. Und zu masturbieren, während sie nur wenige Schritte von ihm entfernt im selben Raum schlief, widerstrebte seinem Stolz. Andererseits erschien ihm die Vorstellung, sie zu überfallen und mit Gewalt zu nehmen, absurd, auch wenn er sich eingestehen mußte, manchmal mit dem Gedanken zu spielen. Er kannte sich gut genug, um zu wissen, daß er als Vergewaltiger ein Versager wäre. Liebe, auch in der animalischen Form, war für ihn nur in Verbindung mit Schönheit und Hingabe denkbar. Die Erfahrungen seines Lebens, selbst seine Ehe, hatten nicht ausgereicht, ihn über diesen Irrtum aufzuklären. Hier, in der Nähe der Maya, die die Todessehnsucht zum Kult erhoben hatten, begann er etwas von der Grausamkeit und Brutalität zu ahnen, zu der jenes bisher sentimentale Gefühl führen konnte.

Nun, auch dieser Teil der Reise verläuft anders, als Rafael es sich vorgestellt hatte.

Sie setzen den Alten vor dem Haus des Alkalden ab. Er verabschiedet sich mit kurzem Gruß und Kopfnicken, als sei es selbstverständlich, sie am Tor der Befestigungen in Campeche wiederzusehen. Der Gedanke, daß diese Verabredung eine höfliche Floskel sein könnte, um ihn loszuwerden, scheint ihm nicht zu kommen.

Die kurze Fahrt bis Campeche verläuft stumm, nachdenklich. Beide hängen ihren Gedanken nach.

Sie besichtigen die Festung, die den Spaniern dazu gedient hatte, das im Landesinneren gefundene Silber zu horten, spazieren die Ramblas entlang, besuchen die langweiligen Barockkirchen, die herumstehen, als verleugneten sie absichtlich die dämonische Kraft, die sie verkörpern. Sie suchen einen Parkplatz fern von den Gaffern, aber für jeden, der sie sucht, leicht zu finden. Es wird dunkel, und sie sitzen bei angestelltem Generator und leise rauschender Air-Conditioning bei einem Black Label. Marisa blättert in einem Buch über die Ausgrabungen von Uxmal. Rafael sitzt über seinen Notizen.

Da klopft es leise, aber entschieden an der Tür. Fund hebt nur den Kopf und blinzelt, schlägt aber nicht an. Als Rafael öffnet, steht der Alte, grüßend wie ein alter Verwandter, vor der Tür und steigt, ohne eine Aufforderung abzuwarten, ein, verstaut seinen Sisalsack und setzt sich auf den drehbaren Beifahrerstuhl. Nachdem er sein Mißfallen über den ungewohnten Whisky nicht verleugnet hat, fragt er, an einem gekühlten Tequila schmatzend, wo sie, die Hausfrau, ihn nächtigen lassen wolle. Bevor Rafael eingreifen kann, erklärt das Mädchen: hier, der Eßtisch lasse sich mit wenigen Handgriffen in eine Liege verwandeln. Das habe neben den bequemen Kissen den Vorteil, direkt am Ausgang zu schlafen, was, so fügt sie wohlwollend lächelnd hinzu, bei gewissen nächtlichen Verrichtungen den Weg ins Freie erleichtere.

So kann Rafael trotz seiner sichtbaren Enttäuschung nicht verhindern, daß alsbald die Gurte fürs Bett über dem Fahrersitz herabgelassen wie auch die Füße des Eßtisches abmontiert werden, der als Unterlage für die Kissen eine bequeme Schlafgelegenheit bietet. Beim Gute-Nacht-Wünschen bringt der Alte das Gespräch auf die morgige Fahrt und schlägt vor, eine Abkürzung zu nehmen. Sie sei zwar landschaftlich weniger reizvoll, führe von den palmengesäumten Sisalfeldern weg durch Buschwaldschneisen. Man spare jedoch an die sechzig Kilometer und komme zuerst nach Uxmal und könne dann, nach der Besichtigung, die zwanzig Kilometer nach Calkiní in der Dämmerung zurücklegen. Seine Frau sei zwar nicht darauf vorbereitet, Gäste zu empfangen, könne aber dennoch nach einiger Wartezeit ein Mahl auftischen.

Rafael zieht sich, von Fund gefolgt, in sein einsames Abteil zurück, Marisa verschanzt sich, das Radio auf volle Lautstärke aufdrehend, in der Dusche, während der Alte Schuhe und Strümpfe auszieht und es sich in Hemd und Hose auf seinem Lager bequem macht. Rafael hat die Flasche mit Eis und Soda in sein Quartier mitgenommen. Plötzlich überfällt ihn die Erinnerung an sein erstes Eingesperrtsein, fühlt er sich zurückversetzt zu jenem Transport des Jahres 1938, als er dreizehnjährig zum erstenmal das beklemmende Gefühl der Gefangenschaft erlebte. Man hatte ihn und seine Klassenkameraden in der Turnhalle in braunschwarze Pfadfinderuniformen gesteckt und auf dem Schulhof antreten lassen. Der Turnlehrer hielt eine knarrende Rede, hob die Hand zum »deutschen Gruß«, dann wurden sie in offene Lastwagen gesteckt und zum Praterstadion gefahren. Am Praterstern stoppten die Wagen, um sich in eine Kolonne einzugliedern, die bis zur Urania reichte. Sie saßen zu acht auf Bretterbänken zusammengepfercht. Wenn der Lastwagen hielt, mußten sie auf Befehl des Lehrers aufstehen und im Chor »Die Fahne hoch« singen. Ruckte der Wagen an, schlug ihnen die Bank in die Knie, und sie fielen auf den Hintern, was vielen seiner Kameraden Anlaß zu Gejohle und Püffen gab. Rafael war der einzige, der keinen Spaß an der Sache fand. Der Gestank der Dieselmotoren, die Ausdünstungen seiner Nachbarn, der Lärm, das beklemmende Gefühl, nicht weglaufen zu können, verursachten ihm Übelkeit. Beim nächsten Halt stand er auf und drängte sich an das Ende der Plattform, um abzuspringen. Da wurde er zurückgestoßen: »Wo willst denn du hin?« rief der Lehrer unheilvoll. – »Austreten, bitte, mir ist schlecht.« – »Zum Austreten war Zeit in der Schule. Typen wie du können in die Hose pissen, wenn sie keine Disziplin haben!« Und an alle gewendet brüllte er: »Aufstehen. Ein Lied, zwei drei!« Als sie endlich vor dem Tor des Stadions herunterklettern durften und in Viererreihen ins Innere getrieben wurden, erbrach er sich.

Marisa ist mit einem flüchtigen »Schlaf gut!« aus dem Waschraum gekommen und hat auf dem Weg zum Führerhaus das Radio abgestellt. Rafael nimmt, statt den Gruß zu erwidern, einen tiefen Schluck und schüttelt sich. In seiner Wut hat er vergessen, Soda ins Glas zu mischen. Der Alkohol brennt ihm die Kehle hinunter. Wärmt ihn tröstend, als er sich zwingt, an seine Mutter zu denken, die, als er damals frierend und leichenblaß heimkam und ihr die Geschichte erzählte, noch in derselben Nacht die Koffer packte und die Familie nach Triest verfrachtete. Dort besuchte er unbehelligt die italienische Schule, bis die Amerikaner landeten. Vater hatte es vorgezogen, in die Türkei zu reisen, von wo er monatlich Pakete mit duftendem Kaffee, Rosinen, Baklawa und Honig schickte.
Der Alte schnarcht, und Rafael hört, wie Marisa sich in ihrem Hängebett bewegt, daß die eisernen Schlaufen der Gurte aneinanderschlagen. Wütend, wie um seinen Unmut zu zeigen, gibt er dem Hund einen Stoß und haut die Falttür zu. Jetzt fühlt er sich vollends eingesperrt wie in der Zelle eines Gefängnisses. Er beschließt, von morgen ab Ton und Benehmen zu ändern. Radikal. Er würde zeigen, daß man mit ihm nicht so umspringen kann. Und in der nächsten Stadt ins Hotel gehen, mit einem dahergelaufenen Mädchen schlafen. Oder, noch besser, zwei dickbrüstige Huren mitbringen und sie von ihrem Hängebett aus zusehen lassen, wie er eine Orgie feierte. Sich dann endlich auf den Zweck seiner Reise konzentrieren, der ihm, je länger sie unterwegs waren, mehr und mehr in nebulöse Fernen rückte.
Morgen schon würde er, genau wie heute, auf das Nachtmahl, das sie ihm aufdrängen wollte, und aufs Frühstück verzichten. Würde in glasklarer Nüchternheit das Nonnenkloster von Uxmal besichtigen mit seinen Chac-Masken, den Rundplastiken im Puuc-Stil, den Schlangenköpfen, dem doppelköpfigen Jaguar. Den Gouverneurspalast besteigen und dabei zwei Kilo abnehmen, während sie ihre Schweizer-Käse-Sandwiches bei Air-Conditioning und Mariachi-

Musik verschlang. Zum Donnerwetter, er würde ihr seine Autorität, die sie angeblich in sein Bett getrieben hatte – damals, vor langer Zeit, so kam es ihm vor, in Venedig, als er glaubte, ein verhuschtes Zauberwesen kennengelernt zu haben, dem man nur ein wenig auf den Weg helfen mußte –, diese Autorität würde er ihr auch ohne Schwanz zeigen. Es würde ihm ein leichtes sein, ihr in ihrer Sprache zu antworten.

Die Falttür wird leise aufgezogen und Marisa steht im Rahmen. Das Mondlicht fällt auf ihr gelöstes Haar und läßt es silbrig erscheinen.

»Schläfst du?«

»Nein.«

»Es ist nur, Whisky statt Abendessen bekommt mir nicht. Ich habe Hunger.«

»Dann friß doch. Es ist genügend im Eisschrank.«

»Nein, das ist es ja gerade. Ich will nichts essen, das heißt, vielleicht ein Stück Brot im Freien, denn der Alte schnarcht fürchterlich und furzt jedesmal, wenn er sich umdreht, daß es da vorn stinkt wie in einer Gaskammer.«

»Worauf willst du hinaus? Willst du mir vielleicht die Ehre erweisen, bei mir zu schlafen, damit du dem Gestank entgehst? Von mir aus reiß die Fenster auf, und laß dich von den Moskitos zerstechen oder noch besser, verschließ dem Alten mit einer Spraydose den Arsch.«

»Oho, du bist ja ganz schön in Fahrt. Übrigens, ich wollte dich fragen, ob du einverstanden bist, wenn ich weiterfahre. Ich bin nicht müde, und morgen könntest du im Angesicht deiner geliebten Steinbrüche frühstücken, o.k.?«

Einen Augenblick lang hat er gehofft, sie werde zu ihm ins Bett steigen, und er könne sie in die Arme nehmen. Sein Ton soll den neuen Rafael zeigen, den sie noch nicht kennt.

Jetzt aber, als er versteht, daß davon keine Rede sein kann, hätte er sie am liebsten geohrfeigt.

»Tu, was du willst«, schreit er, »und außerdem, du kannst mich am Arsch lecken!«

Der Ausbruch kommt ihm vor wie ein Sieg, ein Triumph. Marisa lächelt nur versonnen und sagt, während sie behutsam die Falttüre schließt: »Aber Herr Professor! Dieses Angebot habe ich im Katalog Ihrer Laster bisher nicht entdeckt.«

Wenige Minuten später hört er den Motor anspringen, und als der Wagen auf die Straße holpert, verschüttet er den Rest der Flasche, die er an die Lippen gesetzt hat. Schwer benebelt schläft er ein. Er spürt noch, wie die Automatik sanft ruckt, als Marisa den großen Gang einlegt. Als der Wagen am Ausgang der Stadt auf Touren kommt, träumt er bereits. Die kühle Nachtluft tut dem Motor gut, trotz der niedrigen Oktanzahl des Benzins klopft er nicht, wenn sie nach dem Abbremsen energisch aufs Pedal tritt und das behäbige weiße Gefährt im Mondlicht an fahlen Hütten und staubiggrauen Palmen vorbeihuscht. Die Scheinwerfer tasten den Wald ab, den die Straße wie eine enge Schneise teilt.

Er träumt, seine Mutter sitzt auf dem Platz des Alten. Sie redet mit Marisa und zwei Leuten, die ebenfalls noch im Cockpit herumlümmeln und wie Lotsen den Weg weisen. »Schluß mit dem Humanismus«, sagt sie, »Rübe ab! Wir müssen endlich die Sünden unserer Väter mit Blut abwaschen.« – »*Che vero*!« sagt einer der Beifahrer auf italienisch, »dazu müssen wir aber schneller fahren, um Ihren Sohn einzuholen, der uns entwischt ist.« Rafael kennt die Stimme nicht, aber er weiß, es ist der Brillenträger vom Markusplatz. Er darf jetzt nicht schnarchen, sonst entdekken sie sein Versteck hinter der Falttür. Doch die Stimmen der beiden kommen näher, sie stehen vor seinem Abteil. Er hält den Atem an, aber seine Kehle ist so rauh, daß er husten muß.

Schweißgebadet erwacht er. Der Wagen steht. Der Motor ist abgestellt. Er schaut durch das Fenster und sieht Marisa und den Alten im Gespräch mit einem Fremden. Rafael stellt den Generator an, zieht das verschwitzte Hemd aus und nimmt eine Dusche. Statt sich abzutrocknen, betrachtet er sich im

Spiegel. Durch die Bräune wirkt sein Haar noch grauer als vor Antritt der Reise. Auch kommen ihm seine Tränensäcke dicker vor, die Falten um den Mund tiefer, aber der Fettansatz an den Hüften ist zurückgegangen. Alles, was du brauchst, um abzunehmen, ist Ärger, denkt er, Ärger, wie du ihn jetzt hast.

Als er den Duschraum verläßt, hört er, wie der Hund anschlägt. Er steht in der offenen Tür und bellt wie wild hinaus. Er hört die beruhigenden Worte des Mädchens: »Komm, sei brav, Fund, laß uns herein. Du bist doch der liebste, schönste Neufundländer.« Sie kichert. Seine drohende Haltung macht ihr offensichtlich Spaß. »Bist in derselben Laune wie dein Herrchen heute, dein Herrchen, der Herr! Bist ja gar kein Neufundländer, bist ein Altfundländer, der Neufundländer bin ich. Nun komm, laß uns rein.« Aber der Hund will sich nicht beruhigen.

»Was ist los?« ruft Rafael.

»Stell dir vor, er will uns nicht reinlassen. Wahrscheinlich gefällt ihm die Nase unseres Gastes nicht. Ich habe nämlich den jungen Mann hier eingeladen mitzukommen. Er muß in dieselbe Richtung und tat mir so leid, wie er einsam mit seinem Koffer durch die Nacht ging.«

Nackt, wie er war, kommt Rafael nach vorn, krault den Hund, der das wütende Gebell aufgibt, aber sein Knurren bleibt respekteinflößend. Rafael sieht zur Tür hinaus. Die drei stehen da und schauen herauf, das Mädchen in der Mitte. Der Alte lacht amüsiert, und der Fremde macht eine Verbeugung zu Rafael hin. Der steht da, hält die Halskrause des Hundes, bis er sich klar wird, daß er nicht einmal ein Handtuch hat, um seine Blöße zu bedecken. Das Mädchen befindet sich nahe am Einstieg, ihr Kopf ist nur wenige Zentimeter von seinem Glied entfernt.

»Komm, Fund, obwohl du recht hast, diese Figuren nicht hereinzulassen!« ruft er und gibt ihm einen sanften Fußtritt, der ihn nach hinten befördert. Die drei steigen ein, der Neuankömmling als letzter. Er schielt ängstlich in Richtung

des Hundes. Rafael geht nach hinten und erlaubt Fund, sich aufs Bett zu legen, denn sonst kann er die Falttür nicht schließen. Er hört, wie die drei es sich bequem machen und sich schnatternd unterhalten.
»Ruhe!« brüllt er, so daß sogar Fund das Geknurre aufgibt. Wenige Minuten später geht die Fahrt weiter.
Rafael fühlt sich erfrischt, stopft seine Pfeife, streichelt den Hund. Hinter der Scheibe löst sich das schwarze Grün, als wische ein nasser Pinsel über frische Aquarellfarben. Rafael beschließt, wachzubleiben, holt Papier und Füllfederhalter und schreibt an seine Mutter.

Liebste Mutter,
sicher wirst Du Dir Gedanken, wenn nicht gar Sorgen machen, was geschehen ist, seit ich Triest verlassen habe, um – der Poststempel wird es Dich vermuten lassen – Deinen Rat zu befolgen und auf die Reise zu gehen, von der ich mir viel versprach.
Um mit Deinem »Aufpasser« zu beginnen. Harras geht es gut, er ist friedlich und genügsam und verteilt seine Sympathien und Aggressionen ganz in Herrchens Sinne. Er liegt neben mir auf dem bequemen Doppelbett des Wohnmobils, mit dem wir durch den Urwald in Richtung Uxmal brausen. Wir. Nun, da bin ich bei der Neuigkeit angelangt, die Dich interessieren sollte, denn bei allem Komfort, den diese modernsten Landyachten bieten, will ich Dir nicht weismachen, man könne vom Bett aus das Steuer bedienen. Die junge Frau, die vorn im Cockpit mit Luchsaugen und meisterhafter Fahrkunst durch die Nacht fährt, ist die Reisegefährtin, zu der Du mir geraten hast. Ich kannte sie flüchtig, sie hatte eine Zeitlang bei mir in Wien gehört, und auf dem Abstecher, den ich mir gönnte, um den Plan der Reise zu überdenken, habe ich sie in Venedig wiedergetroffen. Sie spricht fließend Spanisch und ist in Südamerika geboren.
Ich halte sie für sehr schön, ein edles Fin-de-siècle-Profil mit feiner Nase und geschwungen-aufgeworfenem Mund,

schwarzes Haar, wie eines jener Damenporträts von Klimt, die bei Dir im Hause hängen. Doch diese Beschreibung gibt das Bild einer verwöhnten jungen Dame wieder, wie man sie sich unter der Jeunesse dorée jener vergangenen Epoche vorstellt. Das Gegenteil ist der Fall. Sie ist eine patente junge Person, die bei der Arbeitseinteilung, die sich zwangsläufig auf einer Reise in einer fahrbaren Wohnung ergibt, auch vor niedrigen Arbeiten nicht zurückschreckt. Zum Beispiel hat sie die Beseitigung der Hygiene-Tanks übernommen. Sie kocht gut und erfindet die phantasievollsten Gerichte.
Ich stelle mir vor, wie Du beim Lesen dieser Zeilen lächelnd denkst ›Aha, mein Sohn ist verliebt‹, und ich widerspreche nicht. Obwohl das Wort ›verliebt‹ im Zusammenhang mit meinen Gefühlen zu ihr nur den kleinsten, erfreulichen Teil der Beziehung umreißt. Denn hinter ihrer hohen, anmutigen Stirn rumort eine unergründliche Phantasie, ein Geist von kindlicher Naivität und intellektueller Verschrobenheit, der mich zutiefst erschreckt und gleichzeitig auf nie gekannte Weise fasziniert. Kurz, sie beherrscht mein Tun und Denken, daß ich manchmal – wie jetzt, während ich dies schreibe – meine, vom Regen in die Traufe gekommen zu sein.
War ich vor Antritt der Reise ein Gefangener meiner unerfüllten Träume, meiner Einbildung, das Leben fließe an mir vorbei, ohne mich auf den Wogen seines Stromes mitzureißen, weil ich zu kraftlos und feige war, mich ihm bedingungslos anzuvertrauen, so fühle ich jetzt, wie mein Denken und Handeln durch sie bestimmt werden. Als gälte es, ein Rätsel zu lösen, einen Schleier zu lüften, ein Geheimnis zu ergründen, von denen das Überleben abhängt.
›Mein Sohn ist fünfzig Jahre alt und schreibt Briefe wie ein Achtzehnjähriger‹ wirst Du jetzt denken. Ich bekenne mich freimütig zu dieser pubertären Verwirrung, nicht ohne ein Fünkchen Stolz, daß man in der Mitte des Lebens noch genug Neugierde bewahrt hat, um eine Flamme zu entzünden, die wärmt, aber auf ahnungsvolle Weise auch bedrückt.

So, als braue sich in den bleiernen Himmeln Yucatáns ein Gewitter zusammen, drohend und unheilvoll.
Nun, bald werde ich Dir berichten, ob meine Phantasie mir einen Streich gespielt oder diese Reise zu der gefiederten Schlange in ihr Nest geführt hat, das man – nach Maya-Mythos – nicht aufstöbern darf, ohne bestraft zu werden. Der Morgen schlüpft durchs Fenster. Gleich sind wir in Uxmal, und ein anstrengender Tag beginnt. Ich schließe schnell, und so waren diese Zeilen nur ein Zwischenbericht. Ich umarme Dich.

Rafael.

»Das Frühstück kannst du deinen Fahrgästen geben.« Rafael schluckt heißen Kaffee aus einem Plastikbecher. Der gedeckte Tisch ist im Schatten eines Gummibaumes im Freien aufgestellt. Der Alte hat die Aluminiumstühle aus dem Heck geholt. Rafael, seinem Vorsatz getreu, setzt sich gar nicht erst hin. Der Platz, den Marisa zum Parken ausgewählt hat, ist ideal. Rafael hakt die Leichtmetalleiter in die Ösen der Oberlichte, steigt auf das Dach. Von oben hat man einen eindrucksvollen Rundblick. Nur die Spitze der Wahrsagerpyramide wird verdeckt durch die Äste des Gummibaumes. Links, gegen Süden, muß der Gouverneurspalast liegen mit dem doppelköpfigen Jaguarmonument und dem Phallusaltar. Er bewundert das umsichtige Vorgehen des großen Morley bei der Grabung. Die Eingangstür des umzäunten Geländes ist noch geschlossen – es mag gegen sieben Uhr früh sein. Er braucht das Fernglas, um das Mosaikband des Palastes zu studieren.
Als er hinuntersteigt, steht der junge Fremde am Spültisch und zählt, den knurrenden Hund nicht aus den Augen lassend, Münzen auf den Tisch. »Der Fahrpreis«, meint er mit schiefem Lächeln. Rafael streicht sie zusammen und

schüttet sie ihm in die offene Hemdtasche zurück, seine abwehrende Geste ignorierend. Der Alte macht sich erbötig, den Wächter zu holen, er kenne ihn, er werde sicher vor neun Uhr aufschließen, mit einem – er macht die entsprechende Geste – Bakschisch. Rafael nickt, und der Alte macht sich auf den Weg in Richtung der Hütten am Straßenrand. Der Fremde tritt aus dem Wagen, verbeugt sich stumm vor Rafael und reicht Marisa die Hand: »*Muchas gracias* und viel Glück auf der Reise!«
Als es weg ist, stehen die beiden sich einen Augenblick gegenüber, Rafael den Feldstecher in der Hand, sie das Tablett.
»Du brauchst es nur zu sagen, wenn es dir lieber ist, mich loszusein. Keine spießbürgerlichen Hemmungen.« Sie sieht müde aus, angestrengt von der nächtlichen Fahrt. Hat dunkle Schatten um die Augen. Eine Woge von Zärtlichkeit schlägt über ihm zusammen, wirft alle Vorsätze über den Haufen. Er hält das Fernglas vor die Augen und tut, als spähe er aus dem Fenster, um seine Erregung zu verbergen: »Ich habe entdeckt, daß ich dich liebe. Und das ist unter diesen Umständen kein Spaß, das kannst du mir glauben.«
Sie hat das Tablett mit dem Frühstücksgeschirr abgestellt und räumt die Tassen und Teller in die Spüle. Jetzt hält sie nachdenklich inne: »Ich weiß, ich bin unerträglich. Manchmal bin ich zum Verzweifeln traurig und wünsche, man würde mich in einen Stall einsperren, damit ich nicht ausbrechen kann. Zu einem Pferd, bei dem ich liegen kann, nachts, um mich in seine Weichen zu schmiegen, und zu verstecken, wenn es Tag wird.«
Rafael ist zu bewegt, um zu antworten. Er geht zur Leiter und beginnt hinaufzusteigen. Da spürt er plötzlich, wie sie seine Knie umfaßt. Sie blinzelt müde zu ihm herauf, sein Kopf ist schon in der Sonne: »Entschuldige, ich glaube, ich habe kein Talent zum Glück!«
Das steinerne Relief des Gouverneurspalastes verschwimmt vor seinen Augen. Die Schlangenrachen, aus denen mensch-

liche Köpfe ragen, bewegen sich, weil seine Hände, die das Glas einstellen, zittern. »Du lieber Gott«, denkt er, »was bist du doch für ein empfindsamer, sentimentaler Tunichtgut. Es fehlt nicht viel, und dir wird schwindlig, kaum zweieinhalb Meter über der Erde.«

»Leg dich nach hinten und schlaf. Ich verspreche, dich nicht zu stören, bis wir abends zum Weiler des Alten fahren.«

Das Mädchen nickt, und er steigt hinab und geht zu dem Alten, der mit dem Wächter am Gitter steht.

Er weist dem etwas mißmutigen Beamten seinen internationalen Archäologenausweis vor, in den er, auf der Seite mit der spanischen Eintragung, zwanzig Pesos legt. Er trägt sich in das Gästebuch ein, während der Wärter in seiner Kasse kramt. Als er das Tor aufschließt, hält er ihm siebzehn Pesos hin. Die Art, wie er sein mürrisches Aussehen beibehält, obwohl Rafael ihm klarmacht, daß er sie als Trinkgeld behalten darf, macht Eindruck. Der Alte will ihn begleiten, aber Rafael lehnt ab, und der Wächter schließt das Tor hinter ihm wieder zu.

Das Gefühl, allein in der Götterburg zu sein, erfüllt ihn mit Ruhe und Heiterkeit. Echsen laufen über seine Hand, mit der er den kühlen Stein des riesigen Phallusaltars befühlt. Doch bald schweifen seine Gedanken ab, wandern ein paar hundert Schritte zurück, zu dem Mädchen, das – so hofft er – jetzt schläft. Er stellt sich vor, wie sie, Geborgenheit suchend, zusammengekauert auf dem Bett liegt, die Vorhänge zugezogen, und denkt an ihre Erzählung von dem Stall. Sein Bekenntnis, daß er sie liebe, erlöst und befreit ihn, als habe er sich mit einer Demutsgeste bedingungslos in ihre Hand begeben. Als könne das Vertrauen, das er ihr erweist, den inneren Aufruhr, die Unrast beruhigen, von der sie besessen ist wie von einem bösen Geist.

Er ist noch nicht vertraut mit dem komplizierten Mechanismus, den er unmerklich in Bewegung gesetzt hat. Wie bei der Austreibung böser Geister oder dem Entzug einer Droge sollten sich Ausfallerscheinungen bemerkbar machen und der Rückfall um so heftiger sein. Das zu entdecken war ihm noch eine Frist gesetzt ...

Der Fastentag, den er sich auferlegt hat, erhöht seine Aufnahmefähigkeit. Er macht sich einen sportlichen Spaß daraus, den Gipfel des Wahrsagertempels mit großen Schritten zu erklimmen, ohne sich umzusehen und ohne Aufenthalt. Die steilen Stufen beginnen bereits, die aufgefangene Sonne zurückzustrahlen, und als er sich auf der obersten Plattform niedersetzt, um zu verschnaufen, gaukelt die an- und abschwellende Bewegung der Luft ihm fatamorganaähnliche Bilder vor. Ihm kommt es vor, als setzten sich die grüngelben Schatten der Gummibäume und Jacarandabüsche in Bewegung, flögen langgestreckten, gefiederten Raupen gleich auf ihn zu, umkreisten ihn in immer engeren Bögen, bis ihre Flügel ihn berührten. Beim Fliegen verbrauchten sie allen Sauerstoff, und der Himmel verdunkelte sich, während Luftmangel ihn erstickte. Er wollte aufstehen und die Stufen hinabsteigen, bevor die Sinne ihm schwanden, aber die fliegenden Raupen hatten ein grünlich-schleimiges Sekret über die Stufen verspritzt, so daß er ohne Halt hinunterglitt. Als die Vision verschwindet und er sich umdreht, um, noch unsicher auf den Füßen, den Abstieg anzutreten, sieht er, einer Schar emsiger Ameisen gleich, die ersten Touristen durchs geöffnete Tor quellen. In der Nähe des Wohnwagens parken zwischen Gummibäumen Omnibusse, und er denkt mit Bedauern, daß Marisa sicher aus dem Schlaf geschreckt würde. Er beschließt, energisch gegen die Müdigkeit anzukämpfen und seinen Rundgang mit der Besichtigung des Gouverneurspalastes fortzusetzen, der südlich der Wahrsagerpyramide auf einem etwa zwanzig Meter hohen Hügel liegt.

Die Sonne steht schon hoch, als er das etwa hundert Meter lange Gebäude im reinsten Puuc-Stil umschreitet, das durch zweimaliges Zurückweichen der Fassade den imponierenden Mosaikfries mit seinen zwanzigtausend Steinplatten in geradezu arroganter Bescheidenheit überragt. Der Regengott erscheint in über hundert Masken, und Rafael verbringt gut eine Stunde damit, die durch nur winzige Ausdrucksveränderungen eine beschwörende Einheit bildenden Plastiken zu studieren. Die Touristen, die schnatternd den Singsang des amerikanischen Guide untermalen, scheuchen ihn auf, und er steigt, gerade als die Sonne den kühlenden Schatten hinter der Ostfront des Palastes auflöst, hinunter zum Schildkrötentempel, überquert den Ballspielplatz und betritt das Viereck des Hauses der Nonnen in einem Zustand hellwacher Betäubung.

War hier Quetzalcoatl eingeflogen, an der Spitze der olmekischen Heerscharen, oder hatte er nur durch göttliche Eingebung den Platz im Dschungel bestimmt, an dem die unterworfenen Maya die den Regengöttern geweihten Tempel erbauen mußten?

Das Nonnenkloster gleißt in weißem Korallenkalkstein. Einen Augenblick lang fühlt er sich in die Vergangenheit zurückversetzt, wandert er im Wachtraum die neunhundert Jahre zurück, die ihn von der Entstehungszeit trennen. Ein Thron mit Baldachin, die realistischen menschlichen Gestalten, die in den Stein gehauenen Bilder der Weiher und Hütten lassen ihn an den Alten denken, dessen Huipil sie heute abend kennenlernen würden. Damit ist er wieder bei dem Mädchen, so sehr er sich auch bemüht, die ihn auf Schritt und Tritt verfolgenden Gedanken zu verdrängen. Er versucht sich auszumalen, wie die keuschen Jungfrauen hier in diesem Tempel darauf vorbereitet wurden, in festlichem Kleid und glitzerndem Schmuck auf Geheiß des kalenderkundigen Priesters dem Regengott geopfert zu werden. Aber wie unter hypnotischem Zwang tragen sie das Antlitz Marisas, und sie haben ihre kokett-linkischen Bewegungen, wenn sie am Tag des Opfers stolz und glücklich die steilen Stufen hinaufsteigen. Erst als er dem Viereck den Rücken kehrt und zum »Taubenhaus«, dem »Haus der Zwerge« und dem der »Alten Frau« kommt, verläßt ihn die Vision, da die unfachmännische Art der Grabung und die im Anfangssta-

dium steckende Planierungsarbeit seinen geschulten Blick verletzen.
Es mag gegen zwei Uhr sein, die Touristen hatten ihre Omnibusse längst bestiegen und waren zu »Hamburgern mit French Fried Potatoes und Ketchup« abgedampft, als er sich auf den Heimweg macht. Er fühlt sich müde und kommt sich klein vor angesichts der majestätischen Größe des Geistes, der all das erdacht hat. Auf dem Weg zum Ausgang geht er an der Umfriedung entlang und denkt an die Legende von dem buckligen Zwerg, der den Wahrsagertempel in drei Nächten errichtet haben soll und Uxmal seinen Namen gab: »In drei Nächten errichtet.«
Der Wagen ist verschlossen. Fund liegt, alle viere von sich gestreckt, unter dem Chassis und scheint keine Lust zu haben, den kühlen Platz um einer Begrüßung willen aufzugeben. Das Mädchen ist nirgends zu sehen, und auch der Alte ist nicht beim Wächter. Rafael trägt einen zweiten Schlüssel bei sich, schließt auf und betritt den Wagen. Tisch und Stühle sind weggeräumt, das Bett ist leer, der Wagen aufgeräumt und die Air-Conditioning auf *»full«* gestellt. Der Generator blubbert dünne Wölkchen aus dem Auspuffknie. Es ist kalt im Wagen, und Rafael fragt sich, warum der Alte und der Hund ausgesperrt sind und nicht im Innern Zuflucht vor der sengenden Hitze gesucht haben. Er schreibt es dem Takt des Alten und der Wachsamkeit des Hundes zu, und ein Gefühl der Anerkennung und des Respekts überkommt ihn.
Es bedarf freundlicher Kommandos, um Fund zu überreden, seine Siesta in zivilisierter Kühle fortzusetzen. Endlich humpelt er die Stiege hinauf und vergräbt sich, gähnend und verschreckt ob des plötzlichen Temperaturwechsels, unter seiner Decke.
Er trifft das Mädchen schlafend am Fuße des Phallusaltars. Unwillkürlich denkt er an ihre morgendliche Beschwörung eines wärmenden Platzes, an das Pferd im Stall, in dessen Weichen sie Ruhe und Geborgenheit sucht. Sie hält im

Schlaf mit beiden Armen den Stein umschlungen, und die Eidechsen machen halt vor ihren blaugeäderten Händen. Manchmal bildet sich eine unwillige Falte auf ihrer Stirn, wenn eine Fliege den Weg vom Haar zur Stirn wagt. Behutsam, wie um seine Berührung in das Streicheln der Luft einzubeziehen, nähert er sich der klopfenden Ader an ihrem Hals und küßt sie, zaghaft und unendlich vorsichtig. »Paff« hat er eine Ohrfeige erhalten. Präzise, mit dem Handrücken gegen die Wange, daß die Eidechsen davonspritzen.

»Oh, verzeih!« Mit einem Satz ist sie auf, taumelt schlaftrunken eine Pirouette. Sie hakt sich bei ihm ein, als sie zurückgehen. »Daß du es aushältst, den ganzen Tag ohne Essen!«

Er lächelt: »Ich habe den Rausch der heiligen Nüchternheit. Der steigert Sichtbares zu Tagträumen und Unsichtbares zu greifbaren Erlebnissen.«

»Und ... ist das erfreulich?«

»Ich denke, jede Steigerung ist erfreulich. Nur« – er hält inne, denn Marisa klammert sich plötzlich an seinen Arm – »nur sollten die Tagträume keine Alpträume und die Erlebnisse nicht zu greifbar werden.«

Sie sind am Wagen angelangt, und das Mädchen holt den Schlüssel aus der Tasche ihres Hosenanzugs.

»Wo ist denn unser Freund?«

Sie hält die Tür auf und salutiert – wie vor dem Chef –, um ihn zuerst einsteigen zu lassen. »Treten Sie ein, Herr Professor. Ich denke, der Alte ist fort, und ich glaube, du wirst auf den Abend im Huipil und die Begegnung mit seiner jungen Frau verzichten müssen. Einer der Omnibuschauffeure hat ihn mitgenommen. Setz dich. Magst du was trinken? Gin-Tonic? Oder soll ich Tee machen?«

Doch bevor er sich entscheidet, fährt sie fort: »Wenn du Wert darauf legst zu erfahren, warum er weg ist, mußt du dich für Gin-Tonic entscheiden. Dazu brauche ich deine Augen und kann nicht am Herd stehen.«

»Also Gin-Tonic!«

Er läßt sie gewähren, als sie ihn bei den Armen nimmt und auf den Drehstuhl setzt wie einen erschöpften Heimkehrer. Er muß plötzlich husten, seine Bronchien reagieren auf die trockene Kühle des Raumes wie die eines Nichtrauchers, der unvorbereitet in ein Abteil voll schmauchender Zigarrenraucher tritt. Sie reicht ihm das Glas, mischt eins für sich und baut sich vor ihm auf.
»Du mußt wissen, mir gefallen ältere Leute. Vielleicht kommt es von Vater, den ich mir im Grunde immer als Liebhaber gewünscht habe, den ich bewunderte und – wie sagt Oscar Wilde? – dem ich später verzieh. Der Alte hatte etwas. Diese Vitalität, trotz seiner Jahre, sein Stolz, trotz des erbärmlichen Lebens, das er geführt hat, seine Respektlosigkeit, trotz seiner unzweifelhaften – wie sagt man bei euch? – Herzensbildung, seine revolutionären Ideen, trotz seines optimistischen Lachens. Wahrscheinlich gefiel er mir. Und ich habe es ihn spüren lassen, ihm Avancen gemacht, die man ins Kalkül ziehen muß und die sich ein ordentliches Mitglied – apropos Mitglied, ich denke unablässig an sein Glied –, ich meine, die man sich als ordentliches Mitglied der Gesellschaft nicht erlauben darf.
Als ich den Tisch abgeräumt hatte und das Geschirr gespült war, ging mir plötzlich die Bedeutung des Satzes auf, den du dir da abgerungen hattest wie ein Pennäler.« Sie stockt und streicht ihm, als bitte sie um Entschuldigung für das verletzende Etikett, das sie seiner morgendlichen Liebeserklärung aufklebt, über die Wange.
»Und dann?« Rafael spürt, wie ihm trotz der Kälte des Raumes und des eisgekühlten Drinks der Schweiß ausbricht. »Was geschah dann?«
»Ich fühlte die Müdigkeit der schlaflosen Nacht und wollte mich hinlegen, um beim Einschlafen über das nachzudenken, was du gesagt hattest. Ich klopfte dem Alten auf die Schulter und sagte: ›Nun, Alter, amüsier dich mal, ich geh' schlafen.‹ Der Gedanke, er könnte diese Aufforderung auf mich beziehen, kam mir nicht. Ich zog mich aus – wahr-

scheinlich hätte ich die Falttüre schon zuziehen sollen, bevor ich mich auszog – und legte mich nackt auf dein Bett.«

Sie macht eine Pause und zündet sich eine ihrer verdammten Marlboros an, die sie lose in der Brusttasche des Hosenanzuges stecken hat. Dann steht sie auf und kommt mit einem Paket Kleenex zurück. Zieht zwei Tücher heraus und reicht sie Rafael. Er wischt sich über die Stirn. Unwillkürlich denkt er an Dagmar, als sie, mit ähnlich vertrauter Geste, das entscheidende Gespräch begann, in dem sie ihm ihren Entschluß mitteilte, ihn zu verlassen.

»Weiter! Nun erzähl schon weiter!«

»Ich döste so vor mich hin und dachte daran, wie ich dir begreiflich machen könnte, daß mein Haß auf eure wohlbehütete Gesellschaft, auf das wohltemperierte Klavier, in dessen Akkorden ihr furzt, es mir so unendlich schwer macht, eine Brücke zu jemandem zu finden, der, wie du, bumsen gleichsetzt mit besitzen.«

Trotz der Eifersucht auf diesen stinkenden, schnarchenden Alten, diesen verlogenen Betrüger in der Maske des Biedermannes, findet Rafael Zeit, nachzudenken und zu registrieren, was sie sagt, und er beschließt, da sie zweifellos die Erzählung begonnen hat, um sie zu Ende zu bringen, seine masochistische Neugierde zu zügeln. Er trinkt aus, befühlt sein Glas, wischt mit den Daumen das Kondenswasser ab.

»Euer Haß kommt letzten Endes aus eurer Unfähigkeit, etwas Besseres anzubieten. Aber, erzähl weiter.«

Marisa hängt einen Augenblick lang seinen Worten nach, wischt sich über Augen und Stirn, als wolle sie ablenkende Gedanken verscheuchen. »Da wird die Tür langsam aufgezogen, und bevor ich mehr sehen kann, sticht eine olivenfarbene, aufgequollene Eichel am Ende eines mahagonibraunen langen Schwanzes herein, hinter dem ich verschwommen die dotterfarbene Hose des Alten ahne. Vielleicht glaubte er, die geschwollene Eichel und der lange Schwanz genügten, um die Beine breit zu machen. Jedenfalls war ich so entsetzt, daß ich ihm, nein, der Oliveneichel und dem dunklen

Schwanz, der mich an eine haarlose Raupe erinnerte, eine schallende Ohrfeige gab und schrie: ›Hau ab, du Sau, ich will dich nicht mehr sehen!‹ Danach hörte ich noch, wie er was in unverständlichem Maya-Spanisch stammelte, dann knallte er die Tür zu, unsere einzige Tür, die man so vorsichtig schließen muß, damit sie nicht bockt. Doch seltsamerweise, trotz der Aufregung muß ich bald eingeschlafen sein, und nun frage ich mich, ob ich das Ganze nicht geträumt habe und ihn vielleicht angeschrien habe, er soll sich aus dem Staube machen, ohne daß die Sache mit der Olive und dem Schwanz tatsächlich passiert ist.«

Rafael steht auf. Er hat das Gefühl, der Siegerehrung für ein Skirennen beizuwohnen, bei dem er gar nicht gestartet ist. Als Junge war es ihm einmal passiert, daß er nach einem Abfahrtslauf durch Lautsprecher als Gewinner ausgerufen wurde, obwohl er seine Startnummer im letzten Augenblick wegen einer harmlosen Sehnenzerrung zurückgezogen hatte.

»Ich habe von fliegenden Raupen geträumt«, sagt er und geht in Richtung Schlafabteil, »vielleicht hast du mit deiner Phantasie unsere Träume synchronisiert.« Er reißt sich Hemd und Hose vom Leib, nimmt eine Dusche und legt sich, erlöst und benommen, aufs Bett.

Sie muß den Generator abgestellt haben, denn plötzlich fällt Stille über das Abteil. Und er glaubt schon zu träumen, als sie, behutsam wie ein Luftzug, die Decke wegzieht und sich, sein Geschlecht mit ihrem warmen Schoß massierend, rittlings auf ihn setzt. »Du bist hell und rosa, du vertreibst mir die Erinnerung an die kaffeebraune Raupe mit dem Olivenkopf.«

Als er, erlöst und todmüde, einschläft, träumt er, er befände sich oben auf der Plattform des Wahrsagertempels, und die gefiederten Raupen rieben ihre mahagonifarbenen Bäuche an ihm, starrten ihn aus großen faltigen Opalaugen an, bevor sie zum Sturzflug ansetzten, und ihr Gekreische erinnert ihn im Traum an das Lachen des Alten.

Die Straße von Uxmal nach Mérida ist ausgebaut und normalerweise in zwei Stunden zu bewältigen. Doch Rafael fährt langsam und vorsichtig, um den Schlaf des Mädchens nicht zu stören. Es ist wie ein Ritual: Jedesmal nach einer Umarmung, wenn sie eingeschlafen ist, vermeidet er behutsam jedes Schlagloch, bremst vor scharfen Kurven, um Schütteln und Schlingern zu vermeiden, als möchte er so seine Zärtlichkeit und Dankbarkeit bezeugen.
Ihn hatte das Gepfeife und Geschrei der Nachtvögel und Papageien, das den Einbruch der Dunkelheit ankündigte, aus dem Schlaf gerissen. Er nahm sich Kissen und Decke, um auf dem Dach des Wagens unter den Sternen zu nächtigen. Beim Öffnen des Dachfensters überraschte ihn ein gleißender Mond, der den weiten Platz in fahlblaues Licht tauchte und Hügel, Pyramiden, Paläste und Altäre zu mitten in der Bewegung erstarrten Ungeheuern gefrieren ließ. Rafael hatte sein Notizbuch mitgenommen und versuchte, die Ereignisse des Tages zu ordnen. Von den Hütten her wehte ein kühler Wind, der die Moskitos verscheuchte und Rufe, Gesprächsfetzen und Hundegebell herauftrug. Die vertrauten Geräusche erhöhten das Gefühl der Isoliertheit, in das er sich hineinfallen ließ. Nach und nach verstummten die Geräusche, und als Wolken den Mond belagerten, übermannte ihn abermals der Schlaf.
Als er erwachte, hatte der Wind sich gelegt, sein Gesicht war von Moskitos zerstochen, und die spitzen Strahlen der aufgehenden Sonne schnitten ihm wie Messer in die Augen. Um den Generator nicht in Gang zu setzen, hatte er sich mit Batteriestrom Kaffee gekocht, den Hund kurz hinausgelassen und dann den Wagen gemächlich vom Parkplatz auf die Straße rangiert.
In Mérida bleiben sie, bis Marisa sich wieder einmal »eine Stunde unter eine Dusche« gestellt hat. Doch alle ihre Versuche, ihn vom Fasten abzubringen, scheitern an seinem Entschluß, durch körperliche Disziplin sein chaotisches Innenleben zu ordnen.

Sie kommen nach Chichén Itzá, und Marisa macht kein Hehl aus ihrer Abneigung, in glühender Hitze die staubigen Pyramiden und muffigen Gewölbe zu besichtigen. Als der Kurator und zwei mexikanische Kollegen zu einem Drink in den Wagen kommen, übersetzt sie teilnahmslos die endlosen Gespräche, den Erfahrungsaustausch und die Pläne der Regierung, neue Ausgrabungen in Angriff zu nehmen. Bald überträgt sich ihre Interesselosigkeit auf Rafael. Er beschließt, die Liste der geplanten Besichtigungen entscheidend zu kürzen, schlägt vor, auf die Insel Cozumel überzusetzen und dort ein paar Tage in zivilisierter Umgebung in einem der neuen eleganten Hotels zu verbringen.

»Tapetenwechsel? O.k.«, meint sie nur und bleibt wortkarg. Ihm kommt es vor, als weiche sie nach jeder der seltenen Umarmungen ein Stück weiter von ihm zurück, als verziehe sie sich in die neutrale Ecke, bis ein winziger Anlaß, ein drolliges Wort den Gong für eine neue Runde schlägt und sie übereinander herfallen.

»Heute ist der dritte Tag. Du darfst essen ... «

»Was gibt's denn?«

»Im Hafen habe ich frische Kong-Muscheln gesehen. Und wenn ich mich beeile, kriege ich noch einen Groupa. Den könnte ich panieren wie ein Wiener Schnitzel und Reis und braune Bohnen dazugeben.«

»*Moi bien.* Ich kühle inzwischen eine Flasche Meursault.« Sie strahlt, und schon ist sie, noch im Bikini, auf und davon, der Hund jaulend hinter ihr her.

Er legt die Flasche in das Tiefkühlfach und stellt die Zeituhr über dem Backofen auf zehn Minuten. Dabei fällt ihm ein, wie er einmal Dagmars Besuch erwartete und fünf Minuten vor der verabredeten Zeit eine Flasche Champagner in den Tiefkühlschrank tat und den Wecker, der ihn erinnern sollte, im Schlafzimmer einstellte. Sie kam zwar pünktlich, aber kaum war sie da, gab es Krach, daß die Fetzen flogen. Wie so oft in den Wochen damals war der Grund seine ahnungsvolle Unentschlossenheit, ihr Verhältnis zu legalisieren, was sie nach zweijähriger Verlobung als einen Affront gegen sich und ihre Familie empfand. Außerdem müsse man den bösen Zungen der Wiener Gesellschaft das Maul stopfen. Zur Versöhnung lutschten sie das Eis aus der geborstenen Flasche Champagner, und einen Monat später waren sie verheiratet.

Ich hätte nichts dagegen, die Flasche Meursault auch bersten zu lassen, wenn es zum gleichen Resultat führt, denkt er. Er kann sich nicht vorstellen, wie sein Leben weitergehen soll, ohne sie in seiner Nähe zu wissen, und der Gedanke, daß diese Reise einmal zu Ende gehen könnte und sie sich in der Halle eines Flugplatzes – vielleicht salutierend, zwei Finger an der Schläfe – von ihm verabschiedet, verursacht ihm Schmerzen in der Magengegend. Sein durch das Fasten sensibilisierter Organismus verkrampft sich wie ein unterernährter Muskel. Dabei kann er sich nicht erinnern, in seinem Leben unbefriedigter, einflußloser, seinem Schicksal hilfloser ausgeliefert gewesen zu sein als jetzt. Bei jeder Umarmung wächst sein Verlangen, ihre Gedanken kennenzulernen, ihre verborgenen Sehnsüchte, die oft davonzueilen scheinen wie aufgescheuchte Strandläufer vor den sich brechenden Wellen am Meer.

Mittlerweile glaubt er verstanden zu haben, daß ihre asoziale Einstellung zu den Menschen, zur Gesellschaft, dem Bedürfnis entspringt, sich selbst und die Grenzen ihrer Freiheit kennenzulernen. Und dieses Nomadenleben vergrößert nur den in ihr schlummernden Befreiungsdrang, weil er ihr zeigt, daß man sich selbst nicht entrinnen kann. Im Grunde will ich ihre Seele retten, denkt er, und ich versuche es wie ein geiler Priester, der das Fleisch züchtigen will, um die Gedanken zu kontrollieren. Es ist nicht Liebe, es ist wie der juristische Unterschied zwischen Besitz und Eigentum. Ich will sie besitzen, damit sie mein Eigentum wird. Und ich will sie bestrafen, wenn ihre Gedanken sich meinen Besitzansprüchen nicht bedingungslos unterordnen. So ein miesanthropischer Geist bist du, denkt er, du bist nicht anders als die Millionen Konquistadoren auf der Welt, die sich mit dem Lippenbekenntnis der Bekehrten zufriedengeben, während sie, die Peitsche in der Hand, warten, ob der Geist aufmuckt.

»Wo«, so betet er wie zu einem heidnischen Idol, »gibt es einen Weg, der meinen Selbsterhaltungstrieb nicht tötet und ihre ungestillten Sehnsüchte berücksichtigt, auf dem wir uns treffen können?«

... Der Hund hetzt voran. Dann steht sie da, atemlos, die Brüste quellen vom Laufen aus ihrem Bikini-Oberteil, zwischen Hose und Schenkel lugen Schamhaare hervor. »Gerade noch im richtigen Moment«, sprudelt sie luftschnappend hervor, »der Fischhändler, diese fette Qualle, hatte schon eingepackt. Dabei hätte er morgen früh seine Ware nicht mehr verkaufen können. Er hat nämlich keinen Eiskasten. Er soll froh sein, daß ich noch gekommen bin.«

Über ihren Schultern hängen zwei triefende Pakete, die den Ansatz ihrer Brüste zur Achselhöhle schieben. Wie schade, denkt er, daß sie die Fische und Muscheln in Papier gewikkelt bringt und diese lächerlichen Stückchen Stoff ihren Körper beleidigen. Wie herrlich, wenn sie nackt wäre und die Muscheln und der Fisch um ihre Schultern tanzten wie Trophäen einer schaumgeborenen Aphrodite.

Sie zerteilt die Kong-Muscheln mit knirschendem Messer und bedeckt die zuckenden Stücke mit einer Marinade aus Olivenöl und frischem Zitronensaft, bestreut sie mit Pfeffer, Salz und scharfem Paprika. Dann putzt sie den Fisch, und Rafael hilft ihr, saftige Filets zu schneiden. Sie wälzt sie in Mehl und knusprigen Bröseln, bevor sie knackend und spritzend in der Pfanne mit siedendem Öl bräunlich werden und zu duften beginnen.

Sie deckt den Tisch, und er holt den Wein. Die Flasche ist heil, und er schreibt es der Gaskühlung zu, deren Temperatur geringer ist als bei elektrischen Kühltruhen. Er hat das Warnsignal nicht überhört, es darauf ankommen lassen, daß die geplatzte Flasche ihr vielleicht ein Lachen entlockt hätte, das ihm erlauben würde, sie in die Arme zu nehmen, bis der Gestank des verbrannten Fisches sie wie ertappte Sünder zur Ordnung und an den wartenden Tisch zurückgerufen hätte. Er entkorkt die Flasche, gießt ein.

»Dein Wohl, Maria-Isabel!«

Er schmeckt ihren vollen Namen auf der Zunge, als verschmölze er mit dem herben, würzigen Wein.

»Auf das Wohl des Fischhändlers, falls die Groupa gelungen ist«, gluckst sie, nippt und läuft nach hinten.

»Bitte, tu mir den Gefallen und bleib, wie du bist, verschwitzt und nackt. Du bist so schön!«

Sie hält in ihrer Bewegung inne, dreht sich um, nachdenklich, wie in Zeitlupe. »Wie es Ihnen beliebt, Professor Lustgreis!«

Der Muschelsalat mit seiner säuerlichen Beize, die Groupafilets, die trotz der Panierung ihren salzigen Meerwassergeschmack nicht verloren haben, die blühende feuchte Haut des Mädchens ihm gegenüber, der kalte französische Wein, der die Sinne zu Kopf steigen läßt, bevor sie unter dem Gürtel die Schwellkörper erregen: Mein Gott, das Leben ist schön, denkt er und fühlt sich jung. Plötzlich fällt ihm ein, wie sie davongelaufen war, um den Fisch und die Muscheln einzukaufen. »Du bist weggerannt ohne Geld. Und bist zurückgekommen mit all dem da ... «

»Das war kein Problem. Ich habe seine Ware begrabscht, wir haben geplaudert, und er hat meine Ware« – sie deutet auf ihre Brüste und Schenkel – »begrabscht. Ich finde, wir sind quitt!«

»Soll das heißen, du hast nicht bezahlt?«

»Das mußt du nicht so eng sehen. Die Ware war übriggeblieben, und er hat meine Titten begrabscht. Die geile alte Sau hat kein Recht, für etwas Geld zu verlangen, was zwölf Stunden später nichts mehr wert gewesen wäre.«

»Aber er hat doch den Fisch gekauft. Von einem Fischer. Und bezahlt!«

»Er hat den Fischer betrogen, als er ihm den Fisch abgekauft hat, weil er hoffte, die Nachfrage sei größer als das Angebot. Ich habe ihm zu einem Lustgefühl verholfen, das auf alle Fälle wertvoller ist als der Fisch, den er morgen früh in den Mülleimer werfen kann.«

»Du redest wie eine häßliche alte Hure!«

So, mit wütenden Diskussionen, die die Kluft zwischen den beiden nur vertiefen, vergeht die Zeit während der Fahrt an die Küste. Cozumel mit seiner Pseudoeleganz wird ein Mißerfolg. Der Tapetenwechsel in die bürgerliche Welt der Habenichtse und Möchtegerne gefährdet das letzte Band, an das sie sich klammern können, wenn aufeinanderprallende Positionen sie über Bord zu werfen drohen: den selbstkritischen augenzwinkernden Humor. Sie kommen überein, das Experiment dieser seltsamen Reise zu beenden, sobald die allerneueste, der Fachwelt noch kaum bekannte Ausgrabung an der guatemaltekischen Grenze besucht worden ist.

2.

Der Überfall

Eine viertägige Fahrt stand ihnen bevor durch Dschungel und Morast, auf schlechten Straßen, über Steppen und wasserlose Wüsten, wo Tankstellen, Werkstätten und Rastplätze so selten waren wie Touristen – oder gar ein Wohnmobil. Am dritten Tag entschied sich Marisa nach intensivem Studium der Karten für eine Abkürzung. Die staubige Straße sollte sie an einen Wendepunkt führen.

Sie hatten, nach kurzem Aufenthalt bei den Ruinen von Tulum, die Küstenstraße an der Bahía de la Ascensión durch die Sumpffelder gewählt, waren von dort zur Bahía del Espíritu Santo und dann über Chetumal nach Kohunlich gekommen. Der erst vor kurzem entdeckte Hügel am Ufer eines schattigen, baumbestandenen Weihers hatte sogar Marisa Entzückensrufe entlockt, als sie, von Stufe zu Stufe steigend, die Grotten besichtigten, die sich – dem Regengotte gewidmet – wie erstarrte Kaskaden hinunter zu einem Flüßchen ergossen, das den fruchtbaren Charakter der Gegend bestimmte.

In einer Nachtfahrt hatten sie den Río Hondo überquert, der die nördliche Grenze nach Belize bildet, und waren in einem Zug an die guatemaltekische Grenze gekommen. Paß- und Zollformalitäten in der Nähe von Kaxil Uinic verliefen reibungslos. Die Beamten und Polizisten inspizierten mit unverhohlener Bewunderung das Fahrzeug, und Marisa hatte wieder Gelegenheit, mit ihrem Charme und ihrem drolligen Spanisch die ganze Prozedur in eine Show zu verwandeln, deren Pointe eines gewissen Hautgouts allerdings nicht entbehrte. Als die neugierigen Inspektoren die

Reservoirs für das Frischwasser und die sanitären Auffangvorrichtungen abklopften, öffnete sie kurzerhand das Ventil mit der roten Aufschrift *»used toilet water-hose«*, und eine übelriechende Lauge ergoß sich in den Straßengraben, so daß die Grenzhüter froh waren, als sich der Wagen, eine ölig-grüne Spur nach sich ziehend, wieder in Bewegung setzte. Später erklärte sie übermütig, sie habe den Beamten erzählt, es wäre das Reservoir für die Suppe, von der wir uns ernährten. Rafael mußte ein Würgen unterdrücken, als sie meinte, sie wäre nicht sicher, ob die Neugier der Kontrolleure sie nicht zu einer Kostprobe verleiten würde. »Nach Lenins Motto«, rief sie strahlend zum Fenster hinaus, »Vertrauen ist gut, Kontrolle ist besser.«
In Uaxactún und Tikal hielten sie nur kurz, um die wichtigsten Sehenswürdigkeiten nicht zu versäumen und Vergleiche mit aztekischer, olmekischer und toltekischer Bauweise an Ort und Stelle vorzunehmen. Ihr Plan war, die Ruinen von Piedras Negras und von Yaxchilán aufzusuchen, dort den sagenumwobenen Río Usumacinta zu überschreiten, der die Grenze nach Mexiko und dem Staat Chiapas bildet. Auf den Tempel von Bonampak wollte Rafael auf keinen Fall verzichten. Von hier ab sollte die Straße nach Palenque, seit Jahren im Bau, schon jetzt zum Großteil freigegeben sein.

Die Brücke über den Usumacinta beginnt vertrauenerweckend, jedoch fangen nach zwanzig Metern Geländer und Bohlen so an zu schwanken, daß Rafael heilfroh ist, im Rückwärtsgang zurück zum Ufer zu holpern, um ein paar Kilometer in Richtung Yaxchilán eine Fähre zu finden. Der Fluß bildet die natürliche Grenze, die Ruinenstadt liegt am Westufer auf mexikanischem Gebiet, als Grenzübergang gilt das Ostufer, obwohl es noch guatemaltekisch ist.
Weit und breit ist kein Fährmann zu sehen, doch am Ufer

unter Mahagonibäumen, deren riesige, schlangengleiche Wurzeln die Böschung vorm Abrutschen in den schwarzen brodelnden Fluß bewahren, ein paar Hütten, ein Schlagbaum.

Indios kommen und bestarren den Wagen, Kinder springen auf die Stoßstangen und pressen die Nasen an die Scheiben. Die Verständigung fällt schwer. Die Indios sprechen einen Dialekt, den Marisa nicht versteht. Plötzlich ertönt ein Quietschen aus der Hütte neben dem Schlagbaum, der die Zufahrt zur Fähre versperrt. Die Kinder springen herunter, schauen in Richtung der Hütte. Auch die Gruppe Erwachsener – zwei, drei Frauen in blau-schwarzen Röcken und mit Kopftüchern, die Männer in grauen Hemdblusen über gewickelten Hosen – tritt zurück und bildet ein lockeres Spalier zu beiden Seiten eines schmalen Bohlensteges, der von der Hütte zum Schlagbaum führt.

Die beiden glauben ihren Augen nicht zu trauen: Der Vorhang bauscht sich, bis zwei Hände ihn teilen, und heraus fährt ein Rollstuhl aus blitzendem Aluminium. In ihm sitzt ein ausgemergelter weißhaariger Mann, dessen Gesicht von einer riesigen Spiegelglasbrille halb verdeckt wird. Quietschend rollt das Gefährt den Bohlensteg hinunter, vom Fahrer flink gelenkt. Das Wohnmobil spiegelt sich in den Gläsern, so daß man den Eindruck hat, es rolle auf den Mann zu. Auf der Höhe des Wagens hält er, blickt erwartungsvoll zu Marisa.

Rafael hat den Motor abgestellt und springt heraus. Fund, der das Quietschen des Rollstuhls mit ängstlichem Gejaule beantwortet hat, fängt, als Rafael ihm die Tür vor der Nase zuwirft, ein mondsüchtiges Geheule an. Die Gruppe der Dorfbewohner verharrt in ehrfürchtigem Schweigen, nur ihre Blicke springen gespannt zwischen den dreien hin und her. Es entsteht eine Pause, als wolle der Alte den beiden Gelegenheit geben, sich von der Überraschung zu erholen, die sein Anblick verursacht hat. Es ist unmöglich festzustellen, wen er anschaut, noch, ob er überhaupt sehen kann.

Endlich fragt Marisa, der anzumerken ist, daß ihr der Schreck in die Glieder gefahren ist, ob man über den Fluß setzen könne. Der Alte nickt. Ob er die Freundlichkeit habe, ihnen zu sagen, wo man den Fährmann finde. Jetzt endlich spricht er, und sein Spanisch ist gut verständlich. Nach Erledigung der Zoll- und Paßformalitäten werde er sich darum kümmern. Auf die Frage, ob er der Zollbeamte sei, nickt er wieder und fragt nach den Papieren. Rafael holt sie, der Invalide wirft einen Blick hinein, steckt sie in eine Ledertasche, die seitlich am Rollstuhl befestigt ist, wendet blitzschnell, indem er geschickt in die Speichen greift, rollt über den Steg zurück. Als er vor der Hütte ankommt, öffnen Hände den Vorhang. Der Stuhl rollt hinein. Rafael sieht im Inneren einen Tisch und eine schwankende Hängematte, doch sogleich versperrt der sich schließende Vorhang wieder die Sicht.

»Ich glaube, es lohnt sich, den Herrn zu fotografieren. Der Rollstuhl, die Spiegelbrille, wie ein surrealistischer Alptraum von Max Ernst.« Schon ist sie zum Wagen gelaufen, denn die beiden waren dem Rollstuhl ein paar Schritte gefolgt, in der Annahme, mit in die Hütte gehen zu dürfen. Doch bevor er verschwand, rief er, ohne sich umzuwenden – und es klang wie ein Befehl –, sie sollten warten. »Laß den Hund nicht raus«, ruft Rafael ihr nach, denn er hört, wie Fund wild an die Tür kratzt.

»Der Frankenstein sieht nicht hilflos aus«, meint sie und richtet die Polaroid auf die Hütte. »Hast du den Colt unter seinem Hemd gesehen?«

»Nein«, sagt Rafael und blickt sie fragend an.

»Natürlich nicht, dir fehlt die Erziehung dazu. Als er die Kehrtwendung machte, rutschte seine Bluse hoch. Nur für den Bruchteil einer Sekunde, aber ein Fachmann erkennt das Ding am Griff.«

Trotz der grotesken Erscheinung des Grenzbeamten und der merkwürdigen Atmosphäre, die sein plötzlicher Auftritt geschaffen hat, muß Rafael unwillkürlich über ihren kindisch-überheblichen Satz nachdenken, mit dem sie wieder eine Gelegenheit wahrnimmt, ihre Welt von der seinen zu distanzieren.

»Mir wäre lieber, du könntest so schnell ein Puuc-Symbol von einer olmekischen Hieroglyphe unterscheiden, als dich mit deiner Ausbildung als Unterweltlerin zu brüsten.«

Immer wieder hofft er, sie mit solchen Zurechtweisungen aus der Reserve zu locken und sie endlich zum Reden zu bringen, den Schleier, der undurchsichtig ihre Vergangenheit verbirgt, zu lüften, weil er erfahren hat, wie reizbar sie reagieren kann, wenn man sie kritisiert. Oft hat sie sich dadurch zu aufschlußreichen Antworten hinreißen lassen, die sie später bereut und abstreitet.

Jetzt sagt sie nur: »Sieh lieber zu, daß wir die Pässe zurückkriegen, als mir zu verübeln, daß ich im zwanzigsten Jahrhundert lebe!«

In der Tat, eine Viertelstunde ist vergangen, seit der Mann im Rollstuhl verschwunden ist. Die Neugierigen sitzen wieder vor ihren Hütten, nur die Kinder stehen noch herum. Ein Junge schlägt mit einer Peitsche aus Sisal gegen die Reifen, als könne er sie damit in Bewegung setzen. Es beginnt zu dunkeln, und Rafael geht zur Hütte, klopft an den Pfosten. Eine Frau erscheint, schaut ihn argwöhnisch an und läuft ohne ein Wort den Weg hinunter, wo ein paar Hütten eng zusammenstehen, im Halbkreis um eine Feuerstelle.

»Señor! Nuestros pasaportes, por favor!« ruft Rafael in den Vorhang. Die Kinder hören auf zu spielen und blicken erwartungsvoll zur Hütte. Keine Antwort. Marisa, die Kamera im Anschlag, kommt näher. Da fängt der Hund wieder mit seinem Geheule an, daß die Gänse und Enten, die auf ihrem abendlichen Heimweg die Dorfstraße heraufgewatschelt sind, flügelschlagend davonstieben.

Dann, als begänne ein Marionettenspiel, greifen zwei Hände durch den Vorhang, schieben ihn beiseite, und der Rollstuhl mit der silberbläulichen Spiegelbrille rollt heraus. Der Krüppel hat sich umgezogen, über der Hemdbluse hängt eine offene Uniformjacke.

»*Customs inspection!*« kräht er auf Englisch und fährt an den beiden vorbei. Gleichzeitig mit ihm erreicht ein junger Mann den Wagen, auch ihm hängt eine Uniformjacke lose über den Schultern. Er kommt aus der Richtung, in die die Frau gelaufen war. Er ignoriert Marisa und schnarrt, zu Rafael gewandt: *»Dog out, me in!«* Rafael öffnet, läßt den Hund heraus. Fund ist mit einem Satz draußen und springt bellend um den Rollstuhl, umkreist ihn, so wie Hunde manchmal ungewohnt sich Bewegendes mit einem Gemisch aus Wut und Angst umspringen.

Schließlich bindet Rafael ihn an die Stoßstange, um nicht den Unwillen des Krüppels herauszufordern, der bewegungslos im Rollstuhl sitzt. Keine Kopfbewegung verrät, ob er mit den Augen den Hund beobachtet oder Rafael mustert. Die Inspektion dauert eine Ewigkeit.

Endlich kommt der junge Zöllner mit Marisa aus dem Wagen und hält eine Stuckplastik in der Hand, die Rafael bei einem Trödler in Chetumal erstanden hat. Der Kopf eines Priesters, wahrscheinlich eine Ausgrabung aus einem Tempel.

Der Zöllner hält dem Krüppel die Plastik hin, die Spiegelbrille senkt sich auf die Maske, große magere Hände befühlen sie, streichen über Stirn, Augen, Nase, verfolgen den Haaransatz mit seinem zackigen Relief, dann heben sich die Gläser ein wenig in Richtung Rafael: *»Export-licence?«*

»No export-licence necessary, sir. Bought in Chetumal, Mexico, not in Guatemala!«

Rafael glaubt, ein Lächeln unter der Pergamenthaut zu entdecken, das den Mund höhnisch verzerrt.

»This is Guatemaltequish. Chenes-style!«

Rafael ist baff. Der Krüppel scheint mehr zu verstehen als er. Am liebsten hätte er eine Diskussion begonnen, aber Marisa unterbricht ihn und erinnert daran, daß sie Rechnung und Adresse des Verkäufers besitzen.

»Bitte hol sie«, sagt Rafael, und der junge Zöllner folgt ihr in den Wagen.
»*Where from?*« fragt der Mann, aber die Brille bleibt auf den Wagen gerichtet.
»*From Yucatán over Belize now back to Chiapas, Mexico.*« Er deutet mit einer vagen Handbewegung auf das Nummernschild und Nationalitätensymbol: »›*A*‹ *American?*«
»*No, Austria!*«
»*I see. Business trip?*«
»*No, vacation.*«
»*You both alone?*«
»*Yes.*«
Marisa kommt mit dem Papier des Händlers. Die Brille wirft einen Blick darauf, die Rechnung spiegelt sich, füllt die Gläser mit gespenstischem Weiß, während die Schatten der Mahagonibäume einen Jugendstilrahmen für die Brille zeichnen.
»*Three thousand dollars for the statue?*«
»*No, no, ninehundred, it's a fake.*«
»*Here is written three thousand.*«
»Klär ihn nicht auf! Sag ja und amen, damit wir endlich weiterkommen.« Marisa ist ungeduldig, der Krüppel, das merkwürdig stille Dorf, das Warten macht sie nervös.
Der Krüppel scheint nachzudenken. Dann, übergangslos, schreit er in unverständlichem Dialekt den Zöllner an. Der spritzt, wie ein zum Abtreten abkommandierter Landser auf dem Kasernenhof, mit einer Kehrtwendung davon und läuft in Richtung Dorf, wo die ersten Feuer ein gespenstisch trübes Licht auf das Ufer und die drohend gen Himmel ragenden Bäume werfen.
»*Where will you be travelling to, sir?*«
»*Visit the ruins of Bonampak on our way to Palenque.*«
»*I see. O.k. In one hour the ferry will be ready.*«
Schon hat er eine blitzschnelle Wendung um hundertachtzig Grad bewerkstelligt und rollt in die Hütte, aus der ein schwankendes Licht blitzt, bevor der Vorhang sich hinter

dem Rollstuhl schließt. Kaum ist er verschwunden, verstummt das Gejaule des Hundes, und Rafael bindet ihn los, läßt ihn schnüffeln, vom Steg bis zur Hütte, dort in der Nähe des Eingangs seine Anwesenheit mit einem ausgiebigen Strahl markierend. Rafael fährt den Wagen im Halbkreis auf den Steg, so daß er frontal vor dem Schlagbaum zu stehen kommt. Die Vegetation ist hier üppig, und die Fruchtbarkeit der regenreichen Gegend macht sich durch neblige Kühle bemerkbar, die sie schon lange vermißten. Rafaels Hemd ist feucht, als er Marisa den Arm um die Schulter legt, wie um ihre Unruhe zu besänftigen.

»Früher, als du noch glaubtest, die Reise würde ein Erfolg, sagtest du um diese Zeit ›*Gin-Tonic is ready!*‹ «

»Bisher wollte ich dich auch immer aus der Vergangenheit in die Gegenwart zurückholen, wenn du von deinen Leichenfleddereien genug hattest, aber hier kommt es mir vor, als ob wir an einem Ort wären, wo deine gefiederten blutdürstigen Götter die Zukunft spinnen wie ein Netz.«

Er nennt es Konzession an Marisas Weltanschauung, daß sie Wodka mit Tonic trinken müssen, weil der Gin ausgegangen ist.

Da – es mochte eine Dreiviertelstunde vergangen sein, die Schreie des Nachtgetiers aus dem Wald hatten Marisa so verschreckt, daß sie darum bat, das Radio anstellen zu dürfen –, hellkreischendes Motorengeheul. Scheinwerfer belecken die Fenster, und als sie die Tür öffnen, heulen zwei Motorräder im Standgas ein ohrenbetäubendes Duett. Plötzlich, wie auf Kommando, erstirbt der Lärm aus den blitzenden Auspuffrohren. Die beiden Fahrer bocken ihre Maschinen auf und verschwinden im Dunkel, in Richtung der Hütte.

Es dauert nicht lange, da umreißt die Funzel hinter dem Vorhang die Silhouette des Rollstuhls, den die beiden Motorradfahrer eskortieren, als bewege sich ein Spuk auf sie zu. Die Spiegel auf der Nase des Krüppels reflektieren die Lichter in den Fenstern des Wohnmobils.

»*The fare is hundred pesos for the car and fifty for each person*«, krächzt der Mund unter der Brille. Hinter den dreien ist flatternd wie eine Eule die Frau aus der Hütte gelaufen. Sie zieht den Schlagbaum hoch, indem sie einen Fuß auf den Stein stellt und, als die Schranke drohend in der Luft schwankt, schließlich mit beiden Beinen draufspringt, so daß der Balken steil in die Nacht ragt.
Rafael holt den alten Tabakbeutel hervor, in dem er sein Geld aufbewahrt.
»*Pasaportes, por favor!*« Der Krüppel greift in die Ledertasche, holt die Wagenpapiere, Pässe und die Skulptur hervor und sagt – sein Krächzen ist in ein meckerndes Gelächter übergegangen –: »Die Maske bekommen Sie zurück, die Rechnung behalten wir ein. Als Beweis für die Behörden, falls es sich doch um Schmuggelware handeln sollte, und um Ihnen Unannehmlichkeiten zu ersparen.«
Rafael ist von Marisas Nervosität angesteckt. Die beiden Motorradfahrer haben ihre Maschinen gestartet und sind auf die Fähre geprescht, daß sie schwappend gegen die Pontons stößt. Er kramt das Geld aus dem Beutel hervor, nimmt die Dokumente an sich. Marisa hält die Plastik im Arm wie ein Baby, das gestillt wird. Der Hund verstummt, als sie über den Steg auf die Fähre holpern.
»Ich habe vergessen, mir die Adresse des Händlers in Chetumal aufzuschreiben«, sagt Rafael, als sie aus dem Wagen steigen und auf das Ufer schauen. Einer der beiden Motorradfahrer hat die Positionslichter gezündet, Karbidlampen mit verräucherten Scheiben.
»Um so besser«, sagt Marisa, der man anmerkt, wie sehr es sie erleichtert, die unheimliche Grenzstation zu verlassen, »dann hast du Geld gespart, falls das Monstrum« – sie wiegt die Plastik in ihrem Arm, als wolle sie einen Säugling einschläfern – »sich als echt erweisen sollte.«
Die beiden stehen an der Reling, ein wackliges Geländer aus Sisalseilen. Neben ihnen hat der Motorradfahrer den Diesel in Gang gebracht, ohne seinen Helm und den Mundschutz

abzunehmen. Langsam setzt sich die Fähre in Bewegung. Vom Ufer folgen zwei Lichter: Spiegelgläser reflektieren den Schein der Positionslampen, beginnen zu zittern, als der tuckernde Diesel das Floß beschleunigt, verschwinden hinter den Ästen der überhängenden Bäume am Ufer.

Erst jetzt, als ein grau leuchtendes Wolkengebirge diesiges Licht spendet, erkennen sie das Richtseil und den Schwenkarm, welche die Fähre gegen die Strömung sichern. Rafael begreift, warum das Floß unabhängig von Navigation auch nachts benutzbar ist.

Es müssen zehn Minuten vergangen sein, das Tuckern des Motors läßt allmählich auch der Stille Platz, die das Rauschen des Stromes verschafft, sobald man sich an sie gewöhnt hat wie an den Großstadtverkehr in einsamen Hotelzimmern, da flackert ein Licht voraus, und die Umrisse des Ufers dämmern heran. Die stummen Lederjakken, einer am Bug spähend vorgebeugt, der andere am Heck, den Sturzhelm auf das Ufer gerichtet, lassen Rafael an Roboter denken, die ihre Rollen in einem Science-fiction-Film spielen. Der am Heck hat einen Pfahl und ein schmales längliches Paket am Motorrad befestigt.

Es dauert noch eine Weile, bis der Motor stoppt. Der am Bug springt, ein Tau um die Hüften gewickelt, an Land. Jetzt kommt der von hinten und wirft ihm eine zweite Leine zu. Kaum ist die Fähre festgezurrt, steigt er auf seine Honda, wirft sie an und rauscht ab, daß die Bohlen krachen. Der zweite läßt sich Zeit, schließt die Luke mit dem Dieselmotor ab, steckt den Schlüssel ein. Als er nach vorn zu seiner Maschine geht, fällt Rafael sein schleppender Gang auf.

Sie steigen ein und rollen vorsichtig auf die Rampe aus sorglos zusammengezimmerten Baumstämmen. Nur eine einzige etwa einen Fuß breite Bohle ist in der Mitte auf zwei Stämme gelegt. Kaum haben sie die Straße erreicht, braust die zweite Honda an ihnen vorbei. Die beiden müssen zirkusreife Fahrer sein, um in diesem Tempo nicht von dem

Brett abzurutschen und zwischen den Stämmen steckenzubleiben.
»Die haben es eilig«, meint Rafael, als sie auf eine lehmig-feuchte Straße stoßen. Ein Schild mit einem Pfeil weist nach rechts: Palenque 120 km.
»Sind wir nun in Mexiko?« fragt Marisa.
»Laut Karte ist der Usumacinta eindeutig die Grenze.«
»Dann ist die Spiegeleule Grenzpolizist für beide Länder?«
»Das gibt es hier manchmal für selten benutzte Grenzübergänge. Aber sicher werden in zehn, zwanzig Kilometer Entfernung neue Kontrollen sein. Solange die Straße so schlecht ist, kann ich aus den Stempeln im Paß nicht entziffern, ob Aus- und Einreise eingetragen sind.«
»Bitte, zünde dir eine Pfeife an, damit es hier drin endlich wieder gemütlich wird.«
Es ist einer der Augenblicke, die Rafael mit einer Welle von Zärtlichkeit überziehen wie eine wärmende Haut. Der Gedanke, ihr mit dem Schmauchen seiner klobigen Dunhill-Pfeife Gemütlichkeit zu vermitteln, erfüllt ihn mit Dankbarkeit.
Die Straße ist voll tückischer Kurven, Marisa fährt langsamer als sonst, als wolle sie den Wagen schonen. Rafael stopft eine Pfeife, bläst den Rauch an ihrem Profil vorbei, so daß er sich an der Windschutzscheibe kräuselt und für Sekunden die Sicht nimmt. Der Weg – man kann beim besten Willen nicht von einer Straße reden – führt durch eine Landschaft, die in ihrer nächtlichen Schwärze keinen Anhaltspunkt für reale Vorstellungen bietet. Zur Rechten betasten die Scheinwerfer ab und zu Strohhütten und Bäume, deren Äste sich drohend auf das Dach legen wollen, obwohl kein Wind sie bewegt. Zur Linken ahnt man bebaute Äcker oder kahle Steppe, und die spärlichen Wahrnehmungen erhöhen die Vorstellungskraft, die sich auf Erinnerung stützt ...
»Der Boß hat immer Pfeife geraucht, wenn die Gefahr vorbei war.«
Die wärmende Haut, die Rafael umschließt, gefriert plötz-

lich, verengt sich, schnürt ihm die Kehle zu. Er muß sich räuspern, bevor er fragt: »Welcher Boß?«
»Ich kenne ihn nicht. Er gehört zur Legende. So, wie sein Pfeiferauchen. Man erzählt von ihm, wenn man Befehle ausführt oder am nächsten Tag die Zeitung liest.«
Rafael macht einen Lungenzug, der in den Bronchien kratzt. »Was ... für ... Befehle?«
»Scheiße in Dung zu verwandeln. Den Prozeß der Fermentation zu beschleunigen.«
»Und wie stellt ihr das an?«
»Mit Angst, die ihre Scheiße verdünnt, bis sie zu Durchfall wird. Dann werden wir ihren Arsch verschließen, wie man Sterbenden die Augen schließt!«
»Und diesen Darmverschluß« – Rafael ist die Lust vergangen, seine Pfeife weiterzurauchen – »erreicht ihr durch Bombeninjektionen und Maschinengewehrspritzen?« Sie nimmt behutsam eine Kurve, als helfe ihr das, den Gedanken zu Ende zu spinnen. »Habt ihr Gott um Erlaubnis gefragt, seinen Job zu usurpieren?«
Jetzt beleuchten die Scheinwerfer ein Stück gerader abschüssiger Straße und Rafael spürt, wie der Wagen spurtet.
»Ja, aber er war vor Erschöpfung eingeschlafen. Vielleicht weckt ihn Dynamit und beruhigt das Gewissen von Herrn Nobel, der zu seiner Rechten sitzt und sich seit seiner Einlieferung den Kopf zerbricht, warum seine Erfindung bisher an die Falschen geraten ist.«
Wie ist es möglich, daß ich einen Menschen liebe, der in seinem Haß so maßlos ist, denkt Rafael und beschließt zum hundertsten Mal, seine Versuche, mit Vernunft das Mädchen von ihrem Trauma zu befreien, bis Geborgenheit, Vertrautheit und Verständnis sie enger an ihn binden, zu verschieben, wie man den Termin einer Prüfung verschiebt, um dem unreifen Studenten eine Chance zu geben nachzuholen, was er bisher versäumt hat. Zum erstenmal hat sie vom »Boß« gesprochen wie von einem Mentor, von einem Guru, dessen Heilslehre bedingungslos bis zur Hörigkeit

befolgt wird. Dieses Vaterbild, denkt er, muß ich verdrängen. Es ist meine verdammte Aufgabe. Aber ich muß behutsam vorgehen. Es muß unmerklich geschehen, ohne pädagogischen Zwang.

Die Straße ist besser geworden, die Kurven sind übersichtlicher. Rafael hängt seinen Gedanken nach. Er merkt nicht, daß Marisa eine Zigarette hervorgekramt hat und die Fahrt verlangsamt, um sie mit einem ihrer Fósforos anzuzünden. Plötzlich sagt sie: »War da nicht eben ein Schild mit einer Abzweigung?«

Ohne seine Antwort abzuwarten, öffnet sie das Fenster, legt den Rückwärtsgang ein. Da, am Ausgang einer Kurve, das Schild.

Es weist nach links. »Bonampak 11 km« steht da, in schwarzer Blockschrift. Marisa fährt noch ein Stück zurück, dann biegt sie von der Straße ab, um den Weg zu beleuchten.

»Bonampak! Da wolltest du doch unbedingt hin.«

»Ja. Wahrscheinlich eine Abkürzung, denn auf der Karte ist eine Abzweigung erst von dem Highway nach Palenque eingezeichnet.«

»Sieht finster aus, aber romantisch.«

Rafael macht Licht im Wagen und zieht die Karte zu Rate: »Wieviel Kilometer werden wir gefahren sein seit der Fähre?«

Marisa überlegt, schaltet die Zündung ein, beobachtet den langsam aufsteigenden Zeiger der Benzinuhr. »Ich denke, nicht mehr als zwanzig Kilometer.«

Rafael mißt mit dem Pfeifenstil die Entfernung vom Fluß, vergleicht sie mit dem Maßstab. »Könnte stimmen. Wir würden schätzungsweise eine Stunde sparen.«

»Wenn wir nicht steckenbleiben. Die Spuren da vorn im Wald stammen von Traktoren.«

»Hier ist das Gebiet der Edelhölzer, von denen dein potenter Greis berichtet hat. Wahrscheinlich wird die Schneise von Holzfällern benützt.«

Marisa quittiert seine eifersüchtige Anspielung mit einem

nachsichtigen Lächeln: »Versuchen wir es. Wenn wir Glück haben, kannst du in zwanzig Minuten dein Bett auf dem Dach angesichts deiner Tempel aufschlagen.«
»Bist du nicht müde?«
»Im Gegenteil. Taufrisch, wenn du mir einen Tequila gibst!«
Während er den Drink eingießt, überquert sie die Straße, biegt in den Waldweg. Zwei Iguanas huschen ins Dickicht. Vögel fliegen vor den Scheinwerfern auf, verschwinden lautlos, und der Schrei eines erbosten Papageis dringt durch die geschlossenen Fenster. Rafael reicht ihr das Glas, schüttelt eine Prise Salz in seine Daumenmulde und hält sie ihr an den Mund. Sie leckt das Salz auf, daß es ihn bis in die Zehenspitzen elektrisiert, kippt den Schnaps in einem Zug runter. Der Wagen federt weich, sogar das Geschirr im Spülbecken verstummt, so feucht ist der Boden. Nur ab und zu knackt ein überfahrener Ast. Die Nadel des Tachometers schwankt zwischen dreißig und vierzig Kilometer, und sie mögen schon über eine Viertelstunde unterwegs sein. Da kommen die riesigen Bäume näher an den Wegesrand, bilden ein Dach, und der Himmel ist auch durch das Oberlicht nicht mehr zu sehen. Nachtschmetterlinge klatschen triefend an die Windschutzscheibe. Rosa und grünliche Spuren rutschen aus ihren zerplatzten Leibern. Marisa schaltet die Scheibenwaschanlage ein. Ein paar Sekunden bildet sich eine undurchsichtige Sauce auf der Scheibe, dann haben die Wasserdüsen und die quietschenden Gummistreifen die Sicht freigemacht ...
Sie tritt auf die Bremse, daß Rafael von seinem Drehstuhl gegen die Gummipolsterung des Armaturenbrettes geschleudert wird.
»Was ist denn los?« ruft er halb benommen.
»Da schau doch.«
Quer über der Straße liegt ein Baum. Vom Durchmesser der Geländereifen. Marisa hat so knapp gehalten, daß Reifen und Baum sich fast berühren. Links und rechts des Weges stehen die Bäume so dicht, daß an ein Umfahren nicht zu

denken ist. Marisa rekelt sich wollüstig in ihrem Sitz und stellt den Motor ab: »Ich glaube, der Moment ist gekommen, sich wieder eine saftige Marlboro ins Gesicht zu stecken!«
»Wenn wir hier übernachten, wirst du die Toilette benutzen müssen. Jaguare fliegen auf nackte Hintern.«
Marisa lacht. Der steife Tequila hat seine Wirkung getan: »Und gegen die Schreie der Käuzchen hilft schlimmstenfalls ein verträumter Santana aus der Kassette!«
»Aber es ist wohl klüger, den Wagen jetzt zu wenden, damit wir zurückfahren können, wenn es uns gefällt. Einer muß draußen sein beim Wenden, und wenn du schläfst, möchte ich dich nicht wecken müssen, falls ich Lust habe, weiterzufahren.«
»O.k. Sei mutig, und geh raus. Zünd deine Pfeife an. Moskitos, Schlangen und Jaguare hassen den Geruch von Dunhilltabak!«
Rafael steht auf, zündet sich die Pfeife an, ruft den Hund, der, Kopf zwischen den Pfoten, die beiden aus den Augenwinkeln beobachtet hat. Kaum ist die Tür offen, prescht er hinaus, verbellt raschelnde Blätter am Wegesrand.
Mit dem Rückwärtsgang schalten sich automatisch Rückstrahler ein. Der Boden ist wie ein Teppich aus Blättern und weichem Humus. Rafael versinkt bis zu den Knöcheln und stellt sich in Positur, wie einer vom Follow-Me-Flughafenpersonal, der eine Verkehrsmaschine einweist. Marisa startet und setzt zur Wendung an, Rafael winkt ermutigend und tritt bis zum äußersten Rand des Weges, wo Gestrüpp und morastiger Boden Halt gebieten, da, direkt hinter ihm, ein Splittern, Krachen, ein Luftzug, der ihn anzusaugen scheint, ein dumpfer Aufprall, als falle ein Meteor vom Himmel. Keine zwei Meter von ihm entfernt stürzt, noch zuckend wie ein weidwund geschossenes Tier, ein Baum quer über den Weg.
Nach dem Getöse ist die Stille wie eine Atempause vor endgültiger Vernichtung, denn Rafaels erster Gedanke, als

er gegen den Wagen taumelt, ist: ein Erdbeben, wie es dieses Land oft heimsucht. Vielleicht ist der vorn blockierende Baum auch erst vor wenigen Minuten gestürzt ... Doch kaum hat sich der aufgewirbelte Staub gelegt, und die raschelnden Blätter sind zur Ruhe gekommen, huscht der Schein einer Taschenlampe an ihm vorbei, trifft ihn für den Bruchteil einer Sekunde und erlischt. Er springt in zwei Sätzen zur Wagentür, öffnet sie und verriegelt das Schloß.

»Der Wegweiser! Sie haben uns in die Falle gelockt!«

Marisa sitzt in sich zusammengesunken am Steuer. Saugt an ihrer Zigarette. »Ich hatte so ein merkwürdiges Gefühl, als die Spiegeleule mir die Statue zurückgab. Die Fährleute mit den Hondas haben alles fachmännisch ausgeführt, was der Krüppel« – sie blinzelt erschöpft zu ihm herüber – »der ›Boß‹ ausgeheckt hat. Wenn sie unmaskiert ohne Sturzhelm kommen, heißt das ›Ade, du schöne beschissene Welt‹. Wenn sie maskiert erscheinen, kann sein, daß wir noch mal davonkommen, in der Unterhose, die sie uns lassen.«

Da, ein Heulen, fast menschlich wie ein Schrei, gurgelndes Gebell kommt näher. Ein dumpfer Schlag gegen die Tür, wie ein Sandsack, der geschleudert wird. Ächzen, und eine Stimme gellt: *»Por Dios!«* – Ein Schuß. Zwei. Drei. Das Fallen des Körpers endet mit einem Stöhnen, wie ein Seufzer.

Marisa ist aufgesprungen, mit einem Satz ist sie bei der Tür, rüttelt am Schloß. Mit aller Kraft muß Rafael sie zurückstoßen. Die Schweine haben den Hund erschossen.«

»Laß die Tür zu, wenn du uns noch eine Chance geben willst.«

Draußen rumort etwas, dann nähert sich eine Stimme:

»O.k., muchacho?«

»Yaah. El bastardo me mordió en el culo. Apartate!«

Das Klopfen ist unpersönlich. Metall auf Metall.

»Open! We want to talk to you. Wir möchten nicht das Schloß aufschießen und das feine Auto beschädigen.«

Rafael versucht, den Sprecher durchs Fenster zu sehen.

Doch der muß flach an die Tür gelehnt stehen, seine Stimme scheppert durch die Aluminiumwand.

»Was wollt ihr? Unser Geld können wir euch auch durchs Fenster reichen.«

»Wir wollen mit euch reden. Wir sind keine Banditen!«

Rafael stellt sich wie schützend vor die Tür: »Dann redet! Wir verstehen euch gut!«

»Die Señorita soll antworten. Auf Spanisch.«

Die Scheinwerfer sind noch eingeschaltet und strahlen auf den Weg und die Bäume, die Wipfel in der Ferne. Rafael kennt das Blitzen in den grünen Augen, die kalte Wut, aus Erinnerungen, die plötzlich um ihn zucken wie Feuerwerkskörper am Himmel. Sie wirft den Marlborostummel in das Spülbecken und reckt sich.

»Ist der Hund tot?«

»So wie ihr, wenn du mir nicht genau zuhörst.«

»Dann rede doch, du feiger Mörder, den deine Mutter durch Arschfick gezeugt hat!«

»Hör zu. Wenn ihr tut, was ich euch sage, werdet ihr in zwei, drei Tagen euren Honeymoon bei bester Gesundheit fortsetzen können. Wenn ihr Schwierigkeiten macht ... Wir haben noch zwei Päckchen Dynamit mit, genauso wirkungsvoll wie das, mit dem wir den dreihundert Jahre alten Mahagonibaum vor eure Stoßstange bugsiert haben. Eins legen wir unter euren fahrbaren Kapitalistensarg und ersparen uns die Arbeit, euch zu liquidieren wie den Köter!«

Rafael ist plötzlich ganz ruhig. Seine Stimme klingt wie im Hörsaal, wenn er vorlaute Studenten zurechtweist: »Was sollen wir tun?«

»Aufmachen, euch fotografieren lassen und einen Brief schreiben. Das ist – vorläufig – alles.«

»Können wir dann gehen?«

»Nein. Die Plutokratenkalesche wird vorübergehend zum Volksgefängnis. Standesgemäße Verpflegung ist reichlich vorhanden, wie mir berichtet wurde.«

Rafael überlegt. Marisa geht zwei Schritte zurück und setzt

sich auf die Bank beim Eßtisch. Sie verschränkt die Arme, daß die Brüste dunkel aus dem hellen T-shirt quellen. Es ist nichts Resignierendes in ihren Bewegungen. Ihre Augen sind weit geöffnet, und es ist, als schaue sie aus dem Fenster in eine Erinnerung. Mit der rechten Hand macht sie eine eckige Geste, als wolle sie andeuten »Ich bin bereit. Das Spiel kann beginnen. *Les jeux sont faits.*«

»Laß ihn rein«, murmelt sie.

Rafael entriegelt die Tür.

Sie wird aufgerissen, bevor er selbst die Klinke drückt. Eine Maschinenpistole schwenkt herein. Nur der Unterarm verrät, daß ein Finger am Abzug dazugehört, der mit kleinem Winkelzug das Ende versenden kann, das man insgeheim ein Leben lang erwartet. Es ist der mit dem schleppenden Gang. Rafael erkennt ihn an den Gummistiefeln. Sturzhelm und Mundschutz werden durch eine getönte Brille ergänzt. »Gott sei Dank«, erinnert sich Rafael an Marisas Prophezeiung. Im Gegensatz zu seinem trägen Gehabe auf der Fähre sind seine Bewegungen jetzt schnell, präzise. Er schließt die Tür mit der behandschuhten Linken, ohne die beiden aus den Augen zu lassen. Der M.P.-Lauf beschreibt einen Bogen, endet auf dem leeren Platz neben Marisa: *»Sit down there and don't move!«* Während Rafael geht, dreht er den Kopilotensessel blitzschnell. Die drei sitzen sich gegenüber. Die M.P. ruht auf der Lehne, die er beim Drehen des Stuhles heruntergeklappt hat.

»Wir werden ein paar Tage miteinander auskommen müssen, und ich rate euch, meine Anweisungen zu befolgen. Ich werde englisch sprechen, damit der Señorita kein Fehler beim Übersetzen passiert.« Er lehnt sich zurück und mustert den Raum. »Gemütlich habt ihr's hier. Die Herren, für die wir ursprünglich diesen kleinen Umweg vorbereitet haben, hätten es in der Holzfällerhütte nicht so bequem gehabt.«

»Dann sind wir Ersatzgeiseln«, sagt Marisa nachdenklich.

»Wenn du es so nennen willst.« Er lacht. Sie hat *substitute hostages* gesagt, und das Wort scheint ihm zu gefallen. »Der

vornehme Diplomat, an dessen Stelle ihr uns diese kleine Gefälligkeit erweisen sollt, war zu pflichtbewußt. Bevor er Guatemala verließ, telefonierte er mit seiner Dienststelle, und die hat ihn wohl zurückgepfiffen.«
»Oder gewarnt!« Marisa hat die Augen geschlossen, als sie das sagt.
»Vielleicht. Aber der Herr Professor hat den Vorteil, daß er mit seiner hübschen Freundin« – er sagt *linda amiga* und verbeugt sich leicht bei dem Kompliment – »eine Fahrt ins Blaue macht und niemand ihn erwartet.«
»Das stimmt nicht.« Rafael räuspert sich, bevor er weiterspricht. »Die Österreichische Botschaft ist von unserer Reise unterrichtet und kennt unsere Route.«
»Um so besser. Das erspart zeitraubende Nachforschungen, bis Regierung und Polizei herausgefunden haben, daß ihr tatsächlich hier im Lande seid, wenn sie euer Foto und den Brief erhalten, den der Professor jetzt schreiben wird.«
»Aber sie werden uns suchen.«
Marisa stößt warnend ihr Knie an seinen Schenkel, und er bricht ab.
»Das sollen sie auch. Wir werden dafür sorgen, daß die Zeitungen Schlagzeilen kriegen und die Faschisten eine Großfahndung veranstalten. Nur wird man euch in Guatemala suchen, und die mexikanische Regierung hat kein besonderes Interesse daran, das Regime zu unterstützen.« Er ist aufgestanden, seine Stimme ist heller geworden bei den letzten Sätzen, der Tonfall ist gehacktes Stakkato. Er steht am Spültisch, nimmt ein Glas, betätigt den Wasserhahn. Das Wasser tröpfelt.
»Habt ihr kein Wasser?«
Marisa antwortet, als wäre sie erstaunt über soviel Unkenntnis: »Sie müssen die Pumpe einschalten.«
»Wo? Zeigen!« Wieder wedelt die M.P. vor ihrer Nase. Seine Bewegungen sind jetzt ungeduldig, nervös. Offensichtlich hat er es nicht gern, sich eine Blöße zu geben.
Marisa steht auf, schaltet im Korridor die Pumpe ein. Der

Mann geht ihr nach, inspiziert aufmerksam die elektrische Wasserstandsuhr.
»Ich empfehle, mit Wasser sparsam zu sein!«
»Keine Sorge.« Sie steht so nah, daß der M.P.-Lauf ihre Brustspitze berührt. »Solange wir Schnaps haben!«
»Den trinkt ihr, sobald er den Brief geschrieben hat. Mach jetzt die Scheinwerfer aus!«
Sie geht zum Armaturenbrett, schaltet das Licht aus.
Jetzt brennt nur noch die Lampe über dem Eßtisch. Eine scheußliche Jugendstilimitation in gepreßter Bronze, die »Trautes-Heim«-Stimmung vermitteln soll.
Da klopft es an der Tür.
»Setzt euch auf eure Plätze!«
In der Tür steht der andere Sturzhelm. Die beiden reden in einem Dialekt, den Marisa nicht versteht, obwohl englische Brocken wie *»flashlight«* und *»fuse«* eingestreut sind. Das Tuch vor dem Mund des Draußenstehenden flattert zur Nase hinauf, wenn er spricht. Gibt scharf ausrasierten Kinn- und Schnurrbart preis. Er muß außer Atem sein, so heftig pustet er ins Tuch.
Der Hinkende beendet das Gespräch mit einem scharfen Kommando. Bevor ihm die Tür vor der Nase zugehauen wird, sagt der draußen *»O.k., capitán!«* und versucht, während er mit zwei Fingern an den Sturzhelm tippt – eine Geste, die Rafael bekannt vorkommt –, einen Blick ins Innere des Wagens zu werfen. Das Schloß scheppert verdächtig beim Zuschlagen, so daß Rafael unwillkürlich daran denken muß, was geschehen würde, wenn die Tür nicht mehr aufginge, wie in Villahermosa. Er hofft fast, der Capitán würde nicht viel Federlesens machen und sie – wie schon angedroht – einfach aufschießen. Das gäbe ihnen vielleicht eine Chance.
»Mach das Licht wieder an«, sagt der Capitán. »Es wird uns helfen, das Päckchen an der richtigen Stelle, direkt unter dem Benzintank, einzubuddeln.«
»Was für ein Päckchen?« Rafael kommt sich blöd vor, als er

diese Frage stellt. Es ist wie ein Zwang, um Gewißheit zu haben, daß er das alles nicht träumt!
»Mach das Licht wieder an, habe ich gesagt!«
Marisa sitzt ruhig auf der Bank und rührt sich nicht: »Ich denke gar nicht dran! Bemüh dich gefälligst selbst, deiner Höllenmaschine heimzuleuchten.«
Der Mann scheint belustigt. »Pfh!« macht er, geht zum Cockpit, zieht ein paar Knöpfe. Es bleibt dunkel. Dann, nach einer Pause, während der er den beiden den Rücken zudreht, schaltet er die Zündung ein. Die Scheinwerfer blitzen auf, und der Scheibenwischer beginnt quietschend Halbkreise auf der betauten Scheibe zu zeichnen. Aus dem Dunkel treten zwei Gestalten in die Lichtkegel. Der Mann im Sturzhelm leuchtet mit einer Taschenlampe. Der andere, mit einem Seidenstrumpf über dem Kopf, trägt einen länglichen Metallkasten. Sie reden halblaut miteinander. Dann hört man, wie einer unter den Wagen kriecht, die Karosserie abklopft. Der Capitán hat sich auf den Drehstuhl gesetzt. Die drei lauschen stumm dem Rumoren unter dem Wagen. Dann sagt er mit einem gewissen Stolz, als wolle er seine Unbeholfenheit wiedergutmachen, die er beim Hantieren mit dem Lichtschalter gezeigt hatte: »In das Päckchen ist ein Walkie-Talkie verpackt. Seine Reichweite beträgt bis zu zehn Kilometer. Aber keine Sorge, der Chef drückt den Kontakt nur, wenn ich bei ihm bin und erst, wenn unsere Bedingungen für eure Freilassung nicht erfüllt werden. Daher wollen wir keine Zeit verlieren. Haben Sie Briefpapier mit Ihrem Namen oder Ihren Initialen?«
Da ist ein Blick zwischen Rafael und Marisa, bevor er antwortet: »So was wird sich wohl finden lassen.«
Wieder klopft es an die Tür.
»*Qué pasa?*«
Ein Gebrummel von draußen. Der Capitán steht auf, öffnet die Tür. Kurzes Palaver. Er beschreibt einen Kreis um den Wagen. Fährt mit dem Finger an der Außenwand entlang, verschließt nachdenklich die Tür.

»Wir legen einen Draht um den Wagen. Ein Öffnen der Tür oder eines Fensters hat die gleiche Wirkung wie die Inbetriebnahme des Walkie-Talkies. Und jetzt holen Sie Ihr Schreibzeug.«

Rafael geht nach hinten in das Schlafabteil, sucht im Klappschrank nach seiner Schreibmappe. Eine Saffianlederhülle, die er einmal vor vielen Jahren in einem Hotel mitgenommen hat. Sie trägt in goldenen Lettern die Aufschrift »Hotel Greif, Bozen, Südtirol.« Als er die Schublade schließt, hört er ein dumpfes Geräusch an der Außenwand. Die Männer ziehen ein Kabel um das Wohnmobil, befestigen es mit Heftpflaster in Fensterhöhe. An der Hand, die das Pflaster glattstreicht, blitzt ein goldener Ring auf. Für den Bruchteil einer Sekunde befällt Rafael das beklemmende Gefühl der Platzangst, wie er es aus seiner Jugend kennt. Er holt tief Luft, und auf dem Weg zurück denkt er nur noch an das Mädchen. Marisa sitzt teilnahmslos in der Ecke am Eßtisch. Sie schaut zum Fenster hinaus in die Ferne, und als er an ihr vorbeigeht und sich am Eßtisch niedersetzt, sagt sie: »Darf ich ... den Hund noch einmal sehen?«

Der Capitán wendet ihr sein Gesicht zu. Hinter der Brille und der Vermummung meint Rafael einen Ausdruck des Erstaunens zu entdecken. Er folgt ihrem Blick zum Fenster hinaus, und die Sekunde bis zu seiner Antwort scheint endlos zu sein. Dann schüttelt er den Sturzhelm und sagt: »Nein. Das geht nicht! Jetzt zumindest nicht. Wenn das hier vorüber ist, können Sie ihm von mir aus ein Grab schaufeln.«

Seine Stimme klingt, als wäre er traurig. Als täte es ihm leid, den Hund erschossen zu haben. Wie um einen Strich unter das Vergangene zu machen, zieht er den Gurt der Maschinenpistole zurück und stopft aus dem Gürtel vier neue Patronen in das Laufband. Marisa hat ein merkwürdiges Lächeln, als sie Rafael den Arm um die Schulter legt: »Eine Fund-Grube!« Es ist, als beschäftige sie das Schicksal des Hundes mehr als die Todesgefahr, in der sie schweben. Als wäre sie bereit, jeden Widerstand aufzugeben. Als wäre sie bereit, widerstandslos ein Urteil anzunehmen, das *»in absentia«*, in Abwesenheit, über sie verhängt wurde.

Rafael hat die Schreibmappe geöffnet. Der Umschlag, adressiert an »Ihre Hochwohlgeboren, Baronin Cathrin von Thalhammer, Triest, Via Gabriele D'Annunzio, Italia« rutscht heraus. Rafael hat ihn noch nicht aufgegeben, weil er auf eine Gelegenheit warten wollte, wo verläßliche Postverbindungen zeitraubende Landbeförderung ersparten. Er hatte daran gedacht, ihn in Palenque einzuwerfen, von wo der Brief mit Luftpost nach Europa gehen würde.

Der Capitán sieht den Umschlag.

»Den können Sie mir geben. Wir sorgen für seine Expedition.«

Noch bevor Rafael es verhindern kann, hat er den Brief eingesteckt und aus der Brusttasche einen handgeschriebenen Zettel hervorgeholt.

»Schreiben Sie!

An den Innenminister General Leonel Vaso Martínez.

Heute, am 25. Mai 1975, wurden meine Mitarbeiterin Maria-Isabel Caspar, Studentin, und ich, Professor Rafael von Thalhammer, Dozent für Archäologie an der Universität Wien in Austria, von Mitgliedern der Bewegung ›*Movimiento de la Libertad de Guatemala*‹ gefangengenommen. Wir befinden uns wohlauf. Aber man hat unter den Wagen, in dem wir gefangen sind, Dynamit gelegt, das angezündet wird, falls man den Forderungen des ›*Movimiento*‹ nicht nachgeben sollte. Wir richten an Sie, Herr Minister, und die Regierung die dringende Aufforderung, die unter Mißachtung demokratischer Gesetze inhaftierten Freiheitskämpfer im Austausch gegen uns zu entlassen und ihnen freies Geleit bis zu ihrem Eintreffen in La Habana, Cuba, zu garantieren. Es handelt sich um ...«

Der Capitán faltet den Zettel zusammen und diktiert, indem er die Namen buchstabiert. Er steht auf und überwacht Rafael: *»Write the names in blockletters!«*

Rafael ist beim Schreiben in einen Zustand andächtiger Apathie verfallen. Die Angst, die bis zum Diktat des Briefes sein Verhalten bestimmt hatte, ist historischen Visionen gewichen. So, denkt er, mag Galileo Galilei vor der Inquisition gesessen haben, als er sein »Ich widerrufe« vor versammeltem Gremium zu Protokoll gab, und man ihm die Folterinstrumente zeigte. Es stört ihn fast, daß er nicht persönlich beschuldigt wird, seine Unschuld und seine von niemandem bezweifelte Harmlosigkeit habe ihn zum Opfer erkoren.

»Gehören Sie derselben Bewegung an, die im April 1970 den deutschen Botschafter Karl von Spreti entführt und ermordet hat?«

Der Capitán pfeift, indem er die Lippen schürzt. Der Pfiff stößt gegen den Gazerand, der den Mund verdeckt. »Vor vier Jahren konnte Diktator Arana es sich noch erlauben, Bedingungen zu stellen. Heute ist die Weltöffentlichkeit über das faschistische Regime informiert. Die Interamerikanische Organisation für Menschenrechte, die internationale Presse, das Fernsehen haben dafür gesorgt, daß es sich die Regierung und das FBI überlegen müssen, ob sie sich auf die Dauer dem Willen des Volkes, dem unüberhörbaren Ruf nach Gerechtigkeit widersetzen dürfen. Herr Präsident General Arana konnte noch für jede Stunde, die Ihr Botschafter Spreti nicht freigelassen wurde, wahllos und ohne Verhör und Urteil einen politischen Häftling erschießen. Inzwischen hat so viel Blut das Wasser des Usumacinta verfärbt, daß selbst das Öl, nach dem die amerikanischen Ölgesellschaften vor der Küste bohren, für die Vergaser ihrer Cadillacs unverdaubar geworden ist. Unsere Revolution ist eine Bauernrevolution, und das unterscheidet uns von den nihilistischen, selbstmörderischen Träumern bei euch in Europa, in Deutschland, in Österreich, in Italien. Schreiben Sie! In Großbuchstaben!

JULIA ALVAREZ aus CUYOTENANGO; LEONCIO MALDONADO LOPEZ aus NUEVO PROGRESO, SAN MAR-

COS; DANIEL ESQUIVEL aus OJUXTALITO, EL PROGRESO, JUTIAPA; SAMUEL AZURDIA MUXIN aus CHIMALTENANGO; EMILIO MARTINEZ ESTEBAN aus FINCA CASCONA, MALACATAN, SAN MARCOS; REINALDO PIMENTAL aus MATASANOS, ZACAPA; DANIEL SOCAYON aus SAMAYAC, SUCHITEPEQUEZ.«
Rafael hat Mühe, die zischenden Konsonanten, die gebellten Vokale richtig zu schreiben, und der Capitán korrigiert.
»*Don't fool around. Write as I spell. Or you have to recopy the letter.* MIGUEL LORENZO GODOY ESCOBAR aus LA FLORIDA, GUATEMALA CITY; JESUS SALGUERA PADILLA aus JALAPA und zehntens und letztens NICOLAS CASTILLO NAVAS aus NUEVA CONCEPCION, ESCUINTLA.«
Jetzt, da die Aufzählung der Namen beendet ist, zieht der Capitán wieder seinen Zettel hervor. Unwillkürlich muß Rafael an Szenen aus Spionagefilmen denken, wo die Helden die Namen der Verbindungsmänner auswendig lernen mußten, um keine Aufzeichnungen zu hinterlassen, die in die Hände der Feinde geraten könnten. Er flegelt sich in den Drehstuhl und schließt die Augen.
Marisa starrt noch immer zum Fenster hinaus in die Nacht. Falter und Moskitos schlagen gegen die Scheiben. Manche kommen nach kurzer Ohnmacht noch einmal davon. Die am Glas klebenden Flügel fangen an zu zittern, um sich endlich loszureißen, und auf geht's zurück ins Dunkel. Zu allem Überfluß wird die drohende Stille durch den Schrei eines Käuzchens zerfetzt.
»›*Movimiento de la Libertad*‹ fordert Sie, Herr Minister Vaso Martinez, und den Leiter der Justizabteilung der Regierung und Präsidenten des obersten Gerichtshofes, Hernán Hurtado Aguilar, auf, unverzüglich alle Schritte zu unternehmen, um die zehn oben aufgeführten politischen Häftlinge zu befreien, ihnen freies Geleit zum Flugplatz Guatemala City zu garantieren, ein Flugzeug bereitzustellen und ihnen die Ausreise nach La Habana, Cuba, zu ermögli-

chen. Die Einwilligung der cubanischen Behörden ist erteilt, und es wäre vertane Zeit, sich auf diplomatische Koordinationsschwierigkeiten herausreden zu wollen, um in der Zwischenzeit unser Versteck zu finden.
Soweit ich es beurteilen kann, und alle Umstände sprechen dafür, sind wir unauffindbar. Sollten die Beobachter des ›*Movimiento*‹ zu dem Schluß kommen, daß der Austausch nicht unmittelbar nach Eintreffen dieser Botschaft in Gang gesetzt wird – eine Fotokopie dieses Schreibens geht an die Redaktionen der ›Washington Post‹, die amerikanische, österreichische, deutsche, mexikanische und cubanische Botschaft, an Amnesty International, den Leiter des Max-Planck-Instituts für Internationales Strafrecht in Freiburg, Bundesrepublik Deutschland, Dr. Karl Mathiesen –, dann sehen sie sich gezwungen, die Bombe unter dem Auto zu zünden. Im Namen der Menschlichkeit flehen wir Sie an …«
Rafael unterbricht das Schreiben, schaut hinüber zu Marisa, als suche er ihr Einverständnis zu dieser demütigenden Formulierung. Sie hat die Beine auf die Bank gezogen und sitzt zusammengekauert, in Meditationsstellung. Ihre Augen sind geschlossen. Als spüre sie Rafaels fragenden Blick, nickt sie.
Rafael wiederholt den angefangenen letzten Satz und sucht die Bedeutung durch sachliche Intonation herunterzuspielen. »Im Namen der Menschlichkeit flehen wir Sie an …«
Dem Helfer draußen, den man jetzt kommen hört, muß sich ein merkwürdiges Bild bieten, falls er die Gesichter der drei im Wagen wahrzunehmen vermag. Er klopft zaghaft. Alle drei haben die Augen geschlossen. Es ist, als wäre das Urteil bereits vollstreckt und der Henker aus Versehen mit in die Gaskammer geraten, in die er das Zyanid blasen läßt.
Der Ankömmling hat die Tür geöffnet, murmelt etwas in Richtung Drehstuhl. Reicht ein Stativ und eine Polaroid in schickem unbeflecktem Lederfutteral. Wahrscheinlich extra für den Zweck in San Diego im Schwarzhandel erstanden und über die Grenze geschmuggelt. Auch ihn, so scheint es,

beeindruckt die Stille, in die er hineinplatzt. Sie ermutigt ihn aber, die zwei Stufen hinaufzuklettern, sich neugierig im Innern des Wagens umzusehen, schnell, mit konzentriertem Blick auf das Armaturenbrett, am Capitán vorbei zum Führersitz zu gehen und die bereits trüber brennenden Scheinwerfer auszuschalten. Sofort strahlt die »Trautes-Heim«-Lampe über dem Eßplatz heller. Er dreht die Kamera ins Stativ und Marisa versteht, wie er sagt, daß die Fotos jetzt gemacht werden sollten und die Fotokopien des Briefes. Der Capitán nickt nur und weist mit dem Daumen zur Tür. Trotz der Maskierung entgeht Rafael nicht die kurze, unmutige Verzögerung, mit der der Hinausgewiesene dem stummen Befehl nachkommt.
»Im Namen der Menschlichkeit flehen wir Sie an, unser Leben zu retten und Gerechtigkeit walten zu lassen. Der Exekutivrat des ›*Movimiento*‹ empfiehlt mir, dieses Schreiben nicht zu beenden, ohne ausdrücklich darauf hinzuweisen, daß der Austausch der Gefangenen innerhalb von achtundvierzig Stunden nach Erhalt dieser Mitteilung zu erfolgen hat, andererseits der Tod uns erwartet. Das Ultimatum wird nicht verlängert.
Am 25. Mai 1975, 20 Uhr 30.
Unterschreibt! Beide. Mit vollem Namen!«
Der Capitán sieht von der Uhr auf und drückt den Knopf, der die Stoppuhr in Gang setzt. Einen Augenblick ist es so still, daß man das Ticken hört, als käme es von unten, da, wo die Bombe am Tank angeheftet ist.
»So! *Ya está hecho*. Und jetzt die Fotos. Beide zusammen. Setzt euch dicht aneinander!«
Er steht auf und schließt die Vorhänge hinter der Bank, auf der sie sitzen. Dann postiert er die Kamera. Wechselt den Standort, um beide von vorne zu haben.
Brmm – qratsch spuckt die Kamera das belichtete Bild aus. Und noch einmal. Etwas näher. Brmm – qratsch! Und noch eins. Rafael allein in Großaufnahme.
»Wir werden euch für die Nacht fesseln müssen. Es wird

euch wohl nichts ausmachen, euch einmal nicht berühren zu dürfen.« Rafael schaut in die Kamera, als wäre er erst jetzt in fremder Gewalt.

»Bravo! *Bien!* Das ist der Ausdruck, den wir brauchen. Die Sache mit dem Fesseln könnt ihr vergessen. Für heute nacht zumindest. Es ging mir nur um den angstvollen Ausdruck in Ihren Augen, *señor profesor.*«

Er legt die blassen Kartons auf den Küchentisch und knipst das Licht überm Herd an. Betrachtet die langsam aus ockerfarbener Soße entstehenden Bilder. Schnüffelt und grunzt. Dann geht er zum Tisch, sammelt die beiden beschriebenen Bögen zusammen. Liest aufmerksam, buchstabiert manchmal unhörbar mit. Beim Lesen legt er die linke Hand flach auf den Eßtisch. Wieder hört man das Ticken des Chronometers in seiner Armbanduhr. Sie zeigt 20 Uhr 44. Er scheint mit dem Geschriebenen zufrieden zu sein.

»Sie haben eine gute Handschrift, *señor profesor*, selten bei Wissenschaftlern. Und nun darfst du einen trinken, *señorita.* Ich laß euch allein. Bis auf weiteres.«

Er steht am Küchentisch, zieht aus der Brusttasche eine Plastikhülle, verstaut den Brief, nachdem er die beiden Bögen sorgfältig gefaltet hat, läßt die Fotos hineingleiten, eins nach dem anderen, jedes prüfend, indem er die dunkle Brille zurückschiebt und die graubraunen Augen zusammenkneift wie ein Maler vor seinem Œuvre. Er öffnet die Tür. Ein kalter Luftzug bläst schwirrendes Getier herein.

»Wir sind in der Nähe, aber wir schließen das Kabel um die Tür und die Fenster.« Und als hätte er Marisas Gedanken erraten, setzt er mit einem Blick zum Dach, bei dem ihm die Brille wieder auf den Nasenrücken fällt, hinzu: »Das Kabel ist auch übers Dachfenster gezogen. Jeder Versuch, den Wagen zu öffnen, löst von jetzt ab den Kontakt zum Walkie-Talkie aus. *Did I make myself clear?*«

Zick, zick machen die zwei Aluminiumstufen, als er das Treppchen hinuntersteigt. Er hält die Tür in der Hand, wendet sich den beiden zu, wirft Zeige- und Mittelfinger

kurz an den Sturzhelm und ruft freundlich: »*Adiós, hasta mañana!*«
Die Tür schlägt zu. Man hört, wie der Kamerad das Kabel gegen die Karosserie spannt, in Höhe des Türschlosses das Pflaster glattstreicht, welches das Kabel fixiert. Plötzlich geht ein Ruck durch den Wagen. Wie wenn ein Paket vorm Verschnüren noch einmal zusammengepreßt wird. Dann entfernen sich dumpf stapfende Schritte, die Stimmen verhallen, die schwankenden Taschenlampen verlöschen. Man hört den Flügelschlag der langsam sich an das durch die Fenster scheinende Licht gewöhnenden Vögel, die ihre Nachtschicht wieder aufnehmen.

Marisa steht auf, geht mit rudernden Armen zum Kühlschrank. Kratzt quadratische Eisstücke aus dem Plastikbehälter, wirft sie in zwei Gläser. Holt die Black-Label-Flasche aus dem Spind und zwei kleine grünliche kühle Viertelliter-Perrier-Fläschchen. Mischt großzügig. Zwei Drittel Whisky, ein Drittel Perrier. Sie hebt die Gläser in Augenhöhe und mißt gerecht, als wäre es die wichtigste Sache der Welt, jetzt den Alkohol gleichmäßig, gleichberechtigt, zu verteilen. Wie sagt Knut Hamsun, der alte Nazi? »Da ich bei mir in Gunst gekommen bin, will ich es mich auch etwas kosten lassen!« Nimmt einen tiefen Schluck, dann hält sie das Glas gegen das Licht, um zu sehen, wieviel sie auf einen Zug geschafft hat.
»Die haben sich die Richtigen ausgesucht. Dich, weil du ein Mahnmal der völkerversöhnenden Kultur bist, und mich, weil es mir recht geschieht, für etwas bestraft zu werden, was ich durch Feigheit, Faulheit und Bequemlichkeit versäumt habe, selbst zu tun.«
Was sie da sagt, leidenschaftslos gegen das erhobene Glas gemurmelt, bewirkt eine Stille, in der beide an den Gläsern

nur nippen und von draußen, weit entfernt und fast beruhigend, das Rumoren des nächtlichen Waldes zu hören ist. Rafael hat plötzlich das Gefühl, allein sein zu wollen. Er steht auf, nimmt sein Glas, geht nach hinten, haut sich, ängstlich darauf bedacht, den Whisky nicht zu verschütten, auf das Bett. Er starrt zur Decke und holt tief Luft, bevor er, im Liegen, den Rest des Glases kippt. Dabei rinnt ihm die Flüssigkeit wie Speichel aus den Mundwinkeln. Wie bei Harras, denkt er, wenn er fließendes Wasser getrunken hat. Der liegt nun draußen und fängt an zu stinken und zu verwesen. Das hat er uns voraus!

Das Kabel, um das Wohnmobil geschnürt wie um ein Paket, zieht ihm die Kehle zusammen, und hustend nach Luft ringend schlägt er das Kinn rechts, links auf das Kissen. Da steht sie mit Samariterblick vor ihm, reicht ihm ihr bis zum Rand gefülltes Glas und stützt, als er es im Liegen nimmt, seinen Kopf mit der Hand im Genick.

Er nippt, hält beide Gläser in Händen, stellt das geleerte auf das Fenstersims über dem Bett.

»Die Angst, Scheiße! Warum nicht: Die Todesangst öffnet die verstopften Poren meiner Haut. Sie wünscht sich eine Metamorphose, will in ein neues Leben fliegen. Ich spüre, wie die Schuppen fallen möchten, um zärtlicher gestreichelt, näher umarmt zu werden, damit ich das Leben nachholen, das Rauschen der Winde nachatmen kann, das Brennen der Sonne, daß die Schatten der Wipfel himmelstürmender Koniferen mich belecken wie die Zungen gefiederter Schlangen.«

Er trinkt, während sie seinen Kopf stützt. Die Wörter bilden Blasen im Glas. »Ich möchte mich betrinken, sinnlos, und doch ganz, ganz wach sein ... wenn es dazu kommt.«

»Und keine Sekunde denkst du daran, dich zu wehren? Zu entkommen?«

»Doch. Natürlich. Zwischen jedem Schluck. Zwischen jedem Satz, den ich vor mich hinlalle. Aber gleichzeitig scheint es mir, daß ich gerechte Richter gefunden habe, die mich nach Gesetzen verurteilen, die ich und meinesgleichen seit Generationen verteidigt, erhalten und gefördert haben. Opfer um Opfer, Zahn um Zahn. Mein Gott, was habe ich versäumt!«

Als sie zurückgeht, um das Licht auszuschalten, rutscht der Deckel von der Aluminiumpfanne, die der Capitán beim Ausbreiten der Fotos beiseite geschoben hat. Er fällt mit Getöse in die Spüle. Aber sie schreckt nicht auf. Sieht nur verwundert auf den ratschend noch immer Viertelkreise beschreibenden Deckel, faßt ihn behutsam von unten her am Knauf, achtet, während sie ihn vorsichtig zurück auf die Pfanne setzt, darauf, daß die zwei Fliegen, die sich auf den angebratenen Speckrest gesetzt haben, nicht entwischen, und denkt, ob die wohl bis morgen erstickt sein werden.

Dann nimmt sie den verchromten Eisbehälter aus dem Spind, bricht die verbleibenden Eiswürfel hinein, klemmt sich die Flasche Black Label unter den Arm, schaltet das Licht aus, kommt zurück ins Schlafabteil, setzt beides auf das Fenstersims neben dem Bett, rutscht auf allen vieren über Rafael hinweg zum großen Heckfenster, schiebt die Vorhänge beiseite und starrt ins Dunkel hinaus. Die riesigen Äste der Bäume, die sich über dem Hohlweg die Hände reichen, zeichnen Falten auf ihr Gesicht wie unleserliche Graffiti, die ausgelöscht werden, wenn Wolken den Mond über Hürden springen lassen. Jetzt legt sie das Ohr an das kühle Glas der Panoramascheibe, genau in der Mitte, wo das Seil mit dem drumherumgewundenen Kabel vom Chassis kommend übers Dach gezogen ist. Wie sie da mit geschlossenen Augen hinaushorcht, fragt sich Rafael, ob sie Geräuschen nachlauscht, aus denen sie schließen kann, wo die Wächter sind. Oder ob sie vielleicht ein Summen oder ein Ticken in dem Kabel direkt hinter der Scheibe wahrnehmen will. Unwillkürlich muß Rafael an Liliom, den »Hutschenschleuderer«, denken, der sein Ohr an die Telegrafendrähte legt, um das Summen der weiten, freien Welt zu vernehmen. Der weiten, freien Welt, die hier in dieser Sackgasse endet.

In die er hineingeraten ist, weil die Reise ein Ausweg sein sollte. Er ertappt sich dabei, wie er die Hoffnung auf Rettung aus seinen Gedanken ausschließt, um Ruhe und Ordnung zu schaffen.

Plötzlich ein Schrei. Markerschütternd. Marisa ist rittlings aufs Bett zurückgefallen. Jetzt schmiegt sie sich zitternd an Rafael wie ein Kind mit klappernden Zähnen. Er legt seine Arme um sie, wie lose Ärmel zum Wärmen.

»Was war denn?«

»Das Gesicht, die Gorillanase plattgedrückt an der Scheibe, hat mich die ganze Zeit beobachtet, wie ich ... versucht habe hinauszuhorchen. Ich dachte, es wäre das Ziehen des Kabels im Wind, aber es war sein Atem, da« – sie deutet mit dem Finger auf die Scheibe, unmittelbar neben der Stelle, wo sie ihren Kopf hatte –, »da! Er steht noch immer da!«

Sie springt auf, schlägt mit der flachen Hand an die Scheibe, daß es klatscht.

»*Oh, mierda!*« murmelt eine gutturale Stimme, und man hört ein Rascheln, Schritte, die Äste zerbrechen, als sie sich entfernen. Die Stimme brummelt weiter unverständliches Zeug, der Mann hat keine Eile. Dann leuchtet eine Taschenlampe auf. Ihr Strahl läuft vom Seitenfenster über die Decke und zurück. Marisa zieht den Vorhang mit hastig schleudernder Bewegung zu. »Wahrscheinlich steht an jeder Seite einer und drückt die Rotznase platt.«

Ihm scheint es, als beruhige sie die Vorstellung, es mit mehreren Wächtern zu tun zu haben. Lang vermißte Zärtlichkeit erwärmt ihn. Bringt seine springenden, alkoholisierten Gedanken zurück in ihre Nähe. Ein Duft, vermischt mit Nikotin und Ingwer, schlüpft aus ihrem halbgeöffneten Mund, als er ihre Lippen küßt und ihre trockene Zunge mit seinem Speichel benetzt.

»Jaaa«, sagt sie heiser und tonlos, »komm, wir wollen ficken, daß den Brüdern da draußen die ausgewichsten Hosen platzen. Schieb die Vorhänge wieder zurück.«

Rafael zögert. Blickt sie ungläubig an. Seine Erregung klingt

jäh ab. Ernüchtert, als hätte man ihm einen Bottich Eiswasser über den Kopf geschüttet, läßt er sich neben sie zurückfallen:
»Du wärst imstande, dich vor den Augen dieser Mörder zu« – er sucht nach dem geeigneten Wort, das seinen Abscheu ausdrückt – »zu … zu … produzieren?«
Sie lacht ihr dunkles Lachen, tief aus dem Sonnengeflecht. »Ja, das wäre ich! Und sogar mich zu reproduzieren, denn ich habe keine Pille genommen. Der Gedanke, diese geilen Voyeure da draußen zu reizen, ist wie ein Triumph über sie. Aber laß nur. Ich habe dich mal wieder schockiert. Das tue ich oft, ich weiß. Es ist wie eine Rache, weil … weil mich etwas berührt, das gegen meinen Willen geschieht, mich gefangennimmt. Ha, ha, im wahrsten Sinne des Wortes.«
Rafael hat manchmal Ähnliches gedacht, wenn sie mit vulgären Wörtern entstehende Intimität, Ansätze seiner österreichischen Sentimentalität zerstört, als zerreiße sie mit Karateschlägen Spinnweben. Vielleicht, so denkt er unwillkürlich, wehrt sich unbewußt ihre Jugend gegen den Altweibersommer, der seit frühester Kindheit ahnungsvoll ihre Träume verschreckt. Vielleicht trägt sie, auf der Suche nach Identität, die Vision einer bürgerlichen resignierten alten Dame mit sich herum, die dünnlippig Tee trinkt. Rafaels Besessenheit, das Mädchen zu ergründen, sie pathetisch wie ein Feldgeistlicher auf den rechten Weg zu führen, verdrängt seine Angst. Oder, so denkt er später, als sie sich schützend unter dem Laken verkriechen, nur Hals und Kopf den Angriffen der Moskitos aussetzend, steckt hinter deinem starrsinnigen Verlangen die verlogene Pädagogik eines Vaters, der seine Eifersucht erzieherisch abreagierte?
Der Whisky ist ausgetrunken. Der Alkohol brennt in den Adern. Sie liegen still nebeneinander. Nur manchmal, wenn ein surrender Moskito zum Sturzflug ansetzt, klatschen sie mit den Händen gegen Kopf und Wangen. Ziehen dann das schützende Laken enger zum Hals. Dabei geschieht es, daß die Hände sich berühren, flüchtig betasten, sich begrüßen

wie Reisende auf der Flucht, die sich nicht zu erkennen geben wollen. Noch ist das Ungeheuerliche zu nah, um darüber sprechen zu können. Noch zeichnet sich die Realität nicht ab in ihren Gedanken, die wie ertrunken auf öligen Tümpeln schwimmen.

Die Hitze. Sie schleicht durch die Ritzen, stülpt sich über die dünne Decke, bleibt kleben, zäh wie farbloser Nebel. Marisa schleudert das Bettuch weg. Als es segelnd auf den Boden schwebt, holen sie gierig schnappend Luft.

»Die Air-Conditioning! Ich stelle die Air-Conditioning an!«

»Und der Lärm, den der Generator macht?«

»Ist mir lieber als diese Stille und das Schreien der Käuzchen.«

Sie springt auf und taumelt leise fluchend zum Korridor. Macht Licht am Armaturenbrett. Ein paar Sekunden später springt der Generator an. Glucksend, schwabbelnd zuerst, dann beruhigend rhythmisch im Zweitakt.

Jetzt kommt sie zurück, zwei Zigaretten im Mund. Steckt eine zwischen Rafaels Lippen. Sie schließt die Klappen für den vorderen Raum und öffnet die zum Schlafabteil. Die ausströmende Luft ist noch warm. Es dauert ein paar Minuten, bis die Umwälzanlage Kühlung hereinbläst. Aber schon der Wind mit seinem öligen Geruch bedeutet Linderung. Marisa stellt sich auf die Zehenspitzen. Ihr Haar ist gelöst und bildet einen Helm um ihren Kopf. Sie schürzt den Mund und atmet tief wie ein nach Luft schnappender Fisch.

»Jetzt beginnt's zu funktionieren.«

Das Aggregat blubbert unruhig, als es die notwendige Tourenzahl erreicht, um sich automatisch auf Langzeitlauf einzustellen. Der Lärm weckt schlafendes Getier. Ein Papagei schreit wie ein Mensch. Dazwischen Heulen wie von Affen, die neugierig näher kommen. Rafael steht auf. Der erste kühle Luftzug ernüchtert ihn. Marisa hat Mentholzigaretten herausgesucht. Er macht einen tiefen Lungenzug. Der Pfefferminzgeschmack vermischt sich mit der Kühle wie ein stimulierendes Getränk.

Sie stehen in der Mitte des winzigen Raumes, direkt unter der pfeifenden Düse, und betrachten sich. Das Armaturenlicht im Cockpit blinzelt herüber. Es flackert, als bewege es sich durch den scharfen kalten Luftzug wie blakende Kerzen. Kann man auf der Netzhaut Gedanken lesen?
Sie streicht mit der Bewegung, die er so an ihr liebt, linkisch und selbstbewußt zugleich eine Strähne aus der Stirn. »Daß die Regierung nicht nachgeben wird, ist klar. Die scheißen auf Menschenrechte und diplomatische Proteste. Hilf dir selbst, so helfen dir die Götter, Quetzaquatepekel und Konsorten. Glaubst du, daß der Capitán persönlich den Brief und die Fotos überbringt, oder ist er nur ein Handlanger, und der Rollstuhl-Quasimodo spinnt die Fäden?«
Hier ist eine Gelegenheit, sie festzunageln, denkt Rafael, und alle Bedenken, die er seit Beginn der Reise immer wieder verdrängt hat – insgeheim, weil er fürchtete, sie könnte seine Vermutungen bestätigen –, sind wie weggefegt: »Wie ständen die Chancen, wenn es sich um eine Aktion deiner Freunde in Europa handeln würde?«
Ziehen sich die Augenwinkel zusammen, oder ist es der Luftzug, der den Abstand ihrer Lider plötzlich schmal erscheinen läßt? »Ich habe nie an einer solchen Aktion teilgenommen. Wenn ich die dazu erforderlichen Bewährungsproben gewünscht und bestanden hätte, dann wäre ich wohl nicht hier. Genügt das?«
Rafael wendet sich ab, geht nach vorn. Die Luft schneidet ihm in die Augen.
»Ja, das genügt. Und ich bin sicher, wenn du mich Laien fragst, der Capitán hat nur Zubringerfunktion, die Ausführung des ... « Er stockt. Das Wort, das ihm auf der Zunge liegt, erweckt Erinnerungen an Endgültiges, Unwiderrufliches. Dennoch, wie um sich zu zwingen, der Wahrheit ins Auge zu sehen, beendet er den Satz. » ...Ultimatums besorgen andere.«
»Andere, die ihm unterstellt sind? Das war meine Frage.«
»Was könnte das ändern? Warum interessiert dich das?«

»Weil mich mein Henker interessiert. Er hatte grau-braune menschliche Augen, als er die Brille abnahm und die Fotos betrachtete.«

Ist es, weil sie ihm nicht nach vorn ins Cockpit folgt, als er sich auf den Führersitz hockt und das Armaturenlicht ausschaltet? Oder ist es Mißtrauen, das sich einnistet, auf seine jagenden Gedanken tropft, ihn plötzlich befällt wie Verlassenheit, Einsamkeit der letzten Stunde? Sie manipuliert sich auf die andere Seite, denkt er. Wenn der Capitán wiederkommt, wird sie ihm Augen machen, ihm zu verstehen geben, daß sie zu ihnen gehört, zu den Feinden der verhaßten Ordnung, und nur zufällig mit in die Falle geraten ist. ›Vergiß mein unwichtiges kleines Leben‹, wird sie ihm sagen, ›ich hab' nichts dagegen, wenn er für die gute Sache geopfert wird. Ich bin eine von euch, ich zünde die Bombe, falls du jemanden brauchst ...‹

Mitten in diesen Gedanken schreckt er auf und ertappt sich dabei, ihre Berührung, ein ins Ohr geraunter Wort herbeizusehnen, aus dem Vertrauen wächst, kameradschaftliche Verbundenheit, an die sich Verurteilte auf dem Weg zum Schafott klammern.

Er hat gelesen, wie Häftlinge in den KZs zu gefürchteten Kapos wurden, wenn sich die Chance bot, durch Verrat die eigene Haut zu retten. Wird das Mädchen dich verraten, wenn der Capitán zurückkommt?

Er sitzt und starrt ins Dunkel. Der Whisky klopft in den Schläfen. Drückt das Blut ins Hirn, als wären die Arterien Stromschnellen. Da wird mit der Faust ans Fenster geklopft. Ein breites mongolisches Indianergesicht erscheint hinter der Scheibe. Brüllt: »*Para el motor!*«

Instinktiv senkt Rafael den Kopf und sieht hinunter zur teppichbelegten Motorverkleidung, die wie ein Dromedarrücken die Vordersitze trennt. Da sind die roten Lichtknöpfe für Choke und Aggregat. Als er sich aufrichtet, hat er einen Gedanken. Er wendet sich um und ruft Marisa. Doch sie steht schon hinter ihm.

»Sag dem Kerl, die Batterie muß aufgeladen werden. Er soll reinkommen und sich selber am Ampèremeter überzeugen. Ich möchte sehen, was geschieht, wenn er die Tür aufmacht. Wenn wir es noch erleben, denn vielleicht weiß er gar nicht, wie das Walkie-Talkie ausgelöst wird. Oder es stellt sich heraus, daß alles, was der Capitán erzählt hat, ein Trick ist, um uns mürbe zu machen.«
Marisa wiegt nachdenklich den Kopf, als ginge es darum zu entscheiden, ob Steak oder Fisch zum Nachtmahl gebraten werden soll. So ruhig und besonnen wirkt sie.
»Wenn das Kabel angeschlossen ist und er nichts weiß und die Tür öffnet, sind wir ein Betriebsunfall. Ein Happening für die Papageien. Aber gut! Wir werden sehen, wie er reagiert.«
Sie schiebt die Scheibe einen Spalt zur Seite und ruft in das Moskitonetz: »Wir müssen die Batterie aufladen, *hombre!«*
Wenn sie laut spanisch spricht, hat ihre Stimme etwas Befehlendes. Als wäre sie gewohnt, Anweisungen zu geben.
Daß mir das früher nie so aufgefallen ist, denkt er. Der Indio bellt etwas zurück und schüttelt den Kopf. »Er meint, wir brauchen keine Batterie. Wir sollen sofort den Motor stoppen.«
»Komm doch rein und stell ihn ab, du Feigling!« Der Kerl verschwindet im Dunkel. Einen Augenblick später hört man am Heck Kratzen, Blech auf Blech, dann einen Stoß. Der Motor fängt an zu stottern, zischt seufzend aus.
»Das Schwein hat die Benzinleitung abgestellt!«
»Ich fürchte, er hat sich nicht die Mühe gemacht, den Benzinhahn zu suchen. Wahrscheinlich hat er einfach die Leitung rausgerissen, und der Sprit läuft noch eine Weile unters Chassis.«
Das Moskitonetz ist nicht engmaschig genug, um die kleinen Insekten abzuhalten, und Rafael schiebt das Fenster wieder zu. Sie hat ja recht! Was nützt es ihm, wenn ihre schönen Glieder in handliche Happen für die Geier zerfetzt neben den seinen in den Ästen hängen. Wahrscheinlich denkt sie

nicht einen Augenblick daran, daß er die verdammte Pflicht hat, alles zu versuchen, sie zu retten! Denn es geht ja nur um *ihn*! Sicherlich hatten die Terroristen in Deutschland und Italien gar keine Lust, die Begleiter oder Bewacher ihrer Geiseln abzuknallen, es ergab sich aus der Auftragserfüllung. Wie konnte er nur auf die Idee kommen, sie des Verrates zu bezichtigen, weil sie ihre Haut retten will, ihr blühendes junges Leben. Mitgefangen, mitgehangen gilt nicht! Er muß sich auf die Armlehne stützen, als er aufsteht und zum Spind geht. Es ist so dunkel, daß er sein Feuerzeug benutzt, um eine neue Flasche zu finden. Wann hat er zuletzt einen Totalrausch gehabt? Lange her. In irgendeinem Hotel in Rom mit Dagmar. Oder vielmehr ohne sie, als er eine Nacht lang wartete. »Ich werde mit dem Capitán reden. Wenn er erfährt, daß du ... eine von ihnen bist, daß ihr für dieselbe Sache kämpft, ich weiß zwar nicht für welche, aber ich nehme an, daß deine Freunde und du ähnliche Ziele verfolgen, wird er dich freilassen.«

Sie gießt sein Glas voll. Als sie es ihm reicht, lächelt sie. So nah ist ihr Gesicht an seinem, daß der Boden des Glases an ihre Stirn stößt, als er trinkt.

Er hat die Augen geschlossen beim Trinken, und als er sie öffnet, spricht sie leise, schaut ihn dabei eindringlich an, wie um die Wirkung ihrer Worte in der Dunkelheit zu erkennen: »Sie werden es ganz bestimmt nicht mit der Bombe machen. Sie brauchen unsere Gesichter, um uns nachher zu fotografieren. Am besten mit Einschußstelle an der Schläfe, damit die Zeitungen was Appetitliches zu drucken haben.«

»Warum dann das Theater mit dem Walkie-Talkie?«

»Das dramatisiert eindrucksvoll. Der Gedanke, eine Bombe auf zehn Kilometer per Sprechfunkgerät explodieren lassen zu können, erinnert die Herren daran, daß sie auch in ihren Wohnungen zusammen mit ihren Kindern auf dem Pulverfaß sitzen. Und dann« – sie hält inne, nippt an seinem Glas – »bleibt es immer noch als Endlösung, wenn die Bullen uns finden sollten.«

Sie liegen nackt unter dem Bettuch, als der Morgen graut. Zuerst waren sie zurück ins Schlafabteil gestolpert, hatten sich niedergelegt, flach aufs Bett, mit allen Sachen an. Als der Schweiß zu rinnen begann, hatten sie Stück für Stück, mit Pausen zwischen Hemd und Jeans, sich die Kleidung heruntergerissen und wahllos in den Raum geworfen. Und als die Moskitos keine Ruhe gaben, waren sie unter die Decke gekrochen. Das Laken bis über die Stirn hinaufgezogen, lagen sie, ängstlich bemüht, sich nicht zu berühren, schwer atmend da und sehnten den Schlaf herbei. Eine Zeitlang dachte Rafael daran, mit der Zigarette Löcher in das Tuch zu brennen, in Höhe der Nasenlöcher, um besser atmen zu können. Aber er war zu träge aufzustehen. Dann wieder wollte er das Magnetophon holen und die Stunden protokollieren, den Hergang erzählen, mit seinem Testament enden. Darüber muß er dann eingeschlafen sein ...
Er fährt im offenen Wagen über die Grenze nach Dalmatien. Die Zöllner zeigen mit Fingern auf ihn, als er hält, um den Paß vorzuzeigen. »Die Heiratsurkunde«, ruft einer und zieht den Reißverschluß seiner Lederjacke bis zum Hals hinauf. Der Kragen schnürt ihm den Kehlkopf zu. Er schwillt rot an und brüllt: »Um das Schloß zu besichtigen, brauchst du eine Heiratsurkunde. Junggesellen kommen da nicht rein« – »Aber ich wohne doch hier. Bin hier geboren.« – »Dann mußt du die Fähre nehmen. Hier dürfen nur Touristen mit Heiratsurkunden rein. Der Kaiser ist sehr eifersüchtig und will nicht, daß Junggesellen das Schloß besichtigen und womöglich der Kaiserin begegnen.« – »Welcher Kaiser denn, zum Donnerwetter?« – »Kaiser Maximilian natürlich. Er ist zur Krönung nach Mexiko gefahren, aber die Kaiserin mußte hier bleiben. Sie ist nämlich« – er lacht wieder und erstickt fast dabei, sein Atem stinkt nach Knoblauch, und er fuchtelt wild in der Luft herum, tippt sich dabei an die Stirn – »sie ist nämlich nicht ganz richtig im Kopf. Das ist verdammt gefährlich. Aufregend und anstekkend!« Rafael haut den Rückwärtsgang rein und wendet.

Dabei sieht er, wie ein Rudel Motorradfahrer hinter ihm auftaucht. Er muß die Lichter einschalten, denn der Hohlweg, den er entlangjagt, ist stockdunkel von überhängenden Bäumen ...

Als er erwacht, schüttelt Marisa ihn an der Schulter. »Du hast furchtbar laut gesprochen im Schlaf. Wer ist denn ›Juárez‹?«

»Juárez? Keine Ahnung.« Plötzlich erinnert er sich an den Traum. »Hab' ich ›Juárez‹ gerufen?«

»Ja. Mehrmals!«

Der Kopf schmerzt, als er versucht aufzustehen.

»Wahrscheinlich habe ich von dem Indianer geträumt, der Mexiko von unserem Kaiser Maximilian befreit hat. Wie spät ist es?«

»Halb sechs. Kaffee kann ich ohne Generator nicht kochen, aber vielleicht ist noch heißes Wasser im Boiler, und ich mache einen ›löslichen‹. Auf deinen geliebten türkischen werden wir wohl verzichten müssen.«

Sie kann aufwachen und noch Witze machen. Sich Gedanken machen über Kaffeegeschmack? Die Glieder schmerzen. Es kostet Überwindung, aufzustehen, den Kopf unter die Dusche zu halten. Am liebsten wäre er im Bett geblieben. Er betrachtet sein Gesicht im Spiegel. Es ist noch zu dunkel, um mehr als fahle Umrisse erkennen zu können, und er beschließt, sich nicht zu rasieren. Er erinnert sich an Sonntage in Wien, wenn er sich morgens entschloß, ein »einsames Fest zu feiern«, wie er es nannte. Es begann schon im Badezimmer, wo oft noch das Parfüm eines Mädchens herumgeisterte, das sich im Morgengrauen aus dem Staube gemacht hatte. Er genoß es, Herr zu sein über den Ablauf des Tages, die Geräte der respektablen Sauberkeit, Zahnbürste, Rasierapparat, Nagelreiniger, nur triumphierend zu betrachten, um dann ungewaschen und nackt, wie er aus dem Bett gekrochen war, in die Küche zu wandern und sich ein opulentes Frühstück zu bereiten, es bei Radionachrichten behaglich zu verzehren.

»Versuche Radio Guatemala zu bekommen. Vielleicht bringen sie was in den Sieben-Uhr-Nachrichten.«
Sonne blitzt in Fäden durch das Dach des Waldes. Schraffiert golden den braunen Boden, die Schlingpflanzen um die Stämme, die zitternden Farne, moosbedecktes Gehölz.
Marisa sitzt auf dem Teppich über der Motorverkleidung und dreht die Frequenzskala. Es knackt und kracht in den Lautsprechern, wenn sie den Sender wechselt. Mariachi-Musik, Stimmen.
»Der da. Kannst du den nicht deutlicher kriegen?«
Sie dreht an der Feineinstellung. Die sonore Stimme trompetet mit gottverdammter Gleichgültigkeit.
»Was sagt er?«
»Futtermittelpreise. Nachrichten für die Landwirtschaft. Und hier: Präsident Echeverrta empfängt heute Mitglieder der amerikanischen Delegation für Energiefragen. Also Radio Mexico City. Ich hab' keine Lust mehr.«
Nach dem Lärm wirkt der erwachende Wald mit seinen Stimmen, dem Gequietsche, dem Schnattern, dem Zirpen wie lähmend auf die aufgeschreckten Gedanken. Als halte der Wind den Atem an, bis man erstickt. Sie schlürfen den lauwarmen Kaffee. »Wir sollten was essen.«
»Danke. Mich würgt es bei dem Gedanken!«
»So hat sich deine Mutter die Abmagerungskur wohl nicht vorgestellt.« Sie geht zum Küchenfenster und blickt suchend hinaus. »Da liegt er«, sagt sie plötzlich tonlos wie zu sich selbst. »Er sieht aus, als wenn er schläft. Sie müssen ihm in den Rachen geschossen haben.«
Auf dem Boden neben dem Kopf ist eine rötlichbraune Lache. Fliegen kriechen um sein halboffenes Maul, kleben auf den Augen. Die Blätter des Astes über ihm haben den Sonnenstrahl abgelenkt, so daß er zitternd auf die Flanke fällt, als atme der Hund im Schlaf.
»Ich möchte ihn auf die Stirn küssen, dorthin, wo er seinen Kopf immer so gern gegen meinen Schoß gestemmt hat.« Sie schürzt die Lippen und schließt die Augen, als sie noch leise

hinzufügt: »Bye-bye, Harras, bald wachsen Blumen aus deinem Fell.« Plötzlich hat sie eine Kinderstimme. Zum erstenmal hat sie ihn Harras genannt.
»Von unseren Freunden ist nichts zu sehen. Wahrscheinlich sitzen sie in den Bäumen, wie die heiligen Jaguare.«
Sie schaltet die Pumpe ein, läßt Wasser ins Spülbecken. Nimmt vorsichtig den Deckel von der Bratpfanne. Die beiden Fliegen liegen auf dem Rücken. Sie sprengt ein flüssiges Waschmittel ins Wasser und beginnt, das Geschirr zu säubern. Kratzt mit dem Messer die festgetrockneten Speckreste ab, legt ein Geschirrtuch auf die Anrichte. Schichtet die blasig nassen Teller aufeinander. Dann die Tassen, die Eierbecher, das Besteck, reibt sie trocken, betrachtet aufmerksam ihr Werk und räumt alles in den unteren Schrank, kniet dabei mehrmals hintereinander nieder. Ihre Bewegungen sind drahtig, präzise, als treibe sie Morgengymnastik. Dann kauert sie vor dem offenen Schrank und verteilt die Kochtöpfe, Deckel, Pfannen neben sich auf dem Teppich. Wischt sie ab, fein säuberlich, schichtet sie neu in die Regale, in anderer Reihenfolge. Als sie damit fertig ist, holt sie Johnson-Polish und besprüht die Formicawände, rutscht hin und her, reibt sie mit einem grünen Tuch, bis sie spiegelblank glänzen.
»Wozu machst du das alles?«
Rafael hat die Karte geholt und mißt die Entfernung von ihrem mutmaßlichen Standort nach Palenque im Nordwesten und Guatemala City im Südosten. Das Geräusch der Schranktüren, die beim Polieren in den Rahmen klappern, das Quietschen des Wolltuches, wenn das ölige Spray beim Reiben trocknet, schmerzen in seinen Ohren.
»Da draußen putzen sich die Papageien, die Affen trainieren Stabhochsprung, die Ameisenbären schleppen Proviant in ihre Kühlschränke, und hier drinnen soll alles aufhören? *No hombre, no!* Das Leben ist so wichtig wie die Aufgaben, die man sich stellt. Nachher werde ich endlich mal die Klosettschüssel ordentlich putzen, zu so was hatte ich bisher nie

Gelegenheit. In fünfundzwanzig Jahren nicht. Nicht einmal im Gefängnis.«
»Wann warst du im Gefängnis?«
Beim Aufstehen wirft sie einen spähenden Rundblick aus den drei Fenstern. Jetzt ist sie damit fertig und nimmt sich Zeit, ihn anzuschauen. Er sitzt auf seinem Platz am Eßtisch, die Karte vor sich, den Brillenbügel im Mund.
»Erteilen wir uns jetzt Absolution?« Zum Spott in ihrer Stimme gesellt sich ein winziges höhnisches Lächeln: »Die Pfaffen und die Psychologiefritzen behaupten, es reinige Seele und Haut von Mitessern. Wann soll ich beichten, vor oder nach der Klosettschüssel?«
»Wir wissen verdammt wenig voneinander. Ich werde mir einen Whisky genehmigen, weil ich nicht mehr genau weiß, ob ich überhaupt zuhören kann, falls du mir wirklich erzählen willst, wann und warum du im Gefängnis warst.«
Er spuckt die Brille auf den Tisch, sie sammelt einen Sonnenstrahl, der hereinblitzt, und brennt ihn auf die Karte zwischen braunschraffierten Bergen und blauen Flüssen. Sofort kriecht eine Fliege dorthin und sonnt sich flügelspreizend. Der Abstand von einer Flügelspitze zur anderen mißt etwa dreimal die Entfernung, die wir gestern zurückgelegt haben, denkt Rafael und steht auf.
Später lehnt er, das gefüllte Glas in der Hand, an der offenen Tür zum Duschraum und beobachtet sie. Im Reitsitz hält sie mit den Beinen das Klosett umklammert und schrubbt mit Bürste und Pulver, erst die Schüssel, außen und innen, dann den Plastikdeckel, der einen Sprung hat. Einmal, während sie fuhr, ist er in einer Kurve mit dem Gewicht seiner neunzig Kilo draufgefallen.
»Ich war neunzehn und Au-pair-Mädchen in London bei netten Leuten. Sie gaben mir drei Stunden Mittagspause, und ich spazierte jeden Tag, auch bei Regen, die Themse entlang zur Tate Gallery. Besonders Turner und Whistler hatten es mir angetan. Hatte ich mich an meinen Lieblingen satt gesehen, kaufte ich mir am Büfett ein Sandwich und eine

Coca-Cola und durchstreifte kauend die anderen Räume, wo mir Ehrfurcht vor den Meistern weniger angebracht schien. Die schläfrigen Beamten, die in den Korridoren saßen und sich langweilten, rümpften mißbilligend die Nase, wenn sie mich kauend herumgehen sahen, aber keiner sagte was, und nachdem sie so freundlich waren, wollte ich sie nicht vergrämen und versteckte Coca-Flasche und Sandwich unter meinem Mantel. Da entdeckte ich eines Tages in einem Raum, der mit holländischen Meistern vollgestopft war, ein kleines Bild, in das ich mich verliebte. Es war Liebe auf den ersten Blick. Ein Schimmel am Ufer eines stillen Teiches, in den tiefhängende Weiden tauchten. Der Schimmel, halb im Profil, wandte den Kopf und sah mich direkt an. Mitten in die Augen. Von wo ich ihn auch betrachtete, immer folgten mir seine traurigen Augen. Als wollten sie mir Zeichen geben. Nimm mich hier raus, auf die Weide. Wie gesagt, ein sehr kleines Bild, nicht größer als zwanzig mal dreißig. Mit geschnitztem Goldrahmen, der mir nicht gefiel – zu allem Überfluß. Ich konnte mich nicht von den Augen des Tieres trennen. Es schaute mir direkt ins Herz. Mir wurde ganz kalt, ich raffte meinen Mantel zusammen, der nur lose über den Schultern hing. Dabei fiel die Coca-Flasche auf den Boden, verspritzte das braune Gesöff und machte einen Heidenkrach. Der Saal war leer um diese Stunde, und der Lärm hallte von den Wänden. Trotzdem erschien keiner der Aufpasser. Ich ging heim wie im Traum und war für den Rest des Tages nicht mehr zu gebrauchen. Am nächsten Tag ... «

Marisa ist fertig mit ihrer Arbeit. Sie hatte ihn nicht angesehen, während sie schrubbte, hatte in die Klosettschüssel hinein erzählt. Jetzt steht sie auf, und Rafael hilft ihr. Sie streckt sich und humpelt zum Bett, massiert die eingeschlafenen Waden.

Er läßt das leere Glas auf das Bett fallen und zieht die Vorhänge auf. Die Helligkeit tut weh. Marisa schreckt auf, und beide blinzeln hinaus, die Handflächen schützend an

der Stirn. Der riesige Baumstamm liegt ganz nahe quer über dem Weg. Seine Äste sind noch frisch und berühren fast die Karosserie. Der Stumpf ist schwarz angesengt, und Splitter und verbranntes Laub liegen herum. Die Kurve, aus der sie kamen, bevor sie um ein Haar auf den Baum prallten, liegt keine dreißig Meter hinter ihnen, und die Äste des hinteren Baumes versperren die Sicht. Rafael muß die Augen schließen, so schmerzt das gleißende Licht. Sofort überkommt ihn lähmende Müdigkeit. Er zieht die Vorhänge wieder zu, und die Anstrengung schwemmt ihm Schweiß aus den Poren. Er läßt sich mit einer ungeschickten Kehrtwendung zurückfallen, und das Glas bohrt sich in die Nieren, daß er aufschreit.
»Steh auf, ich will das Bett frisch beziehen!«
»Quatsch! Ich will hier liegenbleiben, trinken und schlafen. Ist es schon acht?« Er sucht nach seiner Uhr, weiß aber nicht mehr, wo er sie hingelegt hat. »Verdammt, wenn ich hier je lebend herauskommen sollte, werde ich nie wieder auf eine Uhr schauen, das schwöre ich dir.«
Marisa geht nach vorn, und gleich darauf wieder das Knattern in den Lautsprechern. Musik, krr, Stimmen, krr, Musik, krr, Stimmen, ruckweise deutlicher werdend.
Nach einer Weile schaltet sie ab und kommt zurück.
»Der Wald schirmt alles ab. Wie ein Tunnel. Mexiko geht gerade noch, aber die anderen Stationen. Vielleicht heute nacht Kurzwelle.«
»Wie schnell wächst ein Bart in der Hitze?« Rafael befühlt sein Kinn. »Einen Millimeter pro Stunde? Der wird mir die Uhr ersetzen.« Er schließt wieder die Augen und betastet die Wangen. »Sagen wir einen halben Millimeter. Das macht in vierundzwanzig Stunden einen Zentimeter und zwei Millimeter. Das müßte man fühlen können, wenn der Tastsinn sein Erinnerungsvermögen nicht verliert.«
»Steh auf, und rasier dich, während ich das Bett mache. Die Kissen stinken nach Schweiß und kleben vom Blut der angeklatschten Moskitos.«
»Kommandier mich nicht herum!«

Da geht sie zum Duschraum. Schließt die Türe hinter sich. Nach einer Weile hört er das leise Zittern der Pumpe und gleich danach das Rauschen der Dusche auf ihrem Körper. Als es wieder still geworden ist, hört er sie trällern. Er kennt die Melodie. Oft, wenn eine Diskussion eine aggressive Wendung nimmt, fängt sie – ihre Art, das Thema zu wechseln – an zu trällern, mit heller, zwirnsdünner Stimme zuerst, dann den Refrain in ihrer brüchigen, gutturalen Tonlage. »*That's, because my lady, is a tramp.*«
Er döst vor sich hin. Manchmal schreckt er auf, lüftet den Vorhang, blinzelt hinaus, läßt sich zurückfallen und schließt die Augen. Er nimmt sich vor aufzustehen, das Magnetophon zu holen und den Brief auf Band zu sprechen. Aber schon beim ersten Satz verheddert er sich.
»Heute, am 25. Mai 1975, wurden meine Mitarbeiterin Maria-Isabel Caspar, Studentin, und ich, Rafael von Thalhammer, Professor der Archäologie an der Universität Wien, Österreich« – falsch, Austria hat er diktiert, vielleicht weiß er gar nicht, wo Wien liegt und denkt an Australia – »von Mitgliedern der Bewegung ›*Movimiento de la Libertad de Guatemala*‹« … »*Today, on the 25th of May, my collaborator Miss Maria-Isabel Caspar, student, and myself, Professor of* … « Ein Nekrolog! Was werden sie in Wien für einen Nekrolog halten? Feierstunde in der Aula. Hagelstange im schwarzen Anzug vor gelangweilten Studenten. Ob Kreisky dabeisein wird? Wird seine Mutter neben ihm sitzen? Im Namen der Menschlichkeit flehen wir Sie an. Im Namen der Menschlichkeit montieren wir Plastikbomben, denn wir sind die Bauernrevolution und wir brauchen bekannte Unschuldige, um die namenlosen Unschuldigen zu retten. War es Gabriel García Márquez, der schrieb »Revolution ist ein Liebesakt der Geschichte. Für den, der von außen durchs Schlüsselloch schaut, erscheint sie schrecklich, aber für die beiden im Bett ist sie eine herrliche Sache.« Und wie ist es für die, denen man das Schlüsselloch mit Dynamit verstopft hat und die im Bett um ihr Leben zittern?

Marisa kommt aus der Duschkabine, das feuchte Haar hochgesteckt, Augen und Wimpern geschminkt, eine lachsfarbene durchsichtige Bluse hängt über den Jeans. Sie mustert ihn einen Augenblick, wie er da unrasiert auf dem zerwühlten Bett liegt, den Unterarm gegen die Augen gepreßt.
»Schläfst du, oder weinst du?« Sie fragt leise, unbeteiligt, und doch ist der Vorwurf unüberhörbar.
»Blödsinn, aber beides wäre keine Schande, auch wenn die Art, wie du dich herausgeputzt hast, mich demütigen soll. Früher schliefen Helden weinend ein, und man bewachte ehrfürchtig ihren Schlaf, in dem sie Zwiesprache mit den Göttern hielten.«
»Und was haben die Götter meinem Helden prophezeit?«
»Daß mein Bart noch ein paar Tage nach dem Tode weiterwachsen wird.«
»Wachsen Hundebärte auch weiter nach dem ... « Sie beendet den Satz nicht, streicht ihm schnell übers Kinn und geht nach vorn. Eine Weile steht sie am Küchenfenster und schaut hinaus. Dann nimmt sie einen Packen Zeitschriften, Magazine, die sich angesammelt haben. Blättert gedankenlos, stutzt, steht auf, geht zur Küchenschublade und kommt mit einer Geflügelschere zurück. Beginnt an einer bunten Doppelseite herumzuschnipseln. Schneidet Dreiecke, Quadrate, Trapeze, Kreise aus und legt sie auf dem Eßtisch zusammen, verschiebt die Fetzen, nimmt Abstand, prüft, scheint zufrieden, holt eine Tube Leim und klebt – sorgfältig darauf bedacht, das Puzzlespiel genau in der Zusammensetzung zu bewahren – die Schnipsel an das Fenster in der Küche. Lehnt sich zurück und betrachtet ihr Werk.
Ein Geräusch auf dem Dach schreckt Rafael auf. Etwas bewegt sich da oben. Er richtet sich auf und versucht, vom Seitenfenster aus auf das Dach zu blicken. Kann aber nichts entdecken. Wieder ein weiches Tapsen, kleine Schritte auf nackten Sohlen. Jetzt ein Hüpfen wie ein Kind, das Himmel-und-Erde-Hopsen spielt. Dann eine Pause.
Die plötzliche Stille ist unheimlich, als drohe von oben

Gefahr. Ein Vogel, ein Geier, der sich den Schnabel wetzt? Eine Ratte? Plötzlich erkennt er das Geräusch. Er spürt körperlich die feuchten Pfoten, die faltigen Hände: ein Affe! Jetzt, genau über dem Fenster. Ein dünner, grauer, haariger Schwanz, ein rosa-speckiger Bauch. Und, nur durch die Scheibe getrennt, schauen sie einander an. Auge in Auge. Wimpernzuckend glotzt es herein, die Linien von der verrotzten, winzigen Nase im Halbkreis zur Kinnlade erinnern an laszive Greisengesichter. Der Mund zuckt dünnlippig, sprüht Blasen aus silbrigem Speichel, die zerplatzen, so oft ein Pfeifton herauszischt. Die Arme hängen am Geländer oder an der Ablaufrinne. Jetzt zieht er die Beine hoch und fährt tastend über Rafaels Gesicht. Der spürt die Sohlen und wischt unwillkürlich über Stirn und Wangen. Da fliegt auch noch ein Arm herunter und tätschelt die Scheibe ab. Dabei geht das Pfeifen in einlaßbegehrendes Meckern über. Die Pfoten suchen Halt und krallen sich ... Rafaels Herzschlag setzt aus. Der Strick mit dem Kabel!
Eine Kniebeuge, und grinsend hängt sich der Kerl mit den Armen an das Seil, zieht. Zieht und schwingt, als wäre es eine Liane. Das Seil ächzt an den Ecken der Karosserie, und Rafael wirft den Kopf herum in Erwartung der Detonation. Doch nichts geschieht. Nach jedem Schwung klatscht der Körper zurück gegen die Scheibe. Und jedesmal vergrößert sich der Abstand. Offenbar dehnt sich der Strick und das Kabel. Das Tier mag fünfzig Zentimeter groß sein, gut dreißig Zentimeter beträgt die Entfernung, wenn es sich abstößt, genug, um durch die Tür zu schlüpfen, wenn man den Bauch einzieht. Entweder Marisa hat recht, und die ganze Verschnürung ist eine Finte, um sie mühelos unter Kontrolle zu halten, oder der Punkt, an dem die Spannung den Kontakt auslöst, ist noch nicht erreicht. Schweiß rinnt ihm in die Augen, als er langsam mit unendlicher Behutsamkeit, um das Tier nicht zu verschrecken, die Sperre löst, um das Fenster aufzuschieben. Es quietscht in den Gummischarnieren. Der Affe hält in seiner Bewegung inne und

verfolgt fasziniert das Gleiten. Vor dem Fenster ist ein Moskitonetz in einem schmalen Aluminiumrahmen, das mit einem Spezialwerkzeug, einer Art Büchsenöffner, aus der Schiene gestemmt werden muß, will man es abnehmen.

»Marisa, bring schnell den Schlüssel für...« Sein Hirn ist leergebrannt, als wären die Leitungen zum Gedächtnis versengt. Das Wort fällt ihm nicht ein. »Verdammt zum ... zum Fliegenfänger ... zum Fliegenfenster ... « Er verrenkt sich den Hals im Bemühen, sie zu erspähen, während er ruft, ohne die Hände vom Netz zu nehmen, aus der absurden Vorstellung heraus, der Affe könne sein Seilschwingen steigern, wenn er ihn nicht im Auge behalte.

Er sieht, wie Marisa aufsteht und in Richtung Werkzeugkasten geht. Die Gemächlichkeit ihrer Bewegungen macht ihn rasend.

»Beeil dich, bring ein Messer, wenn du den Schlüssel nicht findest.« Er erinnert sich, wie leicht der Rahmen aus der Halterung springt, und schlägt mit der Handkante gegen das Netz. Sobald das Tier die laute Stimme hört, hält es in seinen Trapezschwüngen inne und horcht.

Endlich kommt sie mit Werkzeug und Messer. Er klemmt den Hebel in die Schiene, während Marisa das Messer in die seitliche Rille schiebt.

»Vorsicht, daß es nicht nach außen auf das Seil fällt!«

Marisa sieht erst jetzt den Affen.

Begreift erst jetzt die Aufregung in Rafaels Stimme. Mit vereinten Kräften heben sie das Netz in das Wageninnere. Marisa streckt den Arm aus: »Komm her, du Monstrum, laß dich streicheln!«

Das Monstrum grinst und verfolgt gespannt die Bewegung ihrer Hand. Jetzt ist sie nah genug, um den haarigen Kopf berühren zu können.

»Bring 'n Keks, schnell.«

Rafael läuft zur Küche. Da hört er einen Schrei.

»Das Scheißtier hat mich gebissen!«

Marisas linke Hand blutet. Als er zurückkommt, wickelt sie

ein Stück Bettlaken um die Wunde am Daumen. Das Monstrum sitzt im Fensterrahmen und kratzt sich. Äugt gedankenvoll in den Raum. Rafael holt Jod aus der Hausapotheke und den Besen, um gegebenenfalls das Tier mit einem Hieb zu verscheuchen.

Sie beißt die Zähne zusammen, als er die brennende Flüssigkeit auf den klaffenden Riß träufelt.

»Sie haben oft verfaulte Zähne. Du müßtest eine Tetanusinjektion bekommen.«

»Damit die Fäulnis nicht schon beginnt, während wir noch am Leben sind?«

»Sie werden dir nichts tun.« Er hat das Pflaster vom Nagel bis unter das Leder ihrer Armbanduhr geklebt. Streicht es fest, küßt behutsam ihren klopfenden Puls. »Ich werde mit dem Capitán reden. Wenn sich überhaupt noch einer blicken läßt.«

»Merkwürdig. Du glaubst kein Wort von dem, was du sagst, aber deine gute Erziehung in ihrer herrlichen Verlogenheit befiehlt dir, mir Jod, Tetanus und Hoffnung zu injizieren.«

»Man hat mich gelehrt, an Barmherzigkeit zu glauben. Und außerdem kann ich nicht einsehen, warum sie dich liquidieren sollten, wenn sie erfahren ... « Er stockt. Das Gefühl der Ohnmacht, das ihn befiel, als er entdeckte, daß er Marisa liebt, obwohl nichts, absolut nichts ihn mit ihr verbindet – keine gemeinsamen Neigungen und keine gemeinsamen Träume, Ziele, Ideale –, und er insgeheim immer nur darauf wartet, daß sie ihm ihr Geheimnis preisgibt, dieses unerklärliche Gefühl bewahrt ihn auch jetzt noch davor, sie respektlos in ihrem Stolz zu verletzen.

»Wenn sie erfahren, wes Geistes Kind ich bin? Das meinst du doch?«

Er hält noch immer ihre Hand. Sie zuckt, aber sie überläßt sie ihm. Wie man einem Kind ein repariertes Spielzeug überläßt. Er fährt mit dem Mittelfinger den Linien ihrer Hand nach. Die Berührung hat etwas Erotisches, als zeichne er die weiche Mulde ihres Schoßes nach.

»Deine Lebenslinie endet weit unter dem Handgelenk. Die Chiromanten prophezeien daraus ein langes Leben. Auch ohne zu wissen, welcher Geist die Hand bewegt.«
Mit einem Satz ist der Affe auf das Bett gesprungen. Bemächtigt sich der Jodflasche, die Rafael achtlos auf das Kopfkissen gelegt hat. Schnüffelt, daß sich die Nüstern blähen. Leckt am Stöpsel. Beißt hinein ...
Marisa betrachtet ihn belustigt, die Schmerzen scheinen vergessen.
»Sieh mal, es schmeckt ihm. Er desinfiziert sich seine verfaulten Zähne. Jetzt können wir uns gemütlich von ihm beißen lassen!«
Der Stöpsel mitsamt daran befestigter Pipette fliegt in hohem Bogen auf den Boden. Er saugt an der Flasche, ohne sie hochzuheben. Jetzt umklammert er mit den Zähnen den Flaschenhals ünd schwenkt die Flasche hin und her, wie eine Frucht. Plötzlich hustet er hell und schrill, und die Flasche landet nicht weit vom Stöpsel.
Er schließt die Augen und leckt sich die Lippen.
»Vielleicht bringt er uns Glück«, sagt Rafael und schaut auf Marisas Armbanduhr. »Gleich zwölf. Die Nachrichten.«
Er ist froh, keine mokant gespielte Unterwürfigkeit aus dem Blick zu lesen, mit dem sie sich nachdenklich von ihm trennt, um nach vorn zu gehen.
»Im wahrsten Sinne des Wortes: Das Stinktier hat unser Leben in die Hand genommen, als es das Kabel spannte und bewies, daß es nicht – oder noch nicht – angeschlossen ist. Statt Nachrichten zu hören, sollten wir lieber einen Spaziergang nach Palenque machen und unseren unsichtbaren Bewachern ein Schnippchen schlagen.« Radio Guatemala spricht von Innenminister Martínez und den Maßnahmen zur Frühobservation und Evakuierung bei drohenden Anzeichen von Erdbeben. Kein Wort von Freiheitskämpfern, von Verhaftungen, Entführung. Kein Wort von einem Professor und seiner Geliebten, Sekretärin, Dolmetscherin, die entführt wurden und verschwunden sind. Vielleicht sind

sie wirklich in die Hände dilettantischer Anfänger gefallen, die der Regierung nur grinsendes Achselzucken entlocken.

Marisa muß eingeschlafen sein. Sie hatte ihr Bett überm Cockpit heruntergelassen, um sich zu vergewissern, daß die Pistole, die sie in einem Kleenexkarton versteckt hielt, unentdeckt und wohlverwahrt war. Der »Zöllner« hatte bei seiner Inspektion das Bett nur flüchtig abgetastet, Decke und Bettuch seitlich aufgeschlagen, die Arme hineingesteckt und mit spitzen Fingern ihr Nachthemd herausgefischt, nachdem er mit einem brustschwimmartigen Bogen über die Matratze gestrichen hatte. Sie hatte ihm das Hemd entrissen und es mit einem wütenden »Das ist doch wohl nicht zollpflichtig, *hombre*« unter das Kopfkissen gestopft, mit gutgespielter Empörung über den Eingriff in ihre Privatsphäre einen zweiten Griff unter das Kopfkissen, dort, wo das Kleenexpaket lag, verhindernd. Zum Glück stand das Autoradio auf dem Armaturenbrett direkt unter der Liege, und er hatte sich daran zu schaffen gemacht, um herauszufinden, ob eine Sprechanlage eingebaut war.
Sie hatte sich hingelegt, um behutsam, ohne die ineinandergefalteten Papiertücher durcheinanderzubringen, die Pistole aus der Box zu ziehen und sie zu betrachten. Der Anblick des glatten Laufes und des geriffelten Kolbens beruhigte und faszinierte sie wie eh und je. Sie vergaß, wo sie war. Das Bild der dunklen kleinen »Höhle« tauchte auf...
Es hatte damals gut drei Monate gedauert, bis Luigi eines Nachts die Tür zu dem winzigen fensterlosen Raum aufschloß und ihr seine Schatzkammer zeigte. Unter einem Haufen alter Reifen, die er mit einem »Es kommt darauf an, die Spinnweben nicht zu zerstören« so vorsichtig aufhob und zur Seite legte, als seien es riesige Geburtstagstorten von Demel, entdeckte sie im Schein der Taschenlampe die ölig

blitzenden Läufe von Maschinenpistolen, graue Leinengürtel für Patronen, wie sie sie aus alten Filmen kannte, Pistolenfutterale neben ausgeleierten Wagenhebern und Schraubstöcken.

Sie hörte noch das zärtliche Vibrato in seiner Stimme, als er sagte: »Maschinenpistolen sind für Männer. Revolver für Frauen!« Dann hatte er eine Pistole aus dem Futteral genommen, geladen und ihr das kalte Ding in die Hand gedrückt. Die Spinnwebenreifen wieder zurückgelegt, mit einer Handvoll Sand aus der Ecke rückwärtsgehend den Boden bestreut, wohl um ihre Spuren auf den staubigen Bohlen zu verwischen. Als die Tür verschlossen und verrammelt war, hatte er sie sanft auf das ungemachte Bett gezogen, umarmt und gesagt: »Pistolen sind wie Schwänze. Sie werden erst schön in der Hand einer Frau. Siehst du, wie das Ding zu leben anfängt, wenn du den Lauf streichelst und den Kolben liebkost wie Luigis Eier?« Manchmal, wenn er Spätdienst hatte, holte sie ihn ab. Da brannte das Ding in der Tasche ihrer Blue jeans, und sie zog den weiten, langen Pullover krampfhaft hinunter und hielt ihn fest, weil sie das Gefühl nicht loswurde, es wuchs und wuchs in ihrer Hose wie Luigis Glied, wenn er mit ihr tanzte, und jeder konnte es sehen ...

Sie hatte sich vergewissert, daß die Trommel sich leicht drehte und die Patronen nicht klemmten, vorsichtig eine Lage Papiertücher abgehoben, die Waffe verstaut und den Karton unter das Kopfkissen geschoben. Hinten hörte sie Rafaels Atem ab und zu in leise seufzendes Schnarchen übergehen. Die Geräusche ohnmächtiger Erschöpfung, die, abgeschirmt vom Rumoren des Waldes, wie Stöhnen zu ihr drangen, erhöhten die wehmütige Zärtlichkeit, die sie für Rafael empfand. Ihre Gedanken purzelten wie vom Baum geschüttelte Äpfel in den Korb der Erinnerung. Sie sah sich als Kind in Chile zu Pferd, von der Schule heimkehrend, vor einer der Lehmhütten der Indios am Eingang des Dorfes haltmachen, um bei einer Viehhüterfamilie, die für ihren

Vater arbeitete, Mate zu schlürfen. Der Tee war heiß und benebelte schnell, ließ die sengende Hitze und den staubigen Weg, den beißenden Schweiß des Pferdes vergessen. Immer, wenn das schlechte Gewissen sich regte, zu spät nach Hause zu kommen, fing einer der jungen Burschen an zu singen. Die Lieder begannen traurig, und es war vom Tod die Rede, doch nach der dritten oder vierten Strophe änderte sich der Rhythmus, und Trauer verwandelte sich in Hoffnung, Melancholie in rebellierenden Mut. Zum Schluß klatschten alle in die Hände, und noch auf dem Weg zur Hazienda klatschte sie dem Gaul rhythmisch auf den Hals, als könnte sie mit dem Galopp die verlorene Zeit einholen.
Dabei muß sie eingeschlafen sein.
Rafael hatte den Moment abgepaßt, als der Affe sich vom Fenster wieder auf das Seil fallen ließ, um blitzschnell die Scheibe zuzuschieben. Erlöst beobachtete er, wie das Tier sich nach einer Weile dem Alltag zuwandte, den nächstliegenden Baum musterte und mit einem Satz auf einen Ast sprang, der dem Karosserieblech einen dumpfen Paukenschlag entlockte. Er goß sein Glas voll, dachte an den Capitán und versuchte sich vorzustellen, wie er wohl ohne Sturzhelm und Tuch aussähe. In seiner Phantasie verwandelte sich der Sturzhelm in die Astronautenkappe des interplanetarischen Kriegers von La Venta, wo ihn der steinerne Kopf aus der Olmeken-Epoche in unerklärliche Angst versetzt hatte. Die tiefliegenden Augen, die platte Nase mit den breiten Nasenflügeln, der Mund, halb geöffnet und erbarmungslos geschwungen, als könne er nur befehlen oder morden.
Wie bereit war er zu sterben?
War er je bereit gewesen zu kämpfen?
War sein Leben nicht nach dem Prinzip des geringsten Widerstandes verlaufen? Ängstlich darauf bedacht, nirgendwo anzuecken und Niederlagen hinzunehmen, als wären sie ein Privileg der Verwöhnten? Aus der Bahn kann nur geworfen werden, wer sich auf die Bahn begibt. Es

paßte wohl zu seiner Erziehung, daß er den Lauf der Welt und das beharrlich-wütende Vorwärtsdrängen ihrer Bewohner wie ein Zuschauer betrachtete, der sich in der warnenden Uniform des Wächters wähnt, im Bewußtsein, niemals eingreifen zu müssen.

Sollte er sich auf so unmißverständliche Weise umbringen, daß er den Feinden ein Schnippchen schlüge? Zum Beispiel, indem er sich mit Benzin übergoß. Die verkohlte Leiche würde niemand identifizieren können, wenn er den Siegelring derer von Thalhammer in den Urwald warf. Die Benzinkanister waren leicht erreichbar. Sogar vom Bett aus. Er brauchte nur die Seitenkissen zu seiner Linken zu verschieben und die Sperrholzplatte zum Kofferraum abmontieren. So leicht war das. Er vermeinte schon, den Geruch des Benzins in der Nase zu spüren.

Doch keine Sorge, Marisa, dein Freund wird nie den Mut haben, auch nur den kleinen Finger zu opfern.

Marisa erwacht. Das ist nicht Rafaels Schnarchen, denkt sie. Als hielte der Wald verschreckt den Atem an, durchbricht keifendes Knattern die zitternde Stille. Noch weit weg. Der weiche Humusboden verschluckt den Lärm des Motorrades, und nur die Spitzen des heulenden Tones sind zu hören. Der Todesbote aus Cocteaus *Orphée* fällt ihr ein. Blitzschnell kriecht sie unter die Bettdecke, angezogen wie sie ist. Liegt mit dem Blick zur Tür. Die linke Hand hat den Kleenexkarton in Schenkelhöhe gezerrt. Schnell, fast automatisch wie ein Reflex. Sie fühlt den Lauf durch das Papier. Sie atmet tief. Die Waffe unter ihrer ausgestreckten Handfläche strahlt beruhigende Kühle in die stickige Hitze des Bettes. Jetzt schneidet sich der Lärm der Honda auf dem Waldweg wie eine Fräse in ihr Trommelfell. Noch ein Aufschrei vom letzten Gasgeben, dann schleicht wieder Stille herein. Sie hört das Rascheln der Stiefel im Laub. Doch sie weckt Rafael nicht. Solange er schläft, betrunken wie er ist, kann er kein Unheil anrichten, denkt sie. Vielleicht sollte ich schnell die Hose ausziehen. Sein steifer Schwanz könnte sein Gehirn

erweichen. Besser einen Guerillero im Schoß als eine Kugel im Kopf.
Ein dumpfer Faustschlag, ein Zerren am quietschenden Seil, dann geht die Tür auf.
»*Buenos días, amigos!*«
Sein Blick fällt zuerst auf Marisa. Sie liegt, den Kopf auf den rechten Arm gestützt, bewegungslos und schaut ihn an, ohne zu antworten. Dann, beim Eintreten, wandern seine Augen durch den Raum. Er sieht den schlafenden Rafael erst, als er sich zum Korridor vorbeugt.
»*El profesor* schläft den Schlaf der Gerechten?«
»Du kannst ihn wecken. Wenn deine Schergen die Benzinleitung zum Generator nicht reparieren können, die sie heute nacht herausgerissen haben ... «
»Tut mir leid. Das war Befehl. Der Lärm ist weit zu hören.«
»Ich denke, hier kommt niemand her.«
»Ein Holzfäller könnte sich verirren. Glauben, es sei eine Säge.« Er hängt die Maschinenpistole griffbereit über den Stuhl beim Hinsetzen.
»Was gibt es Neues?«
Er mustert sie nachdenklich, als überlege er, wie weit er sie für würdig hält, in Männersachen mitzureden.
»Noch nichts. Ich wollte nur mal sehen, wie es euch geht. Oder vielmehr, das Neueste ist nicht sehr gut. Die Herren schweigen sich aus. Sie haben einen Vertrauensmann wissen lassen, sie wollten nach bewährtem Rezept handeln.«
Marisa spürt ihre Halsschlagader tuckern, als sie fragt:
»Und was ist das bewährte Rezept?«
»Das Medikament ist dasselbe. Nur die Dosierung ein wenig schwächer. Alle vierundzwanzig Stunden wird ein Kamerad, der im Gefängnis sitzt, hingerichtet, bis wir euch laufenlassen. Aber es ist noch nicht bestätigt. Und bisher ist noch keiner umgebracht worden.«
Die Hitze unter der Bettdecke wird unerträglich.
Der Capitán zieht einen Handschuh aus, holt ein Päckchen Zigaretten aus der Lederjacke, ein Feuerzeug und bietet

winkend eine Zigarette an. Marisa schüttelt den Kopf: »Was werdet ihr machen?«

»Zunächst ein neues, nettes Foto für die Zeitungen. Die abgelieferten scheinen in die falschen Hände gefallen zu sein.«

»Vielleicht drucken sie ein Aktfoto von mir schneller.«

»Sei nicht zynisch, *linda amiga!* Eins mit der heutigen Ausgabe der ›Herald Tribune‹ in der Hand genügt.«

»Ich biete dir ein Geschäft an. Deine Leute beerdigen den Hund, du erlaubst mir, zweimal ums Auto zu gehen, um Bewegung zu haben, dann wecke ich den Professor, und wir machen das Foto, o.k.?«

Jetzt erst zündet er die Zigarette an. Schaut dem Rauch nach, während er überlegt.

»Geht nicht. Die Leute mußte ich wegschicken. Nachts ist es ganz schön feucht hier, und Feuer machen ist verboten.«

Marisa sieht zur offenen Tür hinaus. Sie tut, als ob sie den Hundekadaver vom Bett aus sehen könnte. Sagt beiläufig:

»Der Hund verwest, wenn er nicht begraben wird. Er fängt schon an zu stinken, und die Fliegen und das Getier sind unerträglich. Wann kommen deine Leute zurück?«

»Sobald sie gegessen und eine Stunde geschlafen haben. Das mit dem Hund wird sich dann machen lassen.«

Sie überlegt fieberhaft. Bemüht sich um einen weinerlichen Ton, als sie langsam, stockend fragt:

»Und was werdet ihr mit uns machen, wenn die nach .. dem bewährten Rezept reagieren?«

Er schnippt die Asche ins Waschbecken. Das tiefe Atmen und Schnarchen hinten hat aufgehört. Es muß alles vorüber sein, denkt sie, bevor Rafael aufwacht.

»Daran wollen wir jetzt nicht denken.« Es kommt ihr vor, als hätte er ihren weinerlichen Ton übernommen.

»Seid ihr entschlossen, uns umzubringen, wenn die nicht einsteigen?«

»Die werden schon. Sonst würde es mir sehr leid tun, glaub es mir.«

»Aber was habt ihr denn davon, wenn die eure Leute umbringen und ihr uns?«
Er hat das Plastikvisier hochgeschoben, sie kann seine dunklen melancholischen Augen sehen. Jetzt, als er einen tiefen Zug macht und der Rauch sich zwischen Nasenflügel und Halstuch kräuselt, kneift er die Augen zu, und sein Gesichtsausdruck um die Schläfe wird hart, als beiße er die Zähne zusammen.
»Dann wird die Welt erfahren, daß wir zu allem entschlossen sind.«
»Wäre es nicht klüger, diesmal noch nachzugeben?«
»Es gibt eine Klugheit, die von der Feigheit stammt. Ohne Opfer keine Gerechtigkeit!« Er spricht leise, wie zu sich.
»Und du glaubst, es sei gerecht, uns wie Schlachtvieh niederzumachen?«
Er antwortet nicht gleich. Schaut nach hinten. Rafael bewegt sich im Schlaf. Dann schüttelt er den Kopf: »Nein! Weck jetzt den Professor. Wir müssen das Foto machen.«
»Wart noch einen Augenblick. Ich will wissen, wie ihr es machen werdet. Wenn ihr uns mit dem Wagen in die Luft sprengt, könnt ihr keine niedlichen Leichenfotos an den Innenminister schicken, zum Beweis, daß ihr genauso erbarmungslos seid wie eure Gegner.«
»Es ist an alles gedacht.«
Wenn ich ihm jetzt erzähle, daß ich in Europa zu einer ähnlichen Bewegung Beziehungen habe, läßt er *mich* dann laufen? Knallen sie dann nur Rafael ab und schicken mich in den Wald? Sie will es wenigstens wissen, bevor *sie* ihr Todesurteil spricht!
»Hör mal« – sie spricht leise, wie um ihm klarzumachen, daß Rafael es nicht hören soll, obwohl beide wissen, er versteht kein Spanisch – »ich gehöre drüben bei uns zu einer ähnlichen Bewegung wie die eure. Er weiß das nicht.«
Er sieht sie nachdenklich an. Es entsteht eine Pause. Eine Eidechse lugt zur Tür herein. Ihr silbriger Kopf zuckt ein paarmal hin und her und erstarrt dann, wie gelähmt.

»Du hast verwöhnte Augen. Ich kenne diese Augen. Es sind die Augen der Überfressenen. Die Nähte der Zwangsjacke, in die man euch gesteckt hat, platzen, weil die Blähungen eures Wohlstandes den Geist aufgetrieben haben wie verfaulte Fische. Wir haben hungrige Augen. Sie sind nicht wütend, sondern traurig. Wenn es wahr ist, was du sagst, dann gehörst du zu denen, die die Welt auseinanderbrechen wollen wie eine Nuß, weil ihr glaubt, unter der zerschmetterten Schale eure Seele und eure Liebe zu finden. Wir zerschlagen sie, weil wir die Frucht zum Essen brauchen.«
»Und warum hat man uns in die Zwangsjacke gesteckt? Weil die Ärzte, statt zu heilen, Angst vor der Freiheit haben! Sie halten sie für eine ansteckende Krankheit.«
Er antwortet nicht. Sieht auf seine Armbanduhr. Nur dich jetzt nicht einlullen lassen, denkt Marisa. Er wird, wie alle diese Typen, noch weltverbessernde Phrasen dreschen, wenn der Abzug seiner M.P. raucht.
Er steht auf. Schaut auf die Armbanduhr.
»Fünf Uhr. Ich muß mich melden.«
Er öffnet den Reißverschluß seiner Lederweste. Marisa kennt das lange schmale Walkie-Talkie, das er aus der Brusttasche zieht. Ein deutsches Fabrikat. Ihre Freunde drüben benutzen oft die gleiche Marke. Es reicht bis zu dreißig Kilometer. Ist so gut wie störungsfrei, wenn nicht zu viele Sender mit naher Frequenz gleichzeitig arbeiten.
»*Capitán al habla. Yaxchilán, me recibe usted? Hable. Capitán llamando. Yaxchilán, me recibe usted?*«
Ein Knacken, dann tönt es, leicht verzerrt, zurück:
»*Hable, Capitán, Yaxchilán al habla. Le recibimos bién.*«
Der Capitán drückt seine Zigarette aus, zieht Notizblock und Stift aus der Tasche, bereit zu notieren: »Was gibt's Neues?«
»Meldung ist bestätigt worden. Vasquez und Konsorten haben die Kameraden im Provinzialgefängnis zusammengezogen. Sie werden in alphabetischer Reihenfolge jeden Tag, den die Entführten nicht freigelassen werden, einen Kamera-

den erschießen. Ob sie mit Julia Alvarez beginnen, obwohl sie eine Frau ist, bleibt noch unbestätigt.«
Der Capitán drückt die Reply-Taste. Seine Stimme ist heiser: »Was sollen wir tun?«
»Du hast freie Hand. Der Platz, an dem die Gesicherten in Gewahrsam sind, ist außer Gefahr. Doch wie du weißt, müssen Exempel statuiert werden.«
»Ich habe verstanden.«
Jetzt erinnert Marisa sich plötzlich, woher sie die Stimme kennt: der Mann im Rollstuhl am Fluß!
Der Capitán verstaut mechanisch das Walkie-Talkie. Müdigkeit, Verzweiflung und Wut sind in seiner Stimme. »Julia Álvarez«, keucht er, »wenn sie wahrmachen, was sie sagen, ist Julia nach der alphabetischen Reihenfolge die erste. Es würde gut zu ihnen passen, daß sie eine Frau als erste hinrichten. Julia aus Cuyotenango. Sie ist seit drei Jahren bei uns und seit einem Jahr in Haft!«
Marisa liegt ruhig. Ihr Blick wandert fast lässig am Drehstuhl vorbei, bleibt an der baumelnden Maschinenpistole nicht haften, wandert zum Fenster, hinaus, wo nichts sich regt, wandert weiter nach hinten. Sie sieht Rafael aufgerichtet auf dem Bett sitzen. Der Capitán scheint ihn vergessen zu haben. Ihn, um den es geht. Seine Adern an der Schläfe sind geschwollen. Das blaue Weiß in seinen Augen ist plötzlich gelblich verfärbt, als hätte seine Leber Gelbsucht ausgespien.
Er wird mit mir anfangen, denkt sie klar und sachlich. Er wird mich umbringen, als Rache für diese Julia. Für den Professor – merkwürdig, sie denkt nicht Rafael, sondern Professor – werden er oder seine Leute ein neues Ultimatum stellen. Er wird mein Foto einschicken, mit Großaufnahme der durchlöcherten Brüste. Und wird weiter verhandeln in der Hoffnung, daß sich Herr Kreisky oder die UNO oder weiß Gott welche Organisation einschaltet, um zu verhindern, daß dünnblütiges Aristokratenblut mit heißem Bauernblut vergolten wird.

Noch während sie behutsam, wie in Zeitlupe, die Pistole in die Hand nimmt und langsam den linken Zipfel der Bettdecke hochschlägt, denkt sie, die Julia beginnt mit A wie Álvarez, Capitán beginnt mit C wie Caspar, wozu hat der Luigi mir das alles beigebracht ...
Er fällt vornüber aus dem Stuhl. Als er nach hinten greift, dorthin, wo die Maschinenpistole durch den Stoß zu baumeln beginnt, schießt sie ein zweites Mal. Sie kann nicht erkennen, ob die Kugel das im Fallen herunterklappende Visier des Sturzhelms durchlöchert hat. Beim dritten Abdrücken zittern die Hände, mit denen sie, beide Arme steif ausgestreckt, auf die Brust zielt. Zugleich springt Rafael auf, rennt nach vorn, mitten in den hervorzischenden Blutstrahl. Als er sich duckt, spritzt das Blut auf die Zeitungsausschnitte am Fenster. Die Stille schmerzt, als hätte sie das Ding auf sich selbst abgefeuert. Der Urwald hält den Atem an.
Rafael wirft den Körper des Capitán zurück, daß sein Sturzhelm an die Stuhlkante schlägt und einen dumpfen Knall verursacht, wie eine reife Ananas, die, vom Wind geschüttelt, auf trockene Erde fällt.
Sie kennt diese Art Röcheln, denn sie hat sich früher als Krankenschwester versucht und war eines Tages auf der Intensivstation gelandet. Sie springt aus dem Bett, rennt zum Werkzeugkasten. Zerrt das dicke silberne Isolierband heraus, zerfetzt ein Stück zwischen den Zähnen. Als sie sich über ihn beugt, die Lederweste aufreißt, treffen seine Knie, die sich plötzlich aufrichten, als wolle er versuchen aufzustehen, ihr Kinn, und sie fällt über ihn. Im Liegen reißt sie sein Hemd auf. Leckt das klebrige Band mit den Lippen, bevor sie es auf die Fontäne klebt. Sie reißt ihm den Sturzhelm vom Kopf. Von seinen Lippen rinnt Blut. Die erste Kugel muß in die Lunge gegangen sein, deswegen röchelt er so. Sein schwarzes Haar ist naß und fettig. Es klebt an ihren Händen, als sie sich aufrichtet und das Kopfkissen vom Bett zieht, um sein Genick zu stützen.

Die Kugel muß unmittelbar neben dem Brustbein sitzen. Das blubbert aus dem winzigen Loch bei jedem Atemzug. Die Arterie zwischen Hals und Schulter kann abgebunden werden, denkt sie fieberhaft, den Lungensteckschuß besser nicht verkleben. Und schon ist sie auf und hat die Maschinenpistole gegriffen. »Hilf mir ... das Bett!«
Die Maschinenpistole über die Schulter gehängt, stemmt sie das Bett hoch. Rafael stolpert über die ausgestreckten Beine des Capitán, als er ihr hilft, die Liege wegzuräumen und die Gurte zu befestigen.
»Geh raus und schichte Äste gegen den Stamm hinten. Wenn die Erde unter den Hinterrädern nicht zu weich ist, kommen wir vielleicht über den Baum, bevor die zurück sind.«
Schon sitzt sie am Steuer und läßt den Motor an.
Die Batterie rumpelt eine Weile. Das Blut aus der Schulter sickert in den grünen Filzteppich, als tränke es den darunterliegenden Motor mit angereichertem Gemisch. Tuck, tuck, tuck ... zwei, drei Zylinder zuerst, dann heulen die acht Kolben im Chor.
Rafael weiß nicht, daß der Capitán das Seil vor der Tür abgehakt hat. Er zögert, öffnet nur einen Spalt. Wenn der Affe sich nicht weit genug vom Wagen gestemmt hat, dann löst das Seil vielleicht doch den Kontakt zur Bombe aus, denkt sein benebeltes Hirn, ohne sich darüber Rechenschaft abzulegen, daß der Capitán durch die einzige Tür hereingekommen sein muß.
»Mach schon!« herrscht sie ihn an, läßt den Motor auf Touren kommen. »Nimm die frischen Äste zuerst, die trockenen zuletzt.«
Rafael gehorcht wie im Traum. Es kommt ihm vor, als hätte er das alles schon einmal erlebt und als wiederhole er eine oft absolvierte Routineübung, wie das Radwechseln bei einer Reifenpanne. Er nimmt auch Laub und Humus, um die Rampe zum Baumstamm nicht zu steil werden zu lassen.
Einmal löst sich aus dem geschichteten Geäst eine Schlange

und bringt ein paar Zweige in Unordnung. Als er sich umdreht, um auf der anderen Seite des Weges Holz zu suchen, sieht er Marisa, die M.P. im Anschlag, im Türrahmen stehen. Wie ein Flintenweib, das den Brückenbau der Partisanen sichert, denkt er unwillkürlich, und Bilder der Kriegswochenschauen aus der Herzegowina tauchen auf. Nur der Geruch der Mahagonibäume und die tropische Feuchtigkeit verscheuchen Erinnerungseinbrüche aus der Kindheit.

Jetzt sind die beiden Rampen sanft geschichtet. Rafael schätzt die Länge des Abstandes zwischen Vorder- und Hinterreifen. Er verscheucht aufblitzende Bilder der in der Luft rotierenden Hinterräder, falls die Karosserie wie eine Schaukel aufsitzt. Doch da fällt ihm ein, daß der Wagen Allradantrieb besitzt, den sie bisher noch nie benutzen mußten. Jetzt ist ihm eine Idee gekommen. Er rast um den Wagen herum zum Kofferraum, holt die zwei zusammenklappbaren Aluminiumliegestühle. Viel werden sie nicht aushalten, aber verhindern, daß die aufsetzende Hinterachse sich zwischen den Knüppeln und Ästen verkeilt.

Er will Marisa ein Zeichen machen anzufahren. Doch sie kniet, von ihm abgewandt, auf dem Boden, über den Capitán gebeugt.

»Los, setz dich und fahr!« Fast wütend ruft er es ihr zu, als er sieht, wie sie, als hätte sie alles um sich vergessen, mit einem Tuch die Stirn des Capitán kühlt.

»Er stirbt! Um Gottes willen, er wird sterben, Rafael!«

Das Entsetzen in ihren Augen weitet die Pupillen zu riesigen grünen Sternen.

»Fahr du, ich« – sie wischt sich die stürzenden Tränen ab, Augenbrauen und Wangen sind mit Blut beschmiert – »ich kann nicht.« Ihre Hände zittern und verkrallen sich im Tuch, mit dem sie automatisch vom Hals zur Achsel des Capitán streicht.

Angst und Wut machen Rafaels Bewegungen, mit denen er sie wegstößt und über den Liegenden zum Führersitz steigt,

brutal und aggressiv. Es dauert eine Weile, bis er den Gang für den Vierradantrieb findet. Die Zahnräder knirschen und mahlen, bis sie endlich einrasten. Der Rückspiegel ist verschoben. Er kann die Rampe zum Baum nicht sehen.
»Mach die Vorhänge hinten auf, und dirigier mich, schnell!«
Marisa ist wie gelähmt. Behutsam zieht sie ihr Knie vom Kopf des Capitán, bettet ihn aufs Kissen. Er schluckt, versucht zu husten. Unartikulierte Worte stoßen Blut und Schleim aus seinem Mund. Endlich steht sie auf, geht nach hinten ans Bett und zieht an den Vorhängen. Dabei fällt sie auf die Decke und bleibt eine Sekunde bewegungslos liegen, bevor sie winkt und ruft: »Ab! Ganz gerade! Nicht steuern!«
Rafael hat das Fenster geöffnet und den Rückspiegel eingestellt. Er gibt langsam Gas. Er hört durchs Fenster, wie die Hinterräder über die Äste und das Unterholz krachen.
Als er spürt, daß die Achse sich hinten hebt, drückt er den Gashebel – der Baumstamm ist schon unter dem Wagen.
Noch einen halben Meter, und die Hinterachse müßte jenseits des Baumes auf die Rampe mit den roten Liegestühlen fallen. Er kann die in der Luft rotierenden Hinterräder sehen, als er sich weit aus dem Fenster beugt.
Die Tür schlägt knallend zu. Er hatte sie in der Eile offengelassen. Die Tür liegt nicht in der Mitte des Wagens, denkt er fieberhaft, sie ist im vorderen Drittel ... verdammt, jetzt müßte das Hinterteil doch längst herunterkippen, mit den Rädern auf die Liegestühle fallen. Die Baummitte ist direkt hinter dem Führersitz. Der Boden des Chassis liegt auf. Die Vorderräder beginnen zu mahlen. Erde spritzt auf, Blätter wirbeln herum. Eins bleibt am Rückspiegel kleben. Immer tiefer wühlen sich die Vorderräder in den losen Humusboden. Rafael nimmt das Gas weg. Läßt nur den Leerlauf drin.
Er sieht, wie Marisa sich anschickt, nach vorn zu kommen.
»Bleib hinten, wegen des Gewichts!«
Sie bleibt erschrocken stehen. Ihr Blick starr auf den röchelnden Capitán gerichtet.

»Ich habe ihn umgebracht ... mein Gott, ich habe ihn niedergeknallt ... wie ... o mein Gott!«
Einen Augenblick denkt Rafael, sie hat den Verstand verloren. Dann springt er auf.
Auch im Leerlauf mahlen die Vorderräder sich noch weiter in den Boden.
Mit einem Satz ist er an der Tür. Dabei spürt er, wie sein Schuh auf etwas Weiches tritt. Der Capitán heult auf, spuckt im Bogen Blut auf Rafaels Hemd, als er an der Tür rüttelt. Sie klemmt. Geht nicht auf.
»Verdammt, die Tür!«
Er rast nach hinten, zerrt dabei Marisa, die im Korridor stehengeblieben ist, zurück zum Bett.
Mit aller Kraft springt er auf die Matratze. Hält sich an den Ventilationsschächten mit beiden Händen fest, macht einen Klimmzug und läßt sich mit seinem ganzen Gewicht fallen. Noch einmal. Auf. Klimmzug. Fallen lassen. Da ... unendlich langsam, Zentimeter um Zentimeter, fängt der Wagen an zu kippen, noch sieht er ein Stück der roten Liegestühle direkt unter sich, dann knallen die Räder auf.
Rafael stürzt zum Führersitz und gibt Gas. Behutsam, fast liebkosend tritt er auf den Gashebel. Die Schienen des Chassisbodens quietschen und ächzen. Das Geräusch vermischt sich mit dem pfeifenden Stöhnen aus der Brust des Capitán. Als er sich vorbeugt, um in den großen mittleren Rückspiegel zu sehen, entdeckt er plötzlich sein Gesicht. Ein böses Grinsen malt sich auf seinen Zügen. Er sieht das triumphierende Gesicht des Cortez, wie er gegrinst haben mag nach der Ermordung Moctezumas.
Die Räder greifen! Der Wagen bewegt sich. Jetzt fassen die Vorderräder an der dicksten Stelle des Stammes und fressen sich in die Rampe aus Unterholz. Der Capitán schreit auf, als das Wohnmobil mit einem Satz auf den Hohlweg rollt. Rafael fährt im Schrittempo. Späht nach einer Lücke zwischen den Bäumen, weit genug, um wenden zu können. Im Rückwärtsgang werden sie nicht schnell genug vorankom-

men, und die Wächter können jeden Augenblick auftauchen.
Jetzt hat Rafael eine Stelle entdeckt, wo der Abstand zwischen den Bäumen groß genug sein könnte, um zu wenden. Aber zwischen den Blättern blitzt, von einem Sonnenstrahl getroffen, eine Wasserlache auf. Er darf nur so weit einbiegen, daß die Hinterachse noch auf festem Boden bleibt, sonst können sie im Schlamm versinken.
Wieder murrt das Allradgetriebe, als er die Schaltung in den ersten Gang drückt.
Das Manöver erfordert beträchtliche Anstrengung, und Rafael keucht. Als er vor der letzten Wendung einen Moment innehält, um zu verschnaufen, hört er Marisa hinter sich flüstern. Sie hat einen Becher in der Hand und versucht, dem Capitán etwas einzuflößen. Dabei spricht sie in merkwürdigem Singsang, als wiege eine spanische Mutter ihr Baby in den Schlaf. Was sie flüstert, ist ein Gebet, lateinisch-spanische Brocken, die in ihrer Ergebenheit weh tun, wie ein Schmerz, der sich eingräbt in die Haut.
Als er den Wagen sicher auf dem Hohlweg weiß, gibt er Gas. Nach ein paar hundert Metern schaltet er den Vierradantrieb aus und in den dritten Gang.
Marisa flüstert: »*Hombre, amigo,* ich wollte das nicht. Deine Leute sind schuld. Sie haben schlecht durchsucht. Sie hätten die Pistole finden müssen, in der Kleenexpackung, wo bei uns jedermann zuerst sucht. Auge um Auge, Zahn um Zahn ist das böseste Programm der Welt. Damit kann man sie nicht ... diese herrliche, beschissene Welt erziehen, aufwecken, verbessern! Ich habe in Notwehr geschossen, so, als hätte ich bereits gewußt, du wolltest mich erledigen. Laß mich jetzt dafür nicht büßen, ich flehe dich an. Alles wird gut! Wir bringen dich zu einem Arzt, der schneidet dir die Kugeln heraus.«
Als er versucht zu sprechen, quellen Blasen aus seinem Mund. Sie beugt sich über ihn und bringt sie mit herausgestreckter Zunge zum Platzen.

Dies ist die Kurve. Von hier kann es nicht viel weiter als ein Kilometer bis zur Landstraße sein, wo die Kerle das Schild in die Erde gerammt haben, um uns in die Falle zu locken. In die Falle, aus der wir noch nicht entkommen sind, denkt Rafael. Seit er erwacht ist – das Walkie-Talkie hatte ihn geweckt, erinnert er sich undeutlich –, seit er den Schuß gehört hat, wartet er darauf, daß der Traum aufhören würde. Es ist die Straße im botanischen Garten in Triest, gleich muß das große Backsteintor kommen, und er kann in die Via Gabriele D'Annunzio einbiegen, zum Haus, wo die Mimosen über das schmiedeeiserne Gitter hängen. Gib Gas, Junge! Da stehen sie.
Sie müssen den Wagen gesehen haben, wie er in die Kurve bog. Die Maschinen sind quergestellt, die Visiere ihrer Sturzhelme hochgeklappt, als erwarten sie Order vom Chef, den Platz zu wechseln.
»Zeig dich mit der Maschinenpistole! Schnell, bevor sie merken, daß der Capitán ... « Unwillkürlich traut er sich nicht, den Satz zu Ende zu sprechen. » ... daß der Capitán hin ist.«
Er kommt gar nicht dazu. Schon hat Marisa die Tür aufgestoßen. Als hätte sie es schon hundertmal gemacht, holt sie ein Messer aus der Küchenschublade, klemmt es unter die Türritze und hebt dabei die Klinke an. Die Tür springt auf. Sie springt auf den Weg. Die Maschinenpistole baumelt ihr um den Hals wie ein lästiges Kleidungsstück.
»Er stirbt, er verblutet, wie weit ist es bis zu einem Hospital, beeilt euch, wir können ihn doch nicht ersticken lassen ... «
Der mit der platten Nase kommt ein paar Schritte näher.
»Der Capitán? Wo ist er denn?«
»Hier, du Trottel, schau ihn dir an!«
Sie weist zur Tür.
Der Plattnasige linst auf die M.P. Marisas Hände sind weit vom Abzug entfernt um ihren Hals geklammert, als litte sie unter Atembeschwerden. Jetzt tritt er zur Tür und schaut ins Innere.

Der Capitán hat den Kopf zu ihm gewendet. Die Augen sind weit geöffnet, quellen aus dem blutverschmierten Gesicht, als suchten sie nach einem Platz, um außerhalb des Körpers zur Ruhe zu kommen.

»Capitán!«

Marisa schlägt ihm ins fassungslos erstarrte Gesicht, wie um ihn zu wecken.

»Er stirbt, *hombre*, verstehst du endlich, er muß operiert werden, die Kugel steckt in der Lunge, ich habe geschossen, weil ihr Trottel meine Pistole nicht gefunden habt.«

Unter den quellenden Augen röchelt und hustet der Mund. Marisa ist mit einem Satz bei ihm, schlägt die Tür zu, ohne sich um die draußen zu kümmern. Bettet behutsam den Kopf des Capitán auf ihr Knie.

»Fahr los! Nach Palenque! Dort muß es ein Hospital geben. Wenn du zur Straße kommst, biege links ein.«

Als er Gas gibt, macht der zweite den Weg frei. Schiebt seine Honda rückwärts in den Busch. Rafael nimmt sich nicht die Zeit zum Manövrieren und rammt Vorderrad und Lenkstange der Honda des Plattnasigen. Als sie umfällt, jault der Motor weiter, wie ein verwundetes Tier, das Rad dreht sich im Halbkreis und wirbelt den Boden auf.

Als sie in die Landstraße einbiegen, sieht Rafael im Rückspiegel die beiden Motorräder. Sie folgen ihnen wie eine Eskorte. In gehörigem Abstand.

Rafael stellt den großen mittleren Rückspiegel so ein, daß er Marisa und den Capitán sehen kann.

»Mein Gott, Marisa, ich glaube, wir haben es geschafft! Du hast es geschafft. Du hast uns gerettet. Ich wußte nicht, daß du eine Pistole ... «

»Sie hat dich gerettet, nicht den Ermordeten – und den Mörder!«

Er sieht im Rückspiegel, wie ihr Tränen die verschmierten Backen herunterlaufen. Wie sie nach hinten läuft, die große Bettdecke holt. Wie sie, jedes Schlagloch ausgleichend, sein Becken auf die Decke zerrt und ihm dabei den Gürtel seiner

Hose lockert, sie herunterstreift, bis sich die fahle olivfarbene Haut seines Bauches hell gegen den dunklen Teppich abzeichnet. Er sieht, wie sich ihr Kopf hinunterbeugt, ihr schwarzes Haar seine Blöße bedeckt.
»*Amigo*, Liebe wird dich am Leben erhalten, bis die Ärzte dich retten. Denk, daß du gesund bist und mich begehrst.«
Rafael tritt den Gashebel hinunter. Dabei fragt er sich, ob es nicht klüger wäre, langsam zu fahren, damit der Kerl endlich verblutet und sie den Leichnam einfach auf die Straße werfen können, so wie er es verdient. Und wie er es wahrscheinlich mit ihm gemacht hätte. Ist es die Eifersucht, die den Gashebel hinunterdrückt? Er muß sich ganz auf die Straße konzentrieren, und doch ertappt er sich dabei, wie er für Sekundenbruchteile in den Rückspiegel späht. Marisas Haar hat sich gelöst und bedeckt den Unterleib des Capitán. Rafael überlegt, ob er sich blitzschnell umdrehen soll, um die beiden mit einem Fußtritt zu trennen. Er kann das Gesicht des Capitán nicht sehen, doch plötzlich entdeckt er die blutverschmierte Hand, die Marisas Haar streichelt ...
Die Straße macht eine enge Linkskurve. Hütten stehen zu beiden Seiten. Ein paar Hühner picken in den Schlaglöchern nach Würmern. Als entlüden sich unbekannte Stauungen, visiert Rafael auf den Hahn, der die Lache in einem tiefen Schlagloch zum Schnabelputzen benutzt. Der Triumph, dem sicheren Tode entronnen zu sein, verwandelt sich in Mordlust, und er genießt das kreischende Krähen des Hahnes, als die Räder ihn zermalmen und die Federn fliegen. Kinder stehen mit aufgerissenen Augen vor den Hütten am Straßenrand und halten einander fest, als der Wagen vorbeirast. Am liebsten hätte er einen Schlenker auf sie zu gemacht, die verdammte Brut zu Krüppeln gefahren.
Am Ausgang des Dorfes steht ein junges Paar mit Koffer und Korb. Der Mann macht Zeichen. Die erhobene Faust mit dem Daumen in Fahrtrichtung ragt noch stramm in die Luft, als Rafael schon gehalten hat:
»*Aónde está el hospital más proximo?*«

»*En Palenque ...*« Sein Grinsen ist unterwürfig, als er hinzufügt: »Wir wären Ihnen sehr dankbar, wenn sie uns mitnehmen könnten.«
Die junge Frau hat Koffer und Korb bereits auf die Schultern gehievt. Ihr Blick sucht eine Tür zum Einsteigen. Sie stellt sich auf die Zehen und stößt einen Schrei aus, beißt sich in die Hand, um ihn zu ersticken. Der Koffer purzelt auf die Straße. Rafael folgt ihrem Blick. Da steht Marisa in der Mitte des Wagens, die M.P. in die Hüfte gestemmt, die verschmierte Hand am Abzug. Ihr T-shirt ist heraufgerutscht, so daß ihre rechte Brustspitze herauslugt, als visiere sie mit.
»Los! Fahr weiter! Jede Minute, ach Scheiße, jede Sekunde, die wir verlieren ... « Sie spricht nicht weiter, denn Rafael hat bereits Gas gegeben. Am Dorfende überqueren Ziegen die Straße, und Rafael schaltet die Scheinwerfer ein. Ihre grünlichweißen Euter sind geschwollen, die Zitzen schwanken beim Laufen. Rafael denkt an Marisas Brüste und ob die Maschinenpistole auf ihn gerichtet war, als er mit dem Bauern sprach. Noch als sie in Palenque einfahren, glaubt er das Bild Marisas mit der auf ihn gerichteten M.P. zu sehen.

Es ist die Stunde vor dem Abendessen. Bauern trödeln heim, Frauen drängen sich um Stände mit Karbidlampen, um Paprika oder Tomaten für ihre Enchaladas zu kaufen. Touristen mustern die armseligen Läden, als wären sie zur Vernissage bei Tiffany eingeladen. Polizisten in schimmerndweißen Uniformhemden stoppen Eselskarren, um dieselstinkenden Omnibussen und Lastwagen Vorfahrt zu geben.
Marisa nimmt die Maschinenpistole am Schulterriemen und wirft sie in weitem Bogen nach hinten aufs Bett.
Jetzt schiebt sie das Seitenfenster auf und winkt einem Polizisten. »*Por favor*, helfen Sie, den Weg zum Kranken-

haus. Wir haben einen lebensgefährlich Verletzten im Wagen, schnell, so kommen Sie doch, helfen Sie, kommen Sie mit, wir kennen den Weg zum Krankenhaus nicht. Der Verletzte verblutet.«

Der Polizist blickt teilnahmsvoll, schlendert aber nur langsam und würdevoll zum Fenster, während Rafael stoppt. »Autounfall?«

Marisa geht zur Tür. Ohne den Versuch zu machen, die Klinke zu drücken, schiebt sie zuerst das Küchenmesser unter den Spalt und tritt mit dem Fuß drauf. Da springt sie von allein auf, knallt dem Polizisten an die Schulter.

»Bitte, steigen Sie ein, und zeigen Sie uns den Weg zum Hospital. Der Verletzte muß sofort operiert werden.«

Der Polizist lugt in den Wagen, zuerst in Richtung Rafael, der bewegungslos am Steuer sitzt, sich mit einem Kleenextuch über die Stirn wischt. Auf den Boden zeigt. Das spärliche Straßenlicht wirft dunkle Schatten auf den Boden, und es dauert eine Weile, bis der Polizist die Gestalt des abgewendet liegenden Capitán entdeckt.

»Was ist geschehen?«

»Ich erkläre Ihnen alles beim Fahren!«

Sie packt ihn am Ärmel, zerrt ihn hinein, knallt die Tür zu. Das Küchenmesser rutscht beim Anfahren auf den blutüberströmten Teppich. »Geradeaus?«

Er nickt, während er sich auf den Drehstuhl fallen läßt. »Dritte Kreuzung rechts!« Dabei dreht er sich um und mustert Marisa: »Was ist passiert?«

Der Capitán stöhnt, als Rafael plötzlich bremsen muß, um einen buntbemalten überfüllten Omnibus vorbeizulassen. Ein neuer Blutsturz läßt ihn fast ersticken. Marisa hat die Lampe über dem Küchentisch eingeschaltet. Das Gesicht des Capitán ist blau verfärbt. Als sie niederkniet, um ihm mit einem Geschirrtuch den Mund abzuwischen, hockt sich der Polizist neben sie. Er mustert die Lederjacke, die dem Capitán noch immer über der linken Schulter hängt. Den Sturzhelm, der bei jeder Bewegung hin- und herrollt.

»*Motociclista!* Seid ihr mit dem Motorrad zusammengestoßen?« Rafael ist an der dritten Kreuzung nach rechts eingebogen: »*And now? Which way?*«
Der Polizist schwingt den Sessel zurück in Fahrtrichtung. Dirigiert Rafael durch ein Gewirr von Straßen.
Plötzlich blockieren gleichzeitig aus verschiedenen Richtungen kommende Wagen den kleinen Platz, auf dem sie gelandet sind. Das Gesicht des Polizisten ist gespannt, als wäre er von der Erregung angesteckt. Er springt auf und drückt die Hupe auf dem Lenkrad, gestikuliert mit der freien Hand wild hinaus zu den Fahrern, ruft durchs offene Fenster: »*Accidente!* Wir transportieren einen Schwerverletzten! Platz da!«
»Ist es noch weit? Sein Puls ist kaum zu hören ... «
Marisa steht hinter den beiden. Ihr verschwitztes nasses Haar klebt am Hals. Tränen laufen ihr die Backen hinunter, lösen die Blutreste in ihrem Gesicht in ein zimtfarbenes Rinnsal. »Zwei Minuten, wenn die verdammten undisziplinierten Faulpelze endlich Platz machen.« Sagt es, ohne den Daumen von der Hupe zu nehmen.
Endlich – es kommt Marisa vor, als seien Ewigkeiten vergangen – löst sich der Haufen, gibt eine Spur frei.
Das Krankenhaus mit seiner ockerfarbenen Fassade liegt auf einem aufgeschütteten Hügel, zu dem eine asphaltierte Auffahrt hinaufführt. Es mag Ende der Besuchszeit sein, denn Männer, Frauen und Kinder stehen in kleinen Gruppen herum. Diskutieren das Schicksal der Patienten hinter den Fenstern, die grünlich-neonweiß wie Zähne aus einem gegerbten Indiomund auf den Vorplatz blecken. Einige Fenster sind dunkel und wirken wie Zahnlücken. Der tulpenförmige Neonkandelaber am Eingang, der den Vorplatz beleuchtet, ist von Millionen Fliegen, Faltern und Nachtgetier belagert. Das Licht flackert und zittert, als wolle es sich vom Angriff der Insekten befreien. Läßt die Falten in den Gesichtern der Herumstehenden tanzen.
Der Polizist hat den Daumen wieder auf der Hupe. Sein

Ärmel nimmt Rafael die Sicht. Er kann nicht beurteilen, ob die rechts Stehenden ebenso schnell zur Seite springen wie die vorn und links. Er hält direkt hinter einer wartenden Ambulanz, bei der der Diesel noch aus dem Auspuff dampft. Das Blaulicht kreist besorgniserregend auf dem Dach, obwohl die Türe offen und der Wagen leer ist.
Gerade als Marisa und der Polizist aus dem Wagen klettern, kommen zwei Männer in hellen Kitteln aus dem Eingang. Tragen eine leere Bahre zurück zum Ambulanzwagen. Rafael sieht vom Cockpit aus, während er den Motor abstellt und die Handbremse einrastet, wie Marisa gestikulierend und rufend die beiden umdirigiert, während der Polizist im Eingang verschwindet. »*Por favor, señores*, schnell, die Tür ist zu schmal für die Bahre, setzen Sie sie auf der Treppe auf, ich schiebe Ihnen den Verletzten hinaus. Rafael, hilf!«
Rafael steht hinter dem Kopf des Capitán, während Marisa behutsam beide Arme unter seine Beine schiebt, ihn auf dem Gesäß herumdreht, bis die Füße aus dem Wagen hängen. Rafael weiß nicht, wo er anpacken soll, beugt sich unschlüssig über Kopf und Hals, traut sich nicht, bei den Schultern anzufassen, aus Angst, mit einem ungeschickten Griff einen neuen Blutsturz zu verursachen. Jetzt ist Marisa wieder draußen, zerrt die Füße des Capitán auseinander, stellt sich zwischen sie und zieht ihn, vorsichtig rückwärtsgehend, wie eine Schubkarre bis zum Becken an den Türrahmen. Seine Hose, offen und heruntergezogen, schiebt sich beim Ziehen wieder herauf, bis der Reißverschluß sich zwischen den Geschlechtsteilen verhakt, sein Glied hebt, das welk in den Himmel ragt. Als die beiden Ambulanzfahrer ihn an den Hüften auf die Bahre heben, sorgt der größere, dickere dafür, daß seine Blöße bedeckt ist, bevor sie ihn abtransportieren.
»Lieber Gott, mach, daß der vorher Eingelieferte nicht lebensgefährlich verletzt ist, damit sie ihn gleich rannehmen!« flüstert Marisa. Sie geht neben der Bahre her, und als

sie die drei Stufen zum Portal geschafft haben und in den Korridor zur Unfallstation einbiegen, nimmt sie seine Hand, steckt den Zeigefinger unters Hemd, sucht den Puls. Seine Augen sind jetzt glasig und weit offen. Er ist ganz still. Nur die silbrigen Blasen im offenen Mund deuten beim Zerplatzen an, daß er atmet.

Sie hält die Hand noch, als sie ihn von der Bahre auf den Rolltisch legen und der Arzt kommt. Ein kleiner, schmaler Kerl, dem der hellblaue Operationskittel zu groß ist. Er flattert ihm um den Leib, daß die blutbespritzten Tennisschuhe sich beim Gehen im Saum verheddern, als er das Bett zum Röntgenzimmer schiebt.

»Autounfall?«

»Nein, Doktor. Schußverletzungen. Lunge, nehme ich an. Und da, am Schlüsselbein. Drei Kugeln.«

Während er mit der rechten Hand das Rollbett geschickt durch die Klapptüren bugsiert, schiebt er mit der linken den grünen Plastikschirm von der Stirn in den krausen Haaransatz. Gütige, wache Augen mit schweren, blaugeränderten Tränensäcken mustern sie unbeteiligt.

»Wissen Sie, wer auf ihn geschossen hat?«

»Ja. Ich.«

In der Pause, die sie zwischen beiden Wörtern macht, ist ihr Blick von den Tränensäcken zum Capitán gewandert. Das Ich haucht sie ihm in die aufgerissenen Augen. Es kommt ihr vor, als verstünde er erst jetzt, daß sie es getan hat.

»Bitte, retten Sie ihn!«

Der kennt das alles, denkt sie, als der Arzt ans Kopfende tritt, mit den Daumen die Augenlider an den Wimpern herunterzieht, den Puls fühlt, den Kopf auf die blutverschmierte Brust legt, schließlich den Einschußkrater betastet, den Brustkorb massiert, daß eine glitschige Fontäne aus dem runden Loch springt.

Zwei Mädchen mit Gummihandschuhen und dicken Hauben rücken am Bett hin und her, ziehen an den Gelenken der Stahlspinne mit der Röntgenlinse.

»Warten Sie draußen.«

Marisa nimmt noch einmal die Hand des Capitán. Legt sie ihm an die Hüfte.

»Verzeih mir, Capitán.« Und zum Doktor gewendet sagt sie, die Türflügel mit dem Knie offenhaltend: »Ich warte draußen. Keine Angst! Es ist ein Polizist dabei.«

Nur in der Sorge sagt sie es, der Doktor könne kostbare Zeit verlieren, um zu verhindern, daß sie, nach Ablieferung ihres Opfers, entwischt.

Im Vorraum zum Operationssaal steht Rafael mit dem Polizisten. »Der Mann versteht mich nicht. Kommen Sie mit. Sie müssen den Verletzten anmelden.«

»Ich kann ihn nicht anmelden. Ich ... wir ... kennen ihn nicht. Er hat uns ... « Es fällt ihr plötzlich unendlich schwer, weiterzusprechen. Sie fühlt eine Müdigkeit wärmend und zugleich lähmend vom Bauch aufwärts ihre Brust zuschnüren. Ihre Knie zittern, und sie schwankt zu einem Tisch, an dem drei Leute sitzen. Sie stützt sich auf die Kante, und ein junger Bursche mit struppigem Haar in schmutzigem grünem Sweater steht auf, bietet ihr seinen Platz an.

»*Gracias!*«

Rafael und der Polizist kommen ihr nach, und Rafael legt beruhigend den Arm um ihre Schulter.

»Ruh dich aus. Ich muß den Wagen parken, er kann da nicht stehen bleiben. Ich bin gleich zurück und bringe unsere Pässe mit.« Marisa schaut ihn angstvoll an: »Wieviel hast du ihm erzählt?«

»Gar nichts. Er versteht mich nicht. Ich muß es dir überlassen.«

»Versteck die Maschinenpistole!«

»Warum?«

»Bitte, frag mich nicht, und sag nichts. Gleich wird einer kommen, der Englisch versteht. Wir dürfen ihn nicht preisgeben, falls er gerettet wird!«

Rafael dreht sich auf den Hacken um wie ein k. u. k. Offizier und fegt hinaus, daß der Polizist ihm verwundert

nachschaut und nach einer Pause dem anderen Jungen am Tisch ein Zeichen gibt, aufzustehen und ihm Platz zu machen. Nun steht die alte Frau, wohl die Mutter der Burschen, auch auf und räumt das Feld. Die drei verziehen sich in die äußerste Ecke des Raumes und tuscheln miteinander. Dabei gehen ihre Blicke immer wieder zu der verschlossenen Tür mit dem Schild »Operationssaal«.
Sicher sind es die Verwandten des frisch Eingelieferten, denkt Marisa, während der Polizist sich breitbeinig hinsetzt und einen Notizblock zieht.
»Wollen Sie mir bitte erzählen, wie der Unfall passiert ist.«
Als Marisa ihm in die Augen schaut, ist nichts mehr von blitzender, herausfordernder Aggressivität in ihrem Blick. Sie sieht aus, als wäre sie aus einem bösen Traum erwacht. Um Jahre jünger, wie ein Kind fast, dem die Mutter am Bettrand erklärt, es wäre Zeit zum Aufstehen.
»Wir sind Touristen aus Europa, verstehen Sie. Man hat uns gewarnt, in Guatemala gäbe es Banditen, die harmlose Reisende überfallen. Nach der Grenze, als wir auf der Fähre den Usumacinta überquert hatten, stoppte er den Wagen. Vielleicht nur, um mitzufahren.« Sie stockt, erinnert sich plötzlich, daß der Polizist den Sturzhelm im Wagen gesehen hat.
»Er hatte einen Motorradhelm auf, aber es war kein Motorrad zu sehen, und da dachte ich, er wolle sein Gesicht verbergen und ... «
Der Polizist macht Notizen. Stichworte. In den Pausen ihrer stockenden Erzählung kritzelt er Achter an den Blattrand, wie um ihr Zeit zu geben, damit nichts Unüberlegtes zu Protokoll gegeben wird.
» ... und uns überfallen.«
Wieder macht sie eine Pause. Der Polizist malt Gesichter in den oberen Kreis der Achter. Dann blickt er auf und sagt ruhig, fast feierlich:
»Und da haben Sie oder Ihr Begleiter ihn überfahren, um dem Überfall zuvorzukommen?«

Marisa schaut überrascht auf. Sie hatte völlig vergessen, daß er nichts von den Kugeln weiß. Immer noch denkt er, es war ein Unfall. Außer dem Arzt und denen, die bei der Operation dabei sind, hat noch niemand erfahren, daß ich geschossen habe, denkt sie. Der Arzt hat freundliche, kluge Augen. Vielleicht, wenn ich ihn überrede, schweigt er, läßt mich laufen und ihn, den Capitán. Wenn er durchkommt. Vielleicht sollte ich beten. So, wie wir es damals im Dorf gelernt haben. Und wenn es Gottes Wille ist, daß er stirbt und ich weiterleben muß als Mörderin ...
Irgendwo schlägt eine Uhr. Marisa wird aus ihren Gedanken gerissen. Jetzt hat sich ein Chor von Glocken angeschlossen. Sie passen gut zu ihrem Gebet. Acht Uhr. Vor genau drei Stunden hatte sie geschossen.
»Ja«, sagt sie und blickt auf die Malerei des Polizisten. Jetzt kritzelt er Beine an den unteren Kreis der Achter. Die Füße der Figuren, die entstehen, sind zum Papierrand hin gerichtet, als wollten die unförmigen kleinen Gnome vom Blatt weg- und davonlaufen.
»Ja. So ist es wohl gewesen.«
Das erste, was Rafael auffällt, als er zum Wohnwagen kommt, überrascht ihn nicht sonderlich. Die Seile, die noch um den Wagen hingen, als er vor dem Krankenhaus hielt, sind fort. Die Tür ist offen. Undeutlich erinnert er sich, sie geschlossen zu haben. Vielleicht hatte sie nicht zugeschnappt und war wieder aufgegangen. Die Pässe und Papiere liegen unberührt im Handschuhkasten. Nur noch wenige Leute stehen herum. Eine Gruppe sitzt auf einer weiß gestrichenen Holzbank und raucht schweigend. Beobachtet Rafael. Es kommt ihm vor, als grinsten sie hinter den vor den Mund gehaltenen Zigaretten.
Der Ambulanzwagen ist fort. Als er startet und zum Parkplatz fährt, lösen sich zwei Gestalten aus dem Schatten der Platane, die in der Mitte der Grasinsel zwischen An- und Abfahrt steht und tagsüber wohl Schutz vor der sengenden Sonne gewährt.

Der Parkplatz ist leer bis auf zwei alte Chevrolets und das aufgebockte Wrack eines Lieferwagens ohne Reifen. Er überlegt, daß sie die Nacht hier im Wagen verbringen werden, und parkt so, daß das Schlafabteil rückwärts an ein Gitter stößt, hinter dem eine staubige Zypressenhecke Schutz vor morgendlicher Helligkeit und Lärm verspricht.
Die Maschinenpistole ist fort.
Er sucht, wühlt unter den Kissen, der Decke, unterm Bett. Im Waschraum. Unterm Eßtisch. Schaltet noch einmal alle Lichter ein. Der Teppich des Korridors ist feucht. Da, wo der Capitán gelegen hat, zeichnet ein dunkler Fleck seine Gestalt nach. Das Aufheulen der Motoren kommt von ganz nah. Er hört deutlich das Schreien der hochtourigen Hondas, als sie vom Standgas in die Gänge geschaltet werden. Ganz dicht hinter der Hecke, an der er geparkt hat.
Als er aussteigt und die Tür verschließt, dringt der Gestank des bleireichen Benzins in seine Nase, und ein Windstoß fegt von der Zypressenhecke hinüber zur Platane.
Als er in den Warteraum zurückkommt, sitzt Marisa allein am Tisch und raucht. Durch die offene Tür zum Aufnahmebüro sieht er den Polizisten an einem Schreibtisch stehen und telefonieren.
»Die beiden Hondas sind uns gefolgt. Noch bei der Einfahrt in die Stadt sah ich sie im Rückspiegel.«
Marisa unterbricht ihn, flüstert, obwohl der Raum jetzt leer ist, doch ist ihr Ton merkwürdig sanft, fast flehend: »Bitte! Hast du die M.P. versteckt?«
»Das wollte ich dir gerade sagen, bevor du mich unterbrachst.« Etwas in der Art, wie er zu ihr spricht, erinnert wieder an den überlegen-hochmütigen Professor der Wiener Universität. »Die M.P. ist fort. Und das Walkie-Talkie auch. Noch als ich suchte, müssen sie dagewesen sein.«
Lächelt sie?
»Ich habe die Hondas gehört. Ich dachte es mir.«
Die Tür zum Operationstrakt wird aufgestoßen. Der Arzt hält noch feuchte Röntgenbilder in der Hand.

»Der Patient hat keine Papiere bei sich. Kennen Sie seine Blutgruppe?«
Marisa springt auf. Wieder malt sich kindlicher Schrecken in ihren Zügen. Als würde sie bei einer Prüfungsfrage versagen.
»Nein, Herr Doktor, aber ich glaube, er hat am rechten Oberarm eine Nummer eintätowiert. Wie geht es ihm?«
»Wir haben einen Atmungskatheter eingeführt. Die Operation wird vorbereitet. Hoffentlich haben Sie recht mit der Blutgruppentätowierung.« Er ruft nach hinten: »Schwester Ana. Suchen Sie nach einer Tätowierung am rechten Oberarm. Es könnte die Blutgruppe sein.«
Schwester Ana trägt eine riesige leichtgetönte Brille, die mit einem Stahlband hinter den Ohren festgehalten wird. Mit routiniertem Schnipser des Mittelfingers läßt sie die Gläser auf den Kittel fallen und verschwindet mit einem »*Sí, doctor.*« Der Arzt wirft einen mißtrauischen Blick auf Rafael, der aufgestanden ist und mit gemessenem Kopfnicken herübergrüßt. Ohne den Gruß zu erwidern, zieht er Marisa in die Nähe des Ausgangs, wo es heller ist. Er blickt auf die Röntgenaufnahme und fragt dabei halblaut:
»Aus welcher Entfernung wurden die Schüsse abgefeuert?«
Sie sieht wie hilfesuchend um sich. Als könnte das karge Mobiliar, die Bank, die Tische, die Stühle des Wartezimmers, ihr die Entfernung vom Bett überm Cockpit zum Platz, wo der Capitán stand, schätzen helfen.
»Nicht weiter als zweieinhalb Meter. Wird er durchkommen, Doktor?«
»Kaliber?«
»Vierkommavier. Mauser, deutsches Fabrikat.«
Er sieht sie erstaunt an, nachdenklich, dann wandert sein Blick zu Rafael.
»Ist der Herr ein Verwandter, Ihr Vater? Wo ist der Polizist, von dem Sie sprachen?«
Gerade als Rafael sich vorstellen will, steckt Schwester Ana den Kopf zur Tür herein.

»Es stimmt, Doktor Arana. Blutgruppe AB Rh positiv. Aber ich fürchte, wir haben davon keine Konserve mehr in der Kammer.«

Der kleine Mann ist plötzlich energisch und hart.

»Vertrödeln Sie keine Zeit! Sehen Sie nach, und lassen Sie sich die Liste der Blutspender geben. Ohne Blutfransfusion brauchen wir gar nicht anzufangen. Halt. Nein. Gehen Sie, und sehen Sie in der Kammer nach. Ich kümmere mich um die Liste.«

Damit geht er zum Büro. Reißt die Tür auf und brüllt:

»Die Liste der Blutspender! Schnell!«

Er sieht den Polizisten, der gerade den Telefonhörer aufgelegt hat. »Haben Sie den Verletzten hergebracht?«

Die lauthalse Autorität des Arztes imponiert dem würdevollen jungen Beamten nicht. Er bleibt sitzen und fummelt nach der Zigarettenpackung. Findet sie nicht. Sie ist drüben auf dem Tisch geblieben, als Marisa ihn um eine Zigarette bat.

»Ja«, sagt er gedehnt, »die haben mich auf der Plaza Mayor nach dem Weg gefragt, und da sie sich nicht auskannten, habe ich sie hergebracht.« Gemächlich steht er auf, bevor er fortfährt. »Sie brauchen mich wohl hier nicht mehr. Ich habe Dienstschluß. Fährt zufällig ein Wagen ins Zentrum?«

Dr. Arana sucht in der Liste, welche die Aufnahmeschwester endlich gefunden und übergeben hat, während er wie beiläufig fragt:

»Haben Sie das Kommissariat informiert?«

»Die haben keinen Wagen frei, der mich abholen kann.«

»Ich meinte, ob Sie jemanden zur Personalaufnahme, Tatbeschreibung und Verhör beordert haben?«

Jetzt ist er doch so beeindruckt, daß er vor dem kleinen Mann im zu langen Kittel strammsteht.

»Ach so, nein, das habe ich nicht, ich dachte, es wäre alles klar.«

Dr. Arana hat offenbar die Liste der Blutspender gefunden. Er reicht der Aufnahmeschwester eine Seite rüber: »Stellen Sie fest, wer von denen sofort herkommen kann, falls wir

keine Konserve haben.« Und zum Polizisten gewendet fährt er gefährlich leise fort: »Was soll alles klar sein?«
»Die haben einen Motorradfahrer angefahren.« Er stockt, denn ihm wird bewußt, daß das, was die junge Frau erzählt hat, Anlaß genug wäre, ein Protokoll aufzunehmen. Andererseits: »Es schien so eilig, sie sprach von Lebensgefahr.«
In diesem Augenblick kommt Schwester Ana hereingestürzt. »Nein, Herr Doktor, von der Blutgruppe AB Rh positiv ist keine Konserve mehr da!«
Sie ruft es so laut, daß Rafael auf seinem Stuhl im Vorzimmer zusammenzuckt. Die Tür ist offen, und sie konnten die Unterhaltung hören. Aber Rafael springt nicht auf. Krempelt nicht den Hemdsärmel hoch und ruft: »Hier! Ich habe dieselbe Blutgruppe AB Rh positiv!« Nein. Er bleibt sitzen und fragt sich nur, ob Marisa vielleicht unter seinen Papieren einmal seine Blutgruppenkarte entdeckt hat und ihn eines Tages – oder schon im nächsten Augenblick – mitverantwortlich machen wird am Tod des Capitán, weil er sein Blut nicht für seinen potentiellen Mörder gespendet hat. Wochen später, wenn er Zeit und Muße haben wird, über die Ereignisse nachzudenken, wird ihm sein Verhalten unverständlich, unentschuldbar und unwürdig vorkommen.
»Rufen Sie endlich die Blutspender an, die Telefon haben. Es sind nur zwei, wenn ich mich nicht irre. Stellen Sie fest, ob sie sofort herkommen können, wenn nicht, müssen wir jemanden in die Stadt schicken. Und Sie« – er steht in der Tür und spricht zu Marisa – »ich muß Sie bitten hierzubleiben, bis die Polizei die Unfallursache geklärt hat.«
Merkwürdig, wie diskret er ist, obwohl wohl jeder weiß, um was für eine Art Unfall es sich handelt. Mit Ausnahme des Polizisten.
Die Aufnahmeschwester hat Erfolg beim ersten Anruf. Der Mann ist bereit, sofort zu kommen.
Eine große indianisch aussehende Schwester mit Handschuhen, die sie wie Flossen vor den sterilen Kittel hält, öffnet mit den Ellbogen die Tür zum Operationstrakt:

»Die Anästhesie ist bereit, Herr Doktor!«
»Blutdruck?«
»Siebzig dreißig. Wir injizieren ein starkes Kreislaufmittel.«
»Ich komme.«
»Doktor Méndez ist nicht zu finden. Ich werde assistieren. Ich schlage vor, Sie entfernen zuerst den Einschuß nahe der Subclavia. Die Kugel kann jeden Moment die Vertebralis blockieren.«
»O.k.«
Der Polizist tritt zu Marisa. Sein weißes Uniformhemd spannt über der Brust, als hole er tief Luft, um die Zurechtweisung des Arztes mit gebührender Autorität zu entkräften. »Dürfte ich Sie« – er schließt Rafael mit ausladender Geste in seine Aufforderung ein – »bitten, mir Ihre Ausweise zu zeigen!«
Rafael öffnet seine Brieftasche, nimmt Pässe und Autopapiere heraus und übergibt sie mit vorstellendem Kopfnicken: »Professor Thalhammer aus Wien, Österreich, Fräulein Maria-Isabel Caspar, meine Assistentin.«
Er weist mit dem Paß auf Marisa. *»Habla español, profesor?«*
»Nein«, lächelt Rafael entschuldigend. Der Polizist setzt sich, bedeutet den beiden, ebenfalls Platz zu nehmen. Doch Marisa bleibt stehen, als er sich an sie wendet: »Die Angaben, die Sie mir gemacht haben, waren wohl doch etwas, hm, unpräzise. Wenn ich Dr. Aranas Diagnose richtig verstanden habe, handelt es sich bei dem eingelieferten Patienten um Schußverletzungen. Schußverletzungen schwerster Art. Wollen Sie dazu eine Erklärung abgeben?«
Marisas Hand zittert, als sie die Zigarette im Aschenbecher ausdrückt. Wenn er überlebt, rasen ihre Gedanken, vielleicht, wer weiß, kann er sich mit seinen Kameraden verständigen, und die holen ihn, bevor bekannt wird, daß es sich um einen gesuchten guatemaltekischen Guerillero handelt, der ausgeliefert werden muß. Wenn ich zu Protokoll gebe, daß es ein Mißverständnis war, daß ich geschossen habe, weil wir glaubten, Banditen wollten uns überfallen,

besteht die Chance, daß die Sache nicht an die große Glocke gehängt, nicht an übergeordnete Stellen in Mexico City weitergegeben wird. »Singen« wird erbarmungslos gesühnt, hat sie gelernt.
»Es ist, wie ich Ihnen sagte. Wir glaubten, überfallen zu werden, von Banditen aus Guatemala, die uns verfolgten, seit wir die Grenze überschritten hatten.«
»Verzeihung, Señorita, vorhin haben Sie gesagt, ein Mann mit Sturzhelm habe Ihren Wagen gestoppt, um mitgenommen zu werden. Sie hätten ihn für einen Banditen gehalten, der Sie überfallen wollte. Sie hätten ihn angefahren, weil er nicht aus dem Wege ging. Jetzt stellt sich heraus, es wurde auf ihn geschossen. Wer hat geschossen?«
Sein Blick wandert zu Rafael, der Platz genommen hat, das unverständliche Gespräch beobachtet, das Hin und Her des Dialoges verfolgt wie Zuschauer den Ball bei einem Tennisspiel, ohne eingreifen zu können, um einen Ball zu retten. Und es nicht will. Denn jetzt, da alle Gefahr beseitigt ist, fühlt er sich nicht schlecht in der Rolle des unbeteiligten Touristen, dem ohne Verschulden ein Mißgeschick widerfahren ist. Die Legitimität der Notwehr, aus der heraus Marisa gehandelt hat, erscheint ihm so selbstverständlich, daß es sich eigentlich erübrigt, darüber noch Worte zu verlieren. Wohl ahnt er, daß sie das Unvernünftigste tun wird, aufgrund ihrer Sympathisantenmentalität aus skrupellosen Terroristen harmlose Wegelagerer machen will. Doch läßt er sie gewähren, ist es doch letzten Endes nur ihrer Initiative zu verdanken, daß sie mit dem Leben davongekommen sind. Da muß man nachsichtig sein.
»Ja. Es ist geschossen worden. Ich habe geschossen. Aber bitte, ersparen Sie es mir, den Vorgang jetzt zu erklären. Da drüben« – sie weist mit müder Geste in Richtung des Operationssaales –, »da drüben geht es auf Tod und Leben. Ich kann Ihnen nicht mehr sagen, bis ich weiß, ob der Verletzte gerettet wird.«
»Sie meinen, Ihr Geständnis ...« Es fällt ihm sichtlich

schwer, das Wort über die Lippen zu bringen. Er denkt an die Unannehmlichkeiten, die er haben wird. Die Vorhaltungen der Vorgesetzten, wenn sein Protokoll nicht hieb- und stichfest ist. Andrerseits an die Chancen, die sich bieten, wenn er eine Mörderin überführt. »Sie meinen, Ihr Geständnis wird anders ausfallen, wenn Sie wissen, der Erschossene kann nicht mehr aussagen?«
»Quatsch!« Sie macht ein paar Schritte zum Fenster, als wolle sie dadurch die Unsinnigkeit seiner Unterstellung von sich weisen.
»Ich bin einfach nicht imstande, eine Erklärung abzugeben. Sie müssen Rücksicht auf meinen Zustand, meine Nerven nehmen. Und überhaupt, ich möchte einen Anwalt oder jemand von meinem Konsulat dabeihaben, wenn Sie mich hier verhören!«
Der Polizist ist nicht glücklich über die Entwicklung der Dinge. Seine Frau wartet mit dem Abendessen. Mit siebenhundert Pesetos im Monat kann man sich kein Telefon leisten, um anzurufen und zu sagen, Linda solle den Gaskocher, auf dem die Tortillas bruzzeln, auf Sparflamme stellen, er käme spät, ein unvorhergesehenes dienstliches Ereignis halte ihn auf. Linda wird wütend sein, sich zu Bett legen, Bohnen, Tomaten und Paprika aus der glühenden Pfanne nehmen, und er wird hungrig bleiben.
»O.k., Señorita. Ich kann Sie nicht zwingen.« Er blättert in Marisas Paß. »Sie sind chilenische Staatsbürgerin. Ihr Einreisevisum ist in Tampico am 3. Mai erteilt worden, ein Ausreisestempel, Chetumal 22. Mai, beweist, daß Sie Mexiko verlassen haben. In Richtung Guatemala. Hier ist eine guatemaltekische Ausreisebestätigung. Ich finde jedoch den Einreisestempel nach Mexiko nicht. Ich muß Ihren Paß« – er wendet sich wieder höflich an Rafael – »Ihre Pässe einbehalten und meinem Vorgesetzten Meldung machen. Es tut mir leid. Ich nehme an, Sie werden vorziehen, die Nacht in Ihrem Auto zu verbringen. Sie werden Verständnis dafür haben, wenn ich außer den Papieren auch den Zündschlüssel

sicherstelle. Sie dürfen den Parkplatz nicht verlassen, bis mein Vorgesetzter Ihre Angaben geprüft hat.«
Als die beiden wortlos seiner Aufforderung folgen und ihn zum Wagen begleiten, hält mit quietschenden Bremsen ein Auto vor dem Portal.
Man kann sich des Eindrucks nicht erwehren, der Mann, der hastig aussteigt, ohne das Licht am Wagen auszuschalten, hat sich in Schale geworfen. Karierter grauer Anzug mit Weste. Gestreiftes Hemd mit schwarzer Krawatte. Ein Gast, der verspätet zum Empfang beim Bürgermeister kommt.
»Ich soll hier Blut spenden! Ich war schon im Bett. Ich muß immer sehr früh raus. Ich tue es gern, man hat mir hier im Krankenhaus das Leben gerettet. Ich bin glücklich, helfen zu können. Wo muß ich mich melden?«
Er fühlt sich als Mittelpunkt der Welt. Kein Zweifel, daß ein Polizist ihn am Treppenabsatz erwartet.
»Da drüben!« Der Polizist weist zur Tür mit dem Schild »AUFNAHME«. »Bevor Sie weitergehen ...«
Der Mann ist schon die Treppen hinaufgestürmt, läuft den Korridor entlang. Da öffnet der Polizist die Tür des alten Pontiac, schaltet das Licht aus. »Batterien sterben noch schneller als Menschen«, meint er hintergründig, »wenn man nicht aufpaßt!«

»Ich liebe dich, Marisa. Vielleicht habe ich es dir schon gesagt, wenn ich dich umarmte. Ich liebe dich, obwohl ich ahne, daß du mich verachtest. Weil ich die Welt, wie sie ist, akzeptiere. Mit dieser Welt, in der ich aufgewachsen bin, die mich erzogen hat, leben will, ohne sie zu zerstören. Ohne Wut, aber auch ohne Erniedrigung. Das Böseste, was gläubige Menschen formuliert haben, ist ›Auge um Auge, Zahn um Zahn.‹ Du bist ausgezogen wie die heilige Johanna, um dich für eine Freiheit zu opfern, die es nicht gibt, solange man Freiheit denkt und Rache übt. Du hast aus Notwehr getötet, und kein Gewissen, kein Weltgewissen hätte es ihm verziehen, wenn er dich … uns … umgebracht hätte, mögen seine Motive auch verständlich sein: die Welt verbessern, Rache an der Gesellschaft üben, der Unterdrückung ein Denkmal setzen. Man darf sich nicht der Mittel der Unterdrücker bedienen, um Ausbeutung und Privilegien auszurotten! Verständnis und Barmherzigkeit müssen den Weg weisen, Vertrauen und Liebe, nicht Kontrolle und Haß, nicht Vergeltung und Verachtung … «

Rafael hat, stockend zuerst, begonnen. Dann, nach und nach, wie Unterholz sich zu flammender Glut entfacht, Mut zu seinem Bekenntnis bekommen, als erlöse ihn die Wärme von Zweifel und Angst.

Es mag gegen vier Uhr früh sein. Hinter der Zypressenhecke hat sich ein Wind aufgemacht. Er tuschelt und wispert in den Zweigen, bevor er den Sprung zur Platane wagt und vor der Fassade des Krankenhauses gestoppt wird.

Marisa liegt, die Knie angezogen, auf der Bank hinter dem Eßtisch. Die Hand mit dem leeren Whiskyglas ragt steif in den Raum. Sie hält die Augen geschlossen, und Rafael ist sich nicht sicher, ob sie zuhört. Er hatte sie zum Wagen tragen müssen, als sie zusammengebrochen war.

Er hatte sich nicht gerührt, als plötzlich – es muß gegen ein Uhr früh gewesen sein – Schwester Ana ans Fenster klopfte.

»Doktor Arana will schlafen gehen. Er bittet Sie, ins Haus zu kommen. Er will mit Ihnen sprechen.«

Sie hatten die Flasche Whisky ausgetrunken, stumm vor sich hingedöst, bis Marisas Atem in leises, pfeifendes Schnarchen der Erschöpfung überging. Da hatte er die Lichter ausgemacht und sich gelassen und beruhigt ausgestreckt, wie einer, der mit dem Verlauf des Tages zufrieden ist. Sich nicht schämen muß, todmüde zu sein und schlafen zu wollen. Marisa murmelte noch etwas im Schlaf, bevor sie aufspringt, die Tür aufstößt: »Lebt er?«

Sie schreit es, daß Schwester Ana zurückweicht: »Kommen Sie. Der Doktor wird Ihnen alles erklären.« Und schon ist sie fort, wie ein weißes Kaninchen auf der Flucht im Dunkeln verschwunden.
Dr. Arana ist umgezogen. Dunkler Rollkragenpullover und Cordhose machen ihn noch schmächtiger, zerbrechlicher. Die Tränensäcke wirken schwarz durch die Schatten des Neonlichts in der Eingangshalle.
»Es tut mir leid. Ich nehme nicht an, daß Sie eine ausführliche Schilderung der Details wünschen. Sie können sicher sein, wir haben unser möglichstes getan.«
Marisa nickt nur. Mit offenem Mund. Dann geben ihre Knie nach. Ein Zittern geht durch ihren Körper, als sie zusammensackt und Rafael sie auffängt, bevor sie zu Boden sinkt. Er hat sie schon öfters getragen, zum Strand, und zum Bett. Noch nie war sie so schwer. Als hinge ihr die Ohnmacht Bleigewichte an.
»Am besten, Sie tragen sie wieder zum Wagen. Sie ist überfordert.«
Er tritt zu Rafael. Befühlt Marisas Puls.
»Das wird gleich vorüber sein. Ohnmacht hilft heilen.«
Ein alter Ford fährt aus der Kellergarage. Hält vor dem Portal. Ein Indio im weißen Kittel steigt aus, läßt die Wagentür offen. *»Por favor, doctor!«*
Er hält ihm ein Formular zur Unterschrift hin. Dr. Arana tritt zum Wagen, benutzt das Dach als Unterlage beim Schreiben.
»Danke, Miguel, helfen Sie dem Señor, die Señorita in den Wohnwagen zu tragen, und gehen Sie schlafen.« Als der Indio Marisa behutsam in die Arme nimmt, die Treppen hinunterträgt, wendet sich Doktor Arana, den Türschlag schon in der Hand, noch einmal zu Rafael:
»Gute Nacht. Lassen Sie die Señorita schlafen, so lange wie möglich.« Dann, schon am Steuer, setzt er auf englisch hinzu: »War es Notwehr?«
»Ja, Doktor«, erwidert Rafael, *»it was self-defense!«*

3.

Das Mädchen

Der Kommissar hat fleckige Zähne und ist Kettenraucher. Er sitzt am »Tatort«, auf dem Drehstuhl im Cockpit des Wohnmobils. Marisa hat ein helles sandfarbenes Kleid angezogen. Zum ersten Mal, seit sie ihre Reise begonnen haben, sieht Rafael sie in einem knöchellangen wollenen Gewand, das ihre Formen rundet, aber nicht aufreizt wie die Blue jeans, die stramm und lüstern die Schenkel und den Spalt des Schoßes umspannen. Mit ihrem hochgekämmten Haar erinnert sie Rafael an Bilder von Böcklin, den er seit seiner Kindheit verehrt, dessen surrealistische Romantik ihm durch die Nachbarin Leonor Fini vertraut wurde.
Der Kommissar spricht *castellano*, die vornehme Hochsprache, die es, trotz der trommelnden Schnelligkeit seiner Sprechweise, Rafael ermöglicht, dem Verhör zu folgen.
»Wenn ich Sie recht verstanden habe, verließen Sie Guatemala hier« – er malt Kreuze auf eine Karte – »beim Grenzübergang Yaxchilán mit einer Fähre. Es ist gut möglich, daß der dortige Grenzbeamte nur die Ausreise, nicht aber die Einreise nach Mexiko gestempelt hat. Solche, ich möchte mal sagen Unterlassungssünden, kommen vor. Jedoch ist es Pflicht des Reisenden, die ordnungsgemäße Durchführung der Paß- und Zollformalitäten selbst zu kontrollieren. Wir können im Augenblick nur zur Kenntnis nehmen, daß Sie sich« – er wendet sich mit höflichem Achselzucken an beide – »ohne Einreisestempel in Mexiko aufhalten.«
In Rafael erwacht der Geist seiner Vorfahren. Der österreichisch-pedantischen Verwalter der Monarchie.

»Gut. Nehmen wir an, wir seien hier ohne legale Einreisegenehmigung. Das ändert doch nichts an der Tatsache, daß wir überfallen wurden. Gekidnappt auf mexikanischem Boden. Sie können den Toten nicht identifizieren. Streichen Sie aus unserem Protokoll, daß wir zu wissen glauben, es handele sich um guatemaltekische Guerilleros. Tatsache ist, daß wir gefangengehalten wurden. Daß die Señorita unmittelbar vor ihrer geplanten Exekution, aus welchen Gründen auch immer, aus *Notwehr* auf den Angreifer geschossen hat. Es ist doch lächerlich, nach Motiven zu suchen. Die Briefe, die ich unter Todesdrohung geschrieben habe, beweisen doch klar und eindeutig den Tatbestand der Notwehr. Sie brauchen doch nur nachzufragen. Der guatemaltekische Innenminister, die Österreichische Botschaft, die Redaktion der ›Washington Post‹, Amnesty International, sie alle haben die Briefe erhalten und können es bezeugen, daß wir gegen zehn guatemaltekische Häftlinge ausgetauscht werden sollten, beziehungsweise umgebracht würden, wenn die Regierung die Freilassung der Inhaftierten ablehnen und den Austausch der Gefangenen gegen uns, die Entführten, nicht akzeptieren ... «
Das scheue, verständnisvolle Lächeln des Kommissars putzt ihm fast die fleckigen Zähne: »Selbstverständlich wird alles unternommen, den Verdacht der fahrlässigen Tötung, der vorläufig als – ich bitte, das nicht falsch zu verstehen – Grund für den Haftbefehl gegen die Señorita angegeben wird, zu entkräften. Wenn besagte Entführung nachgewiesen, die Briefe, von denen Sie sprechen, an ihren Bestimmungsorten eingetroffen sind, wird es der Staatsanwaltschaft eine Ehre, fast bin ich geneigt zu sagen, ein Vergnügen sein, die Anklage auf ›Tötung in Notwehr‹ zu ändern.«
Der Kommissar ist mit seinen Notizen fertig. Er erhebt sich, drückt seine hellbraune Maispapierzigarette in den überfüllten Aschenbecher.
»Was geschieht nun?« Marisa fragt es nebenher, nimmt den Keramikaschenbecher und schüttet den Inhalt in den Pla-

stikmüllsack. Dann wischt sie ihn mit einem Tuch ab und stellt ihn wieder auf den Tisch.
»Ich muß Sie bitten, mir zu folgen. Sie können Ihren Wagen vor dem Justizgebäude parken. Der Sergeant wird Sie begleiten. Ich fahre vor.«
Zehn Minuten später hält der kleine Konvoi vor dem *Palacio de Justicia*. Marisa hatte sich neben Rafael ins Cockpit gesetzt, der Polizeiwachtmeister saß auf der Bank. Das Gespräch war einsilbig.
»Muß ich mich jetzt als verhaftet betrachten?«
»Ich sehe nicht ein, warum sie mich verschonen sollten. Ich war schließlich anwesend. Und es ging um meine Person.«
Er nahm, dem blauen Chevrolet des Kommissars folgend, eine Kurve, die sie plötzlich in das morgendlich belebte Zentrum des Städtchens führte, wo Wagen, Fußgänger und Eselskarren die volle Aufmerksamkeit des Fahrers erforderten.
»Hätte ich gewußt, daß du eine Waffe besitzt, würde ich es wahrscheinlich selber versucht haben. Oder hätte dich zumindest angestiftet, es zu tun. Ich bin also voll verantwortlich für das, was geschehen ist.«
»Du bist sicher, er hätte uns umgebracht, wenn ich ihm nicht zuvorgekommen wäre?«
»Absolut! Die Chance, daß die Regierung auf die Forderung dieser Terroristen eingeht, ist doch gleich null!«
Es war, als hangele sie sich auf dem Drahtseil, das seine Gedanken spannten, zum nächsten Sicherheit bietenden Mast.
»Es sind keine Terroristen. Es sind Guerilleros, die hungern.«
Sie sprach so leise, daß Rafael Mühe hatte, sie zu verstehen. Er beschloß, weder zu widersprechen noch zu antworten. Wochen später sollte er sich dieses Satzes erinnern, wurde ihm die Bedeutung klar, die sie ihm zugemessen.
»Es wird eine Zeitlang dauern, bis ich den Bericht geschrieben und dem *procurador* vorgelegt habe.«

»Ich möchte telefonieren und Geld wechseln.«
Die Beantwortung dieser Frage würde eine gewisse Klarheit über die Einstellung des Kommissars schaffen. Ob sie sich bereits als Gefangene betrachten müßten, oder ob sie sich – noch – frei bewegen durften.
Der Polizist hatte Rafael in den Hof dirigiert und das schwere hölzerne Portal verriegelt. Der Hof war schmal und schattig. Um Platz für andere Fahrzeuge zu lassen, parkte Rafael so nahe an der Mauer, daß er vom Wageninnern in die vergitterten Parterrefenster sehen konnte. Ein schmutziger kahler Raum, ein Tisch, eine Pritsche. »Eine Zelle?« fragte er sich. Im nächsten Fenster bewegte sich eine Gestalt in schmutzigem, khakifarbenem Hemd. Öffnete das Fenster. Nur einen Spalt. Der Rahmen stieß an das Gitter. Es mußte nachträglich eingemauert worden sein. Der Zement war hell und ausgebleicht.
»Ich habe nichts dagegen, falls Sie zu Fuß gehen wollen. Der Wagen muß hierbleiben. Als Kaution gewissermaßen. Ich bitte Sie – der Form halber – um die Zündschlüssel. Die Señorita sollte das Auto und den Hof nicht verlassen, bis wir, äh, weiter sind.«
»Zum Geldwechseln brauche ich meinen Paß.«
»O.k. Nach dem Geständnis der Señorita habe ich keinen Anlaß, Sie festzuhalten. Ich muß Sie jedoch bitten, sich zur Verfügung zu halten.«
Er bedeutet Rafael, ihm zu folgen.
Es dauert nur Minuten, bis Marisa das Gefühl, gefangen zu sein, überfällt wie ein Rudel Wölfe, das gleichzeitig von allen Seiten angreift. Und plötzlich ergibt sie sich. Als wäre es ihr eine Genugtuung, bestraft zu werden. Gefangenschaft wird zur Geborgenheit. Der Teppich mit den dunklen Blutflecken des Capitán wird zur Silhouette seines Körpers. Um der grinsenden Gestalt am Fenster zu entgehen, legt sie sich flach auf den Boden. Krümmt sich in den dunklen Schatten auf dem grünen Bodenbelag. Riecht Blut und einen Hauch säuerlichen Spermas, der sie befriedigt und beruhigt.

Rafael kommt der Gedanke an Flucht, als er, den Paß in der Brusttasche des Sakkos, sich auf den Weg zur Bank macht. Um diese Jahreszeit gibt es Flüge von Palenque nach Mexico City. Von dort könnte ich einen Flug nach Frankfurt, Wien buchen, und der Alptraum wäre vorüber. Marisa ihrem Schicksal zu überlassen, wäre eigentlich nur gerecht.
Aber da sieht er Marisas Augen tränenerfüllt vor sich. Und blitzartig vollzieht sich die Wandlung. Nicht mehr der begehrende, eifersüchtige Liebhaber schließt die Gedankenkette, sondern der zärtliche Vater, der bereit ist, für die Familie zu kämpfen, die Tochter zu verteidigen, sein Kind zu schützen.
Er kommt am Markt vorbei und bleibt vor einem Blumenstand stehen. In einem Blechtopf sind frische rote Rosen. Er kauft zwei Dutzend. Die anmutige junge Bäuerin spuckt auf den Geldschein. »Das erste eingenommene Geld des Tages wird Glück bringen!«
Er bittet sie, die Rosen zu begießen. Eine Gießkanne mit Wasser steht herum, er erklärt pantomimisch, was er will. Sie solle die Rosen aufbewahren, bis er zurückkäme. Auf der Bank erfährt er den Namen des »ersten Hauses am Platze«. Hotel Majestic. Dort läßt man ihn erst telefonieren, nachdem er ein Tageszimmer gebucht hat. Über eine Stunde muß er warten, bis sich die Österreichische Botschaft in Mexico City meldet. Der Botschafter sei verreist, auf unbestimmte Zeit. Doch Herr Nowotny, der Sekretär, wäre anwesend, um was es sich handele.
»Es ist dringend, hier spricht Professor Thalhammer aus Wien.« Er atmet auf, als die Telefonistin deutsch antwortet. »Bittschön, gedulden Sie sich einen Moment, ich will versuchen, Sie zu verbinden.« Nach ein paar Sekunden macht es Knax, und die Verbindung ist unterbrochen.
»Please, señorita, I've been interrupted, give me the number again.«
»Por favor, be patient, the lines to Mexico City are very busy at this time of the day.«

»How long would it take to call Guatemala City, the Austrian Embassy?«
»Do you have the number?«
»No, I'm afraid, could you find it for me?«
»Of course, sir, but I have to call Mexico City first to get informaciones internacionales.«
»Then, please, try both numbers, it is very urgent, urgente!«
»At your service, sir, call you back.«
Vom Fenster hat man einen Blick auf die belebte Straße. Gegenüber ist ein Café. Gelbbraune Rohrstühle stehen aufgereiht wie Soldaten. Kleine runde Marmortische dazwischen wie Kesselpauken eines Militärorchesters.
Nur wenige Gäste in kleinen Zweier- oder Dreiergruppen. Die Einheimischen lesen Zeitung und trinken Kaffee. Die Touristen halten bunt eingebundene Karten in den Händen, Führer durch Palenques Ausgrabungsstätten. Die Männer trinken Bier und die Damen Coca-Cola. Zwei junge Burschen in Blue jeans und Stulpenstiefeln dösen und rekeln sich. Ab und zu blinzelt einer zum Hotel herüber. Sein Blick wandert von Fenster zu Fenster, Stock für Stock. Als er den Kopf hebt, um die Etage über ihm zu mustern, erkennt ihn Rafael. Sein flaches mongolisches Mondgesicht, in dem die Schlitze der Augen und die winzigen Löcher der Nase wie Narben in einem ockerfarbenen Kürbis wirken, wird er so schnell nicht vergessen.
Schon ist er auf dem Treppenabsatz, da schrillt das Telefon.
»Sir, I have the number of the Austrian Embassy in Guatemala City! Would you like to write it down? The area-code is ...«
»I don't want to write it down, maybe later, but now get me the communication, right away, urgente.«
»Very well, sir.« Es knackt wieder, und er hängt auf.
Er rast die Treppen hinunter. In der Eingangshalle drängt sich eine Gruppe amerikanischer Touristen um den Portier, der sorgfältig die Pässe der Ankommenden gegen Zimmerschlüssel eintauscht.

»*Policía, por favor,* alarmieren Sie die Polizei. Die Verbrecher, die uns gekidnappt haben, sitzen vis-á-vis im Café.«
Der Portier läßt das Paket Pässe auf die Theke sinken. Seine Glatze wirkt noch fahler durch die schwarzen Augenbrauen, die wie Fragezeichen in die Stirn weisen. Sein allmorgendlich mit schwarzer Pomade nachgebürsteter Schnurrbart sträubt sich in Richtung der Knopfaugen, die unruhig und flink über sein Reich flattern.
»Entschuldigung, wann sind Sie gekidnappt worden? Hier in unserem Haus? Sie sind doch erst seit zwei Stunden hier.«
Rafael eilt zur Drehtür, ruft zurück:
»Rufen Sie die Polizei, ich beschwöre Sie!«
Der Omnibus der Touristen parkt direkt vor dem Eingang. Nimmt die Sicht zum Café. Rafael muß einen Bogen machen, um die Straße zu überqueren.
Schon auf der Straßenmitte sieht er, die Plätze sind leer. Am liebsten würde er kehrtmachen, doch fühlt er die Blicke der Touristen im Rücken, denn noch bevor er das Café erreicht, startet der Mercedes-Omnibus und gibt die Sicht frei. Auf dem Tisch, an dem die beiden gesessen hatten, liegen neben den halb geleerten Kaffeetassen ein paar Münzen. Rafael geht bis zur Seitenstraße, eine Sackgasse, die in einem gerümpelbeladenen sandigen Parkplatz endet. Keine Menschenseele. Nur ein Rudel Katzen, die zwischen Deichseln und Wagenrädern turnen. Als er zur Caféterrasse zurückkommt, sammelt gerade ein alter Kellner die Münzen ein, steckt sie in die ausgebeulte Tasche seiner fleckigen Weste. Macht mit der Serviette die Tischplatte sauber und geht, die Tassen routiniert jonglierend, ins Innere.
Der Portier steht vor dem Hotel und winkt aufgeregt herüber. Noch zwei Schritte trennen Rafael vom Gehsteig des Hotels, da hört er sie kommen. Er schaut gar nicht hin, zieht es vor, mit einem Satz auf das Trottoir zu springen, dem Portier in die Arme. Das singende Kreischen der Motoren, der Gestank des angereicherten Benzingemischs haben sich unverwechselbar in sein Hirn eingefressen. Und als er, die

Arme noch an den Schultern des Portiers, wagt, ihnen nachzuschauen, sieht er nur schwarze Lederrücken, tief über die Lenkstangen gebeugt, die Schenkel O-beinig an die Maschinen geklammert.

»Ihr Gespräch nach Guatemala.«

Die Telefonistin ist hinter der Portiersloge von einem altmodischen Kasten mit bunten Stöpseln versteckt. Wahrscheinlich ist sie die Tochter des Portiers. Die gleichen Knopfaugen.

»Können Sie mich verstehen? Ich höre Sie sehr schlecht! Hier Thalhammer. Professor Thalhammer aus Wien. Kann ich den Herrn Botschafter sprechen. Nein, ich spreche nicht aus Wien, aber es ist sehr wichtig, bitte, unterbrechen Sie nicht.«

Diesmal antwortet keine Österreicherin, aber immerhin, sie versteht und radebrecht deutsch.

Pause. Morsezeichen. Pfiffe. Rauschen. Rafael preßt den Mittelfinger ins freie Ohr.

»Hier Gruber.«

Eine tiefe, satte Stimme, wie die pensionierter Chorsänger von der Wiener Staatsoper. Rafael muß seinen Namen dreimal wiederholen, dann: »Was verschafft mir die Ehre, Herr Professor?«

Ob er einen Brief, die Kopie eines Ultimatums der Organisation »*Movimiento de Libertad*« erhalten hätte, und was er unternommen habe. Rafael vereinfacht, um schneller eine Antwort zu erhalten. Ob bekannt wäre, daß er mit einer Mitarbeiterin von guatemaltekischen Guerilleros gefangengenommen wurde. Nichts bekannt? Kein Brief, kein anonymer Anruf? Nein, sie seien frei, es wäre ihnen gelungen, sich zu befreien.

»A Momenterl, bittschön, Herr Professor.« Rafael hört eine zweite Stimme. »Mein Mitarbeiter hat vor ein paar Tagen einen Anruf erhalten. Jemand fragte, ob bekannt wäre, daß Sie in Guatemala seien. Wir haben mitgeteilt, daß wir von Ihrem Aufenthalt gehört hätten und Ihren Besuch erwarte-

ten.« Aber von Drohungen oder anonymen Anrufen oder gar Briefen sei nichts bekannt.
»Es ist zu kompliziert, Ihnen am Telefon mehr zu sagen. Ich werde Sie nur bitten müssen, die Botschaft in Mexico City von diesem Anruf zu informieren. Es kann sein, daß ich Schwierigkeiten habe, durchzukommen. Ich befürchte einen Racheakt, weil bei unserer Befreiung ein Guerillero tödlich verletzt wurde.«
»Bin ja ganz entsetzt, Herr Professor. Beglückwünsche Sie jedoch. Werde sofort alles veranlassen, das Innenministerium und die Polizei verständigen. Die Entführung hat sich, wenn ich recht verstehe, auf guatemaltekischem Boden abgespielt?«
»Ja, das heißt nein! Die Entführer haben mit uns die Grenze überquert, und der Überfall fand auf mexikanischem Boden statt.«
»Auch die Befreiung?«
»Ja, natürlich.«
»Dann sind Sie von den Verbrechern nicht zurück auf guatemaltekisches Gebiet verschleppt worden?«
»Nein.«
»Gut, ich verständige den Kollegen in Mexico City. Meine Verehrung, Herr Professor!«
Rafael kann sich des Eindrucks nicht erwehren, in der Stimme des Botschafters Erleichterung verspürt zu haben, als er den Sachverhalt begriffen hatte.
Er hängt auf. Jemand klopft ihm auf die Schulter. ›Sein‹ Polizist! Er strahlt: »Der Kommissar hat mich geschickt, als er hörte, daß Sie Hilfe benötigen. Wir sind ja gute Bekannte, nach alldem.«
Aus der Reisegesellschaft, die noch immer – Pässe in der Hand – wie eine Herde verschreckter Schafe einlaßbegehrend die Portiersloge umlagert, löst sich ein älterer Herr in buntem Polohemd: »Verzeihen Sie, mein Herr, wir hörten, Sie seien gekidnappt worden.« Sein Englisch verrät unmißverständlich den Franzosen. »Passiert so was hier oft?«

Etwas in Rafael warnt ihn, Aufsehen zu erregen. Zwei, drei andere Touristen kommen neugierig näher.

»Nein, mein Herr, das war nicht hier, das war in Guatemala. Aber ich habe die Entführer im Café gegenüber erkannt.«

»War's teuer? Haben Sie das Lösegeld bezahlt?«

»Man hat immer eine Chance. Entschuldigen Sie mich bitte!«

Er bedeutet dem Polizisten, ihm in eine ruhigere Ecke der Halle zu folgen, und winkt den Portier. Den herausquellenden Knopfaugen ist anzusehen, daß er darauf brennt, zu erfahren, was das Ganze zu bedeuten hat.

Es geht Rafael auf die Nerven, dem Portier verständlich zu machen, was er übersetzen soll. Sein Englisch beschränkt sich auf ein paar Vokabeln, die sich in Abständen wiederholen. Dann holt er seine Tochter. Sie spreche perfekt, war in den USA! Es erscheint eine Zwergin. An ihrem Pult waren Rafael nur die breite, hochgeschnürte Brust und die flinken Augen des Vaters aufgefallen. Als er sich zu ihr hinuntergebeugt, um mit gedämpfter Stimme zu erklären, was sie dolmetschen soll, fällt sein Blick auf ihre Beine, die in grauen Seidenstrümpfen stecken und ihn an welke grüne Bohnen erinnern.

Als sie endlich verstanden hat, holt sie tief Luft, und ein harter Redeschwall rast wie trockener Savannenwind hinauf zum Polizisten. Die schwarzen Billardkugeln rollen dabei verständnisheischend blitzschnell zu Rafael und zurück zum verblüfft zuhörenden Ordnungshüter. Er runzelt die Stirn. Dann, als sie fertig ist, bellt er zurück. Kurz und scharf. Daß ihre Übersetzung dagegen fast wie eine Entschuldigung wirkt.

»Er versteht nicht, was das alles zu bedeuten hätte. Ihm sei von einem Motorradfahrer berichtet worden, der Sie überfallen wollte. Der wäre inzwischen tot, umgekommen. Von zwei Komplizen wäre nie die Rede gewesen. Im übrigen bittet er Sie, mitzukommen. Der Kommissar erwartet Sie.«

»Ich behalte das Zimmer über Nacht.«
»*At your service, sir.* Ich habe ja Ihren Paß.«
Vater und Tochter lehnen das Trinkgeld ab.
»Wir haben nur unsere Pflicht getan, *señor.*«
Er sorgt dafür, daß dem Polizisten seine ablehnende Geste nicht entgeht. Dann schüttelt er Rafael die Hand. Dabei steckt er den Schein ein.
»*At your service*«, sagt auch die Tochter, und feuchte Augenlider verschließen die Knöpfe, als sie zu ihrem Pult zurückgeht.
Plötzlich entdeckt Rafael etwas Ablehnendes, Feindseliges im Verhalten der beiden. Sie wollen mit einem, der mit der Polizei zu tun hat, nichts zu schaffen haben, denkt Rafael, als sie Spießruten laufen, um durch die Drehtür zu kommen.
Das Gebäude ist übersichtlich eingeteilt. Auf den Schildern am Portal kann man lesen, daß im Gang rechts die *Policía*, links der *Juzgado* und im Hof das *Cárcel* untergebracht ist. Das erspart Laufereien.
Im Verlaufe des Verhörs gelingt es Rafael nicht herauszufinden, ob der würdige Herr neben dem Kommissar *procurador* oder *juez*, *jurado* oder *jefe de policía* ist. Er spricht kein Wort, macht Notizen oder putzt seine Brille mit einem Taschentuch, das er, nach getaner Arbeit, keck in der Brusttasche seines Jacketts drapiert. Der *intérprete*, am Kopf des Tisches, spricht mit unverkennbar texanischem Akzent, obwohl er aussieht wie ein Indio, der das kurzgeschorene Haar mit Brillantine gebändigt hat. Rafael erfährt, daß Marisa verhört wurde und ihre Aussage zu ihrer Inhaftierung geführt habe. Führen mußte, weil sie sich in befremdliche Widersprüche verstrickt hätte und weil die Aussage des Herrn Professors als einzigem Zeugen des *accidente* als befangen gewertet werden muß.
»Kann ich sie sehen?«
Der Dolmetscher übersetzt. Der Kommissar blinzelt zum Nachbarn. Der nickt unmerklich. Der Kommissar wendet sich an Rafael, läßt dem Dolmetscher Zeit nach jedem Satz.

»Señor Gómez und der Herr Inspektor erlauben selbstverständlich, daß Sie die Señorita besuchen. Sie verfügen jedoch, daß ich bei dem Gespräch anwesend sein muß. Sie werden daher verstehen, wenn ich Sie bitte, Ihre Unterhaltung in Englisch zu führen. Damit im Zusammenhang macht Sie das Gericht darauf aufmerksam, daß Sie das Recht haben, die Aussage zu verweigern, bis Sie einen Anwalt zu Rate gezogen haben, sowohl für die weiteren Aussagen der Señorita, als auch für Ihre eigenen. Wenn Sie jedoch bereit wären, jetzt Ihren Bericht zu Protokoll zu geben, würde es Zeit sparen.«
Rafael überlegt blitzschnell. Es erscheint ihm ganz selbstverständlich, daß Marisa jetzt, da der Capitán tot ist, den wahren Sachverhalt berichtet hat, und doch kommen ihm Bedenken. Er beschließt, den Stier bei den Hörnern zu packen und mit dem Angriff zu beginnen:
»Ich sehe, Sie nehmen sich viel Zeit für einen Fall, der in seiner Klarheit nichts zu wünschen übrigläßt. Die Tatsache der Notwehr bei unmittelbarer körperlicher Bedrohung durch Terroristen läßt sich doch nicht im Ernst bestreiten. Was sollte es denn für harmlose Reisende, welche die Sehenswürdigkeiten des Landes besuchen, für einen Grund geben, auf einen Fremden zu schießen, wenn der nicht – aus welchen Motiven auch immer – ihr Leben bedroht, und zwar mit einer Maschinenpistole.«
Rafael will weiterreden, endlich auf seine beiden Verfolger zu sprechen kommen, aber der Dolmetscher unterbricht und liest sein Stenogramm vor. Rafael versteht am Ende der Übersetzung das Wort *machine-gun*.
»Wo ist das Maschinengewehr?«
»Das will ich Ihnen ja die ganze Zeit erklären.«
Und er erzählt endlich von den zwei Komplizen, die sie bewachten und nach der Flucht verfolgten bis zum Krankenhaus. Dort aus dem unbewachten Wagen die Maschinenpistole und das Walkie-Talkie des Capitán entwendeten. Die Polizei täte gut daran, die Suche nach den beiden unverzüg-

lich aufzunehmen, wegen denen er im Hotel die Polizei alarmiert habe, als er sie im Café gegenüber entdeckte.
»Wir werden diesen Spuren nachgehen, auch wenn es nicht leicht sein wird, zwei unidentifizierte Motorradfahrer, die Sie auf der Straße erschreckten ... «
»Nicht erschreckten. Wiedererkannten muß das heißen.«
»Gut. Wiedererkannten. Einverstanden. Das wird die Sache erleichtern, wenn sie gefunden und identifiziert worden sind.«
»Hat man den Toten schon identifizieren können?«
»Nein. Wir haben lediglich den Angaben der Señorita Glauben geschenkt und die zuständigen Behörden in Guatemala informiert. Fotos, die von dem Toten gemacht wurden, sind auf dem Wege zum dortigen Sicherheitsdienst. Wenn sich herausstellt, daß es sich um einen gesuchten oder bekannten Verbrecher handelt, wird das Verfahren wohl in Kürze eingestellt und Ihre Erklärungen werden voll akzeptiert. Auch wird es dann nicht zu einem Auslieferungsantrag der dortigen Behörden kommen, mit dem wir im Augenblick noch rechnen müssen.«
»Wie lange kann das alles dauern?«
»Wir sind überzeugt, es wird schnell gehen, doch können Sie nicht verlangen, daß wir widerspruchslos Notwehr anerkennen, wenn alle Beweise fehlen, und die Widersprüche, in die sich die ... die Angeklagte verwickelt hat, zu erheblichen Zweifeln Anlaß geben.«
»Señorita Caspar ist eine ... gute ... Christin.«
Rafael ist stolz auf die Wendung, die er gefunden hat. »Sie war so erschüttert von der Tat, die sie, um unser Leben zu retten, begehen mußte, daß sie, solange eine Chance für sein Überleben bestand, verhindern wollte, ihn nach seiner Genesung einem Strafverfahren auszuliefern, das nach dem Gesetz einem Todesurteil gleichkäme.«
»Der Polizist, der Sie zum Krankenhaus begleitet hat, und das Ambulanzpersonal haben ausgesagt, daß der Schwerverwundete nackt aus dem Wohnmobil gezogen wurde. Der

Chefarzt des Hospitals hat bei der Untersuchung des Verletzten an seiner Hose und am Genital Spuren einer frischen Ejakulation festgestellt. Ihre Begleiterin hat unsere Frage, ob sie vergewaltigt wurde, ausdrücklich verneint. Auch als wir sie über diesen Tatbestand aufklärten. Es gibt leider Erfahrungen mit unternehmungslustigen jungen Touristinnen, die darauf schließen lassen, daß diese oft zu Eskapaden bereit sind, die vielleicht den beteiligten Begleitpersonen nicht passen.«

Es dauert eine Weile, bis Rafael nach diesem ungeheuerlichen Satz, den der Dolmetscher mit entschuldigendem Räuspern übersetzt, genug Luft hat, um zu antworten.

»Sie wollen damit sagen, es besteht Ihrerseits der Verdacht, daß ich den Liebhaber meiner Gefährtin auf frischer Tat ertappt und erschossen habe?«

»Wir haben das Geständnis der Señorita, und daran wollen wir uns halten, Herr Professor. Nur wäre es ratsam, daß Sie dazu beitragen, die merkwürdigen Umstände, unter denen dieser Akt der Notwehr stattgefunden hat, ein wenig klarer erscheinen zu lassen.«

»Lassen Sie mich bitte mit ihr sprechen. Ich werde morgen über die Österreichische Botschaft einen Anwalt rufen lassen.«

Kaum hat der Dolmetscher Rafaels Satz übersetzt, stehen die drei Herren auf, als wären sie froh, die heikle Angelegenheit beendigt zu haben. Der Kommissar begleitet Rafael zur Tür. »Wir haben uns erlaubt, die Blumen, die Sie heute vormittag zwar kauften, aber vergaßen abzuholen, der Señorita in die Zelle zu bringen. Mexiko ist ein gastfreundliches Land, das Wert darauf legt, seine Besucher aufmerksam zu behandeln, selbst wenn sie in Konflikt mit unseren Gesetzen gekommen sind«, plappert der Dolmetscher in weichem, schleimigem Texanisch.

»Ihre Aufmerksamkeit geht allerdings sehr weit. So weit, daß man auf Schritt und Tritt überwacht wird.«

Rafaels Scham über die ungeheuerliche Wendung, welche

die Sache zu nehmen droht, hat sich in kalte Wut verwandelt.
»Es geschieht zu Ihrer eigenen Sicherheit. Wir gehen davon aus, daß Ihre Aussage zutrifft und Sie Grund haben, sich bedroht zu fühlen. Und was die Blumen betrifft, Rosen verwelken hierzulande schnell.«
Es mag gegen fünf Uhr sein, als der Dolmetscher die Tür zur Zelle aufschließt. Der winzige Raum ist dunkel. Tageslicht quält sich mühsam durch das schmale Fensterloch, dessen Gitter Schatten auf die leere Pritsche wirft. Marisa kniet mit dem Rücken zur Wand. Die Arme umklammern einen Blechkübel. Kopf und Gesicht sind unsichtbar, tief eingetaucht in die Rosen, die wie wollüstige Jugendstilornamente Nacken, Hals und Haar bedecken. Nur der schwarze Knoten ragt heraus wie eine geheimnisvolle Meeresschnecke.
Marisa erinnert sich nicht mehr, wie lange sie schon so kniet. Wohl über zwei Stunden hatte das Verhör gedauert. Sie hatte es abgelehnt, in das Wohnmobil zurückzukehren, um sich Wasch- und Schminkzeug zu holen, als man ihr mitteilte, sie werde in Untersuchungshaft genommen. Der Gedanke, noch einmal in den Wagen zu müssen, jetzt, nachdem sie den Hergang, gespickt mit peinlichen Fragen, buchstäblich ausgekotzt hatte, verursachte ihr Übelkeit. In der Zelle, deren dämmriges Licht und saurer Geruch sie umfing wie ein schützender Mantel, fühlte sie sich geborgen. Sie hatte sich in der äußersten Ecke auf den Boden gesetzt, die Beine in Meditationsstellung übereinandergeschlagen – so, wie sie es bei Dr. Bennet gelernt hatte.
Plötzlich fiel ihr ein, daß sie Rafael die Geschichte ihres ersten und einzigen Gefängnisaufenthaltes nie zu Ende erzählt hatte. Wie sie, vor dem Ausgang der Tate Gallery, das Gemälde mit dem traurigen Pferd unter Mantel und Bluse verborgen, von höflichen Beamten in blauer Uniform mit Silberknöpfen in das Verwaltungsbüro gebeten wurde. Wie dann, im Polizeirevier, der Inspektor freundlich und verständnisvoll ihrem Bericht gelauscht hatte, als sie den

unwiderstehlichen Drang zu erklären versuchte, das Gemälde aus dem Rahmen zu schneiden, um dem traurigen Pferd – das sie so zum Heulen an ihre Kindheit in der Pampa erinnerte – zur Freiheit zu verhelfen. Wie er versprach, Stillschweigen zu wahren, die Familie, bei der sie als Aupair-Mädchen arbeitete, nicht zu informieren, wenn sie die zwei Tage Haft, die er ihr aufbrummte, dazu benützen würde, darüber nachzudenken, daß Diebstahl ein schweres Delikt sei und sie, trotz ihrer siebzehn Jahre, alt genug wäre, den Unterschied zwischen mein und dein zu respektieren.
In der Zelle war sie, nach ein paar Stunden dumpfen Schlafs, mit Fieber erwacht. Man gab ihr Tabletten, und in der Nacht phantasierte sie. Die hübsche Prostituierte, wegen Beraubung eines Liebhabers eingelocht, legte sich zu ihr auf die Pritsche, und gegen Morgen hatte sie ihren Liebkosungen nachgegeben. Dann hatten sie diskutiert, und das Mädchen fing an zu weinen, den Kopf in Marisas Schoß vergraben, daß die Tränen sie kitzelten.
Warum denn die Sehnsucht nicht bestraft würde. Die Sehnsucht, Träume zu leben. Die Menschen, die Diebstahl und Gewalt bestrafen, sollten das Übel an der Wurzel packen, die Sehnsucht vernichten, damit die Menschen wie wiederkäuende Kühe zufrieden im Stall liegen könnten, ohne Tagträume, die sich eines Tages selbständig machen und zupakken. Als sie am übernächsten Nachmittag entlassen wurde, steckte ihr das Mädchen einen Zettel in die Tasche: »Schreib mal. Dies ist die Adresse meiner Mutter in Hungerford, Surrey. Es wäre nett, dich mal wiederzusehen.«
»Wann kommst du denn raus?«
»In eineinhalb Monaten. Noch fünfundvierzig Tage!«
»Und dann?«
»Dann werde ich versuchen, so gut wie möglich weiterzumachen.«
»Im selben Geschäft?«
»Klar. Ich liebe meinen Beruf. Ich bin eine glückliche Hure.«

Der Offizier auf dem Revier hatte ihr erlaubt, zu Hause anzurufen, bevor sie eingesperrt wurde. Das schlimmste war das Lügen. Als sie die Leinwand aus dem Rahmen schnitt, war ihr bewußt, daß sie ein Verbrechen beging. Es erschien ihr wie eine Herausforderung des Schicksals, dem Bild, diesem traurigen Pferd, begegnet zu sein. Käme sie ungeschoren davon, war der Beweis erbracht, daß Gott – wenn es einen gab – auf ihrer Seite stand. Dann bliebe immer Gelegenheit, das Gewissen zu beruhigen. Zum Beispiel, es wohlverpackt per Post zurückzuschicken. Auf dem Weg zum Ausgang berauschte sie der Gedanke, beim Betreten des nächsten Korridors, beim Verlassen des angrenzenden Saales oder gar noch beim Einsteigen in den Omnibus gefaßt zu werden, der Gerechtigkeit doch kein Schnippchen schlagen zu können. Als ihr klarwurde, daß die Männer in der blauen Uniform auf sie zuschritten, erlebte sie den Vorgang bereits historisch, wie man sich nach einem Unfall fast genießerisch an den Zusammenprall erinnert, wenn man noch einmal davongekommen ist. Und auf dem Weg zum Büro spürte sie beim Gehen, wie ihr Schoß feucht wurde und es ihr warm die Schenkel herunterrann.

Die Rückgabe des Bildes, die Angabe der Personalien waren kaum vorüber, als sie darum bat, auf die Toilette zu dürfen. Der Direktor schickte eine Sekretärin mit, und sie mußte ihr Geschäft bei offener Tür verrichten. Im Grunde ging alles programmgemäß, so wie ein Spieler beim Setzen des letzten Jetons den Augenblick herbeisehnt, in welchem die Kugel auf die Nummer fällt und die Qual vorüber ist, gleich, ob er gewinnt und weiterspielen muß, oder verliert und zu Fuß benommen nach Hause trottet.

Der süße Duft der Rebellion ist mit Essenzen gebraut, die aus Gedanken im Hirn und Gefühlen im Schoß gemischt sind. Aus schlechtem Gewissen und dumpfem Drang zum Ausbruch.

Sie war der alten Dame, die sie zu betreuen hatte, und dem feinsinnigen Kunsthändler, dem sie gern zuhörte, wenn er wohlwollend und verständlich Meisterwerke der Malerei und Plastik erklärte, von Herzen zugetan. Doch sein Lieblingssatz »*Art is a lie, that tells the truth*« blieb ihr unverständlich. Denn Vater hatte ihr schon als Sechsjähriger unerbittlich das Lügen ausgetrieben. Das Lügen, welches das Leben so bequem macht. »Lüge, selbst barmherzige, ist Feigheit«, pflegte er zu sagen. »Und das höchste Gut des Menschen ist Mut. Mut zum Kampf, den das Leben dir früher oder später bieten wird. Mut zur Wahrheit, Mut, die Angst zu überwinden, mit der wir geboren werden. Die Angst, die der Feind des Lebens ist.«

Als sie auszog, das Leben zu meistern, blieb die fast physische Ablehnung, zu denken oder gar zu sagen, was sie sich selbst gegenüber als Lüge empfand. Die Achtung vor dem geliebten Vater, dem sie sogar verzieh, als er sie enttäuscht hatte. Als sich herausstellte, daß er bei Kriegsende Deutschland mit gefälschtem Paß verlassen hatte, um unter dem Namen ihrer spanischen Mutter in Lateinamerika ein neues Leben zu beginnen in der Hoffnung, der Hexenjagd der Nachkriegsjahre auf Parteimitglieder zu entrinnen.

So verspürte sie erst, als sie am Telefon des Polizeireviers eine Ausrede stammelte, warum sie in den nächsten zwei Tagen nicht nach Hause kommen könne, ein Schuldgefühl, das sie schmerzte. Während die Tatsache, auf frischer Tat ertappt worden zu sein, sie nur mit Scham erfüllte, wie verletzter Stolz.

Die Tür wird aufgeschlossen. Eine alte schwarzgekleidete Frau stellt ein Tablett mit Kaffee und noch dampfenden Tortillas auf den Tisch. Geht hinaus und kommt mit dem Kübel Rosen zurück. Schiebt ihn in die Ecke und sagt: »Zum Austreten mußt du hier läuten.«

Ja, was denn, glaubt die, sie würde in die Rosen pinkeln? Nimmt die an, Marisa sei vornehmere Gefängnisse gewöhnt, wo die Toilette hinter einem Verschlag in der Zelle ist, wie in England? Oder bezieht sich das »hier« auf eine Klingel, die sie noch nicht entdeckt hat?

Der Kaffee stinkt nach Zichorie. Die Tortillas nach ranzigem Fett. Der Geruch verursacht ihr Übelkeit. Sie öffnet das Fenster einen Spalt, bis es an das Gitter stößt. Da steht der Wohnwagen. Direkt vor ihr auf dem Hof. Sie könnte ihre Hand durch den Spalt zwängen. Die Karosserie berühren. Doch der Anblick erhöht nur ihre Übelkeit. So verkriecht sie sich in die dunkelste Ecke, zieht den Kübel zu sich und verbirgt den Kopf zwischen den Rosen. Sie taucht den Kopf ins Wasser, die Dornen stechen in Stirn und Schläfen. Der Schmerz tut ihr wohl. Sie zählt die Sekunden, bis der Sauerstoffmangel sie benebelt, der Duft der Rosen vergangen ist. Hebt den Kopf nur so weit, daß sie atmen kann, öffnet den Mund ein wenig, ohne das Wasser zu trinken. Es spült, durch die Bewegung leicht schwappend, in ihre Mundhöhle, dringt kitzelnd bis zum Gaumen. Es schmeckt nach Kernseife. So verharrt sie bewegungslos – sie weiß nicht, wie lange –, bis Rafael sie anspricht.
»Geht's dir nicht gut?«
»Bestens! Danke für die Rosen. Sie haben mir gutgetan. Besser als das Aspirin, das sie mir damals im Londoner Gefängnis gaben.«
Sie hebt den Kopf nur ein wenig, so daß die Rosen vor ihrem Mund leicht schwanken, wie zärtlicher Wind ihr Kinn streicheln.
»Ich habe dir die Geschichte von« – sie schluckt – »meinem Bilderdiebstahl nie zu Ende erzählt. Nun, sie endete wie diese. Im Gefängnis.«
Der Dolmetscher räuspert sich. Er ist in der Tür stehengeblieben. Rafael setzt sich auf den einzigen Stuhl. Sein Blick wandert suchend die Zelle ab, findet nicht, was er sucht. Er wendet sich zum Dolmetscher:
»Sie braucht ein Handtuch!«
Er verschwindet, läßt die Tür offen.
»Von unserer Entführung ist nichts bekannt. Weder hier noch bei der Österreichischen Botschaft.«
Der Dolmetscher kommt mit zwei Handtüchern zurück.

Legt sie auf die Pritsche und setzt sich daneben.
»Er besteht darauf, daß wir englisch sprechen. Damit er uns verstehen kann«, erklärt Rafael und fährt fort, englisch zu sprechen. »Verschwörungsgefahr nennt man das wohl. Aber wenn du es einigermaßen aushältst, ist es vielleicht sicherer, ein, zwei Tage hier zu bleiben« – er spricht absichtlich lauter, um sicher zu sein, daß der Dolmetscher gut versteht – »bis die Polizei sich endlich bequemt, nach den zwei Terroristen zu fahnden. Sie sind noch immer in der Stadt und hätten mich fast überfahren. Ich bin leider sicher, daß sie aus Rache und Wut über unsere Flucht und den, äh, Unfall versuchen werden, ihren Auftrag auf irgendeine Weise zu Ende zu führen.«
»Ich fühle mich gut hier. Geborgen. Man hat Zeit zum Nachdenken. Sei du nur vorsichtig. Lassen Sie dich im Wohnmobil schlafen?«
Sie schauen beide zum Dolmetscher, als könne er ihre Frage beantworten. Aber der zuckt nur die Achseln, und Rafael denkt laut, als er sagt: »Dies ist ein gottverdammtes Provinznest. Ich werde versuchen, vom Hotel aus zu telefonieren. Erinnerst du dich zufällig noch, an welche Adressen der Capitán die Briefe und Fotos schicken wollte?«
»An die Regierung, ›Washington Post‹, Botschaften, Amnesty International und irgendein deutsches Institut in Freiburg.« Sie kichert, daß das Wasser im Kübel blubbert. »Komisch, was? Da habe ich gelebt, bevor ich nach Wien kam.«
»An Namen erinnerst du dich nicht?«
»Nein.«
»Wahrscheinlich werde ich nach Mexico City fahren müssen, wenn sich die Sache bis morgen nicht aufgeklärt hat.«
»Vielleicht war der Mittelsmann, an den die Briefe weitergegeben wurden, ein *con man*, ein Doppelagent, der für die Faschisten arbeitet.«
»Du denkst an den Frankenstein im Rollstuhl, der Zöllner für beide Länder ist?«

»Jedenfalls denke ich dauernd an ihn. Ich hätte lieber auf ihn schießen sollen als auf den Capitán.« Dieser Satz paßt Rafael nicht in das Konzept, das er sich für das Gespräch in Anwesenheit des Dolmetschers gemacht hat. Es könnte den Eindruck der in höchster Not erfolgten Notwehr beeinträchtigen, die als Motiv den einfältigen Beamten klargemacht werden muß.

Er geht zur Pritsche und reicht ihr ein Handtuch.

»Du bist ganz naß. Ich helfe dir, dich abzutrocknen.«

Marisa wehrt ab. Nur so, mit der Hand. Ein wenig müde.

»*Thank you. I am fine here.* Geh nur, und komm morgen wieder. Gute Nacht!«

Rafael legt ihr das Handtuch über die nasse Schulter und streicht ihr übers Haar. Wie ein besorgter Vater.

Als er sich an der Zellentür noch einmal umdreht, um ihr zu winken, ist es dunkel im Raum, so daß er nur ihre Konturen erkennen kann. Ein Häufchen Unglück. Bevor der Polizist, der im Gang patroulliert, zuschließt, kommt die alte Wärterin mit einem Laken und Kopfkissen. Sie räumt das Tablett mit dem Kaffee und den Tortillas vom Tisch und wiederholt beim Hinausgehen noch einmal: »Zum Austreten mußt du hier läuten.«

Der Dolmetscher besorgt den Schlüssel zum Hof und den zum Wohnmobil. Der Gestank, der Rafael entgegenschlägt wie Ohrfeigen, läßt ihn zurücktaumeln. Es ist, als ob die Sonne in den wenigen Stunden, die sie in den Hof schien, Spültisch, Teppich, Kissen, Bett zu einem stinkenden Eintopf zusammengekocht hätte. Whisky, Schweiß, Asche, Blut, Körperausdünstungen haben sich zu einer Essenz des Abschaums verdichtet. Mit vorgehaltenem Taschentuch schafft er es, die Dachluken hinten und vorn aufzudrehen, sein Waschzeug zusammenzuraffen, dann, noch bevor er imstande ist abzuschließen, muß er sich, an die Mauer gelehnt, erbrechen. Es ist die Mauer, hinter der, nur wenige Meter entfernt, Marisa im Dunkeln sitzt und den Tränen, die in das seifige Wasser des Eimers fließen, freien Lauf läßt.

»Kollege Gruber hat mich informiert, Herr Professor. Wir haben Radio Mexiko angerufen, die hiesigen und die ausländischen Zeitungen studiert. Wenn sich Ihre Entführung so abgespielt hat, wie mir berichtet wurde – und wie Sie sie mir jetzt bestätigen –, gibt es nur zwei Möglichkeiten.«
Botschafter Thun macht eine bedeutungsvolle Pause. Setzt die Brille auf und betrachtet noch einmal die Fotos, die Rafael ihm auf den prunkvollen Maria-Theresia-Schreibtisch gelegt hat.
»Und zwar?«
»Nachdem weder Radio Mexiko noch irgendein uns zur Verfügung stehendes Nachrichtenblatt oder Magazin Kenntnis von dem Vorfall – pardon, dem schrecklichen Entführungsfall – hat, bleibt logischerweise nur der Schluß, daß Ihre Briefe ihr Ziel nicht erreicht haben. Oder die führenden Köpfe der Guerilleros aufgerieben, zerschlagen oder unschädlich gemacht wurden, bevor sie ihren Coup landen konnten. Ich, jedenfalls, sehe keine andere Lösung.«
»Sie deuten damit an, daß die guatemaltekische Regierung, nachdem sie die Bewegung erstickt hat, die Sache jetzt totschweigt, um nach außen und innen Ruhe und Ordnung im Lande zu demonstrieren?«
»Weißt du, ich meine, ich sollte du zu dir sagen, denn unsere Familien sind über viele Ecken miteinander verwandt. Meine Frau ist eine geborene Wurmbrandt, du hast sicher Etti und Onkel Degenhardt gekannt, oder?«
»Ja, natürlich.«
Fast automatisch, als säßen sie gemütlich im Sacher, reichen sie sich noch einmal die Hand über den Schreibtisch und stehen dabei auf, heben zumindest ihre Hintern von den damastbezogenen Fauteuils.
»Freut mich, endlich persönlich deine Bekanntschaft zu machen. Du warst doch auch Theresianist, oder?«
»Nur kurz. Ich bin 38 nach dem Anschluß zurück nach Triest.«
»Aha, da ist dir ja vieles erspart geblieben. Nun, weißt du,

meine Mutter ist Spanierin, aus der Albalinie, und trotzdem habe ich jahrelang auf einen Posten in einem spanischsprechenden Land warten müssen. Du verstehst, wir haben eine sozialistische Regierung, und da wollte man einen Grafen Thun weder zu Franco noch ins sozialistische Mexiko schicken. Sogar nach Argentinien, wohin ich am liebsten gegangen wäre, schicken sie ja jetzt nur noch Bürgerliche. Na, Schwamm drüber. Ich war viele Jahre im Mittleren Osten, Persien und so, und da ist es Usus, mit diesen Halunken kurzen Prozeß zu machen und die Sache nachher nicht an die große Glocke zu hängen. Ich könnte mir also vorstellen – unter uns, natürlich –, daß solche Unruheherde in Guatemala, deren Regierung alle Sympathien verdient, mit ähnlichen Rezepten geheilt werden. Und es erscheint mir ratsam, da nicht in ein Wespennest zu stechen. Übrigens, wo wohnst du? Im Hilton, hoffe ich, um die Ecke. Du solltest dich erst einmal von den fürchterlichen Strapazen erholen. Meine Frau würde sich freuen, dich kennenzulernen, wenn du zum Dinner kommst.«

»Du mißverstehst die Situation. Ich habe meinen Paß. Den haben sie mir zurückgegeben. Ich könnte wahrscheinlich ungehindert heute abend das Flugzeug nach Wien nehmen. Aber Marisa, meine Mitarbeiterin, die mir das Leben gerettet hat, indem sie den Entführer erschoß, sitzt im Untersuchungsgefängnis und wird wegen Totschlags angeklagt, wenn wir nicht beweisen können, daß es Notwehr war!«

»Ich verstehe. Ist sie Österreicherin?«

»Sie hat einen chilenischen Paß, aber ihr Vater ist Deutscher und ihre Mutter Spanierin, wie deine!«

»Aha! Wie heißt sie denn?«

»Caspar. Maria-Isabel Caspar. Sie hat bei mir in Wien studiert, und ich habe sie, äh, überredet, diese Reise mit mir zu machen, als Assistentin, Dolmetscherin und ...«

»Ich verstehe. Tja, wenn du willst, setze ich mich mit dem chilenischen Kollegen in Verbindung. Ich habe da ganz guten Kontakt. Kenne sogar Pinochet persönlich.«

»Ich fürchte, das wird alles zu lange dauern. Ich weiß recht wenig von ihr. Lach nicht, es ist so. Ich glaube, ihre Familie hat Chile verlassen, als Allende kam, und ist nach Deutschland übersiedelt. Vielleicht werde ich darauf zurückkommen müssen, wenn es keine andere Möglichkeit gibt. Nur muß ich alles tun, um sie so schnell wie möglich da rauszukriegen. Ich habe ein schlechtes Gefühl. Es ist ein eigenartiges Mädchen mit etwas verschrobenen Ideen. Sie fühlt sich schuldig, als Mörderin. Und, im Vertrauen, ich liebe sie. Ich bitte dich: Hilf mir.«
Damit hat Rafael den Ton getroffen, der den bramarbasierenden Aristokraten und stockreaktionären Beamten zum Menschen und verständnisvollen Kameraden werden läßt.
»Es gibt hier einen exzellenten Anwalt. Deutscher Abstammung. Der muß sofort her.«
»Deutscher Abstammung? Aber kein emigrierter Nazi?«
»Nein, ich glaube nicht. Übrigens, warum fragst du das?«
Er zündet sich dabei, ein wenig ratlos, eine »Memphis« an und steckt die Fotos des Capitán, die der Kommissar ihm überlassen hat, ins Kuvert zurück.
»Sie ist unbestechlich. Sie sympathisiert mit den Ideen dieser Leute. Das ist ja das Makabre. Ein reaktionärer Anwalt wird sie nach dem ersten Gespräch als Klientin ablehnen.«
»Und hast du ihr diese Flausen noch nicht ausgeredet?«
Rafael steht auf, geht im Raum umher, betrachtet die alten Stiche des Burgtheaters, der Minoritenkirche, des Josefsplatzes, ohne sie wahrzunehmen.
»Sie ist sehr jung. Kommt aus einer anderen Welt, verkörpert eine neue Generation, die uns nicht und die wir nicht verstehen. Das heißt, man kann sie verstehen. Die Enttäuschung über den Vater, der zwar sicher ein ehrenwerter Mann war, aber politisch belastet, hat sie wahrscheinlich diesen Elementen in die Arme getrieben, die glauben, mit Chaos und Zerstörung die Sünden der Väter wiedergutzumachen. Aber von der Diagnose bis zur Heilung ist es ein weiter Weg, den man mit kleinen Schritten gehen muß.«

Rafael hat vergessen, zu wem er spricht. Der vertraute heimatliche Ton, die Bilder der verträumten Residenz, die kultivierte Umgebung versetzen ihn unwillkürlich nach Hause, in die Halle, wo er, bei flackerndem Kaminfeuer, seiner Mutter Bericht erstattet, so wie am Tag vor seiner Abreise.
»Wenn sich der Kerl in der mexikanischen Verbrecherkartei befindet, ist Notwehr wohl bewiesen. Sie muß sofort auf freien Fuß gesetzt werden.«
»Jedoch ist nicht anzunehmen, daß in die hiesige Kartei ein guatemaltekischer Guerillero aufgenommen wird. Außer der Tätowierung auf dem rechten Oberarm sind die Angaben auf der Rückseite der Fotos so unpräzise, daß sie sich auf jeden beliebigen Einwohner beziehen könnten.«
Statt einer Antwort drückt der neu entdeckte »Verwandte« den Knopf der Sprechanlage: *»Abogado Brugger, por favor. Es urgente!«*
Er tut wirklich sein möglichstes. Schildert dem Anwalt den Fall mit einer Eindringlichkeit, die er dem Alten nicht zugetraut hätte. Flicht in bewährter österreichischer Manier seine Dankbarkeit für prompte Hilfe ein, die sich, dessen könne er gewiß sein, aufs positivste auf die im Gange befindlichen *pendencie* auswirken würde.
»Verbindlichsten Dank, Herr Doktor. Der Herr Professor wird in einer Stunde in Ihrer Wohnung sein. Nichts für ungut, meine Verehrung, wir bleiben in Verbindung.«
Nachdem er aufgehängt hat, erstickt er umständlich die »Memphis« auf einem Maria-Theresien-Taler, der in einen Aschenbecher eingearbeitet wurde, nimmt Rafael beim Arm und führt ihn um den Schreibtisch, wo, den Besuchern verborgen, Fotos in silbernen Rahmen, Mahnmale häuslichen Glücks, den Botschafter zur Ordnung rufen; falls, zwischen langweiligen Geschäften, Tagträume ihn in Versuchung führen sollten, doch einmal auszubrechen, bevor das unerfüllte Leben pensionsreif verdämmert.
»Das ist Agnes, die sich bestimmt gefreut hätte, dich ken-

nenzulernen.« Eine anmutige Blondine luchst mit verhangenem Blick aus einer Nerzstola über einem Dekolleté der fünfziger Jahre.

»Und das ist Stephanie.« Statt feuerspeiender Panzer knallt aus der Flanke des Schlachtfeldes – wie anders kann der Schreibtisch eines Diplomaten bezeichnet werden – ein funkelndes Augenpaar aus einem farbigen Schnappschuß dem Betrachter entgegen. In weißen Shorts über quellenden Schenkeln, das Tennisrakett in guttrainierter Backhandstellung, greift eine heile Welt siegesgewiß unterlegene Herausforderer an.

»Sie ist unwiderstehlich.« Er leckt sich bei diesem Wort die goldgefaßten Jacketkronen. »Und doch haben wir unsere Probleme mit ihr. Sie scheint ein wenig aus dem Holz deiner« – er macht eine vorsichtige Pause, bevor er weiterspricht – »deiner Gefährtin geschnitzt zu sein. Wir hatten nichts dagegen, als sie Modell werden wollte. Die Zeitungen waren immer voll von ihr seit dem Opernball'71. Du kennst sicher das magische Wort dieser jungen Leute: ›Madison Avenue‹. Nun, man macht sich Sorgen. Jetzt lebt sie in New York.« Er hat den Ellbogen vertrauensvoll um Rafaels Hals gelegt. »Mit einem Schwarzen, stell dir vor, mit einem Neger!«

Rafael denkt an Marisa. Das geliebte dickköpfige Geschöpf, das ihr Antlitz schuldbewußt in einen Eimer verwelkender Rosen taucht, um ihren Kummer mit einer Welt zu ertränken, in der alle alles falsch machen. Der anheimelnde Charme, den das Klima heimatlicher Verbundenheit erzeugte, wird plötzlich zur Grimasse. Er löst sich aus der väterlich-kameradschaftlichen Umarmung, und sie begleiten einander zum Ausgang wie Zeremonienmeister feindlicher Potentaten.

»Ich meine, darüber solltest du dir nicht allzu viele Sorgen machen. Deine Tochter holt eine Freiheit nach, die *uns* seit Generationen vorenthalten wurde. Die verbotene Frucht ist so reif geworden, daß sie der Verlockung, herzhaft hinein-

zubeißen, nicht widerstehen kann. Aber sei unbesorgt, sie ist nicht giftig.«
Die Verabschiedung fällt steif aus, und während des Händeschüttelns friert Bitterkeit das Diplomatenlächeln ein:
»Ich konstatiere, der Einfluß deiner jungen Gefährtin macht sich bemerkbar. Weißt du, Freiheit hat erst dann eine Bedeutung, wenn man bereit ist, sie aufzugeben. Ich glaube, Nietzsche hat das gesagt. Mach's gut, ich drück' dir die Daumen. Bin überzeugt, die leidige Geschichte wird sich mit Hilfe Dr. Bruggers schnellstens erledigen. Ergebenste Grüße an Fräulein Caspar.« Sein Lächeln wird wärmer, als er, den Türknauf in der Hand, hinzufügt: »Ihr Nachname erinnert mich übrigens an den Vornamen eines Mannes, dessen Identitätssuche die Weltliteratur beschäftigt hat. So Gott will, wird sie nach diesem Mißgeschick ihre Identität gefunden haben und bereit sein, für dich ihre, hm, Freiheit aufzugeben.«
Etwas schlägt ein bei Rafael wie ein Blitz.
»Ich danke dir für deine Hilfe und« – er stolpert fast über die Marmorschwelle – »für dieses Wort. Ich glaube, ich habe etwas Wichtiges verstanden. Servus.«
Es sind sechs Stufen bis zum *Paseo de la Reforma*, dem breiten Boulevard. Sechs Stufen, die Rafael hinunterschreitet wie einer, der plötzlich verstanden hat, warum eine weise Mutter ihn auf diese gottverdammte Reise geschickt hatte.

Diesmal bringt er die Blumen selbst.
Es hatte seiner ganzen Überredungskunst und eines beschwörenden Appells an die Menschlichkeit bedurft, um den Anwalt zu überreden, alles stehen und liegen zu lassen, sich ins Auto zu setzen und die beschwerliche Reise auf sich zu nehmen. Zum Glück war es Samstag. Und er hatte versprochen, das Wochenende mit seiner Familie zu ver-

bringen. Er hatte Rafael nach der Unterredung seiner Familie vorgestellt. Nach kurzer Erläuterung der Situation war es die hübsche, um ein Dutzend Jahre jüngere Frau, die den Gatten drängte, der ungewöhnlichen Sache ein Opfer zu bringen. Nur die drei Jungen, der Mutter wie aus dem Gesicht geschnitten, schienen enttäuscht, am Sonntag mit Vater nicht reiten gehen zu können. Rafael konnte sich des Gedankens nicht erwehren, Frau Brugger kämen die zwei Tage nicht ungelegen.

Sie kamen am *Museo Nacional de Antropología* vorbei, und Rafael dachte an all die Schätze, die er dort in Muße und Heiterkeit besichtigen wollte. Bevor sie die Ausfallstraße erreichten, war es dunkel geworden, und sie mußten im Schrittempo an hell erleuchteten Baustellen vorbei. Die Wagen der Wochenendausflügler stauten sich zu Schlangen vor provisorischen Verkehrsampeln. Links und rechts hämmerten Preßluftbohrer, blitzten Scheinwerfer. Der Bau irgendeines Hotels wurde in Nachtschichten vorangetrieben.

Endlich, auf der Landstraße, kam es zum Gespräch. Dr. Brugger, gebürtiger Schwabe, besaß eine für Advokaten ungewöhnliche Eigenschaft. Er war wortkarg. Er konnte gut zuhören, und es tat Rafael wohl, zu reden. Er sprach vom ursprünglichen Zweck seiner Reise, wie er Marisa überredet hatte, teilzunehmen. Erwähnte ausführlich den Zöllner am Grenzübergang bei Yaxchilán, wo das Unheil seinen Anfang genommen hatte. Schilderte die Todesangst, die Resignation angesichts der Erkenntnis, die Chance, davonzukommen, sei gleich null. Er ging so weit, seiner – wie er jetzt erkannte – verhängnisvollen Besäufnis die Schuld an Marisas Notwehr zuzuschreiben. Schreckte nicht davor zurück, seine elende Feigheit für ihre Tat verantwortlich zu machen. Daß er jedoch von dem Revolver nichts gewußt habe. Beichtete seine Demütigung, als er auf der Fahrt, am Steuer, miterleben mußte, wie Marisa, über ihre Tat zu Tode erschrocken, den Schwerverletzten mit einem Liebesakt am

Leben erhalten wollte. Daß die Spuren dieser nur schwer zu erklärenden Handlung vom Arzt festgestellt worden seien. Sie aber – aus einem an Selbstzerstörung grenzenden Wahrheitsfanatismus – abgelehnt habe, als Motiv für die Schüsse Vergewaltigung anzugeben.

»Das könnte sie aber jetzt noch revidieren. Aussagen unter Schockeinwirkung können, nach Einschaltung eines Anwaltes, aus dem Protokoll gestrichen werden.«

»Sie wird es nicht tun, Herr Doktor. Sie kennen das Mädchen nicht. Sie wird sich eher verurteilen lassen, als mit einer Lüge die Anklage niederzuschlagen. Es wird uns nichts anderes übrigbleiben, als Beweise für den wahren Sachverhalt beizubringen. Ich kann mir einfach nicht vorstellen, daß eine so perfekt arbeitende Terrorgruppe keine zuverlässigen Mittelsmänner besitzt, die ihre Forderungen oder Veröffentlichungen nicht an den Bestimmungsort weiterleiten könnten.«

»Sie dürfen nicht vergessen, einem diktatorischen Regime geht es nicht so sehr darum, ein paar Geiseln zu retten, und wären es auch noch so exponierte Persönlichkeiten, als vielmehr darum, nach außen und innen Ruhe und Ordnung vorzutäuschen. Wenn es gelingt, den Kontakt zu den Medien und zur Öffentlichkeit zu unterbinden, bricht eine Aktion oder Bewegung, die an das Gewissen appelliert, von selbst zusammen. Außerdem« – er wartet, bis ein Konvoi entgegenkommender Lastwagen abgeblendet hat und vorübergedonnert ist –, »außerdem wäre denkbar, daß die Führer der Freiheitsbewegung aus irgendeinem Grund die Übermittlung der Botschaften und Ultimaten hätten verzögern wollen. Solange sie Sie auf fremdem Gebiet in sicherem Gewahrsam wußten, bestand kein Grund zur Eile. Nehmen wir an, der Zeitpunkt des Ultimatums sollte mit einem bevorstehenden Ereignis zusammenfallen. Der spektakuläre Besuch eines ausländischen Staatsmannes zum Beispiel. Oder ein Feiertag, der Jahrestag einer früheren Revolution. Davon gibt es genug. Und nun, da die Gekidnappten die

Kidnapper ausgeschaltet haben, wurde die ganze Aktion abgeblasen.«

»Sie vergessen das Gespräch über die Funksprechanlage, das Marisas spontane Handlung ausgelöst hat!«

»Von Bismarcks Emser Depesche bis zu General Schönthalers verspätetem Anruf bei Hitler am Vorabend der Invasion beweist uns die jüngste Vergangenheit, wie kleine Manipulationen und zufällige Verspätungen den Lauf der Geschichte beeinflussen können. Unterstellen Sie, der Bescheid, den der Capitán erhielt, hätte die tatsächlichen Ereignisse vorweggenommen! Er hätte, mit der Entscheidung auf sich selbst gestellt, Sie beide kaltblütig über den Haufen geschossen oder in die Luft gesprengt.«

Die Neonlichter einer *Pemex*-Tankstelle am Eingang eines Dorfes veranlassen ihn, langsam von der Fahrbahn zu rollen, vor fahl in der Dunkelheit leuchtenden Zapfstellen zu halten.

»Llene el tanque, por favor!«

Ein verschlafener Indio kratzt, während der Sprit fließt, die Scheibe sauber. Dabei singt er ein wehmütiges mexikanisches Volkslied: *»Malagueña la luna rosa.«* Die rostige Stimme paßt gut zu der Tätigkeit. Sie erinnert Rafael an den Gesang Wäsche reibender Bäuerinnen am Dorfbrunnen.

Als der Wagen endlich vor dem Hotel Majestic hält, taucht blutigroter Sonnenaufgang die Stadt in trügerische Freundlichkeit.

Schmerzen in Schenkeln und Waden veranlassen Marisa aufzustehen. Sie schüttelt abwechselnd die Beine, um die Durchblutung wieder in Gang zu bringen. Daraus werden Tanzschritte, und in ihren Ohren hämmert es wie Rhythmen einer heißen Schallplatte. Sie zieht die Sandalen aus und tanzt barfuß, allein, mit geschlossenen Augen. So, wie sie es

oft in späten Nächten auf der Tanzfläche irgendeines Nightclubs getan hatte, wenn ihr plötzlich die Nähe eines Partners auf die Nerven ging.
Warum hatte ich eigentlich nie eine Freundin, denkt sie. Die vertraulichen Gespräche, die getuschelten Beichten mit Mädchen ihres Alters endeten meistens mit banalen Ratschlägen, mit denen sie nichts anzufangen wußte. Die Schulkameradinnen hänselten sie, weil sie nie von amourösen Abenteuern erzählte, sondern von merkwürdigen Träumen, sonderbaren Gedanken, Ängsten und Erlebnissen mit Pferden, alten Bauern, klatschsüchtigen Marktweibern, später von Büchern und Filmen. Dann, in Europa, mündeten intime Gespräche mit Studentinnen oder altklugen Feministinnen in Liebkosungen, Küssen, die sie abstießen.
Sie hört Schritte auf dem Gang, hält, wie ertappt, im Tanzen inne und läßt sich auf die Pritsche fallen.
Sie zieht das Handtuch, das Rafael um ihre Schulter gelegt hatte, bevor er ging, unter dem Genick hervor, ohne den Kopf zu heben. Legt es auf die erhitzte Stirn, die schmerzenden Augen. Denkt an die Nacht im Londoner Gefängnis, an die glückliche Hure, die junge Prostituierte, deren wollüstige Liebkosungen und hungrige Küsse sie aus Mitleid ertragen, ja sogar erwidert hatte. Wie sie ihr, Monate später, in der Halle des Dorchester Hotels wieder begegnete. Sie sieht sie vor sich, wie sie, beim Eingang zur Bar, wild gestikulierend an einem der Hausapparate stand und telefonierte. Mitten im Gespräch stieß sie einen Schrei aus und ein »*Hey, Marisa!*«, hing mit einem »*I call you right back*« auf, stürzte auf Marisa zu und umarmte sie wie eine endlich wiedergefundene Schulkameradin.
Sie sah gut aus, diskret geschminkt, unter dem bordeauxfarbenen Cape glitzerte das Paillettenornament eines Drachen, dessen schuppiger Schwanz in der Kerbe ihres Busenausschnittes endete, während der grün-gelbe Kopf sich über dem Nabel ihres schwarzen Crêpe-de-Chine-Cocktailkleides zu bewegen schien, sooft sie Luft holte.

Zehn Minuten später führte der mit Spiegeln ausstaffierte Fahrstuhl die beiden kichernden Mädchen in den siebenten Stock. Angela hatte, bevor die Tücken des Gewerbes sie nach Soho verstießen, einen ausgedehnten Autostop-Urlaub an der Côte d'Azur verbracht. Sie radebrechte ein erträgliches Französisch, und sie waren übereingekommen, Monsieur Akim Khouri zu erzählen, sie wären zusammen in Toulon ins Pensionat gegangen. Marisa konnte sich später, als sie darüber nachdachte, nie richtig erklären, warum sie sich breitschlagen ließ, mitzugehen.
Sie hatte beim Portier ein Geschenkpaket abgeben müssen und beabsichtigte, ins Kino zu gehen. War es die überraschende Veränderung des verwahrlosten Strichmädchens aus dem Knast, die sie faszinierte, oder ganz einfach die Neugierde, einmal die ihr unbekannte Halbwelt kennenzulernen, die sich in Lobbies, Nightclubs und gemieteten Rolls-Royces herumtrieb – sie wußte es nicht. Doch merkte sie wohl, daß dem Mädchen viel daran lag, sie dabeizuhaben.
»Ich habe dem dicken Akim klargemacht, daß ich nur raufkomme, wenn er mich heute abend zu Howard Haffner mitnimmt. Du weißt, Haffner, der König der Spiel- und Amüsierclubs. Heute ist mein Glückstag, schon weil ich dich getroffen habe.« Sie strich Marisa zärtlich über die Wange. »Der Haffner muß mich engagieren, als ›Blume‹, weißt du, so nennt man die Serviermädchen und Mädchen-Croupiers in seinen Betrieben. Bei ihm braucht man kein polizeiliches Führungszeugnis abzugeben, um angestellt zu werden. Die Leute sagen, er sieht dich einmal an, von oben bis unten, ganz sachlich, ohne geile Augen oder tätschelnde Finger, und sagt ›O.k.‹ oder *›Don't call us, we call you‹*, und dann weißt du, woran du bist. Vielleicht ist es meine Chance, endlich aus der Gosse rauszukommen. Und wenn du mitkommst als vornehme Verstärkung, fühle ich mich sicherer. Stups mich bitte, wenn ich was Falsches sage oder rülpse. Ich trinke übrigens nicht mehr. Wie sehe ich aus?«
»*Marvellous!* Ich hätte dich fast nicht erkannt!«

»Bitte, sei nett zu Akim und zum Boß! Und« – der Fahrstuhl hält, und sie flüstert beschwörend, als die Tür mit leisem Zischen aufgeht – »nimm nichts mit, wenn wir gehen!«
Marisa muß jetzt noch, Jahre später, laut auflachen, als sie sich an die drollig-ängstliche Art erinnert, wie sie das sagte. In der gemeinsam verbrachten Gefängnisnacht hatte sie ihr erzählt, warum man sie eingelocht hatte. Und es erschien Angela ganz natürlich, eine gewerbsmäßige Diebin oder Kleptomanin vor sich zu haben.
In diesen Jahren habe ich es immerhin vom Bilderstehlen zum Morden gebracht, denkt Marisa und zwingt sich, die Erinnerung an die Londoner Tage wachzurufen, als biete der Sprung in die Vergangenheit Schutz vor der Gegenwart.
Monsieur Akim empfängt die beiden splitterfasernackt, so wie Gott – oder Allah – ihn erschaffen hatte. Kugelrunder Kopf und kugelrunder Bauch, verbunden durch überraschend schlanken, sich ruckartig bewegenden Hals. Der Bauch thront auf schwarzbehaarten Schenkelsäulen, die zum Knie hin bläuliche Krampfadern durchschimmern lassen. Sein Glied, wohlgeformt und beschnitten, baumelt unternehmungslustig aus einem gekräuselten Urwald, durch den bei jeder seiner zierlichen Bewegungen, die dem Koloß etwas Anmutiges verleihen, rosa leuchtende Eier hervorlugen wie verängstigte Küken.
»*Entrez, mes belles!*«
Der Schock lähmt Marisa so, daß sie vergißt, die Tür zu schließen.
»Ich wollte gerade ein Bad nehmen. Schließ die Tür, *chéri!*«
Er geht rückwärts in den mit lackierten chinesischen Korbmöbeln eingerichteten Raum, der seiner Nacktheit etwas Legitimes verschafft.
Er läßt sich in einen Rohrstuhl mit riesiger geflochtener Lehne fallen und deutet mit ausgebreiteten Armen auf die chintzbezogenen Fauteuils rechts und links von seinem pompösen Thron:

»Nehmt Platz. Was wollt ihr trinken?«
Auf der Glasplatte des niedrigen Tischchens dampfen Eisstückchen in einem Plastiksektkühler mit ungeöffneter Champagnerflasche, als ströme aus ihnen der starke Sandelholzgeruch wie aus einem Kohlebecken.
»Wir bedienen uns, während du dich anziehst. Oder glaubst du im Ernst, wir trinken Champagner mit einem nackten Buddha?«
Er wischt Schweißperlen aus den Falten seiner behaarten Hängebrust, wobei die goldenen Siegelringe das mit Brillanten und Smaragden gefaßte Medaillon, das an einem Platinkettchen von seinem Hals hängt, zum Klingeln bringen.
»There are always two possibilities« – sein *King's English* verrät zumindest sprachliche Oxforderziehung – »entweder ich bediene euch, während ihr euch auszieht, oder ihr bedient mich, während ich mich anziehe. Ich plädiere für die erste Möglichkeit, schon weil ich, wie du weißt, nur Coca-Cola trinke.«
»Ich weiß gar nicht, was Marisa von mir denken wird.« Die beiden Mädchen haben sich, ohne die Mäntel abzulegen, in die Sessel gekauert, und Marisa lächelt auf der Pritsche ihrer Zelle, als sie sich an die groteske Szene erinnert. Sie mußte bei ihren Wirtsleuten oft dem Dienstmädchen beim Geschirrspülen helfen, und sie bildete sich ein, ihre Hände seien davon rot und rauh geworden, so daß sie bei jeder Gelegenheit Handschuhe trug, auch damals in der Suite des Dorchester, neben dem nackten Libanesen, der sie, mit seiner spärlichen, direkt über dem Ohr gescheitelten Haartolle an Bilder König Faruks erinnerte, die sie als Kind in amerikanischen Magazinen gesehen hatte.
»Da hab' ich sie überreden müssen, mitzukommen, ihr versprochen, bei einem Gentleman einen Drink zu nehmen, bevor wir zu Haffner gehen, und es empfängt uns ein nackter geiler Bock auf einem Pfauenthron aus Stroh – mit Coca-Cola!«
Die kühn geschwungenen Augenbrauen kräuseln sich zu

Fragezeichen. Er weist mit resignierender Geste auf sein unter dem Sitz hervorquellendes Gehänge:
»Ein Blick könnte dich überzeugen, daß die Attribute eines geilen Bockes anders aussehen. Im übrigen wissen wir, Kleidung macht keinen Gentleman.«
Angela tätschelt versöhnlich sein Knie:
»Dann beweise uns, daß du einer bist und dein Versprechen hältst!«
Statt einer Antwort steht Akim achselzuckend auf und schreitet, ganz gekränkte Majestät, zum Badezimmer. Sein Sitz hatte kein chintzbezogenes Kissen, und sein Hintern war wie tätowiert mit dem Abdruck des Rohrgeflechts.
»Du siehst, er ist exzentrisch, aber manierlich«, sagt Angela, als er verschwunden ist, und nuckelt an der Coca-Cola-Flasche.
»Was macht denn der, um so zu leben?«
Marisa ist aufgestanden und betrachtet die Autoschlangen, die auf der Straße tief unter ihnen geräuschlos dahinschleichen. Um einen Blick auf den Hyde Park zu erwischen, muß sie die steifen Damaststores auseinanderziehen.
Da fällt mit dumpfem Knall ein schwerer Gegenstand auf den dicken Wollteppich. Sie bückt sich, um ihn aufzuheben. Stößt einen kleinen Schrei aus.
»Das ist ja ein Gewehr!«
Sie vergewissert sich, ob die Waffe gesichert ist, und lehnt sie behutsam zurück an das Fenster. Deckt den Vorhang darüber. Der Anblick eines Gewehrs erschreckt sie nicht sonderlich. Bei Vater stand immer eine geladene Flinte hinter dem Nachttisch. Er hatte der Zwölfjährigen erklärt, wie man damit umgeht. »Wir leben in Feindesland«, pflegte er zu sagen, »man weiß nie, was die verhetzten Eingeborenen im Schilde führen.« Chilenen waren für ihn Eingeborene, und nur eingewanderte Deutsche oder Spanier nannte er respektvoll Bürger. Erst Jahre später mußte sie entdecken, daß Vater sich vor ganz anderen Leuten fürchtete, und die Wunde dieser Enttäuschung war nie vernarbt.

»Das gehört wohl zu seinem Beruf. John Mills vom Ambassador Club, durch den ich ihn kennengelernt habe, meint, er handle damit.« Angela sagt es gelangweilt, während sie in das kleine Etui mit Wimperntusche spuckt und den seidenen Augenschirm frisch zu bekleistern beginnt.
»Vielleicht ist es ein Muster für seine Kunden. Vielleicht braucht er das Ding, weil er Angst hat und sich schützen muß.«
Damals hatte sie angefangen, sich Gedanken zu machen, warum die Erwachsenen immer so ein großes Paket Angst mit sich herumschleppen. Die Erwachsenen hüten Besitz, und den zu erhalten gebiert Angst. Die Jugendlichen hüten Träume. Doch eines Tages bleiben die Träume aus. Das ist der Tag, an dem man erwachsen geworden ist und die Träume durch Angst ersetzt werden. Hat die Angst dir lange genug zugesetzt, bist du bereit, dich zu ergeben, aufzugeben, dann schleichen sich die Träume wieder ein, und wenn es ans Sterben kommt, sind alle wieder jung. Niemand stirbt erwachsen, denkt Marisa, und der Gedanke beruhigt sie. Fahles Licht dämmert in die Zelle. Sie schließt die Augen und zwingt sich, den Faden der Erinnerung wieder aufzunehmen, um aus dem Labyrinth zu finden, an dessen Ausgang Erinnerungen durch Träume ersetzt werden.
Akim sieht jünger aus im dunkelblauen Blazer. Der schmale Geierhals mit dem springenden Adamsapfel läßt den runden Kopf schmaler, den unförmigen Bauch schlanker erscheinen. Als hätten Kugeln sich zu eiförmigen Ovalen verjüngt. Der Rolls fährt auf die Sekunde pünktlich vor dem fächerförmig überdachten Portal vor, als die drei aus der Halle ins Freie treten. Der herausspringende Diener – in schwarzer Uniform wie der Chauffeur am Volant – reißt die Tür auf, und sie setzen sich nebeneinander in den Fond. Die Fahrt geht über Knightsbridge, Highstreet hinaus zur »M4«, der Autobahn. Bei der Abzweigung »Hounslow« ordnet sich der »Phantom II« links ein, und bald stauben seine Scheinwerfer Eichen, Erlen und Ulmen ab, die sich geheimnisvoll

schützend vor versteckten Villen und Palästen aufgepflanzt haben, als wollten sie jeden Einblick verwehren.
Es mag noch gut zwanzig Meter bis zu dem schmiedeeisernen Tor sein. Der Wagen stoppt scharf links an einem Bordstein. Der Chauffeur drückt den Knopf des automatischen Fensteröffners. Ein Halogenscheinwerfer blitzt auf, und aus einem Lautsprecher ertönt ein sanfter Bariton:
»*Who is calling, please?*«
Marisa entdeckt, wie unmittelbar vor dem heruntergelassenen Fenster des Fahrers aus einer Rhododendronhecke ein glitzernder Metallarm ausgefahren wird.
»*Sir Akim Khouri and his party.*« Der Chauffeur paßt sich dem diskreten Ton an.
»*Sorry, I need the names. Who is sitting next to you?*«
»*Fred, Sir Khouri's valet-bodyguard.*«
»*Full name, please!*«
Der Uniformierte beugt sich zum Lenkrad und ruft mit rostiger Stimme: »*Kalinofsky, Frederic!*«
»*Thank you. Your name, driver?*«
»*William Potter.*«
»*Thank you. The lady to the left of Sir Akim?*«
Angela räuspert sich und beugt sich zur Trennscheibe vor: »*Angela Sutherland.*«
Als sie sich zurücklehnt, hinterlassen ihre Hände einen feuchten Abdruck auf dem Mahagonipaneel.
Bevor die Prüfung weitergeht, gluckst Marisa belustigt: »*Prisoner number five. Maria-Isabel Caspar. Born August 14th, 1950 in Lima, Peru. Profession beachcomber.*«
»*Thank you, Miss Caspar, and welcome. Good evening, Sir Akim. Please, proceed.*«
Akim hat die Arme um seine beiden Schützlinge gelegt. Jetzt tätschelt er anerkennend Marisas Schulter und lacht dröhnend:
»Bravo, das nenn' ich eine Vorstellung. Beruf *beachcomber*, ha, ha. Du hast ja in zwei Tagen Geburtstag. *Fred, remind me, please.*«

»Das Datum stimmt so wie der Beruf!«
»Schade. Deine grünen Nixenaugen passen gut zum Wasser, und an der Bucht, wo du Strandläufer bist, würde ich gern baden ...«
Alle lachen. Selbst der Schnurrbart des polnischen Leibwächters verzieht sich im Rückspiegel zu einem Grinsen. Dann fragt Angela mit belegter Stimme:
»Warum tun die das?«
Der Wagen schleicht gemächlich zum Tor, das sich, wie von unsichtbaren Geisterhänden bedient, öffnet, den Rolls durchläßt und wieder schließt. Hinter ihnen blitzt der Halogenscheinwerfer die nächste Limousine an. *»Name, please?«*
»Howard hat gern viele Leute um sich. Er liebt neue Gesichter. Aber Vorsicht ist die Mutter der Porzellankiste. Vertrauen ist gut, doch Kontrolle ist besser.«
Angela denkt an gewisse Karteikarten, auf denen sie mit Namen und Foto registriert ist, hält es jedoch für klüger, ihrer Empörung über diese Geschmacklosigkeit – wie sie es für sich nennt – nicht Luft zu machen. Im Schrittempo fahren sie durch einen von Oleanderbüschen gesäumten Hohlweg, hinter denen ehrwürdige Sandsteinmauern, von riesigen Fackelkandelabern in barocken Blumenornamenten angestrahlt, zu erkennen sind.
Sie kommen auf einen weiten kiesbestreuten Platz mit einem Brunnen in der Mitte, dessen Fontäne vielfarbig beleuchtet ist. Zur Rechten eine ausgedehnte kurzgeschorene Rasenfläche, an deren Ende die weißen Stangen eines Parcours leuchten. Links das Herrenhaus. Nur die Türme an den Flügeln erinnern an den ursprünglichen Tudorstil. Haffner habe es für mehrere Millionen Pfund umbauen und renovieren lassen, erklärt Akim anerkennend. Zum Beispiel seien in allen Stockwerken die Parkettböden herausgerissen und durch Marmor aus Portugal ersetzt worden, um Bodenheizung einzubauen, auf die er nicht verzichten könne. »Aus naheliegenden Gründen«, setzt er schmunzelnd hinzu, während zwei livrierte Diener herbeieilen und den Schlag öff-

nen. »Noch niemand hat ihn zu Hause in Hosen gesehen. Er trägt nur seidene dressing-gowns, mit nichts drunter! Seine amerikanische Variante zum schottischen Kilt, ha, ha.«
In der Halle begrüßt sie Alessandro, genannt Sacha, der italienische Sekretär Haffners.
»Sie kennen sich ja aus, Sir Akim. Übernehmen Sie die Cook's Tour, falls die Damen Lust haben, Gamesborough zu besichtigen. Howard ist noch nicht heruntergekommen, doch das Büfett erfreut sich schon heftigen Zuspruchs, wie Sie sehen können.«
Er weist mit echt italienisch-theatralischer Geste in den angrenzenden Raum, dessen gläserne Flügeltüren weit offen stehen. Die rustikalen langen Bauerntische kontrastieren überraschend zum rosaschimmernden Marmorboden, in dem sich silberne Kandelaber mit flackernden Kerzen und die weißen Mützen der Küchenchefs spiegeln, die zwischen dem erhöht auf einem Podest errichteten Büfett und den Tischen servierend hin- und hereilen. Die Gäste sitzen in Gruppen voneinander getrennt, wie in einem Restaurant, ungeordnet, als gehörten sie nicht zusammen. Auch die Gruppen in der Halle haben etwas merkwürdig Kontaktloses. Nur ab und zu löst sich jemand aus einem Kreis, stürzt zu einem der Herumstehenden, küßt ihn emphatisch auf beide Wangen, läßt den Begrüßten abrupt stehen, als wäre ihm etwas Wichtiges eingefallen, läßt sich auf dem Rückweg von einem Livrierten das Glas füllen, um bei der nächsten Gruppe haltzumachen, ein paar Sätze zur Konversation beizutragen, dabei schon zum Eingang schielend, wo die Neueintreffenden sich kurz zu Trauben ballen, bis sie ihre Orientierung gefunden haben und ausschwärmen, sei es zur Bar im gegenüberliegenden Wintergarten, sei es zum Speisesaal oder in die angrenzenden Salons. Nur die breite Marmortreppe, deren goldlackiertes Geländer unverkennbar aus einem italienischen Renaissancepalazzo stammt, ist versperrt.
»Die *hunchbacks* lassen niemanden rauf, solange Howard

oben ist. Er kann von seinen Räumen aus jeden Gast im Haus auf Monitoren beobachten. Wen er zur Audienz bittet, läßt er über Walkie-Talkie von Sacha heraufführen.« Akim sagt es zu Marisa gewendet, als wäre Angela bereits ein Stammgast des Hauses oder, so schwant es Marisa, als interessiere sie ihn nicht mehr, nun, nachdem er sein Versprechen erfüllt hat, sie herzuführen. Ohne Mantel ist Angela in ihrem Paillettenkleid geradezu peinlich *overdressed*, während Marisa in schwarzen Satinhosen und breitfallendem Rollkragenpullover genau in den Rahmen der bunt zusammengewürfelten Gesellschaft paßt, die mit betonter Unbekümmertheit Blue jeans mit teuersten Krokodilstiefeln oder Savile-Row-Tweeds mit bedruckten T-shirts trägt.
Die Bar im Wintergarten ist eine Skulptur aus Plexiglas. Ein riesiges blaues Kamel, in dessen Höcker runde Löcher eingelassen sind, welche die Flaschen bergen. Das Maul speit auf Augendruck Tonic-water oder Coca-Cola. Hebt man den Schwanz, fallen Eiswürfel aus dem von braunen Adern überzogenen Plastikhintern. Ein Mädchen in rosa Ballett-Trikot hat die Arme um den Kamelhals geschlungen und summt mit geschlossenen Augen den Hit über Lautsprecher »*You are the sunshine of my heart, you are the apple of my eye.*« Sie trägt die traditionelle Halskrause der »Blumen« des Hauses. Der Hals des Kamels wächst sich zu einer Plastiksonnenblume aus, und eine Blüte zittert auf der blutbraunen Zunge des Kamels.
Als sie näher kommen, hört Marisa, wie der Bartender ihr auf deutsch zuruft: »Kundschaft! Wach auf, mein Herz, und singe! *Coca-Cola and lime for Sir Akim. What can I do for the ladies?*« Die »Blume« drückt auf das rechte Auge des Kamels und hält ein eisgefülltes Glas unter die Fontäne, die aus dem Maul springt.
»Wodka-Tonic«, ruft Angela souverän und »Haben S' a bayerisches Bier?« ergänzt Marisa gutgelaunt und entschlossen, sich nicht durch die blasierte Atmosphäre imponieren zu lassen.

»Zu Diensten, Gnädigste. Löwenbräu aus Dosen, wenn's genehm ist.« Sein Deutsch hat einen Südtiroler Akzent.
»Wo kommen Sie denn her?« fragt Marisa und setzt sich auf den silbernen Steigbügel, der vom naturfarbenen Ledersattel des Kamels herunterhängt und einen schmalen Hocker bildet.
»Aus Bozen. *Bolzano, signorina.*« Der Barkeeper hat ein schmales, gutgeschnittenes Gesicht mit freundlichen, wärmenden Augen.
»Und was hat Sie hierher verschlagen?«
»Das Studium, *signorina.* Alesssandro kennt mich aus Venedig. Ich war Pikkolo bei Harry's und studiere in meiner Freizeit.«
»Was studieren Sie denn?«
»Menschen, *signorina.* Ihr Verhalten, ihr Hinhalten und ihr Aushalten.«
»Das klingt so akademisch, daß ich Lust habe, euch vorzuschlagen, die *entourage* von Gamesborough zu besichtigen, bevor Howard runterkommt.« Akims Deutsch ist fast perfekt, mit französischer Färbung, Betonung auf der letzten Silbe. Der unverständliche Satz ist Angela schon zu lang. Sie reicht den beiden die Gläser mit einem »*Lets go!*«, und als sie sich umdrehen, um auf die Glastür zum Garten zuzusteuern, steht eine Vierergruppe vor ihnen, diskret bereit, ihre Plätze einzunehmen.
»*You are the sunshine of my life*«, singt es aus den versteckten Lautsprechern, und das Mädchen in jadegrünen Tscherkessenhosen und hautfarbener Netzbluse wispert über den Kamelrücken: »*Luigi, Luigi, one Wodka on the rocks!*«
»*Very well, signorina*«, hört Marisa noch, als die Tür zum Park sich schließt und die kühle Luft des Juniabends sie umfängt. Angela fröstelt unter ihren Pailletten, knöpft Akim den zweireihigen Blazer auf und kuschelt sich an seine Brust. Sie sind nicht die einzigen Spaziergänger, die auf dem Rasen lustwandeln. Zwischen einer Gruppe rosaroter Flamingos, die unter den Infrarotstrahlern vor dem Teich

Abendgymnastik treiben, und ruckartig tuckernden Kronenkranichpaaren flanieren oder hocken junge Leute. Ein Gitarrist, einsam in einem Liegestuhl zusammengekauert, zupft Flamenco-Akkorde, und die Rauchschwaden seiner wohlpräparierten, von Hand gedrehten Zigarette vermischen sich mit dem Duft der Jasminhecken.

Der Teich wird flankiert von Felsengrotten, die man über schwankende schmale Brücken erreicht, an deren Pfeilern getönte Scheinwerfer schaukelnde Wasserlilien beleuchten. Schimpansen und sogar ein Gorilla klatschen, in ihrer Nachtruhe gestört, aus dem Dunkel ihrer Schlafplätze an die fingerdicken Gitter, immer bereit, mit Hoffnung und Neugierde für Augenblicke ihre Gefangenschaft zu vergessen.

»Nun gut, das siehst du auch im Zoo, aber hier wird es schon interessanter.« Akim lädt die Mädchen mit geheimnisvoll-entschuldigender Geste, als wolle er andeuten, er fühle sich für nichts verantwortlich, ein, ihm zu folgen.

Er muß sich durch die schmale Tür, die zur nächsten Grotte führt, hindurchzwängen. Das Innere erinnert auf den ersten Blick an eine Mischung aus Geisterbahn, Disneyland und psychedelischer Diskothek. Von einer radförmigen Plattform aus glitzernder Majolika, die sich in der Mitte befindet, tasten rhythmisch rotierende Lichtbündel das Gewölbe mit Plexiglasstalaktiten und mit Diwanen ausgestatteten Nischen ab. Eine »Blume« läuft geschäftig zwischen der Stereoanlage und einer versteckten Bar hin und her, um Platten zu wechseln oder Drinks zu erneuern. Der flache Pool ist aus Holz, den japanischen Waschzubern nachgebaut. Echsenköpfe als Wasserspeier versorgen ihn mit dampfendem Naß. Händehaltend liegen zwei Paare in ihm. Ein Bursche von höchstens achtzehn Jahren döst nackt auf einem mattenbelegten Rost.

Die anmutige Harmlosigkeit der Szene scheint Akim nicht zu passen. »Es kommt vor, daß man hier reinkommt, und es geht hoch her«, sagt er mißmutig. »Heute ist anscheinend Ruhetag.«

»Was verdient eine Blume wie die?« Angela bemüht sich um einen unverfänglichen Ton.
»Sie verdienen gut. Obwohl Trinkgelder oder Geschenke strikt verboten sind. Sie werden eingekleidet, verköstigt, wohnen umsonst. Bei Beginn der Arbeitszeit werden Kostüm, Parfüm, Fingernägel und Make-up begutachtet, nach Dienstschluß filzt man Kleidung und Handtaschen. Allerdings erzählt man von Blumen, die selbst nach genauesten Kontrollen am nächsten Tag im eigenen Rolls vorfahren. Ja, es gibt Blumen, die inzwischen als *duchess* zu den besten Kundinnen zählen, obwohl es ihnen bei fristloser Kündigung verboten war, Namen, Telefonnummer oder Adressen weiterzugeben.«
»Es ist sicher das Licht und die feuchte Wärme hier.«
Marisa kann das Würgen im Hals nicht mehr zurückhalten. Sie versucht durchzuatmen, aber der Drang, sich übergeben zu müssen, schnürt ihr die Kehle zu. »Ich muß hier raus!«

Marisa sitzt kerzengerade auf der Pritsche. Die geträumte Erinnerung verstärkt beim Erwachen den Brechreiz in ihrer ausgetrockneten Kehle. Sie stolpert zur Tür, tastet nach dem Klingelknopf, gibt auf und erbricht sich in den Eimer mit den Rosen. Der blutende, Schleimblasen spuckende Capitán verwandelt sich in Luigi, der beim Tanzen in der verräucherten Wiener Diskothek sein steifes Glied an ihrer Hose reibt.
Lieber Gott, denkt sie, muß man von denen, die du dein Abbild nennst, so enttäuscht werden, daß dir der Spaß am Leben genommen wird? Soll ich versuchen, zu dir in den Himmel zu kommen, weil keiner dir ähnlich ist?
Es ist hell geworden, und sie findet den Klingelknopf neben der Tür. Es dauert eine Weile, bis die Alte aufschließt. Im Waschraum entkleidet Marisa sich und öffnet den Hahn der

Dusche. Das Wasser tröpfelt lauwarm, riecht nach Schwefel. Marisa reckt den Kopf mit geöffnetem Mund und läßt die rostige Brühe auf das Gesicht und in den Hals fließen, bis der säuerliche Geschmack des Erbrochenen von der lehmigen Flüssigkeit verdrängt wird und der leere Magen sich beruhigt. Dann beginnt sie, mit einem Stummel Kernseife, den sie im Waschbecken findet, Achseln, Brüste und den Schoß zu schrubben. Als sie den Waschraum verläßt, erwartet die Alte sie vor der Zelle mit einem Eimer Wasser, einem Lappen und einer Stielbürste aus Sisalstroh.

»Aufwischen mußt du selbst.«

Der Eimer mit den Rosen ist fort. Auf dem Tisch steht ein Topf mit Kaffee und ein Teller mit Brotfladen. Marisa betrachtet gedankenverloren das Frühstück. Dann wickelt sie den Fetzen um die Bürste und wischt den Boden der Zelle. Die Bewegung tut ihr gut. Doch ihre Gedanken kehren zurück zu jenem Juniabend in Gamesborough.

Schon bevor sie die Saunagrotte betreten, sticht ihnen der Duft von Fichtennadelöl in die Nase. Diskrete Musik begleitet sie.

Marisa erinnert sich, während für Sekunden Sonnenstrahlen den nassen Zementboden ihrer Zelle vergolden, wie abstoßend ihr die elitäre Exklusivität der »Spielräume«, wie Haffner später die Vergnügungsgrotten nannte, vorkam. Wäre sie im Planschzuber, in der Sauna Zeuge einer Orgie geworden, wahrscheinlich hätte sie, amüsiert und schockiert zugleich, doch um ein Erlebnis reicher, den Abend als interessanten Beitrag zur Befriedigung ihrer erwachten Neugier betrachtet. So aber, inmitten der Einsamkeit der spärlich besuchten Gärten und Planschbecken, empfand sie Wut.

Plötzlich beschließt sie, an jeder Säule, an jedem auffällig in die Dekoration ragenden Eck, lächelnd stehenzubleiben, den Blick verträumt ins Leere gerichtet. Beim Eingang zur Sauna verweilt sie länger als nötig vor dem mannshohen Wandspiegel, richtet ihr Haar. Die Sauna ist um diese Zeit leer. Akim begnügt sich, der mit Bademänteln und Pantoffeln herbeieilenden Blume Komplimente für das letzte *traitement* zu machen.

»Voriges Mal bin ich hier eingeschlafen wie ein Bär«, sagt er auf französisch und küßt die kleine Vietnamesin auf die ölige Wange. »Habe ich viel versäumt, Jeannette?«

»*O oui, Monsieur Akim!* Kurz nachdem ich – wie Sie es wünschten – das Licht in Ihrem Ruheraum ausgeschaltet hatte, kam eine lustige Gesellschaft.«

»Nun spann mich nicht auf die Folter. Mir darfst du sagen, wer da war, ich hätte ja ebensogut nicht einzuschlafen brauchen.«

»Mr. und Mrs. Richard Burton kamen mit Mr. und Mrs. Moore. Sie wissen, Roger Moore, der neue James Bond! Ein schöner, liebenswürdiger Mensch.«

Wieder überfällt sie schmerzhaftes Würgen, als sie einen Raum betreten, in dem sich, vielfarbig beleuchtet, nur ein einziges Möbel befindet. Eine Mischung aus modernsten italienischem Liegesessel und gynäkologischem Untersuchungsstuhl. Unwillkürlich vergleicht Marisa das Monstrum mit Drucken alter Folterinstrumente. »Folterinstrumente der Lust« hört sie sich raunen, als sie den Raum betreten.

Der wippende Ledersessel verlängert sich in gespreizte Beinschienen, zwischen denen ein schwebender Hocker, dem Rüssel eines Elefanten ähnelnd, einer Massagesklavin oder einem Massagesklaven bequem Platz bietet, um die Weichteile eines »Patienten« bearbeiten zu können. Marisa kann nicht umhin, sich den nackten Akim in dem Sessel vorzustellen, dem die schmale Vietnamesin, auf dem Rüsselhocker sitzend, die »Entspannungsbehandlung« zuteil werden läßt …

Sie kehren in die Halle zurück, und Marisa ist nicht überrascht, als ein bärtiger Herr sie bittet, ihm zu folgen. »Zum Boß«, wie er sagt. Von da ab verschwimmen die Konturen. Der Film der Erinnerung springt von der Totalen auf Großaufnahmen, Dialoge in greller Übersteuerung.

»Der Hausherr soll herunterkommen, oder wir gehen zu dritt.«
Der Bärtige säuselt am Treppenabsatz unverständlich ins Walkie-Talkie. Es wird voll am Geländer.
»Howard freut sich. Bitte folgen Sie mir.«
Die bohrenden Blicke der Zurückbleibenden am Fuße der Treppe folgen ihnen. Sie gehen durch schwarzlackierte Wände, die sich lautlos öffnen und hinter ihnen schließen. Zuckende Spotlights und Spiegel, die zu Panoramafenstern werden, sobald das Licht erlöscht.
Da steht er. Läßt die goldenen Quasten der Kordel seines blauschwarzen dressing-gowns aus den Händen gleiten, als er die Arme zum Ritual der Begrüßung hebt. Dann weiß sie nur noch, wie er sagt:
»Du willst hier gern mitmachen?«
»Wieso glaubst du das?«
»Du hast dich vor den Kameras ganz schön in Positur geworfen.«
»Wo sind denn die Kameras?« trottelt Angela eifersüchtig dazwischen. »Ich habe keine gesehen.«
»Ich auch nicht«, lügt Marisa.
Für Angela lohnt sich der Abend. Sie kann morgen mit dem Instruktionskurs beginnen. Akim strahlt. Angela ist so glücklich, daß sie reihum Haffner, Akim und Marisa abschmatzt, alle drei gleichzeitig umarmt.
Dann kommt der Bärtige, um die beiden hinunterzuführen. Bevor er verschwindet, übergibt er Haffner ein Kuvert.
»Mister Haffner möchte Ihnen etwas zeigen.«
Das ist unmißverständlich. Marisa reitet der Teufel und sie winkt den beiden nach: *»Have fun!«*
Haffner öffnet das Kuvert und betrachtet einen Packen Fotos. »Du bist sehr fotogen.«
Großaufnahmen von ihr, wie sie vor der Sauna steht und in die Kamera lächelt. An der Bar, wie sie Luigi zulacht. Im Zoo, wie sie angeekelt auf den Gorilla starrt.
»Willst du Modell werden?«

»Bei meinen Hüften? Nein danke!«
»Blume?«
»Dafür eigne ich mich nicht. Ich habe Angst, ich würde den Lustmolchen Brom in die Bloody Mary mischen.«
»Croupier?«
»Mein Vater hat mir Skat beigebracht, aber an einem richtigen Spieltisch habe ich noch nie gesessen.«
»Wie alt bist du?«
»Zwanzig«, lügt sie.
Er geht ins Dunkel, zu einem schwarzen Schreibtisch. Klatscht zweimal in die Hände, und eine Stehlampe flammt auf. Er öffnet eine Schublade und kommt mit zwei schwarzlackierten Karten zurück.
»Mit der kannst du in alle Betriebe. Schau dich um. Vielleicht macht es dir Spaß. Und mit der« – er drückt ihr die Karten in die Hand – »erreichst du mich telefonisch, wenn du es dir überlegt hast. *Do we join the party*?«
»Nein, ich möchte nach Hause, aber ich will den beiden nicht den Spaß verderben.« Das war echte Großaufnahme, wie er sie jetzt lächelnd betrachtet. »Wie du willst.« Und schon spricht er ins Mikrofon: *»Somebody leaving for London?«*
»Call you right back, boss.«
Er klatscht in die Hände. Die Stehlampe erlischt. Dann steckt er den Sprechapparat in die Tasche seines Morgenrokkes. Dabei öffnet sich der Mantel gerade weit genug, um Marisa erkennen zu lassen, daß er nichts drunter hat.
Er legt kameradschaftlich den Arm um ihre Schulter und geleitet sie durch die dunklen Räume zurück. Sie sind noch nicht bis zur Tür gekommen, die zur Treppe führt, da quakt es aus dem Lautsprecher in seiner Rocktasche.
»Boss, one of the bartenders is leaving. He is off at twelve, but he has only a small car.«
Er schaut Marisa fragend an.
»Ich liebe Bartender und kleine Autos.«
»Who is it?«

»Luigi.«

»O.k. He shall wait at the door.«

Jetzt, wo sie sich erinnert, kommt es ihr vor, als wußte sie, daß es Luigi sein würde.

»Danke und ciao! Ich glaube, ich werde beide Karten benützen.«

»Das sollte mich freuen. Du bist ein ungewöhnliches Mädchen. Ciao.«

Nach kurzer höflich-erstaunter Begrüßung – »Ich heiße Luigi.« – »Ich weiß, Luigi. Ich heiße Marisa.« – entschuldigt er sich für das unbequeme kleine Auto. Ein Mini-Cooper. Doch als sie sich neben ihn setzt und eine Zigarette anzündet, verstummt er. Konzentriert sich auf die gewundene Straße. Doch es entgeht Marisa nicht, daß bei jedem Schalten sein Blick für eine Sekunde an ihrem Knie und ihrem Profil hängenbleibt.

Als sie auf die Autobahn einbiegen, fragt er: »Wohin darf ich Sie bringen?«

Unterwegs sagt Marisa: »Was hat dich hierher verschlagen? Das Studium der Menschen? Ihr Aushalten und Hinhalten?«

»Gratuliere zu Ihrem Gedächtnis. Wie heißt das französische Lied? ›*Je chante des poèmes que j'en ai jamais écrits.*‹«

Seine Stimme klingt warm und heizt den kleinen Wagen, daß die Scheibe beschlägt. »›*Je chante la revolution, á laquelle je n'ai jamais participié – Ich besinge die Revolution, an der ich nicht teilgenommen habe.*‹. Ich glaube, man muß gut fahren können, bevor man den Führerschein erhält, falls Sie verstehen, was ich damit meine. Ich bin noch in der Fahrschule.«

»Das hindert dich nicht, mit Vollgas zu fahren!«

Sie erinnert sich an jedes Detail. Als sie im Lauf der Unterhaltung erwähnte, sie wolle sich die Casinos des Clubs ansehen und eventuell als Croupier-Blume arbeiten, wurde er sofort einsilbig. Meinte nur:

»Schade, das ist nichts für ein Mädchen wie Sie. Der Umgang mit Geld verdirbt den Charakter!«

Er hatte eine kleine gemütliche Bude in Chelsea.

In der Ecke des Wohnzimmers gegenüber der breiten Couch war ein Kamin, der bald munter brannte, und als sie später nach ein paar Gläsern Wachauer Wein – *bottled in the United Kingdom* – nackt war, legte er dicke Scheite auf, löschte das Licht, und die zischenden Flammen zitterten feurige, wohlig wärmende Flecken auf ihren Bauch und ihren Schoß, bevor er sie liebte. Dann brannte es in ihrem Körper, und unendlich behutsam hielt er sie in seinen Armen, und sie begriff, wie Zärtlichkeit und eine raunende Stimme zu Blättern des Astes wurden, der sich wie im Wind wieder und wieder reckte, bis Erschöpfung sie umfing wie die unendlich kleinen Hände des Regens nach Blitz und Sturm.

Acht Tage später – sie trafen sich jede Nacht in seiner Bude, nach drei Tagen deponierte sie bereits ein kleines Köfferchen mit Kleidern, weil ihm oft nach heißen Umarmungen die Idee kam, noch in irgendeine Diskothek auf der King's Road zu gehen, um zu tanzen, »damit alle Leute sehen, wie schön du bist« – erklärte er ihr, er habe den Laden in Gamesborough satt, die temperamentlosen *vicious British* gingen ihm auf die Nerven, er müsse mal wieder Italienisch oder Deutsch auf der Straße hören, er erwarte die Zusage des Personalchefs vom Casino am Lido in Venedig, aber in der Zwischenzeit habe er einen Job als Bartender in den Spielsälen des Esterházypalais in Wien angenommen.

»Meine Freunde brauchen mich ...«

Es sollte lange dauern, bis sie ihn wiedersah.

Nach seiner Abreise hatte sie eine merkwürdige Unruhe befallen. Sie streunte nachts im »Blumen-Club« am Hyde Park Corner herum, beobachtete die Spieler und Croupiers, entschuldigte sich immer öfter bei ihrer alten Dame in Hampstead, um an den Croupier-Kursen teilzunehmen, die nachmittags stattfanden, wenn die Spielsalons noch geschlossen waren. Lernte die Tricks, sich mit einem Blick die gesetzten Jetons zu merken, mit dem Rechen blitzschnell die verlierenden Spielmarken zusammenzufegen, Annoncen in verschlüsselter Form zu verstehen, den Unterschied zwischen »Kleiner Serie« und »Finale Zero«, das Auszahlen der Gewinne für »Plein, Cheval, Carré, Transversale simple« mit vorschriftsmäßigem Lächeln vorzunehmen, und als man ihr drei Wochen später mitteilte, sie könne als Hilfscroupier anfangen, kündigte sie. Der feinsinnige alte Kunsthändler war entsetzt, als sie andeutete, was sie vorhatte, beruhigte sich aber bei der Versicherung, sie werde weiterhin ihren Dienst halbtags versehen, wenn sie ihr Kämmerchen behalten könne.

Sie kam gegen vier Uhr morgens nach Hause und konnte oft nicht einschlafen. »*Les jeux sont faits. Rien ne va plus!*« wiederholte sie dann, und das Bild des jetonübersäten *Tableau* verfolgte sie in ihre Träume. Oft schreckte sie auf und stritt mit Spielern, die Gewinne reklamierten, die sie nicht gesetzt hatten, mit dem Chefcroupier, der sie unerbittlich ermahnte, richtig auszuzahlen, sich die Plätze der Spieler zu merken, deren Ansagen besonders bei Indern und Arabern in unverständlichem Kauderwelsch genuschelt wurden. Gegen elf stand sie auf, frühstückte in der Küche, wo bereits Lammkeulen, Seezungen oder Roastbeef angerichtet wurden, und ging dann in die Bibliothek.

Meist erwartete sie die alte Dame schon hinter dem kleinen Renaissanceschreibtisch mit Stapeln von Post, die sie ihr vorlesen mußte. Sie sprachen Deutsch miteinander, und ab und zu kamen schwer entzifferbare, handgeschriebene Briefe aus Amerika. Sie stammten von ehemaligen Mithäftlingen aus dem Konzentrationslager, die um Unterstützung baten. Sie mußte gewissenhaft Buch führen über jeden Scheck, den die Alte unterschrieb, und nur selten kam es vor, daß sie ihr Lorgnon aufsetzte, den Brief überflog und sagte: »Nein, der alte Schnorrer kriegt nichts mehr. Schau nach, wieviel wir ihm in den letzten Jahren überwiesen haben.« Gegen sechs kam der alte Herr heim und sie nahmen den High tea zusammen. Die kleinen runden weißen Sandwiches mit Kresse, Gurkenscheibchen oder gehacktem

Ei liebte sie besonders, und oft kam es vor, daß sie auf dem Weg in ihr Zimmer in der Küche die Reste in sich hineinstopfte, obwohl im Ruheraum des Clubs während der halbstündigen Ablösungspause ein Imbiß gereicht wurde.
Sie verdiente gut, wußte aber mit dem Geld nichts anzufangen. Die feinen Geschäfte auf der Old Bond Street oder in Mayfair reizten sie nicht, und in den komischen Boutiquen auf der King's Road kosteten die Fetzen eine Bagatelle.
Eines Tages, als sie in die Bibliothek kam, stand ihr Vater vor ihr. Er hätte vorgestern abend telefoniert und dabei erfahren, daß sie nachts arbeite. Obwohl es nicht gut um seine Gesundheit stünde, sei er mit dem nächsten Flugzeug gekommen.
»Was tust du nachts?«
»Papa, ich bin inzwischen volljährig. Der Job, den ich habe, ist interessant. Man lernt eine Menge Leute kennen, verliert die Ehrfurcht vor dem Geld und arbeitet hart genug, um nicht auf schlechte Gedanken zu kommen, falls du glaubst, deine Tochter sei auf die schiefe Bahn geraten.«
Es half nichts. Er war fest davon überzeugt, der Club sei ein Bordell und seine Tochter ein Freudenmädchen. Sie bemühte sich nicht, ihn vom Gegenteil zu überzeugen, erwähnte sogar ungeniert die einzige sexuelle Beziehung, die sie in London gehabt hatte, und daß es unter der elterlichen Obhut in Chile mit den gleichaltrigen Indios weit beunruhigender zugegangen sei, seit sie ihr erstes Erlebnis mit vierzehn der Mutter gebeichtet hatte und weder ins Kloster geschickt noch verstoßen worden war. Es gäbe also jetzt keinen Grund, spießbürgerliche Moral zu pauken.
Irgend etwas lehnte sich auf in ihr. Als täte es wohl, die väterliche Fessel zu sprengen. Sie hörte sich Luigis Text reden, seine aggressiven Anschuldigungen zitieren, denen sie nachts vor dem Kamin gelauscht hatte. So konnte sie wenigstens von ihm sprechen. Schließlich verlegte Vater sich aufs Bitten, ja, er flehte sie an, heimzukommen.
»Meinst du, in Freiburg, der Universitätsstadt, geht es in den

Studentenbuden, den Haschkneipen harmloser zu? Die schlechte Gesellschaft, vor der du dich so fürchtest, trifft man meistens zu Hause an. Also, laß mich. Wenn Luigi mir schreibt, fahre ich nach Wien und komme euch besuchen.«
Viel später erst, nach dem Lunch mit der alten Dame, die ihm in ihrer freizügigen Weisheit von den Spielregeln der jungen Generation eine behutsame Lektion erteilt hatte, tat er ihr leid, wie er stumm seinen Hühnerknochen auf den falschen Teller legte und der Butler, ohne eine Miene zu verziehen, einen neuen Dessertteller servierte. Er verabschiedete sich unmittelbar nach dem Kaffee, lehnte das angebotene Gästezimmer entschieden ab, sein Flug nach München gehe am Nachmittag, dort habe er sein Auto stehen, mit dem er noch am Abend in Freiburg sein könne. Sie begleitete ihn zum Taxistand. Bevor er in den Wagen stieg, reichte er ihr die Hand, entzog sich ihrer Umarmung: »Ich hätte es wissen sollen. Tu, was du willst, es wird dich beides reuen.« Aber auch diese spöttische österreichische Kaffeehausredewendung konnte sie nicht täuschen. Er war ein gebrochener alter Mann. Sie winkte dem Taxi nach, obwohl sie wußte, daß er kerzengerade im Fond saß, den Blick nach vorn gerichtet. Sie dachte an ein Wort von Oscar Wilde, das sie unlängst beim Ordnen der Bibliothek entdeckt hatte.
»Bis vierzehn verehren Kinder ihre Eltern. Später verzeihen sie ihnen.«

Luigis Brief kam erst zu Weihnachten. Er war kurz:
Caro amore, fröhliche Weihnachten, bin immer noch in Wien. Falls du Lust hast, mich zu besuchen, frag bei Hedi im Café Hawelka in der Dorotheergasse nach meiner Adresse. Ich habe enorm viel zu tun und sehne mich oft danach, in deinen Armen einzuschlafen.

Am Abend, als sie in der Garderobe ihre Uniform mit der Sonnenblumenhalskrause anzog, lehnte sie es ab, der Aufseherin ihre Fingernägel zu zeigen, und den Parfümzerstäuber, mit dem sie allabendlich bespritzt wurde, bevor die Inspektion beendet war und man sie zum Dienst entließ, schlug sie der Hausdame aus der Hand. Sie nahm die fristlose Entlassung mit Genugtuung zur Kenntnis, verzichtete auf die Abrechnung und die Gratifikation, die ihr zustand, besorgte sich am nächsten Morgen einen Flugschein nach Wien über München, ging zu Dunhill an der Ecke Jermyn Street und kaufte ein Etui mit sieben goldbraunen Bruyère-Pfeifen, in die die Wochentage eingraviert waren. Gegenüber in der New Bond Street fand sie zwei Kaschmirpullover, einen schwarzen Größe *Small* für ihre Mutter, einen roten Größe *Large* für Luigi.

Der Kunsthändler kam extra zum Abschiedslunch nach Hause, und die alte Dame hatte Tränen in den Augen, als sie ihr einen Kuß auf die Stirn drückte.

Gegen fünf Uhr landete die Maschine in München-Riem. Sie mietete bei Avis – »*We are second. We have to try harder!*« – einen Volkswagen, bezahlte à conto in Pfund, wechselte erst dann ihr Geld und fuhr ins weihnachtliche Zentrum. Bei Hugendubel fand sie einen Parkplatz und erstand eine teure Neuerscheinung, »Die Kunst der Hethiter«, schrieb »*With Love and Gratitude*« hinein und ließ sie in glänzendem Geschenkpapier nach Hampstead schicken. Dann fuhr sie auf die Autobahn Richtung Stuttgart. Gegen elf Uhr nachts kam sie bei Eisregen frierend in Freiburg an. Ihre Mutter empfing sie mit rotgeweinten Augen. Vater lag seit einer Woche mit einem Herzinfarkt in der Universitätsklinik. Marisa entging der versteckte Vorwurf nicht, als Mutter berichtete, seit seiner Rückkehr aus London hätten sich seine Kreislaufstörungen schnell verschlimmert. Er wäre nicht mehr aus dem Hause gegangen, und seit einem Monat ließ er niemanden in sein Zimmer. Stundenlang hätte er bewegungslos aufrecht im Bett gesessen und Tag und Nacht aus dem Fenster gestarrt. Als auch sie keine Antwort mehr bekam, habe sie die Ambulanz die Tür aufbrechen lassen.

Mutter traute sich nicht, Marisa an Vaters Krankenbett zu lassen. Sie wollte ihn erst vorbereiten. Vielleicht sei sie zur rechten Zeit gekommen, und ihre Anwesenheit könnte ihm Lebensmut geben. Doch sei Vorsicht geboten, jede Aufregung zu vermeiden.

Das Haus machte einen vernachläßigten Eindruck. Fliegen in der Küche und Schaben im Badezimmer. Mutter machte ihr einen Tee, und Marisa stöberte in der Eßzimmervitrine eine Flasche Rum auf. Sie stammte noch aus heiteren Zeiten in Chile, *Rhum de Barboncourt, distillé à Port-au-Prince, Haiti.* Sie schüttete ein kühnes Maß voll in den Tee, und der Duft erfüllte die Küche, den einzigen geheizten Raum des Häuschens. Als sie ausgetrunken hatte, brannte ihr das Gesicht, und sie entdeckte rote Flecken am Hals bis zu den Brüsten, die sie sonst nur nach Luigis Umarmungen bemerkt hatte. Dann spülte sie das Geschirr ab, küßte Mutter auf die Wangen und ging in ihr Zimmer.

Marisa stöhnt im Traum. Träumt, sie knie vor ihrer Mutter und flehe sie an, sie zu wecken. Sie kennt die Fortsetzung. »Die Erinnyen verfolgen dich«, sagt Mutter, hochaufgerichtet in die Ferne blickend. »Du mußt die Schuld der Eltern bezahlen.« Zum hundertsten Mal hört sie das Telefon. Mutter sagt nur »Hallo« und »Jawohl, sofort.« Die Fahrt im Eisregen. Sie kriegen die Scheibe nicht sauber, Mutter kommt mit einem Eimer heißem Wasser. Schüttet es über die Windschutzscheibe. Reibt mit einem Leder nach. Das Leder quietscht wie ein Erstickender.

Vater hat die Augen geschlossen. Im hochgebundenen Ellbogen steckt eine Kanüle. In den Nasenlöchern Schläuche mit Sauerstoff. Gegen sieben Uhr nimmt der Arzt die Infusionsnadel aus der Vene. Putzt völlig idiotisch mit Alkohol die Stelle, wo das Leukoplast klebte. Als käme es darauf an, Vater ordentlich gesäubert abzuliefern. Zieht vorsichtig die Schläuche aus der Nase. Drückt Mutter die Hand. Murmelt was von Beileid. Verbeugt sich stumm vor Marisa. Nun sind die weißen Hände gefaltet. Marisa preßt einen Kuß auf die

Stelle neben dem Ehering. Spürt Rumgeruch in ihrem Atem. Dort, wo um diese Zeit immer der Weihnachtsbaum stand, sind Kisten aufgetürmt. Auch tagsüber brennt Licht. Mutter erlaubt nicht, die Vorhänge aufzuziehen.

Es ist nicht leicht, das Häuschen zu verkaufen. Mutter will zu ihren Schwestern nach Spanien zurück. Die Last des Nachlaßordnens, des Umzuges, der Benachrichtigung der Verwandten trägt Marisa allein. Mutter ist apathisch. Hat sich einen Ledersessel in die Küche geschoben und liest in vergilbten Briefen. Kann sich nicht entschließen, die dicken Fotoalben in die Kisten zu packen. Will plötzlich nicht mehr Deutsch lesen können, antwortet am Telefon auf Spanisch.

Der Flugschein München – Wien ist verfallen, als Marisa an einem sonnigen Septembertag am Lufthansaschalter in München-Riem steht. Sie muß einen neuen kaufen. Es hatte sich herausgestellt, daß Vaters Vermögen nur aus Schulden bestand. Nun muß sie mit jedem Pfennig rechnen. Es kann Jahre dauern, bis sich ein Käufer für die Farm in Chile findet. Der Umzug nach Bilbao hat ein Vermögen gekostet, das Haus in Freiburg konnte nur zu Ratenzahlungen, verteilt auf zwei Jahre, verkauft werden. Und die Tanten, bei denen Mutter wohnt, verlangen Miete und einen Zuschuß.

In Wien findet sie ohne Mühe die Dorotheergasse und das Café Hawelka.

»Joi, i erinner' mi, der Luidschi hat a mal an Zettel mit saner Adressen daglassen, aber s'is scho so lang her, den hob i nimmer. Aber er kommt schon noch hie und da, wann S' wieda vorbeischaun wolln?« Frau Hedi ist eine putzige alte Dame mit Herrenschnitt. Das Lokal genießt den Ruf eines Künstlerbeisels mit echt Wiener Kaffeehausatmosphäre, bärtigen Malern, glatzköpfigen Literaten, schachspielenden Hippies, bebrillten Studenten, alten Säuferinnen vor leeren Wermutgläsern.

»Gut, dann komme ich wieder vorbei. Nur falls Sie ihn sehen sollten, ich bin die Marisa aus London und wohne vis-à-vis im Graben-Hotel.«

»Scho recht. Wird ausgerichtet. Für a Engländerin sprechen S' aber guat Deutsch.«
Und dann steht er eines Tages vor ihr. Gerade, als sie sich herausgeputzt hatte, um sich bei dem Wiener Modekönig Adlmüller als Mannequin oder Verkäuferin vorzustellen. Luigi strahlt, und das Leben ist plötzlich wieder wunderschön. Er schaut sich in ihrem winzigen Zimmer um und sagt nur:
»Pack deine Sachen, *amore*, ich gehe inzwischen runter und bezahle die Rechnung. So gemütlich wie hier ist's in meiner Bude auch.«
Die Bude in der Taborstraße ist im Vergleich zu seiner Londoner Wohnung ein armseliger Verschlag. Aber es stört sie nicht, und ein paar Tage später hatte sie dafür gesorgt, daß es sauber und gemütlich wurde. Er arbeitet als Bartender im vornehmen Spielcasino, dem Palais Esterházy, direkt über dem feinsten Modegeschäft Wiens, wo sie sich um eine Stellung bewerben wollte.

Als Rafael jetzt vor ihr steht mit den frischen Rosen im Arm, der Polizist in der Zellentür, die Alte mit Besen, Lappen und Eimer hantiert, bevor sie mit scheelem Blick auf das unberührte Essen sich am Polizisten vorbei hinauszwängt, hat Marisa das Gefühl, sie werde abgeholt, um vor Richtern in schwarzen Talaren und mit weißen Perücken ihr Urteil entgegenzunehmen. Sie spürt den aufgesetzten fröhlichen Ton, mit dem Rafael die Ankunft des Anwalts ankündigt, wie einen kalten Windstoß und wundert sich nicht über die Gänsehaut, die ihr vom feuchten Hals den Rücken herunterläuft.
Die Begrüßung ist dementsprechend. Sie gibt ihm die Hand und schüttelt sie, als hätte ein Professor Gratulation für einen guten Vortrag verdient. Dabei fällt ihr ein, daß es

unendlich lange her sein muß, seit sie sich die Hände geschüttelt haben. Diese trockene warme Hand. Sein Auftritt in der Zelle kommt ihr vor, als hätten besorgte Polizisten eine unsichtbare Gazewand zwischen ihnen aufgespannt, mit einem Loch in der Mitte, durch das sie sich die Hände drücken konnten.
Der Polizist, der sie eine Viertelstunde später abholt, stinkt nach Tequila und Urin, und während sie ihm in das Sprechzimmer folgt, starrt sie auf seinen Hintern, dessen blaues Tuch mausgrau verfärbt ist, und macht sich Vorwürfe, weil sie im Waschraum vergessen hatte, mit dem Stück Kernseife ihren Slip auszuwaschen.
Warum langweilt dieser Dr. Brugger mich so? Er läßt mich Vollmachten unterschreiben, und dann geht's los. Es sei kein Grund vorhanden, pessimistisch zu sein. Noch bestehe keine Gefahr. Man müsse einen hiesigen Advokaten mit der Sache beauftragen. Das sähen die Leute hier gern. Bakschisch. Wahrscheinlich ist der Staatsanwalt mit dem Advokaten verwandt. Das wichtigste wäre, in dem gewissen Punkt die Erinnerung aufzufrischen. Schließlich hätte ich doch im Bett gelegen, als der Kapo kam. Ich hätte ihn sozusagen im Bett empfangen. Da wäre es eigentlich kein Wunder, daß der Kerl sich auf mich stürzte, und nur so lange hätte ich ihn gewähren lassen, bis ich unter dem Kopfkissen die Pistole hervorholen konnte.
Der scheißfreundliche Kerl glaubt auch noch an seine Version. Behauptet, mit zwei Kugeln in der Brust hätte man andere Sorgen, als Liebe zu machen. Glaubt er am Ende, ich hätte mich nicht von Anfang an gewehrt, geschrien, daß Rafael aufgewacht wäre und etwas unternommen hätte, wo doch die Maschinenpistole über dem Stuhl baumelte? Auch wenn er noch so besoffen war? Will er vielleicht unterstellen, Rafael wäre so ein Feigling, der sich schlafend stellt. Politische Fanatiker, übrigens, sind meist schlechte Liebhaber, schon gar keine Vergewaltigertypen.
Kann er sich denn nicht vorstellen, daß ein Sterbender leben

will? Daß ich ihn geküßt und liebkost habe, um ihm Mut zu geben und seine Kraft zum Überleben zu stärken? Hätte ich neben ihm knien und beten sollen, oder vielleicht wünscht sich der Herr Anwalt einen Gnadenschuß, schön säuberlich ins Genick? Gefängnisse sind wohl dazu gemacht, sich schuldig zu fühlen. Lohnt es sich eigentlich, unschuldig zu sein?

»Wir brauchen nichts zu manipulieren, Doktor. Finden Sie die Wahrheit heraus. Wie es gewesen ist.«

Als Marisa in die Zelle zurückgeführt wird, stößt sie im Korridor mit einem Polizisten zusammen, der eine dicke Frau an Handschellen wie eine störrische Kuh hinter sich herzieht. Unheimlich ist, daß man sie nur schnaufen hört und ein feines, pfeifendes Gurgeln aus ihrer verfetteten Kehle kommt. Das Kopftuch aus braunem Rupfen verdeckt ihr Gesicht, und der wabblige Körper in dem ärmellosen geblümten Fetzen stemmt sich mit fettgepolsterten Armen gegen den Polizisten, der die Kette zwischen ihren Handschellen zum Ziehen benutzt. So rutscht sie, den Kopf auf die riesigen Brüste gesenkt, den Steiß hochgereckt, über die Fliesen, während ein zweiter Polizist neben ihr hergeht, ohne sie anzuschauen, wie ein Hüterbub, der gewohnt ist, störrisches Vieh heimzutreiben.

Marisa drückt sich an die feuchte Wand, um die Prozession vorbeizulassen. Als der Zugführer sie erblickt, läßt er die Kette locker und bleibt schließlich stehen. Ohne den Kopf zu heben, benutzt die Dicke die Verschnaufpause, um mit gewaltiger Kraftanstrengung den Hintern nach vorn zu bringen und die Arme anzuwinkeln, so daß der überraschte Gendarm, die Kette nicht loslassend, zurückgerissen wird und ihr Kopf in seiner Magengrube landet, daß es einen dumpfen Knall gibt, wie wenn ein Kürbis vom Eselskarren auf die Straße fällt und zerplatzt.

»Jetzt hab' ich aber genug. Los, schieb!« brüllt er seinen Kollegen an, und der, ohne lange zu überlegen, stellt sich hinter sie, umfaßt mit beiden Händen ihren Hintern, schiebt und hilft noch mit dem Knie nach, so daß die Alte für einen Moment den Kopf hebt und Marisa ihr Gesicht erkennen kann. Dicke, zusammengewachsene schwarze Augenbrauen, fleischige Indianernase, Schnurrbart und Warzen auf den feisten Backen. Für den Bruchteil einer Sekunde treffen sich ihre Blicke, und als hätte der Anblick Marisas ihren Widerstand gebrochen, läßt sie sich willig abführen. Der Polizist mit dem mausgrauen Uniformhinterteil schließt Marisas Zelle auf.

»Was ist denn mit der?«

»Sie hat noch nicht gestanden, aber die Indizien sind eindeutig!«

»Was hat sie denn angestellt?«

»Ihr Mann betrügt sie mit einer Bäuerin, die Hühner hält und die Eier auf dem Markt verkauft. Wie die alte Hexe daraufgekommen ist, hat sie sich am Markttag ins Anwesen geschlichen und den Hühnern die Hälse umgedreht. Siebzig Stück! Die Köpfe der Hennen hat sie fein säuberlich im Schlafzimmer der Bäuerin aufs Bett gelegt, die der Hähne aufs Kopfkissen und die Körper in die Jauchegrube geschmissen.«

»Aber sie hat doch nicht gestanden. Vielleicht war es ein anderer.«

Der Gendarm lächelt verschmitzt, während er Marisa eintreten läßt. Dabei macht er eine einladende Geste, wie um einem Ehrengast den Vortritt zu lassen. »Drei von den siebzig hat man gerupft in ihrer Kochkiste gefunden. Die fettesten. Und an der Bäuerin soll sie einen Mordversuch begangen haben. Gift!«

Der Tisch ist mit einer karierten Decke überzogen. Die Rosen stehen in einem sauberen Plastikeimer. Daneben Holzteller, Messer und Gabel, eine Tonschüssel mit Wurst, Ziegenkäse und duftenden Empanadas.

Sie betrachtet die leckeren Fressalien und denkt an das blutige Bett der Bäuerin. Sie überlegt, wie viele Hühnerköpfe auf ihrer Pritsche Platz hätten. Sie legt ihre Hand und den Ellbogen auf die Decke. Fünf Zentimeter etwa pro Kopf. Sie kommt auf fünfunddreißig der Länge nach, also hätten siebzig gut Platz, übereinander aufgebahrt. Sicherlich hatte sie ein breites Bett mit einer Kuhle in der Mitte, vom Aufeinanderliegen. Da wäre Platz, um mit den Köpfen ein Blumenmuster auf die Decke zu zaubern. Die Hahnenkämme auf dem Kopfkissen könnten, die Hälse am blutigen Ende zusammengebunden, aussehen wie ein Strauß ihrer Lieblingsblume, der Strelitzie.

Sie geht zum Tisch zurück und mustert die knusprig-braunen Empanadas. Die oberste legt sie auf die flache Hand. Sie ist noch warm und schwitzt Öl aus, so daß ihre Hand klebrig wird. Sie geht zum Fenster, stößt es auf bis zur Gitterstange und wirft die Empanada mit vorsichtigem Schwung hinaus. Sie klatscht an das Heck des Wohnmobils und fällt zerbröselt zu Boden. Dann geht sie zurück und wiederholt dasselbe mit der nächsten, ängstlich darauf bedacht, nicht die Karosserie zu treffen. So fällt sie direkt unters Fenster, wo ein paar kümmerliche Kakteen ein staubiges Dasein fristen. Die dritte und letzte ritzt sie mit dem Daumennagel auf und riecht an der Füllung aus Fleisch, Zwiebeln, gehackten Paprikaschoten, Tomatenstückchen und Chilibohnen. Sie hat sie besser gemacht, damals am Strand bei Veracruz. Sie klappt den Fladen wieder zu und balanciert ihn nach links zum Fenster hinaus, soweit sie den Unterarm verrenken kann. Sie fürchtet, Rafael könnte die zerfetzten Fleischtaschen sehen oder drauftreten, wenn er zum Wohnmobil kommt. Dann taucht sie die Hand in den Roseneimer, breitet nach dem Abtrocknen das Handtuch auf der Tischkante aus, holt eine kleine spitze Feile aus ihrer Umhängetasche und beginnt, ihre Nägel zu bearbeiten.

Es ist die Stunde des Tages, kurz nach Mittag, in der die Sonne Gitterstäbe auf den Boden schraffiert, die Wohlhabenden den Staub der Morgenarbeit mit einer kühlen *cerveza* hinunterspülen, dazu Oliven und salziges Gebäck naschen, bevor sie sich an den Mittagstisch setzen, um schwarze Bohnen mit paniertem Fisch oder gegrilltem Lamm zu vertilgen, der Ventilator angestellt wird, um die lüsternen Fliegen zu verscheuchen, und die Arbeiter sich nach einem Schluck verdünntem Wein, mit dem sie die Krümel der bröckligen Tortillas aus den Mundwinkeln spülen, im Schatten eines Jacarandabaumes am Wegrand ein Nickerchen gönnen.

Das sind keine Polizistenschritte auf dem Gang. Das ist auch nicht die Alte. Deren Filzsohlentritt erkennt sie nun schon, wenn sie um die Ecke des Korridors watschelt. Jetzt, vor der Zellentür, endet das Gestapfe. Jemand klopft. »Herein«, ruft Marisa. Da wird die Luke geöffnet. Der Dolmetscher stößt mit dem Hutrand an den Rahmen, als er hereinblinzelt.

»Buenas tardes, señorita, ich bringe Ihnen einen Brief und schöne Grüße vom Professor.«

Er reicht ihr ein offenes Kuvert durch den Spalt, der sonst bei renitenten Häftlingen zum Essenfassen dient.

»Danke.« Und, als sie den Brief in den Händen hält, das Gesicht aber nicht verschwindet, die Luke sich nicht schließt: »Noch etwas?«

»Nein, ich hoffe nur, es ist nicht zu arg für Sie da drin. Die Dinge stehen gut. Der Professor und sein Anwalt aus Mexico City haben unseren Rat befolgt und einen erstklassigen Advokaten der Stadt hinzugezogen. Dem ist es sofort gelungen, einen Lokaltermin mit Anwesenheit des Kommissars und eines Vertreters des Staatsanwaltes durchzusetzen. Da wird sich der Sachverhalt am besten klären lassen.«

Marisa tippt zwei Finger an die Schläfe und sagt: »Fahren sie mit dem Wohnmobil?«

»Ja, und mit dem Wagen der Polizei.«

»Danke. *Bueno. Hasta la vista!*«

Sie macht eine entschlossene Kehrtwendung und geht zum Fenster.

Der Dolmetscher schaut verdutzt, murmelt ein *»Hasta mañana«* und schließt achselzuckend die Luke.

Marisa steht am Fenster und liest. Der Brief ist englisch:

Courageous, beloved angel, the authorities agreed to travel to the place of accident. We will depart tomorrow early in the morning, and I hope, it will not be to strenuous for you to see the place, where this nightmare started. But I know, we will convince them as soon as we show the traces of the hold-up. Have a good night's sleep, as far as the circumstances permit it. Did you like the empanadas? Love and a tender kiss. Rafael.

Sie schwankt ein wenig, als sie mit dem zerknüllten Brief zur Pritsche läuft, den Kopf unter dem rauhen Kissen vergräbt, das nach Sisal riecht und in die Nase sticht.
Zum Teufel mit den *authorities*, warum, aus welchen sadistischen Motiven zwingt man mich, wie eine Kuh wiederzukäuen, was geschehen ist. Ich habe doch ausgesagt, zu Protokoll gegeben, wie ich es gemacht habe. Werden die vielleicht den Revolver laden, und ich soll mich noch einmal ins Bett legen und auf die Stelle schießen, wo er ...
Die Glocken läuten zur Vesper. Ihr Gebimmel übertönt den Lärm von der Straße, das Knattern der Lastwagen, die Rufe der Kinder, das Gebell der Hunde, das Geschrei der Esel. Wer sagt, in der Gefangenschaft stehe die Zeit still? Eben war es noch Mittag, und die Sonne leckte die Fliesen. Am Ende des Hofes steht eine Erle. Die hört sie jetzt wispern. Über ihr, im Gebälk, gurren Tauben geschwätzig nach getaner Lauferei auf der Plaza. Auch die Spatzen räumen das Feld und starten in geschlossener Formation in die Baumkronen, daß die Äste raschelnd Blätter abwerfen, um kein Übergewicht auf der Reise in die Nacht mitzuschleppen. Ich bin geborgen hier, und wenn ich Abwechslung brauche, dann reiche ich der Blinden die Hand. Sie führt mich tastend ihren Weg, die Erinnerung.
Sie hört die Alte nicht kommen. Erst als sie vom Korridor aus die Funzel anknipst, die einsame Birne, die wie ein trüber Mond durch staubige Spinnweben schimmert, schreckt sie auf. Sie stellt einen Krug Wasser auf den Tisch.

Marisa trinkt gierig. Die Alte fährt mit ihren knorpeligen Händen über die Tischdecke, dann starrt sie auf den Boden, blickt zum Fenster und sagt:
»Du hast die Empanadas nicht gegessen. Das Besteck ist unberührt, und auf dem Boden sind keine Krümel.«
Marisa antwortet nicht, aber auf dem Weg zum Waschraum fragt sie: »Machst du Tag- und Nachtdienst?«
Die Alte blickt sie argwöhnisch von der Seite an, zeigt zum Gitter am Ende des Ganges.
»Bin genauso eingesperrt wie du. Wenn mein Dienst zu Ende ist, kommt einer vom Revier und läßt mich raus. Manchmal vergessen sie es, dann muß ich läuten. Aber ich habe keine Uhr, von meiner Kammer hört man die Kirchturmglocke nicht, und wenn ich zu früh läute, dann schimpfen sie.«
»Du hast keinen Schlüssel?«
»Früher besaß ich einen. Aber das war zu gefährlich. Sie haben mich gefesselt, geschlagen, überwältigt und in ihre Zellen gesperrt, wenn sie den Schlüssel fanden. Jetzt riskiere ich nichts. Die Kundinnen wissen es. Und jetzt weißt du es auch!«
»Wie lange machst du das schon?«
Die Alte stößt die Tür zum Waschraum auf, mustert Marisa geringschätzig:
»Länger, als du lebst.«
»Wie bist du dazu gekommen?«
»Mein Mann war Gefängnisaufseher. Gott hab' ihn selig. Er ist bei einer Revolte umgekommen. So sparen sie die Rente.«
Marisa beeilt sich mit ihrer Toilette. Das Gefühl, die Alte wartet, macht sie nervös. Wie schnell einem die Freude am geliebten Ritual des Abschminkens, Eincremens, des Duschens – heiß-kalt, wenn sie Besuch erwartete, kalt-heiß, wenn sie alleine schlief – vergehen kann! Auf das lauwarme, stinkende Rinnsal kann sie verzichten.
Sie schläft nackt, bis die Moskitos sie überfallen. Da wickelt sie sich in die Decke und vermummt ihr Gesicht mit dem

Handtuch. Gefesselt im groben Leinentuch, kann sie die Hand nicht ausstrecken, sich nicht bei der Erinnerung einhängen, um über summende Wiesen zu wandern oder auf überfüllten Boulevards zu flanieren.
Der Wohnwagen holpert durch den Wald. Von allen Seiten strahlen Scheinwerfer ihn an. Sie blenden, und Marisa stoppt den Wagen. Sie sieht die aufgescheuchten Tiere des Waldes flüchten. Als sie aussteigen will, schlägt ein Hirsch ihr die Tür vor der Nase zu. Gefangen in den Mauern des Lichts, rennen sie blindlings gegen die zitternden Stämme.
»Jetzt wollen wir den Fall rekonstruieren«, ruft der Kommissar wie ein Regisseur, nachdem der Kameramann das Licht eingestellt und die Requisiteure den Wald gesäubert haben.
Er geht voraus, gefolgt vom Staatsanwalt und einem Polizisten. Sie setzen sich um den Eßtisch im Wohnwagen. Der Kommissar macht Marisa Zeichen, sich ins Bett zu legen. Dann, als sie liegt, den Revolver in der Linken unter der Decke, befiehlt er dem Polizisten: »Jetzt soll der Terrorist eintreten.«
Die Tür geht auf, ein Mann, größer als der Capitán, tritt ein, hängt die M.P. über den Sessel am Cockpit, nähert sich dem Bett. »Und wann haben Sie geschossen?« Marisa zieht den Revolver unter der Decke hervor, zielt, schießt zweimal. Der Mann fällt vornüber. Dabei verrutscht das Tuch, Marisa springt aus dem Bett, richtet den Getroffenen auf. Es ist Luigi.
Sie hört noch den Hund draußen anschlagen, dann wacht sie schweißgebadet auf …
Der vom Dolmetscher und vom Kommissar empfohlene Anwalt ist wahrscheinlich der Beau und Ladykiller der Stadt. Sein schwarzglänzender Serge-Anzug ist makellos, die blau-schwarz gestreifte Krawatte wird von einem blütenweißen Hemd eingerahmt. Manchmal, beim Gestikulieren, fällt Asche auf die Hosenbeine des Kettenrauchers. Dann fährt er elegant mit dem Handrücken über den Fleck und

klatscht in die Hände wie ein Flamencotänzer, bevor er Applaus einsammelt. Ehe er die Vollmacht unterzeichnet, schiebt ihm Rafael, dem Rate Dr. Bruggers folgend, ein ansehnlich dickes Kuvert unter die Akten. »Die Anzahlung für Ihre Bemühung.«
Seine Idee, eine Art Steckbrief des Capitán drucken zu lassen, ist nicht schlecht. Er wird dafür sorgen, daß die Staatsanwaltschaft den Text mit der genauen Beschreibung seiner Kleidung, einschließlich der Tätowierung am Oberarm, akzeptiert. Nur seien die Mittel der Gendarmerie hier in der Provinz arg begrenzt. Wenn Rafael für die Kosten des Druckers, den er als einen ehrlichen Mann empfehlen könne, aufkomme, würde er die Sache in die Wege leiten, und man könne schon morgen, vor der Abfahrt zum Lokaltermin, die Steckbriefe an den auffälligsten Stellen anbringen. Die Lokalzeitung würde den Aufruf in der nächsten Ausgabe bringen, der Herausgeber sei ein alter Freund von ihm, über den Preis solle Rafael sich keine Sorgen machen.
»Wenn sich jemand meldet, der Angaben zur Person machen kann, sind wir einen großen Schritt weiter, *señor profesor.*«
Indem er das sagt, öffnet er den Umschlag und tastet geschwind wie ein routinierter Kartenspieler mit Daumen und Mittelfinger die Scheine ab, sie zählend, ohne sie herauszunehmen.
»Tun Sie alles, was in Ihrer Macht steht. Die Señorita ist in schlechter Verfassung, und ich fürchte, sie wird bei längerer Inhaftierung ernstlich Schaden nehmen. Was das Finanzielle anbetrifft, bitte, verfügen Sie über mich.«
Die Kanzlei des Anwalts liegt nicht weit vom Hotel. Die beiden Männer wandern nachdenklich durch die Straßen. Rafael bleibt vor einem Laden stehen, in dem Wein, Tequila und Spirituosen verkauft werden.
»Doktor, empfehlen Sie mir eine gute Flasche Roten.«
»Gern. Aber im Hotel bekommen wir auch ganz anständigen.«

»Ich will ihn für Marisa. Sie ist gewöhnt, abends einen Trunk zu nehmen. Sie wird besser schlafen können.«
»Alkohol wird konfisziert. Auch für Untersuchungshäftlinge.«
So kauft Rafael Obst, Melonen, Orangen, Papayas. Dann schlendern sie zum »Majestic«.
Eine Kamera blitzt, als Rafael durch die Drehtür das Hotel betritt.
»Presse ist gut für uns«, raunt Dr. Brugger, als der Fotograf, höflich grinsend, nähertritt und mit einem *»Perdóneme«* eine Großaufnahme schießt. Rafael verlangt den Zimmerschlüssel. Der Reporter scheint ermutigt:
»Dürfte ich um ein kurzes Interview bitten, *señor profesor?*«
Rafael holt sich mit einem fragenden Blick Dr. Bruggers Einverständnis und nickt, weist einladend auf die zerschlissene Klubgarnitur. Bevor sie Platz nehmen, sagt Brugger: »Der Professor spricht kaum Spanisch. Ich bin sein Anwalt und werde dolmetschen, wenn Sie es kurz machen.«
»Sie wurden, wenn ich den Polizeibericht richtig verstanden habe, auf der Rückfahrt von einer Studienreise in Guatemala kurz nach der Grenze von einem Banditen angehalten, und Ihre Reisegefährtin hat ihn allem Anschein nach in Notwehr erschossen. Ist die ...«
»Ich muß Sie unterbrechen und den Sachverhalt richtigstellen. Der Herr Professor und seine Mitarbeiterin sind nach Überquerung des Grenzflusses Usumacinta auf mexikanischem Gebiet von einer Bande guatemaltekischer Guerilleros in eine Falle gelockt und unter Todesgefahr über achtundvierzig Stunden gefangengehalten worden. Man hat den Professor gezwungen, Briefe an die Regierung in Guatemala zu schreiben, in denen gefordert wurde, ein Dutzend politischer Häftlinge freizulassen, andernfalls die beiden Geiseln nach Ablauf eines Ultimatums liquidiert würden. Als das Ultimatum abgelaufen war, trafen die Guerilleros Vorbereitungen, ihre Drohung wahrzumachen. Da ist es Señorita Caspar gelungen, den zu allem entschlossenen Mördern

zuvorzukommen und den Chef der Bande mit zwei Schüssen so schwer zu verletzen, daß er nach Einlieferung in das hiesige Krankenhaus starb.«
»Das ist ja hochinteressant.« Der Reporter kritzelt verzückt und schmiert die Seiten seines Blockes voll. »Im Polizeibericht steht nur, die Señorita habe in ihrem Wohnwagen einen Schwerverletzten vor dem Krankenhaus abgeliefert, der unbekleidet war, und die Untersuchung lasse den Schluß zu, daß es sich um ein sexuelles Vergehen handle.«
»Blödsinn! Selbstverständlich wurde nach gelungener Flucht versucht, den Schwerverletzten zu retten. Es ist nur natürlich, daß er dabei entkleidet wurde.«
Der Journalist wittert die Story seines Lebens. Er sieht im Geiste seine Schlagzeile in den morgigen Ausgaben der Blätter der Hauptstadt nachgedruckt. »Exklusivbericht von unserem Korrespondenten Julio Ramírez.« Er beschließt, das Thema Vergewaltigung vorerst fallenzulassen, um beim Anwalt kein störendes Dementi zu provozieren.
»Sie sprechen von einer Bande Terroristen. Haben die Bewacher Sie fliehen lassen, als der Chef verwundet wurde?«
Er wendet sich dabei an Rafael, als könne er der Unterhaltung folgen. Rafaels Gedanken sind bei Marisa, das prasselnde Spanisch der beiden verursacht ihm Kopfschmerzen. Nach ein paar unverständlichen Sätzen hat er es aufgegeben, zuzuhören.
Dr. Brugger zieht mit einer entschuldigenden Handbewegung die Aufmerksamkeit des Fragenden auf sich:
»Der Capitán wurde im Wohnmobil angeschossen. Die Bewacher wähnten die Gefangenen durch seine Anwesenheit genügend überwacht und hielten Mittagspause. Es gelang dem Professor, den Wagen wieder flottzukriegen, bevor sie eintrafen. So begnügten sie sich damit, dem Auto zu folgen, und haben wahrscheinlich von ihren Motorrädern aus beobachtet, wie der Verletzte ins Krankenhaus eingeliefert wurde. Dabei entwendeten sie aus dem unverschlossenen Wohnmo-

bil alle Beweisstücke: die für sie wertvolle Maschinenpistole, das Funksprechgerät, eine Polaroid-Kamera.«

Der Reporter kritzelt langsamer. Dann blättert er nachdenklich in seinen Notizen, zündet sich mit einem »Sie gestatten« eine Zigarette an, macht einen tiefen Lungenzug.

»Ist bekannt, wie die guatemaltekische Regierung auf die Geiselnahme reagiert hat?«

»Leider nicht. Wir stehen vor einem Rätsel. Wir können nur Vermutungen anstellen. Der Version, daß Brief und Fotos im letzten Moment nicht abgesandt oder übergeben wurden, widerspricht die mitgehörte Order an den Capitán über Walkie-Talkie, die Regierung habe die Geiselnahme mit der Liquidierung der inhaftierten politischen Gefangenen beantwortet, und es sei ihm überlassen, die Angelegenheit im Sinne der ›guten Sache‹ zu Ende zu führen. Das geschah wenige Minuten vor dem Notwehrakt Fräulein Caspars.«

Ein Kellner streicht schon zum zweitenmal um den Tisch und macht Anstalten, den Aschenbecher auszuwechseln. Man sieht es seiner schlecht gespielten Harmlosigkeit an, wie er versucht, sich kein Wort entgehen zu lassen. Rafael bestellt Rotwein. Widerwillig entfernt sich der Ober und schlendert verdrossen in Richtung Restaurant.

»Der Professor spricht nicht Spanisch. Wer hat diese Durchsage mitgehört?«

»Fräulein Caspar natürlich. Es ist ihre Muttersprache.«

»Dann besteht kein Zweifel. Die Regierung hat das Ultimatum erhalten ...«

Dr. Brugger unterbricht ihn und vollendet den Satz: »... und die Sache totgeschwiegen, totale Nachrichtensperre verhängt, statt zu verhandeln die Häftlinge umgebracht. Ohne Prozeß, ohne Todesurteil, ohne das Leben der Geiseln zu schonen. Ich glaube, die Weltöffentlichkeit hat ein Recht, das zu erfahren. Da Sie der erste sind und in unserem Land Gott sei Dank absolute Pressefreiheit herrscht, erachten wir es als Ihre Pflicht, über die Angelegenheit wahrheitsgemäß zu berichten!«

Julio Ramírez saugt am Stummel seiner Zigarette, hustet und sucht nach einem Aschenbecher, den der durch die Bestellung des Weines abgelenkte Kellner mitgenommen hat, statt ihn auszuwechseln. Der glimmende Filter droht die Finger zu verbrennen. Er schiebt mit dem Fuß diskret die Matte unter der Klubgarnitur zur Seite und zertritt ihn auf dem gekachelten Boden.
»Ich bin mir der Ehre und journalistischen Aufgabe voll bewußt, nur – Sie verzeihen meine Pedanterie –, wo sind die Beweise, daß sich alles so abgespielt hat, wie Sie es darlegen?«
Es entsteht eine Pause. Dr. Brugger wartet, weil der Kellner aus der Tiefe der Halle mit einem Tablett erscheint, auf dem drei Gläser und eine Flasche Wein stehen. Er fegt mit einer Serviette über den Tisch, stellt die Gläser gezirkelt in die Runde, beginnt, nachdem er Rafael das Etikett zur Begutachtung gezeigt hat, umständlich die Flasche zu entkorken, einzuschenken. Zunächst eine Kostprobe für den Besteller, und als Rafael nippt und zustimmend nickt, füllt er die Gläser. Ohne Zweifel fühlt er sich wie der Maître d'hotel im Mexico-Hilton.
»Wenn wir Beweise hätten«, meint Dr. Brugger schließlich, nachdem der Kellner außer Hörweite ist, »dann säße Fräulein Caspar nicht im Gefängnis, sondern hier, und wir würden Champagner trinken. So aber muß sich die Arme unter der Pedanterie, um Ihr Wort zu gebrauchen, und Bürokratie der Polizei vielleicht noch tagelang wie ein Verbrecher behandeln lassen. Aber« – Brugger nimmt einen gehörigen Schluck, wischt mit dem Taschentuch über Schnurrbart und Mund – »vielleicht sehen wir zu schwarz und lesen morgen früh in der ›Washington Post‹ die Fotokopie des Ultimatums. Dann hätten Sie Ihre Zeit umsonst vertan.«
Das wirkt. Julio Ramírez erhebt sich, sammelt Block und Kugelschreiber ein, verbeugt sich vor Rafael, reicht Brugger die Hand.

»Ich werde versuchen, den Umbruch aufzuhalten, damit wir die Meldung an gebührender Stelle bringen. Ich danke Ihnen.«
In diesem Augenblick erscheint der Advokat in der Halle und schwenkt, als er die Gruppe erblickt, triumphierend einen Packen Papier.
»*Señores*, schneller geht es in Deutschland auch nicht! Hier ist der Steckbrief, noch feucht aus der Druckerpresse.«
Damit entfaltet er ein Blatt. Die drei Männer halten den Bogen, jeder an einer Seite. Dr. Brugger liest und übersetzt:

»WER KENNT IHN?«

Darunter, in verschmiertem Druck, das Foto des Capitán.

In der Nacht zum zwanzigsten Mai wurde dieser Unbekannte erschossen! Er trug graue Jeans, kariertes, braungraues Hemd, schwarze Schaftstiefel, braune Lederweste, Sonnenbrille. Ist ca. dreißig Jahre alt, ein Meter achtundsiebzig groß, am rechten Oberarm tätowiert. Am linken Mittelfinger ein goldener Ring mit Onyxstein. Angaben, die zur Identifizierung der Person führen, werden gegen eine Belohnung von ... Pesos auf jeder Polizeistation entgegengenommen.
Juzgado de Palenque, am 23. Mai 1975.

»Behalten Sie eins, Julio, das muß in die Morgenausgabe.«
Julio Ramírez erhält das Blatt und verabschiedet sich eilends. *Abogado* Ferrero tippt ihn noch leutselig auf die Schulter, die Asche seiner Zigarette rollt dabei vom Sakko auf die umgehängte Kamera. Dann lädt er die Herren mit weltmännischer Geste zum Sitzen ein. Rafael bestellt eine neue Flasche und ein sauberes Glas.
Dr. Brugger betrachtet noch immer das Plakat: »Die Summe für die Belohnung ist nicht eingesetzt.«
Ferrero tippt sich an die Stirn: »Jesus, das hätte ich beinahe

vergessen. Ich nehme an, Sie begreifen, die Staatsanwaltschaft kann damit nicht belastet werden. Es war schon schwer genug, die Herren zu überreden, Foto und Text freizugeben. Welche Summe schlagen Sie vor? Keinen zu bedeutenden Betrag, sonst gibt es zuviel Arbeit mit falschen Angaben geldgieriger Schmarotzer.«

Man einigt sich auf fünfhundert Pesos, und Ferrero eilt dem Reporter nach. Als er zurückkommt und sich mit einem souveränen »Alles erledigt« behaglich in den Sessel fallen läßt, ist die Flasche entkorkt, und er hebt das Glas:

»Auf das Wohl der Señorita!«

Sie stoßen an und trinken genießerisch.

Ferrero strahlt: »Ich glaube, wir haben es gut getroffen. Der Vertreter des Staatsanwalts ist ein alter Freund von mir, und ich bin sicher, er wird mit meiner, Pardon, mit unserer Hilfe« – er wendet sich kollegial an Dr. Brugger – »beim Lokaltermin die Beweise für den Überfall dieser gewissenlosen Terroristen finden.«

Als sie endlich aufstehen, ist die Halle leer, der Nachtportier hat den Lüster ausgeschaltet, nur ein Wandleuchter, um den Heere von Faltern und anderem Nachtgetier flattern, erleuchtet die Nische. Rafael nimmt den Rest der Flasche mit, gibt dem gähnenden Kellner ein Trinkgeld. Brugger vereinbart den Treffpunkt. Zehn Uhr vor dem Gebäude der *policía judicial.* Die Männer stapfen die Treppe hinauf, und vor Rafaels Tür wünscht Brugger gute Nacht.

»Schlafen Sie gut, der Wein wird Ihnen helfen. Ich muß morgen sofort nach dem Termin zurück nach Mexico City. Wir haben einen schweren Tag vor uns, und ich freue mich auf mein Bett.«

Rafael hat aufgeschlossen und ist im Begriff, die Klinke zu drücken. Da öffnet sich nebenan eine schmale Tür mit der Aufschrift *»Servicio«*. Eine Bedienerin erscheint. Sie trägt eine altmodische Schürze mit Halskrause, ein schwarzes Tuch verdeckt Stirn und Haar. Das einzige Licht im Gang stammt von einer schmutzigen Glühbirne im Treppenhaus.

Für den Bruchteil einer Sekunde wendet sie ihm ihr Gesicht zu. Rafael fühlt einen kalten Luftzug. Eine Gänsehaut kriecht von der Mitte des Rückens zu den Schultern, die Arme hinunter, lähmt seine Hand. Die Frau hat sich abgewendet und schlurft dicht an ihm vorbei. *»Buenas noches, señor!«*

Der Geruch vermoderter Geranien sticht ihm in die Nase. Rafael stößt mit dem Fuß die Tür auf, tritt ein und lehnt sich gegen die Tür, die ein Windstoß vom offenen Fenster her zugeschlagen hat. Er kennt dieses Gesicht. Hat das gemeißelte Profil mit den hohlen Wangen, den faltigen Mandelaugen, den offenen Lippen, der vorgeschobenen Zunge, die die Zähne verdeckt, hundertmal in Stein gehauen gesehen und auf Abbildungen betrachtet. »Die Göttin der Rache.«

Der Wind bauscht die Gardine zu einem schwangeren Leib. Rafael hat Flasche und Glas mit beiden Händen wie schützend vor der Brust gekreuzt. Zittrige Schatten fliehen vor dem nebligen Schein der Straßenbeleuchtung hinter das Bett, den Sessel, die Schreibkommode. Rafael ist unfähig, sich zu bewegen. Wo, verdammt, ist der Lichtschalter. Er hält die Flasche hoch, gießt das Glas voll. Trinkt es in einem Zug aus. Der Wein gerbt die Gänsehaut, übersät sie mit Schweißperlen. Heilt die Lähmung der Glieder. Er rückt den wackligen Sessel zum Fenster. Hält die Flasche gegen das Licht. Lieber hinausschauen auf die verödete Straße, als die feindseligen Schatten beobachten. Noch zwei Gläser in der Pulle ...

Er weiß nicht, wie lange er so sitzt, hinausstiert auf die Blätter der Bäume, die der Wind weckt, daß sie aufseufzen, um sich auf die andere Seite zu legen und weiterzuschlafen, wenn der Wind am nächsten Stamm anklopft. Marsch ins Bett, Junge. Deine Nerven brauchen dringend Schlaf, das ist es. Er stellt die leere Flasche auf den Boden, nuckelt noch den letzten Tropfen aus dem Glas. Dann zieht er im Sitzen die Schuhe aus.

Plötzlich geht das Licht auf der Straße aus. Nichts spiegelt sich mehr in den blinden Scheiben gegenüber. Er versteht. Es gibt keine Straßenbeleuchtung. Der Schein kam vom Hotel. Der Portier hat ausgeschaltet, hat die Haustür geschlossen und ist schlafen gegangen. Alle Gäste sind heimgekehrt und schnarchen wohlverpackt unter den Moskitonetzen. Rafael schließt das Fenster, bevor er Licht macht. Die Stille verschlägt ihm den Atem. Die Schatten haben es sich in den Ecken gemütlich gemacht. Das Glimmen der Nachttischlampe mit ihrem verstaubten plissierten Schirm stört sie nicht. Er zieht das khakifarbene verschwitzte Hemd aus. Zu faul, die Knöpfe zu öffnen, stülpt er es sich über den Kopf. Das Rascheln kommt ihm vor wie Schlürfen von draußen, vom Korridor.

»Der Schlüssel! Ich habe den Schlüssel draußen steckenlassen.«

Er springt auf. Ganz hinten im Gang brennt jetzt nur noch eine bläuliche Notlampe. Der Schlüssel steckt nicht im Schloß. »Verdammt, wahrscheinlich habe ich ihn doch eingesteckt, als die Hexe vorbeischlich.« Er durchsucht seine Jacke, die irgendwo auf dem Boden liegt. Nichts. Nichts auf dem Bett. Nichts auf dem Nachttisch. Nichts im Sessel. Die Hexe muß ihn abgezogen haben. Natürlich, sie hat nur darauf gelauert. Die Tür hat keinen Riegel. So wie er ist, in Strümpfen, mit nacktem Oberkörper, jagt er die Treppe hinunter. Die Halle ist schwarz, und er stößt gegen Tische, Stühle und schließlich gegen die Portiersloge. Mit dem Feuerzeug beleuchtet er die Schlüsselkästen. Sein Fach ist leer. Er überlegt, ob er Brugger wecken soll, weiß aber nicht, welche Zimmernummer er hat. Er kann doch wohl nicht im Ernst an allen Zimmern klopfen und »Brugger« rufen. Beim Hinaufgehen verpaßt er den Stiegenabsatz und klotzt mit den Zehen gegen eine Stufe. Es schmerzt höllisch, und er humpelt über den Gang. Dies müßte sein Zimmer sein. Das Feuerzeug flammt auf und beleuchtet *»Servicio«*. Er klopft und drückt schließlich die Klinke. Sie quietscht. Verschlossen. Er klopft stärker.

»Servicio! Servicio, por favor!«
Ein Geräusch. Wie weit entferntes Stöhnen.
Dann wieder singende, unheimliche Stille. Nur das Blut pocht in den Ohren.
Er stellt den Sessel vor die Tür und legt sich unter das stinkende Moskitonetz. Es riecht, als hätte man die Abgase eines Dieselmotors hineingeleitet. Er hat Angst.

Marisa hat bereits eine Lieblingsecke in der Zelle. Da kauert sie im Schneidersitz, den Eimer mit den Blumen vor sich, bis die Alte sie zum Waschen abholt. Nach dem Waschen bleibt die Alte neben den Enchilladas und dem heißen Kaffee stehen, rührt sich nicht. Wie eine Statue im schnell aufsteigenden Licht. Marisa kümmert sich nicht um sie. Läßt das Handtuch ungeniert fallen. Als sie nach ihren Blue jeans langt, treffen sich ihre Blicke. Bewunderung und Neid:
»Wenn du nicht ißt, wirst du häßlich!«
»Bin ich schön?«
»Ja.«
Die Hose klebt an den feuchten Schenkeln. Zwei Fliegen gaukeln um ihren Schoß.
»Trägst du keinen Slip?«
»Nie!«
»Dann mußt du die Hose oft waschen. Innen.«
»Tu' ich gern. Dann sitzt sie stramm.«
»Wirst du wieder nichts essen?«
Marisa schüttelt den Kopf. »Ich hab' keinen Appetit.«
»Was willst du erreichen mit dem Hungern?«
Marisa lacht. Bindet ihr Tuch unter dem Kinn fest nach Art der Bäuerinnen: »Ich bin zu dick und will abnehmen.«
Jetzt erst schlüpft sie ins Hemd, knöpft es am Hals zu, so daß die Ecke des Kopftuches hinten unter dem Kragen fest sitzt. Als sie damit fertig ist, langt sie nach dem Blechbecher

mit Kaffee, der in der feuchten Kühle noch immer dampft. Blitzschnell, bevor der Becher den Mund erreicht, wirft die Alte ein Stück Zucker hinein. Marisa hält in der Bewegung inne. Überlegt, ob sie den Zucker herausfischen soll, bevor er sich auflöst. Dann, als fühle sie sich ertappt, trinkt sie, erst langsam, einen kleinen Schluck. Preßt die Zunge an den Gaumen und schließt dabei die Augen. Dann kippt sie gierig den Rest.

»Du willst abnehmen?« sagt die Alte beim Hinausgehen. »Das stimmt nicht. Du hast was anderes vor.«

Der Kaffee schmeckt bitter, trotz des Zuckers. Malz, Zichorie machen ihn nur schleimig. Sie gießt Wasser aus dem Krug in den Becher. Die Fliegen auf dem Brett mit Käse und Wurst sind schon so vollgefressen, daß sie zu träge sind, sich verscheuchen zu lassen. Sie ziehen es vor, auf dem Festmahl zu sterben, als Marisa mit dem Handtuch draufklatscht. Nein. Mit Wasser dauert es zu lange. Sie nimmt das Brett und geht zum Fenster, zwängt es durch den Spalt, bis die Wurst hinunterrollt, am Boden eine Katze verscheucht. Sie kann sie nicht sehen, aber sie hört sie miauen. Wahrscheinlich fraß sie gerade die herumliegenden Empanadas. Der Käse klebt auf dem Holz. Vorsichtig wendet sie es und schlägt es gegen die scharfe Mauerkante, bis der Käse mitsamt den Fliegen sich löst. Sie hört das Aufsperren der kleinen Hoftüre. Sie erkennt den Gendarmen, der gestern die störrische Dicke in die Zelle trieb. Er muß sich bücken, um durch die niedrige Pforte zu kommen, die ins Tor geschnitten ist. Die Torflügel sind mit langen Eisenstangen gesichert. Der Gendarm zieht, die Stangen sind schwer, und es kostet Anstrengung. Er läßt sie längs der Mauer niederfallen, daß es kracht.

Plötzlich hockt die Katze auf dem Fenstersims und leckt sich die Pfoten. Zum Streicheln nahe. Jetzt hat der Polizist einen riesigen Schlüssel aus der Hosentasche geholt und dreht ihn im kreischenden Schloß, das über der Pforte nur mit hochgestreckten Armen zu erreichen ist. In den Scharnieren knarrend öffnen sich die Flügel und wanken links und rechts an die Mauer. Da steht Rafael. Neben ihm Dr. Brugger und noch jemand, den sie nicht kennt. Rafael schaut ihr direkt in die Augen, obwohl sie sicher ist, daß er sie nicht sehen kann. Nur ihre Hand mit dem Holzbrett hängt noch über der Mauerkante. Wie sie mit einer ungeschickten Bewegung die Hand zurückzieht, fällt es auf den Boden, und die Katze springt ihm nach.

Mit einem Satz ist Rafael unter dem Fenster.

»Wie war die Nacht, Marisa?«

»O.k. Werden sie mich jetzt holen, zum Lokaltermin?«

»Ja.«

»Wenn sie mich zwingen, in« – sie deutet auf den Wagen – »in dem da zu fahren, gestehe ich lieber das Blaue vom Himmel!«

Rafael überlegt. Dann tippt er mit einem schmerzlichen Lächeln zwei Finger an die Schläfe und sagt:

»Verstehe. Ich werde mit ihnen sprechen.«

Er nimmt die Hand zurück, winkt müde und geht zum Auto. Marisa holt ihre Umhängetasche, kramt das Kästchen mit der Tusche hervor, öffnet es, betrachtet in dem kleinen Spiegel ihre Augen, die abgeschminkten Lider, die tiefen Ringe. Sie klappt das Kästchen zu. In diesem Moment hört sie den Motor anspringen, und der zurückrollende Wagen verdunkelt für Sekunden die Zelle.

Marisa sitzt im Polizeiauto neben dem Gendarmen, der sie – mein Gott, wie lange ist es schon her – zum Krankenhaus geführt hatte. Im Fond der Vertreter des Staatsanwalts mit dem Kommissar. Rafael sitzt am Steuer des Wohnmobils, hinter ihm, im Wagen Dr. Bruggers, Ferrero mit dem Dolmetscher. Der Konvoi fährt in gehörigem Abstand, und wenn Marisa sich zum Gendarmen beugt, um in den Rückspiegel zu schauen, sieht sie nur Staub. Sie hat bemerkt, wie der Polizeibeamte bei der Abfahrt den kleinen Kilometerzähler unter dem Armaturenbrett auf Null stellte, und eine Weile denkt sie daran, die Augen zu schließen und ihn

einfach geradeaus weiterfahren zu lassen, an der Abzweigung vorbei. Aber als sie nach endloser Fahrt das Dorf passieren, wo Rafael die Hühner überfuhr, nimmt er Gas weg und schaut vor jeder Lichtung nach rechts.
»Jetzt muß die Abzweigung bald kommen.«
Die Männer im Fond halten im Gespräch inne, und Marisa fragt: »Woher wissen Sie das so genau?«
Er lächelt verlegen: »Der Fluß ist nicht weit.«
Merkwürdig. Hat Rafael die Route so genau beschrieben? Sie mögen einen halben Kilometer gefahren sein, als sie ruft: »Hier!« Der Fahrer will in den Hohlweg einbiegen, der sich rechts von ihnen auftut, aber sie bittet ihn, zu halten. Steigt aus. Als sie zu der Stelle geht, wo der Pfahl mit dem Schild »Bonampak« stand, hält auch Rafael und steigt aus, gefolgt von einem Gendarmen. Auch die anderen klettern aus den Autos, und die Straße ist plötzlich voller Menschen.
»Hier, auf den Meter genau, stand der Wegweiser!«
Der Boden ist plattgewalzt, und man erkennt Spuren eines Bulldozers. Sie kratzt mit dem Stiefel im Staub, und der Gendarm folgt lahmarschig ihrem Beispiel.
»Schwer, Spuren zu entdecken«, sagt der Kommissar und blickt beifallheischend zum Vertreter des Staatsanwalts. Hinter der Kurve röhrt ein uralter Lastwagen heran. Die Autos versperren ihm den Weg. Die Bremsen kreischen, daß die Papageien im Wald antworten.
»Weiter«, meint der Vertreter des Staatsanwalts, und die Männer zünden Zigaretten an, bevor sie einsteigen.
Die Sonne lastet brütend heiß auf der Straße. Im Wald umfängt sie erfrischende Kühle. Marisa kurbelt das Fenster herunter. Der modrige Geruch betäubt. Sie schließt die Augen. »Sie müssen jetzt aufpassen, wenn wir den Platz finden wollen.«
»Zu Befehl!«
Die Antwort erscheint nur angemessen, denn niemand lacht. Viele Bäume am Wegrand sind mit Pechkreuzen markiert. »Das ist neu«, denkt Marisa. Die Autos brummen gedämpft

auf dem Humus, und trotzdem verstummen die Tiere, als hielten sie den Atem an. Nur die Papageien, die in ihren Baumkronen keine Angst haben, schreien wie hysterische alte Weiber. Sie denkt an den Traum und an Luigis traurige Augen, als er abgeholt wurde. An den Augen konnte man die Angst nicht erkennen. Nur an der Art, wie er ihr zuflüsterte: »Hau ab, und versteck dich.« Wie er ihr den Garderobenschein gab und ein Zehnschillingstück, den Mantel nahm, vor dem großen Wandspiegel im gelbseidenen Licht des Palais Esterházy den Schweiß mit dem Handrükken von Augen und Oberlippe wischte, wie einer, der morgens nach einem bösen Traum aufwacht. Sie entdeckte die Zigarettenpackung auf dem Garderobentisch, wollte sie ihm beinahe noch nachbringen, als die Bullen in ihren Lodenmänteln ihn schon freundlich-diskret in die Mitte nahmen. Da fühlte sie, daß statt seiner geliebten Gauloises harte Hundert- und Fünfhundert-Schilling-Jetons in der Schachtel waren, mit deren Erlös sie später das Billett nach Mestre kaufte.

»Hinter der nächsten Kurve müssen die Bäume liegen!«

Der Boden ist hier feucht, und der Fahrer schaltet in den zweiten Gang. Der Wagen rollt im Falsett.

Plötzlich das kreischende Aufheulen. Ganz nah, hinter der Biegung.

»Die Hondas«, schreit Marisa und dreht sich um. Die beiden Männer im Fond rauchen gemütlich, blicken ein wenig verwundert.

»Hondas? Wovon sprechen Sie, Señorita?«

Sie sieht durch das Rückfenster, wie das Wohnmobil abrupt hält. Rafael muß auch das Motorengeheul gehört haben, das Löcher in die Stille reißt.

»Die Entführer fahren Motorräder. Sie kommen auf uns zu.«

»Sie irren, Señorita, sehen Sie nach vorn. Das ist eine Motorsäge, wie sie die Holzfäller benutzen.«

Der Wagen hat die Kurve genommen. Vor ihnen liegt der

Weg schnurgerade und verliert sich im Dickicht. Die Nachmittagssonne klettert vom Westen durchs Laub und wirft glitzernde Flecken. Keine hundert Meter voraus stehen Männer um einen Schlepper. Am Wegesrand, neben gefällten Stämmen, halten zwei Arbeiter in blauen Overalls einen dampfenden roten Kasten, dessen ohrenbetäubendes an- und abschwellendes Heulen verblubbert und verstummt, als sie die Autos kommen sehen. Im Schrittempo rollt der Konvoi bis dicht an den Sattelschlepper.
Rafael und sein Polizist sind als erste aus dem Wagen geklettert. Die Männer hieven mit einer Winde, die an dem Fahrzeug montiert ist, einen geschälten Stamm auf den Anhänger. Sie erblicken die Autokolonne und halten inne. Es sind wilde Gestalten, die feindselig herumstehen, als sie den Wagen mit der weißen Aufschrift *»Policía nacional«* ausmachen.
»Die Bäume! Die Bäume, die uns den Weg blockierten!«
Der Kommissar deutet auf die Stämme neben der Säge und auf den Anhänger. Dann ruft er den Männern zu:
»Dónde esta vuestro jefe?«
Die Männer zeigen stumm auf den dunklen Indio am Wegesrand, der die Motorsäge zwischen den Knien hält.
Als der Polizist hinübergeht, um ihn zu holen, nehmen die Männer ihre Arbeit wieder auf. Einige fangen an zu singen, und nun, da die Motoren schweigen, hört man das leise Gequietsche der Kurbel, welche die Hanfstricke auf die Winde dreht und Zoll für Zoll den schweren Stamm hochwuchtet. Rafael wendet sich an den Dolmetscher:
»Fragen Sie ihn, ob er weiß, von wem die beiden Bäume gefällt wurden, die bis vor drei Tagen hier quer über der Straße lagen im Abstand von acht Metern.«
Der Dolmetscher übersetzt es, und der Jefe kratzt sich unter der Wollmütze, deutet den Weg hinunter. Sein Ton hat etwas Gelangweiltes, als er antwortet: »Wir haben diese Woche mit den markierten Bäumen längs der Wegschneise angefangen, damit wir nächste Woche im Wald fällen können.«

Der Kommissar gesellt sich zur Gruppe.
»Als euer Trupp hier eintraf, lagen da schon zwei gefällte Bäume quer über dem Weg?«
Der Jefe lächelt und blickt zu seinen Männern.
»Wer sollte uns die Arbeit abgenommen haben?«
Abogado Ferrero ist dazugetreten. Er bläst dem Jefe seinen tiefen Lungenzug unter die Nase. Der Rauch kräuselt sich bläulich über der Mütze.
»Banditen! Guerilleros, die den Wohnwagen hier überfallen haben.« Er weist mit dramatischer Geste auf das gelbe Gefährt, das inmitten der anderen Fahrzeuge wie gefangen aussieht.
Einer der Leute, ein großer Kerl mit roten Haaren, die durch eine Lederkappe mit hochgestülpten Ohrenschützern fast ganz verdeckt sind, tritt näher. Mit seinem tiefausgeschnittenen Leibchen sieht er aus wie ein Boxer mit Kopfschutz beim Sparring. Sein sommersprossiger Bizeps ist mit Tätowierungen bedeckt, die sich bewegen, sobald er den Arm bewegt. Meerjungfrauen, deren Brüste hin und her wogen.
»Banditen oder Guerilleros? Das ist nicht dasselbe.«
»Wie heißt du?« Der Vertreter des Staatsanwalts deutet mit dem Zeigefinger auf ihn.
»Edgar. Meine Freunde nennen mich Eddy.«
»Weiter?«
»Soll das heißen, wir können weitermachen?«
»Ich will wissen, wie du heißt, Eddy.«
»Dann stell dich erst einmal vor, *hombre.*«
Der Vertreter des Staatsanwalts zieht eine Plastikhülle mit Foto und gestempelten Papieren aus der Brusttasche. Hält sie dem Typ unter die Nase.
»Ich bin der Vertreter des Staatsanwalts des Distrikts, falls du lesen kannst.«
Der Rothaarige fährt sich über die Augen, klappt die Ohrenschützer herunter, wirft kaum einen Blick auf den Wisch, sondern lacht.

»Meine Augen sind blind vom Holzmehl und meine Ohren taub von der Säge! Nun gut: Edgar Lionel Aguilar ist mein Name.«

»Hast du einen Ausweis?«

»Bei meinem Zeug.«

»Hol ihn!«

Er schlendert gemächlich davon, als könne er diese Sparringrunde für sich buchen. Rafael sieht, wie er zum Waldrand geht, an der Satteltasche eines Motorrades nestelt, mit dem Ausweis zurückkommt. Die Gruppe der Holzfäller löst sich auf, als wüßte sie genug über die fremden Leute mit Krawatten und Sakkos. Sie schlendern um die Autos, mustern neugierig das Innere des Wohnmobils, über den Kopf des Polizisten hinweg, der es sich auf dem Einstiegtreppchen bequem gemacht hat.

Marisa hat sich auf einen Baumstumpf gesetzt, der zwei, drei Meter neben dem Wegesrand höher als die anderen aus der Erde ragt! Das muß der Baum gewesen sein, den sie hinter uns gesprengt haben, denkt sie. Die Fläche ist feucht und harzig. Die Rinde riecht verbrannt. Vielleicht liegt etwas herum, eine Sprengkapsel! Ich sollte im Unterholz suchen. Aber ich bin zu müde. Diese Holzfäller stecken unter einer Decke, und was wollen die Ordnungshüter eigentlich herausfinden? Meine Schuld oder unsere Unschuld? Sie sollen mich in Ruhe lassen. Ich möchte schlafen, träumen, wie Helena im Sommernachtstraum. Früher wollte ich immer den Puck spielen, nachdem die Eltern mich zu einer Aufführung nach Santiago mitgenommen hatten. Da wurde der Puck von einer jungen Schauspielerin gespielt, und ich lachte mich halbtot über ihre Kapriolen und Grimassen. Sie hangelte von Ast zu Ast durch den Kulissenwald wie ein Affe. Himmel! Der Affe! Wenn der jetzt käme und aussagen würde. Ich erinnere mich nicht mehr, ob er die Flasche mit der Jodtinktur mitgenommen hat, als er aus dem Fenster sprang. Wenn man sie fände, wäre das ein Alibi? Niemand bestreitet, daß wir hier waren. Die wollen nur nicht glauben, daß wir als Geiseln von Guerilleros festgehalten wurden. Nur weil dem Kapitän die Hose runtergerutscht war und der gewissenhafte Dr. Arana die Flecken meiner Liebkosungen fand. Vielleicht war es die einzige gute Tat in meinem Leben, die einzig barmherzige. Wenn nur der Durst nicht wäre.

»Du lebst also drüben. Bist Grenzgänger. Wie kommst du zur Arbeit?«

»Müde und hungrig!«

»Zu Fuß?«

»Nein.«

»Per Anhalter?«

»Um fünf Uhr früh siehst du weit und breit keinen Lastwagen.«

»Also wie?«

»Per Motorrad.«

»Marke?«

Der Rothaarige weist mit dem Daumen hinüber zum Wald: »Jamaha, Jahrgang 69.«

»Bist du politisch organisiert?«

»Wozu?«

»Du verteidigst die Guerilleros.«

»Ich sagte, Banditen und Guerilleros sind nicht dasselbe. Hören Sie, wir werden nach Kubikmetern Holz bezahlt. Ersetzen Sie uns den Ausfall?«

Dr. Brugger zieht ein paar Scheine aus der Tasche und übergibt sie dem Jefe. Der zählt nach und steckt das Bündel ein. »Noch hundert Pesos, Señor, und ich kann jedem einen Stundenlohn auszahlen.«

Brugger kramt in seiner Brieftasche. Rafael reicht ihm den fehlenden Schein.

»Der Hund. Wenn wir die Leiche des Hundes finden, den sie erschossen haben, besitzen wir ein wichtiges Indiz. Diese Hunde gibt es hier nicht, und er trug ein besonderes Halsband mit italienischen Glasperlen, *contro malocchio* – gegen den bösen Blick.«

Marisa sieht, wie die Männer zu beiden Seiten des Weges eine Kette bilden, wie Treiber bei einer Jagd durch Unterholz streifen, scharren, sich hie und da bücken. Auch Rafael und die Polizisten haben sich angeschlossen! Es würde mich wundern, wenn sie ihn fänden, denkt sie. Eines Tages, nach dem großen Regen, wird sein Gerippe aus dem Humus quellen und von dem ledernen Halsband werden nur noch die grünen Glasperlen herumliegen. Die tiefstehende Sonne trifft ihre Augen. Sie will aufstehen, um sich die Beine zu vertreten, aber das Harz klebt an ihrer Hose. Da schlenkert sie ein bißchen mit den Knien, schließt die Augen und lächelt. Der Gedanke, eine Horde Männer sucht den Wald ab, um ihre Unschuld zu beweisen, hat etwas Groteskes.
Nach kaum zweihundert Schritten dreht die Kette um und kommt langsam auf sie zu. Plötzlich schreckt sie auf. Das heulende Singen eines Zweitakters! Aus den aufgeschichteten Ästen kommt, halb geschoben, ein rotes Motorrad auf den Weg. Die Lederjacke des Fahrers ist offen und weht im Fahrtwind, wie er jetzt mit dem Fuß die Schaltung drückt und die Maschine an Fahrt gewinnt. Er trägt eine dunkelbraune Lederkappe mit Ohrenschützern, wie sie Flieger und Automobilisten auf den vergilbten Fotos in Vaters Album aufhatten. Richthofen, Udet, Caracciola.
»Die Herrschaften müssen ganze Arbeit geleistet haben«, sagt der Dolmetscher, als die Gruppe bei Marisa stehenbleibt. Nur ein paar Holzfäller streunen unlustig durchs Gestrüpp. Auch die Polizisten sind zu den Wagen zurückgekehrt. Der Jefe macht sich mit ein paar Männern daran, die Achse des schwerbeladenen Anhängers an den Sattelschlepper zu koppeln.
»Wir verstehen Ihre Abneigung, noch einmal in den Wohnwagen zu gehen, und respektieren sie. Den Vorgang, wie er sich abgespielt hat, haben Sie zu Protokoll gegeben.«
Der Vertreter des Staatsanwalts macht eine Pause und sieht sich ratlos im Kreise um, als hätte einer der Umstehenden etwas einzuwenden.

»So meine ich, wenn Sie, meine Herren von der *policía judicial,* nichts dagegen haben, verzichten wir auf die Rekonstruktion der Tat im Wohnwagen. Hier hat sich trotz unserer Bemühungen kein Indiz für einen Überfall finden lassen. Ich werde meinem Vorgesetzten dementsprechend berichten.«

Dr. Brugger sieht auf die Uhr und räuspert sich:

»Señorita Caspar ist morgen den vierten Tag in Haft. Nach dem Gesetz darf sie nicht länger als drei Tage festgehalten werden. Wenn der Staatsanwalt nicht entscheidet, der Fall müsse dem Bezirksrichter vorgeführt werden, ist sie ab morgen frei. Ich habe dringende Termine in Mexico City und kann leider nicht länger bleiben. Für den Fall jedoch, daß Sie den Fall weitergeben, ist Professor Thalhammer entschlossen, auf eigene Faust Nachforschungen anzustellen, die ...«

»Der Herr Professor ist frei. Wir sind über jede Information, die Licht in das Dunkel dieser mysteriösen ›Geiselnahme‹ bringen kann, nur dankbar. Wenn die Untersuchung noch nicht abgeschlossen werden konnte, so ist es, wie Sie zugeben werden, nur dem Respekt vor Ihren Mandanten zuzuschreiben und weil wir Ihrem Wunsch nach einem Lokaltermin nachgekommen sind.«

Ist es der Zeitdruck, oder hat er schlechte Nerven, denkt Rafael. Dr. Brugger ist sichtlich nervös und sein Ton aggressiv, als er das druckreife Castellano des Staatsanwaltsgehilfen ein zweites Mal unterbricht.

»Wenn Sie von der Schuldlosigkeit der Señorita überzeugt sind, wird Ihr Bericht dementsprechend ausfallen und keine Anklage erhoben. Dann könnte der Herr Professor auf weitere Recherchen verzichten.«

»Mein Bericht hat nichts mit der Entscheidung des *Ministerio Público* zu tun. Es liegt nicht in meiner Kompetenz, Ihnen hier und jetzt Auskünfte zu geben. Nur eines ist sicher: Es ließen sich keine Indizien finden, die einen Überfall durch Guerilleros beweisen oder?«

»Immerhin, der Hohlweg, die gefällten Bäume wurden gefunden. Der Augenschein deckt sich genau mit den Angaben im Protokoll.«
Abogado Ferreros bramarbasierende Überlegenheit scheint zu schwinden. Die sinkende Sonne entlarvt unbarmherzig ein paar Fettflecken auf dem schwarzen Serge-Anzug.
»Ja.« Der Vertreter des Staatsanwalts nimmt die Brille ab, putzt sie mit einem bunten Tuch und schaut dabei kurzsichtig in den Wald. »Ja, ein idealer Campingplatz für bewaffnete Touristen wurde gefunden. Ich meine, wir können es dabei bewenden lassen. Señor Kommissar, Sie notieren wohl die Zeit, und wir unterzeichnen das Protokoll. Wenn wir uns beeilen, sind wir noch vor Einbruch der Dunkelheit zu Hause.«
Die Herren haben es plötzlich eilig, zu den Autos zu kommen. Marisa steht auf und schüttet aus einem Fläschchen, das sie aus der Umhängetasche nimmt, ein paar Tropfen Eau de Cologne in ihr Kopftuch. Reibt die Harzflecken vom Hinterteil der Blue jeans weg. Rafael hält die Tasche, während sie das tut.
»Marisa, unter diesen Umständen ist es wohl das beste, wenn ich mit *Abogado* Ferrero zum Grenzübergang fahre und versuche, durch den Zollbeamten – du weißt, den im Rollstuhl – herauszufinden, wer unsere Entführer waren. Vielleicht wird es notwendig sein, den Spuren bis nach Guatemala City zu folgen, um endlich zu erfahren, was mit dem Brief und den Kopien für die Presse und so weiter geschehen ist. Ich muß es jetzt tun, rät Ferrero, solange sie mich noch reisen lassen. Es könnte sein, daß sie ihre Meinung ändern und mir den Paß wieder wegnehmen. Nimm das Geld, du kannst dir Essen und Zigaretten bestellen.«
Er öffnet ihre Tasche und stopft ein Bündel Banknoten hinein. Marisa ist fertig mit dem Putzen. Sie wischt noch einmal mit dem Tuch über den Hintern, dann wendet sie sich um, sieht Rafael voll an, während sie das Kopftuch glattstreicht, es wieder sorgfältig unter dem Kinn verknotet.

Als sie damit fertig ist, wird ihr schwindlig, und sie lehnt sich an ihn:
»Mach dir keine Sorgen um mich. Ich … ich bin o.k. Fühle mich ganz geborgen in meinem Loch. Fahr nur, und wenn du in Guatemala ein Flugzeug nach Wien findest, kümmere ich mich mit Dr. Brugger um den Verkauf des Wohnmobils. Oder willst du es jetzt noch behalten und mit deinen gefiederten Schlangen vollstopfen?«
Es ist keine Bitterkeit in ihrem Ton, keine Trauer, kein Selbstmitleid. Sie sagt es freundlich, lächelnd und nestelt dabei an seiner Joppe. Er sieht müde aus, denkt sie. Wir sind beide Wracks.
»Um Gottes willen, Marisa, wie kannst du glauben, ich ließe dich im Stich. Ich liebe dich! Bin nur so verzweifelt, dich nicht besser beschützen zu können.«
»Fühl dich nicht verantwortlich. In Europa hätten sie mich wahrscheinlich früher oder später auch eingelocht, als Mitwisserin, Sympathisantin. Hier brauche ich wenigstens nicht zu singen.«
Sie gehen zu den Autos zurück.
Rafael bittet die Herren in den Wohnwagen.
»Mir ist eingefallen, ich habe den Brief an die Regierung auf meinem dünnen Luftpostpapier geschrieben. Der Capitán bestand darauf, Bögen mit meinem Briefkopf zu benutzen. Obwohl es keinen Durchschlag gibt, sieht man den Abdruck auf den unbenutzten Blättern. Hier, sehen Sie. Ich bin sicher, man kann etwas entziffern.«
Die Briefmappe wird herumgereicht. Sogar der Gendarm wirft einen Blick darauf.
»Markierungen sind ohne Zweifel auf dem Blatt, aber lesen kann ich beim besten Willen nichts.« Der Staatsanwaltsvertreter hat die Brille wieder abgenommen und hält die Mappe dicht vor die kurzsichtigen Augen. Dr. Brugger fährt vorsichtig mit dem Mittelfinger über das Papier, knipst Licht an:
»Es gibt Experten für so etwas. Die präparieren ein solches

Dokument. Wenn Sie einverstanden sind, nehme ich das mit und lasse in Mexico City ein Gutachten erstellen.«
Die Herren nicken, und Brugger versenkt Schriftstück und Mappe in seiner Aktentasche. Dann wendet er sich an den Kommissar: »Ich möchte Ihnen danken, meine Herren, daß Sie der Señorita erspart haben, die Tortur der Rekonstruktion hier im Wagen vorzunehmen. Gestatten Sie, daß meine Klientin in meinem Auto zurückfährt? Kollege Ferrero und Professor Thalhammer wollen im Dorf und am Fluß noch Nachforschungen anstellen.«
Der Kommissar winkt dem Gendarmen: »Kannst du den Wohnwagen fahren?«
Der Polizist nickt und strahlt. Der Gedanke, das vornehme Wohnmobil chauffieren zu dürfen, macht ihm sichtlich Spaß.
Rafael kramt ein paar Sachen in eine kleine Reisetasche, dann erklärt er ihm die Achtgangschaltung.
»Im übrigen kannst du ihn ruhig kaputtfahren ...«
Das übersetzt Dr. Brugger nicht.
»Der Ordnung halber gebe ich Ihnen einen Beamten mit. Aber fahren Sie trotzdem in der Mitte. Zwischen dem Wohnmobil und uns.«
Dr. Brugger will etwas erwidern, besinnt sich aber und sagt nur: »O.k.« Die Herren verabschieden sich.
Marisa lehnt am Kotflügel des Polizeiwagens. Sie sieht nicht hin, als der Polizist ungeschickt das Wohnmobil wendet. Zwischen Vorwärts- und Rückwärtsgang stirbt ihm der Motor ab.
»Gib mir ein paar Zigaretten, Rafael.«
Rafael versucht ein entschuldigendes Lächeln:
»Ich fürchte, deine Marlboros sind ausgegangen. Willst du von meinen Zigaretten?«
»Man muß sich umstellen können, nicht wahr?«
Sie gehen zum Wagen Dr. Bruggers, einem grauen Ford. Marisa hält das Päckchen österreichischer Zigaretten Marke »Memphis« in der Hand.

»Ich glaube, man nennt das Amnesie. Man vergißt, wer man war. Ich kann mich nicht mehr erinnern, was ich geraucht habe und wer ich war. Diebin, Hure, Terroristin, Mörderin. Manchmal denke ich, wir haben das alles geträumt. Und hier« – sie lächelt, kramt ein Fósforo aus ihrer Tasche, zündet die »Memphis« an, schaut dem Rauch nach, der eine Weile über ihr stehen bleibt, so windlos ist es hier –, »hier haben wir im Wald an einem idyllischen Plätzchen kampiert, zwischen Affen, Papageien und Jaguaren, hier sind wir aufgewacht, als die Holzfäller kamen und den Hund erschossen. Luigi war gar nicht dabei.«
»Luigi?« Jetzt erst fällt ihm auf, wie schmal sie geworden ist. Ihre Augen leuchten tief und dunkel, wie unterirdische Seen, kolumbianische Smaragde in geädertem Elfenbein gefaßt.
»Marisa, ich habe ein paar Valium dabei.« Er öffnet seine Reisetasche, seine Hände zittern, als er in dem Säckchen mit den Toilettenartikeln sucht. »Du mußt dich beruhigen. Soviel wie möglich schlafen. Morgen besuche ich dich, und übermorgen fliegen wir nach Europa. Wie wäre es mit Triest? Das Haus meiner Mutter liegt hoch über der Stadt, wie geschaffen, um diesen Alptraum zu vergessen. Sie wird sich freuen, dich kennenzulernen.«
Er hat das Päckchen gefunden und drückt es ihr in die Hand. Da kommt Brugger mit dem Polizisten, ihrem alten Bekannten.
»Tschau, Rafael und, wie gesagt, mach dir keine Sorgen um mich. Grüß deine Mutter, unbekannterweise.«
Da gelingt ihm ein gutes Lächeln. So daß man die Zähne sieht.
»Ciao, du! Ich werde dich erst verlassen, wenn du es mir befiehlst. Ich bin dein!«
Zeit meines Lebens, denkt sie, als sie neben Brugger Platz nimmt, habe ich nur Befehle empfangen, nie welche gegeben. Und doch dabei geglaubt zu tun, was ich wollte. Frei sein.

Die drei Wagen haben gewendet, warten auf das Zeichen zum Abfahren. Die Auspuffrohre qualmen, als rauchten die Autos Pfeife.

Rafael winkt. Marisa sitzt winzig in der Limousine neben Dr. Brugger. Ihr Kopf ist nur bis zu den Augen durch die Windschutzscheibe zu sehen. Große, verwunderte Augen.

Abogado Ferreros Englisch ist mangelhaft, um nicht zu sagen ungenügend für eine Unterhaltung. Sein Optimismus ist sichtlich gedämpft. Rafael kann sich des Eindrucks nicht erwehren, er grübelt mehr über die Möglichkeit nach, wie er aus der Sache mehr Geld herausschlagen könne, als über die Chance, Indizien zusammenzutragen, die zu Marisas schneller Entlassung führen. Schon zum zweitenmal macht er Andeutungen über die Höhe der Spesen für die bevorstehende Fahrt. Läßt durchblicken, sie sollten gleich nach der Grenze die große Straße zur Hauptstadt nehmen. Sich nicht, wie mit Brugger vereinbart, am Grenzdorf unnötig aufhalten. Wenn er Rafaels Theorie richtig auslegt, sitzen die Drahtzieher in Guatemala City und nirgendwo anders.

Natürlich, denkt Rafael, je weiter die Reise, desto höher das Honorar. Aber er hört nur halb zu. Er denkt an Marisa. Ihr Zustand ist bedenklich. Der Stich, den ihm die Erwähnung des Namens Luigi versetzt hat, erfüllt ihn mit bösen Ahnungen. Es ist nicht so sehr Eifersucht, die ihn bekümmert, vielmehr die Frage nach der Macht dieser Menschen über Marisa. Fühlt sie sich schuldig am Tod eines Gleichgesinnten, zeigt sie sich solidarisch mit ihren Bossen und Genossen in Wien und Venedig, denen sie sich freiwillig oder unter Druck angeschlossen hatte? Oder ist es nur der Schock, einen Menschen getötet zu haben? Kann die Weggenossin von blutigen Revolutionären soviel Respekt vor dem Leben eines sie bedrohenden einzelnen haben, um in Verwirrung und Schwermut zu verfallen? Sie war ihm immer ein Rätsel.

Die Fahrt in den sinkenden Abend hinunter zum Fluß geht schneller, als Rafael sie in Erinnerung hat. Kurz bevor die Straße zu der Stelle abbiegt, wo sie die Fähre verließen, passieren sie ein Schild: *Aduana-Customs.* Auch die Hütte am Fluß und die Schranke waren Rafael nicht aufgefallen, als sie im Wohnmobil, den Honda fahrenden Fährleuten folgend, die bohlenbelegte Rampe zur Straße hinauffuhren. Die Schranke ist heruntergelassen. Es dauert eine Weile – Ferrero betätigt wiederholt die Hupe –, bis der Zöllner erscheint. Plötzlich, wie aus dem Erdboden gestampft, steht er neben dem Auto. Auf der Fahrerseite. Er kann nicht aus der Hütte gekommen sein. Sie liegt zur Rechten.

»*Buenas tardes, señores.* Wohin wollen Sie?«

»Hinüber nach Guatemala.«

»Guatemala City? Der Weg zur Hauptstraße ist weit und schlecht.«

»Der Professor ist Archäologe und will Ausgrabungen besuchen.«

»Bis Ciudad Cuauhtémoc gibt es nur Feldwege.«

»Das macht nichts. Sind Sie auch der Fährmann?«

»Fünfzig Pesos für den Wagen, fünfundzwanzig pro Fahrgast.«

Der Zöllner geht mit den Pässen zu einem kleinen Tisch vor der Hütte, betrachtet sie, kommt zurück, mustert Rafael aufmerksam, notiert die Autonummer und trägt sie in ein dickes Heft ein. Zusammen mit den Paßangaben.

Dann dirigiert er Ferrero über den schmalen Bohlenweg zur Fähre. »Fragen Sie ihn, wann er abends Schluß macht, und ob nachts der Grenzübergang geschlossen ist.«

Der Zöllner stellt Bremsklötze hinter die Räder, wirft den Diesel an, legt ab.

Die drei Männer stehen nahe dem Verschlag, unter dem der Diesel faucht und tuckert.

»Ja«, lacht der Fährmann-Zöllner, als Ferrero ihm die Frage stellt, »dies ist heute die letzte Fahrt. Wenn ich zurück bin, ist es Nacht, und ich muß noch ein gutes Stück Weg mit dem Fahrrad fahren, bis ich zu Hause bin. Falls Sie es sich drüben anders überlegen und zurück wollen, müssen Sie bis morgen warten oder die Brücke bei Cuauhtémoc nehmen.«

»Versehen Sie immer das Amt des Fährmannes?«
»Drüben gibt es einen jüngeren, aber er kann die Fähre nicht rüberholen, wenn sie hier ist.«
»Ist der auch gleichzeitig Zöllner?«
»Nein. Der Zöllner ist gelähmt und sitzt im Rollstuhl. Warum fragen Sie das alles?«
Rafael ist zum Wagen gegangen und hat den Steckbrief geholt. Breitet das Plakat vor ihm aus:
»Kennen Sie diesen Mann?«
Der Zöllner liest halblaut den Text, kneift die Augen zusammen, wie er das Foto studiert. Dann zuckt etwas in seinem Gesicht. Er schaut verdutzt hinüber zur Anlegestelle, die schnell auf sie zukommt. Nimmt Gas weg vom Motor. Dann mustert er Ferrero:
»Sind Sie von der Polizei?«
»Nein. Ich bin Anwalt und möchte die Eltern oder Verwandten des Mannes finden. Es scheint, Sie kennen ihn?«
»Tut mir leid.« Er macht sich am Motor zu schaffen. Stellt ihn schließlich ab. Geht nach vorn, nimmt ein Tau. »Das Licht ist schlecht und der Druck miserabel. Es kommen viele Burschen hier durch, die ihm ähnlich sehen. Grenzgänger, die im Wald arbeiten. Nein. Ich glaube nicht, daß ich das Gesicht schon mal gesehen habe.«
Warum sagt er das, denkt Rafael, nachdem Ferrero ihm den unverständlichen Dialekt übersetzt hat. Will er mir einen Hinweis auf die Waldarbeiter geben? Wer sonst hätte diesen Platz aushecken können, wo wir gefangengenommen wurden, wenn nicht die Holzfäller? Der Zöllner zurrt die Fähre fest.
Der Wagen rollt den Weg hinauf. Der Schlagbaum auch hier geschlossen. Es kommt Rafael vor, als hätte der Mann Eile, zurück auf die andere Seite zu kommen. Kaum hält Ferrero vor der verschlossenen Schranke, legt er ab, entfernt sich schnell. Hütte, Weg und Straße sind wie ausgestorben. Rafael steigt aus und bedeutet Ferrero, auf das Hupkonzert zu verzichten. Er vermeidet es, unter der Schranke durchzu-

kriechen, zwängt sich durch das Gestrüpp stachliger Agaven, klopft an die Tür der Hütte. Niemand antwortet. Es wird jetzt bald dunkel. Unten im Dorf schwelt ein Feuer.
Die Tür ist nur angelehnt, nicht verschlossen. Wie einem inneren Zwang folgend, öffnet er. Im fahlen Licht des Sonnenuntergangs, der faltig durch die schrägen Ritzen blitzt, schaukelt in leisem Luftzug eine Hängematte. Ein Tisch mit Papieren, Zeitungsausschnitten. Ein Bambuskorbstuhl. An einem Pfahl hängen Kleidungsstücke an rostigen Nägeln. In der Ecke eine Feuerstelle, Petroleumkocher, schmutzige Töpfe und Pfannen. Ein paar Teller, ungespült, mit Speiseresten.
Der Zöllner kann nicht weit sein. Rafael will gerade hinausgehen, die Türe schließen, die der Wind, der vom Fluß kommt, ganz aufgestoßen hat, daß der Rupfenvorhang sich zu bauschen beginnt, da entdeckt er, vom Vorhang halb verdeckt – den blitzenden Rollstuhl, umgestürzt, nach vorn gefallen.
Wie aufgespießt baumelt von der Aluminiumlehne die Uniformjacke. Als hätte sich der Träger ihrer sitzend, in aller Eile, entledigt.
Und dann, beim Hinausgehen, sieht er das Halsband.
Es liegt auf dem Boden, neben der Uniformjacke.
»Kommen Sie schnell!« Rafael ist außer Atem. »Ein Indiz für den Überfall.« Er öffnet Ferrero den Schlag, nimmt die Taschenlampe, die Ferrero aus dem Handschuhkasten holt. Es ist stockdunkel geworden, in wenigen Minuten. Das Dorf liegt wie ausgestorben. Kaum ein Licht dringt aus den Hütten. Das Feuer, das noch bei ihrem Eintreffen glimmte, ist erloschen.
Rafael stößt die Tür auf, leuchtet auf den Boden.
»Unser Hund, den sie erschossen haben, trug dieses Halsband. Soll ich es aufheben?« Rafael schiebt den Rollstuhl ein wenig zur Seite, so daß der Uniformärmel den Blick auf das Halsband freigibt. Der Strahl der Taschenlampe konzentriert sich auf den ledernen Kreis, von dem die grünen

Glasperlen wie tote Augen glotzen. Ein Skorpion kriecht aus dem Zentrum, vom Licht verscheucht.
Ferrero zupft Rafael am Ärmel:
»Lassen Sie es liegen, und gehen wir ins Dorf. Vielleicht wird der Zollbeamte uns sagen, wie er zu dem Halsband gekommen ist.«
»Nein.« Der Wind hat zugenommen und stemmt sich gegen die Tür, als Rafael sie schließen will. »Ich glaube, es wäre Zeit, die Hupe zu betätigen. Merkwürdig, daß niemand auf die Ankunft der Fähre reagiert hat. Man könnte denken, die Dorfbewohner verstecken sich.«
Das Geschrei der Hupe tut Rafael in den Ohren weh.
Endlich zwei schwankende Lichter, die sich langsam nähern.
Die beiden Männer bleiben im Wagen sitzen. Ferrero hat die Scheinwerfer eingeschaltet. Die Taschenlampen tasten das Auto ab, bündeln sich auf Ferrero, der die Scheibe heruntergekurbelt hat.
»Sind Sie zuständig für die Paß- und Zollformalitäten?«
»Nein. Aber die Frau hat den Schlüssel für den Schlagbaum. Die Kontrolle können Sie in Cuauhtémoc nachholen.«
Der Mann, ein etwa fünfzigjähriger Indio mit weißem, kurzgeschorenem Haar, mustert mißtrauisch die beiden Autofahrer. Als die alte Frau den Scheinwerferkegel durchschreitet, um sich am Schloß des Schlagbaums zu schaffen zu machen, erkennt Rafael sie. Es ist die Alte aus der Hütte des Zöllners. Rafael steigt aus und hilft ihr, die Schranke zu heben.
»Wo ist der Zöllner?«
Die Alte antwortet nicht. Beugt sich über den Stein, dessen Gewicht den Balken in der Balance hält, drückt ihn hinunter und steigt schließlich drauf, um den Schlagbaum in vertikaler Position zu halten. Ferrero läßt den Motor an, und der Wagen rollt langsam den schmalen Weg zur Hütte hinauf. Die Scheinwerfer leuchten mitten auf die Tür. Der Mann hat seine Taschenlampe ausgeschaltet und folgt dem Schlußlicht.

Die Alte springt vom Stein herunter, und gemächlich wandert der Schlagbaum zurück in die Gabel. Rafael hört, wie sie die Kette durch den Ring zieht und das Schloß zuschnappen läßt. Dann folgt er ihr. Er kann ihr Gesicht nicht sehen, als er seine Frage wiederholt und sie antwortet:
»Der Grenzübergang hier ist bis auf weiteres geschlossen.«
»Was ist mit dem alten Zöllner im Rollstuhl geschehen?«
Etwas in der Stimme der alten Frau läßt Rafael aufhorchen. Es kommt ihm vor, als wäre die Stimme tränenerstickt. Sie räuspert sich, hustet und antwortet: »Er ist fort.«
Sie sind beim Wagen angekommen. Ferrero muß dieselbe Frage gestellt haben, denn der Mann sagt gerade ebenso lakonisch wie die Alte, der Zöllner sei fort.
»Wo ist er denn?«
Die vier sind durch die Motorhaube getrennt. Rafael sieht, wie die Frau und der Mann sich ansehen, bevor er antwortet.
»Das wissen wir nicht.«
»Als ich vor ein paar Tagen hier vorbeikam, war er noch da.«
»Ja«, sagt die Frau und schluckt, »ich habe Sie wiedererkannt. Das war vor sechs Tagen. Sie kamen mit dem fahrbaren Haus.«
Jetzt übernimmt Ferrero das Wort.
»Mein Freund hier hat damals in der Hütte was vergessen. Wann kommt er denn zurück?«
Jetzt stößt die Frau einen kleinen Schrei aus, wie einen Klagelaut, und bevor der Mann ihr noch zurufen kann *»Calma, Serafina!«* schluchzt sie auf: »Sie haben ihn abgeholt, im Wald erschossen und verscharrt. Der *›Escuadrón de la Muerte‹.«* Sie verstummt jäh, wie der Mann, dem Rafael diese Behendigkeit nicht zugetraut hätte, mit einem Satz um den Wagen gesprungen ist, ihr den Mund zuhält.
Auch Ferrero kommt jetzt schnell auf die andere Seite und sagt: »Haben Sie keine Angst. Wir sind weder von der Polizei noch vom Militär.« Ferrero legt ihr beruhigend die

Hand auf die Schulter, bevor er leise und eindringlich fortfährt: »War der Zöllner Ihr Mann, Serafina?«
Die Frau nickt und weint jetzt hemmungslos. Ferrero weist auf die Tür:
»Wir haben mit Ihnen zu reden. Lassen Sie uns hineingehen, wo uns niemand hört.«
Der Mann scheint unschlüssig. Da raunt Ferrero auf Englisch: *»Money will help.«*
Als hätte er es erwartet, hat Rafael bereits einen Schein in der Hand. Wie er ihn der Frau in die Hand drückt, achtet er darauf, daß beide sehen können, daß es eine mexikanische Hundertpesonote ist.
»Das werden Sie jetzt brauchen können. Nehmen Sie den Schein und lassen Sie uns reingehen. Mein Freund ist Europäer, Österreicher. Ich bin Mexikaner, Anwalt in Palenque. Wir haben mit euren politischen Bewegungen nichts zu tun.«
Dabei stößt er die Tür auf. Die Scheinwerfer erleuchten den Raum taghell. Die Frau bleibt auf der Schwelle stehen. Plötzlich sieht sie den umgestürzten Rollstuhl, stürzt darauf zu, richtet ihn auf, nimmt die Uniformjacke, drückt sie an sich, streichelt sie. Murmelt: »Zwanzig Jahre hat er sie getragen, zwanzig Jahre *por la patria.*«
Die Tränen rinnen auf die von der Sonne vergilbten Achselstücke.
»Wann ist es denn geschehen?« Ferrero lehnt sich an den Pfahl. Die Hängematte fängt leise an zu schwanken, als läge jemand darin.
»Sie sind im Morgengrauen gekommen. Im Lastwagen, zehn Mann. Soldaten. Vor drei Tagen waren sie schon mal da. Nur zu dritt. Sind im Dorf herumgestreunt, haben ihn stundenlang ausgefragt. Die Hütte durchsucht.«
Jetzt tritt der Weißhaarige zu ihr. Nimmt sie bei der Schulter und raunt begütigend:
»*Calma, Serafina!* Du redest zuviel. Was wollt ihr eigentlich von uns?«

Rafael hat sich vergewissert, das Halsband liegt noch immer unbeachtet auf seinem Platz. Er rückt den Korbstuhl näher und nimmt es beim Hinsetzen auf.

»Tell him, that's what I am looking for.«

Ferrero hat seine eigenen Ideen. Er zündet eine Zigarette an, hält dem Weißhaarigen das Päckchen hin, legt es, als dieser ablehnt, auf den Tisch. Dann zeigt er auf das Lederhalsband in Rafaels Hand.

»Wißt ihr, wie das hierhergekommen ist?«

Die alte Frau schneuzt in einen schmutzigen Fetzen, den sie unter ihrer schwarzen Bluse hervorgezogen hat. Wie sie damit fertig ist, wischt sie mit dem Handrücken über die Augen, folgt Ferreros Geste. Plötzlich erstarrt ihr Blick. Angst und Entsetzen malen sich auf ihren Zügen. Langsam richtet sie sich auf, schaut Rafael voll an. Es ist, als dämmerten ihr Zusammenhänge. Sie bekreuzigt sich. Wieder füllen sich die Augen mit Tränen, aber wie sie aufschreit, mischt sich Haß in die Verzweiflung:

»Das Band mit den Unglückssteinen. Seit es im Haus ist, geht der Tod um. Gehört es *Ihnen?«*

»Don't answer«, zischt Ferrero und hält die Hand mit der Zigarette vor den Mund. Dann sagt er scharf, und seine Stimme klingt plötzlich wie die eines Staatsanwalts während des Kreuzverhörs:

»Wer hat es hergebracht?«

Die Frau zuckt zusammen. Nur mühsam verständlich stammelt sie, von Hustenkrämpfen unterbrochen:

»Ein Freund meines Sohnes hat es im Wald gefunden.«

Ferrero beugt sich vor. Die Asche seiner Zigarette fällt auf sein Knie:

»Wo ist Ihr Sohn?«

Die Frau spuckt auf den Boden. Dann schließt sie, hochaufgerichtet, die Augen. Sie erinnert Rafael an die Steinplastiken der Maya mit den leeren, gewölbten Augenhöhlen. Wie eine Maske aus Wachs wirkt ihr Gesicht, als sie tonlos murmelt:

»Sie sagen, er wäre tot, aber ich glaube es nicht.«
Rafael ist aufgestanden, als Ferrero sich über sie beugt, als wolle er sie hypnotisieren:
»Wann, wann soll er umgekommen sein?«
Serafina hat das Kinn vorgeschoben. Es ist, als mische sich Stolz in ihre Worte. Ihre Stimme scheint von weit her zu kommen.
»Fünf Tage vor seinem Vater! Aber ich bin sicher, die Feiglinge erzählen es nur, weil sie Angst haben, die Mörder kommen zurück. Ich habe keine Angst mehr, sollen sie doch kommen.«
Der Weißhaarige hat eine Karbidlampe auf dem Tisch entzündet. Jetzt schiebt er die Vorhänge beiseite, die der Wind vor die offene Tür geweht hat, so daß das Licht der Scheinwerfer nur noch schwach hereindrang.
»Wenn das Band mit den Steinen Ihnen gehört und Sie deswegen gekommen sind, nehmen Sie es, und gehen Sie. Quälen Sie Serafina nicht länger.«
Ferrero tut, als befolge er seine Aufforderung. Geht zum Wagen, kommt aber zurück, noch ehe der Weißhaarige über die Schwelle tritt. Ferrero hält den gefalteten Steckbrief in der Hand. Er winkt. Rafael und der Mann treten ins Freie. Die Alte atmet schwer und tastet wie eine Blinde zum Rollstuhl. Setzt sich hinein, ohne die Augen zu öffnen. Ferrero wirft einen Blick auf sie und schließt die Vorhänge. Dann entfaltet er das Blatt. Hält es vor der Brust ins Scheinwerferlicht und flüstert:
»Ist das ihr Sohn?«
»Dios, misericordia!« Genau wie der Fährmann kneift er die Augen zusammen und buchstabiert den Text. Dabei hält er wie schützend die Hand vor die Stirn, als blende ihn das Licht. »Zeigen Sie es nicht Serafina«, raunt er nach einer Pause und blickt zum Vorhang, als könne sie jede Sekunde erscheinen.

Der Wagen rüttelt die schlechte Straße entlang. Sie fahren schweigend. Jeder hängt seinen Gedanken nach. Ferrero raucht, und Rafael hält das Halsband mit den Glasperlen in der Hand.
In der Dunkelheit leuchten die grünen Steine wie gebrochene Augen. Nach einer guten halben Stunde mündet der lehmige Weg in eine schmale asphaltierte Landstraße, die, damit während der Regenzeit das Wasser abläuft, stark gewölbt ist. Das Auto ist zum Graben geneigt, und bei Linkskurven muß Rafael sich in den Sitz pressen, so schräg sitzt er.
»Glauben Sie, die Frau weiß, wer ihren Sohn getötet hat?«
»Ich bin nicht sicher, obwohl anzunehmen ist, daß die beiden Wächter, die Ihnen bis Palenque gefolgt sind und die Maschinenpistole entwendet haben, ihr berichteten, wie es geschehen sein muß. Hierzulande ist es üblich, eher einen Mann als Täter zu verdächtigen als eine Frau.«
Die Bemerkung trifft Rafael, als hätte Ferrero ausgesprochen, was alle denken. Er hört sehr wohl den Zweifel und Vorwurf heraus. Den Zweifel, ob Marisa die tödlichen Schüsse abgab, und den unausgesprochenen Vorwurf, warum er, Rafael, das Geschäft nicht erledigte, wie es sich für einen Mann gehört.
»Warum läßt man mich dann frei herumlaufen, gibt mir den Paß zurück, erlaubt mir, das Land zu verlassen, wenn Polizei und Staatsanwaltschaft glauben, ich hätte geschossen?«
Ferrero kurbelt das Fenster herunter und wirft den glimmenden Stummel hinaus, der im Flug Funken sprüht, bevor er zu Boden fällt.
»Die Behörden haben keinen Grund, das Geständnis der Señorita anzuzweifeln. Vielleicht ist es ihnen lieber, den bekannten Wissenschaftler nicht zu behelligen, mit anderen Worten, der Sache das Aussehen einer privaten Auseinandersetzung zwischen« – Rafael spürt, wie er sich bemüht, seinen Gedanken taktvoll zu umschreiben –, »zwischen

einer jungen Frau und einem jungen Mann zu geben. Um so mehr, als die ihnen bekannten Indizien durch die Indiskretion des Arztes und das Fehlen jeglicher Indizien für die Entführungsversion die Möglichkeit dazu bieten.«

»Mit anderen Worten, es ist den Behörden lieber, die Angelegenheit als einen Vergewaltigungsversuch oder eine Eifersuchtsaffäre hinzustellen, als die Wahrheit herauszufinden! Warum?«

»Herr Professor, Sie sind Wissenschaftler, nicht Politiker. Sie kennen die Verhältnisse hierzulande wahrscheinlich nur aus Zeitungsberichten. Mexiko ist ein demokratisch regiertes Land. Dennoch gibt es auch bei uns Leute, die meinen, die Verhältnisse mit revolutionären Gewaltakten ändern zu müssen. Bei unserem Nachbarn herrscht eine Diktatur, deren Macht sich auf das Militär und die Todesschwadrone, die ›*Escuadrones de la Muerte*‹, stützt.

Der ›*Movimiento de Libertad*‹, der für Ihre Gefangennahme verantwortlich ist, stellt wahrscheinlich eine der neuesten Freiheitsbewegungen dar, die mit Terror und Erpressung eine Art Bauernrevolution zu entfachen versucht. Aber überall im Land gibt es bezahlte Spitzel, die die regimestützenden Todeskommandos herbeirufen, wenn Gefahr droht. Der Zöllner und sein Sohn waren Rädelsführer der revolutionären Bewegung. Beide haben es mit dem Tode bezahlt, die Zustände ändern zu wollen.«

Ferrero ist bei seiner Rede in stockendem Englisch so langsam gefahren, daß der Wagen jetzt, da er nach dem Päckchen Zigaretten kramt, wie von allein stehenbleibt. Rafael reicht ihm Feuer:

»Wenn man Ihnen zuhört, glaubt man, einen Sympathisanten der Bauernbewegung vor sich zu haben.«

Ferrero lächelt. Es wirkt wie resignierende Zustimmung.

»Ich bin Mexikaner, nicht Guatemalteke. Rechtsanwalt, nicht Staatsanwalt. Hüben wie drüben brauchen die Reichen keine Anwälte. Sie bestechen die Richter und Staatsanwälte. So muß der Anwalt bei uns von den Armen leben, ob er will

oder nicht. Muß ihnen Vertrauen in ein Recht vortäuschen, das es nicht gibt.«
Er gibt Gas, und der Wagen fährt bald wieder schnell.
»Sie wollen Geld verdienen. Das verstehe ich. Aber ehrlich, wollen Sie Spesen machen, oder glauben Sie an einen Erfolg, wenn wir nach Guatemala City fahren, um dort von den Behörden eine schriftliche Bestätigung zu erhalten, die Ihrem Freund, dem Staatsanwalt von Palenque, genügt, um Señorita Marisa freizulassen?«
Es müssen nur noch ein paar Kilometer bis zu der Brücke sein, wo sie auf die Hauptstraße einbiegen oder zurück nach Mexiko fahren können. Rafael macht sich Gedanken über die merkwürdige Wandlung, die er bei Ferrero entdeckt. Die eitle, billige Eleganz, sein überhebliches Verhalten verbergen einen nachdenklichen Geist, der sich engagiert und Gedanken über Recht und Unrecht macht. Allmählich beginnt Rafael zu ahnen, was sich hinter den Kulissen der Gesellschaft dieses Grenzbezirkes abspielt.
»Ich könnte mir vorstellen, daß Miss Caspar in Guatemala von den Machthabern als Heldin gefeiert wird. Auch wenn die Regierung offiziell die Existenz einer Widerstandsbewegung abstreitet. Ich selbst kann bei unseren Behörden zwar das Verschwinden des Zöllners bestätigen, bin aber nicht sicher, ob die Identifizierung des Capitán als Sohn des Zöllners genügt, um seine Beteiligung am Überfall zu beweisen. Aus naheliegenden Gründen ist es unseren Behörden lieber, über ein privates Delikt zu Gericht zu sitzen, als mit einem hochbrisanten politischen Fall Staub aufzuwirbeln. Nach alledem, was die Lynchjustiz hier anrichtet, ist es verständlich, wenn man bei uns mit dem Herzen für die Widerständler ist. Auch wenn man sich hütet, die innenpolitischen Zustände des Nachbarlandes anzuprangern. Ich hoffe, Sie verstehen, was ich meine.«
»Mit anderen Worten, eure Herren würden lieber einen Justizirrtum begehen, als Recht zu sprechen!«
»Der Brief, der beweist, daß Sie und die Señorita von

Geiselnehmern erpreßt wurden, muß von einer paramilitärischen, vom Staat getragenen Organisation abgefangen worden sein. Nur so erklärt sich die Liquidierung des Zöllners. Und diesen Beweis wird man uns nicht vorenthalten, wenn wir erklären, Fräulein Caspar habe in Notwehr einen staatsfeindlichen Hochverräter erledigt.«
Das klingt logisch, und als sie zur Brücke kommen, holen sie die Zoll- und Paßformalitäten nach, tanken und nehmen den Highway nach Guatemala City.

Marisa erlebt eine Überraschung, als der Polizist sie in ihre Zelle führt. Unter dem Fenster steht eine zweite Pritsche. Auf ihr, mit dem Gesicht zum Hof, liegt eine Gestalt. Es dauert eine Weile, bis Marisa sich an das Dunkel gewöhnt hat und den unförmigen Körper erkennen kann, dessen Fettpolster sich über die ganze Breite des Bettes verteilen.
»Wir haben nicht viel Platz hier«, erklärt der Polizist. »Ihre Zelle« – er weist in Richtung der Pritsche – »wird für einen Kerl benötigt, der heute mittag verurteilt wurde. Sie ist ganz verträglich, wenn sie genug gegessen hat, und schläft viel. Sie werden mit ihr auskommen. Wenn Sie bereit sind, läuten Sie. Die Nachtwache wird Sie zum Waschraum führen. *Buenas noches.*«
Der Gedanke, die Zelle mit jemandem teilen zu müssen, versetzt Marisa in Panik. Während der Rückfahrt vom Lokaltermin hatte sie sich auf das Alleinsein in ihren modrigen, dunklen vier Wänden gefreut wie auf das Heimkommen nach anstrengender Reise mit verwirrenden Eindrükken. Sie wollte allein sein. Mit ihren Gedanken und mit ihrer Freundin, der Erinnerung. Ohne den Blick von der Frau auf der Pritsche zu wenden, beginnt Marisa sich auszuziehen. Sie fürchtet, die Wärterin werde das Essen bringen, wenn sie läutet, und sie denkt mit Ekel an die Tortillas, die sie jetzt

nicht mehr aus dem Fenster werfen kann, da ihr der Zutritt zu ihm verwehrt ist.
Sie beschließt, sich hinzulegen ohne sich zu waschen. Sie fühlt sich elend, und der Geruch von Schweiß und billiger Seife verursacht ihr Übelkeit. Eine Weile liegt sie still und horcht auf die keuchenden Atemzüge ihrer Zellengenossin. Von weither kommen Geräusche, der Lärm von Mopeds und das abendliche Läuten der Glocken. Sie schließt die Augen und versucht, sich die Frau vorzustellen. Es muß die Dicke sein, die man auf dem Korridor an ihr vorbei »abgeschleppt« hat. Sie denkt an die abgeschnittenen Hühnerköpfe mit den blutigen Hälsen und Schnäbeln und hat einen Augenblick das Gefühl, sie lägen auf ihrer Bettdecke.
Plötzlich, mit einem tiefen Seufzer, hört das Schnarchen auf: »Ich heiße Rosalía.«
Es ist, als wolle die Dicke damit ein längeres stummes Gespräch beenden.
»Angenehm, Marisa«, antwortet sie wie bei der Vorstellung auf einem langweiligen Cocktail-Empfang, ohne sich zu rühren.
»Habt ihr gepicknickt beim Lokaltermin? Meistens soll es kalten Schweinebraten mit Ketchup und grünen Gurken geben.«
»Nein. Die Herren hatten es eilig, vor Einbruch der Dunkelheit heimzukehren.«
Marisa bereut es bereits, überhaupt auf die Vorstellung Rosalías reagiert zu haben. Sie hätte sich schlafend stellen sollen.
»Wenn du jetzt läutest, bringt sie dir warme Tortillas. In einer Stunde sind sie hart, und das Schmalz schmeckt tranig.«
»Ich habe keinen Hunger.«
»Soso, du hast keinen Hunger. Du hast recht, die Tortillas sind nicht gut. Morgen werden wir uns Spanferkel und geräucherten Fisch bringen lassen. Die Wärterin besorgt alles, wenn man Geld hat.«

Sie macht eine Pause, als hingen ihre Gedanken dem bevorstehenden Mahl nach. Nach einer Weile dreht sie sich auf die Seite. Dabei kracht das Holzgestell in allen Fugen.
»Kannst du schlafen, ohne gegessen zu haben?«
»Ich schlafe schon«, lügt Marisa.
Die Dicke grunzt. Es klingt abfällig, als wäre Schlaf mit leerem Magen etwas Anstößiges.
»Wenn du nicht schlafen kannst, ich habe Tabletten. Ich habe sie mir besorgt, als ich daran dachte, meinen Mann, den Hurenbock, umzubringen. Falls sie mich verurteilen und auf Gefängniskost setzen, werde ich sie brauchen.«
Jetzt, mit der Dicken im selben Raum, verspürt Marisa etwas wie Einsamkeit. Solange sie allein war, hatte sie Gesellschaft. Gedanken und Erinnerungen verwoben sich zu bunten Mosaiken wie aufregende Puzzlespiele, die man nicht zur Seite schiebt, bevor alle Verbindungsstücke zueinander paßten. Immer mußte der passende Gedanke gefunden werden, der das Bild vervollständigte. Die Spielregel war absolute Ehrlichkeit. Und oft erging es ihr wie einem Maler, der von der Staffelei zurücktritt, die Augen zusammenkneift, einen Fehler erkennt und ihn ausbessert.
Die träge Müdigkeit, die sie bisher vom flirrenden Licht ihrer Tagträume in den Tunnel des Schlafes geführt hatte, bleibt aus. Sie versucht es mit autogenem Training, wie Dr. Bennet es seinen Jüngern beibrachte. Mittelfinger an den linken Nasenflügel, tief und langsam einatmen, bis der Körper sich mit Luft füllt von den Lungenspitzen bis zum Sonnengeflecht und tiefer, zum »Hara«, zum Zentrum des Lebens. Nun langsam durch denselben Nasenflügel ausatmen, bis der letzte Kubikzentimeter Luft herausgepreßt ist und die Bronchien zu rumoren beginnen. Jetzt Finger an den rechten Nasenflügel, langsam ein- und ausatmen, bis dir die Sinne schwinden ... an nichts denken ... an nichts denken, bis das »Hara«, die Gegend zwischen Nabel und Schoß, zu brennen anfängt.
Mit dem Durst kommen Seitenstiche, die sie als Kind

bekam, wenn sie ausbrechenden Pferden auf der Koppel nachlief. Sie ziehen von der Flanke, dort, wo die Leber sitzt, bis hinüber zur linken Niere. Dr. Bennet hatte eine Art, ihr bei den Atemübungen zuzuschauen, wenn sie zu sechst oder acht nackt im Kreis auf dem Boden lagen, so daß die Fußspitzen sich berührten, als richte er in einem Brennglas gebündelte Sonnenstrahlen auf ihren Schoß. Die Wärme glitt von den Rückenwirbeln hinunter in die Lenden, bedeckte sie wie trockenes Laub und flache Scheite, und die stechenden Strahlen entzündeten ihre Schamhaare. Das Feuer kroch wohlig über den Nabel und die Brüste bis zum Hals. Dann sammelte sich goldgelbes Harz, bildete eine Lache unter ihrem Becken.

Das war die Belohnung für die langen Meditationsstunden, die langweiligen Predigten. Am Anfang war es ihr schwergefallen, sich zu konzentrieren, und sie empfand das Bedürfnis, sich zu berühren, ihren Körper zu streicheln, dort, wo der Atem sich verteilte. Aber das war verboten, und Dr. Bennet achtete darauf, die Hand, die nicht den Nasenflügel zuhielt, flach am Boden zu halten. Einmal beobachtete sie eine Fliege an der Decke und folgte ihrem Flug hinunter in den Kreis, blinzelte hinüber zu ihrem Nachbarn, einem netten Jungen, Pfarrerssohn aus Yorkshire. Sie sah, wie sein Körper zu zittern anfing, sein Glied sich hob, steifer und steifer wurde und plötzlich der Samen sich ergoß. Von da ab empfand sie keine Scham mehr, wenn das kleine Rinnsal von ihrem Schoß auf die Schenkel tropfte. »Liebe ist der Wille zur Vereinigung mit Gott, dem großen ES! Dazu bedarf es keiner körperlichen Berührung«, sagte Dr. Bennet, wenn er mit seinem Spazierstock die Runde machte, ihre streichelnde Hand mit der silbernen Stockspitze zurück auf den Boden klopfte.

Die Dicke liegt jetzt still und atmet ruhig. Die Geräusche von der Straße sind verstummt. Die Freundin Erinnerung lächelt.

Sie hatte Dr. Bennet an jenem aufregenden Tag kennenge-

lernt, an dem ihr der *Chef de table* erlaubte, die Kugel zu rollen. Es war noch früh am Abend und die Tische im ersten Stock nur mäßig besetzt. Er war ihr aufgefallen, als er, umringt von ein paar jungen Indern in korrekten Tweedanzügen, an ihrem Tisch stand, ihrer Aufforderung, auf einem der leeren Stühle Platz zu nehmen, nicht nachkam, sondern mit scheuem, linkischem Lächeln bat, nur Zuschauer sein zu dürfen, um das Spiel kennenzulernen.
Auftragsgemäß – das diskrete Animieren unschlüssiger Gäste gehörte zu ihrer »Ausbildung« – ließ sie ihr einstudiertes Lächeln spielen, als sie bemerkte, daß er durch seine goldgeränderten Brillengläser nicht auf die rollende Kugel, sondern nur auf sie starrte. Einer der jungen Inder hielt eine Blume an, die ein Tablett mit Drinks zwischen den Spielern und den Tischen balancierte, und raunte, direkt hinter Marisa stehend, dem Mädchen zu:
»*Please, Miss,* ein Glas Orange-Juice für den Meister. *Thank you.*«
Die kleine Gruppe kam ihr vor wie ein Ärzteteam. Chef und Assistenten, die einen Patienten auf dem Operationstisch beobachten.
»*Seize, rouge, impair, manque.*« Marisa nimmt den Rechen und harkt fachmännisch die verlierenden Jetons zusammen, geschickt um die zwei gewinnenden Einsätze herummanövrierend: »*Rien au numéro. Transversale simple et pleine!*« Sie tippt auf die beiden Fünf-Pfund-Jetons am Kaderrand: »Dreizehn-achtzehn ... sechzehn-achtzehn« und schaut sich nach dem Gewinner um. Ein Herr am unteren Tischende hebt die Hand. Marisa fächert dreizehn Spielmarken auf und schiebt sie mit dem Rechen auf Platz sechs.
Beim Zurückziehen des Rechens stößt sie mit dem Schaft nach hinten über den Tischrand. Sie spürt einen Widerstand und blickt sich überrascht um. Der Mann mit dem sanften Blick hinter den goldgeränderten Brillengläsern steht so nah hinter ihr, daß der Schaft sein Hosenbein rammt. Er starrt ins Leere, durch Marisa hindurch, wie in Trance. »*Sorry,*

sir!« Er reagiert nicht, steht da und glotzt. Als sie sich abwendet, um das neue Spiel anzusagen, kriecht eine Gänsehaut über ihre Schulter, bis zum Handgelenk. *»Le jeu, si'l vous plaît.«*

Ihre Hand, die das Rad dreht und dabei die Kugel hält, bevor sie sie sanft, fast liebkosend, wie sie es gelernt hat, in den Kessel gleiten läßt, prickelt bis in die Fingerspitzen. Sie sieht die Kugel rollen und hat doch das Gefühl, das kühle runde Elfenbein klebe noch zwischen Daumen und Mittelfinger. Sie überschaut das Tableau. *»Le jeu est fait. Rien ne va plus!«* Unwillkürlich geht ihr Blick in die Richtung, in welche die Augen des Mannes gestarrt haben. Da schiebt eine Hand, eine braune, behaarte Hand mit weißen Manschetten und grauem Tweedärmel, etwas auf die Nummer drei. Keine Spielmarke, sondern einen Perlmuttknopf, blaugrau schillernd wie ein Pfauenauge.

»Pardon, monsieur!« Marisa fegt den Knopf vom Tableau. *»We don't accept buttons. If you want to change money, the cashier's desk is right in front of you.«*

Der junge Inder macht eine tiefe entschuldigende Verbeugung. *»Excuse me, young lady, I was just curious.* Wir berühren kein Geld.«

Ein paar Spieler lachen, und hinter ihr hört Marisa den *Chef de table* gutmütig in feinstem King's English näseln:

»You may write a cheque, sir, and the croupier can place the jetons for you.«

»That's very kind, but we prefer to watch.«

Es kommt ihr vor, als würde die Kugel nie aufhören zu rollen, als klebe sie am inneren Rahmen, während der Kessel immer langsamer und langsamer läuft.

»Drei! *Noir, impair, manque.«* Marisa gefriert das Lächeln auf den Lippen. Unwillkürlich wendet sie sich um. Der Mann starrt noch immer gedankenverloren auf die gleiche Stelle am Ende der ersten Transversale, wo die schwarze Drei auf den Filz gedruckt ist. ist. Die Blume mit dem Tablett ist zu ihm getreten: *»Your juice, sir!«*

Jetzt schließt er die Augen und blickt gleich darauf verwundert, wie erwachend, um sich, nimmt das Glas: *»Thank you very much!«* Die Drei kam noch zweimal hintereinander. Schon beim zweitenmal hatten einige Spieler auf sie gesetzt, verdoppelt und bei der Wiederholung hoch gewonnen. Marisa war mit dem Auszahlen voll beschäftigt und merkte erst, als sie das neue Spiel ansagte, daß die Gruppe verschwunden war, lautlos wie sie gekommen.

Ein paar Wochen nach Luigis Abreise blieb ihre Regel aus, und bald verschaffte ihr eine Untersuchung Gewißheit. Sie war schwanger. Zuerst wartete sie ab, verschob eine Entscheidung. Die friedliche Ruhe, die sie erfüllte, und die Gewißheit, hier in London keine großen Schwierigkeiten zu haben, einen Arzt zu finden, der den Eingriff vornehmen würde, führten zu einem fröhlichen Fatalismus. Wenn er sich bis zu Beginn des vierten Monats nicht meldet, dachte sie, ist immer noch Zeit.

Der Gedanke, das Kind auszutragen, ohne mit Luigi vereint zu sein, kam ihr nicht. Die Leute im Casino nannten sie bereits *»the girl with the golden arm«*, denn in diesen Wochen war die Bewegung, mit der sie die Kugel warf, so gleichmäßig und ausgeglichen, daß geübte Spieler sich fast ausrechnen konnten, in welchen Sektor des Kessels die Kugel fallen würde, nachdem sie die ersten zwei, drei Würfe abgewartet hatten. Wenn eine Serie länger anhielt, als dem *Chef de table* oder dem *Supervisor* lieb war, wurde sie abgelöst.

Eines Abends kam der Sektor 1 bis 31 sechsmal hintereinander, und vor dem siebten Wurf wurde sie ausgewechselt. Die Bank hatte bereits mehr verloren, als das interne Limit zuließ. Als sie aufstand, riefen einige Spieler: »Wann kommst du wieder, *golden girl?*« Sie kicherte nur und wies achselzuckend auf den Chef, der mit dem unter seinem erhöhten Platz angebrachten Knopf den vorzeitigen Austausch veranlaßt hatte. Dabei leuchtete im Ruhezimmer die Nummer des Tisches auf, der mit einem neuen Team besetzt

werden sollte, und die Blumenmädchen hatten strikte Anweisung, sich unverzüglich zum angegebenen Tisch zu begeben und hinter den Croupiers Aufstellung zu nehmen, bis der laufende Coup ausgezahlt war. So entstand keine Pause im Spiel, und *»la main, qui change«* warf meist einen anderen Sektor, und die hochdotierten Nummern konnten einkassiert werden.
Auf dem Weg zum Ruhezimmer stieß sie fast mit Dr. Bennet zusammen, der mit einer kleinen Gruppe seiner Jünger gerade die Treppe heraufkam. Neben ihm, in ehrerbietigem Abstand, der junge Inder, der den Knopf auf die Drei gesetzt hatte. Das Neonlicht, das den Treppenabsatz beleuchtete, blendete sie. Plötzlich stand er vor ihr, so dicht, daß sie für einen Sekundenbruchteil bemerkte, daß sein Haar schwarz gefärbt war. Seine Augengläser blitzten, als er mit einer manierlichen Verbeugung zur Seite trat, um ihr den Weg freizugeben.
»Gäste haben Vorfahrt«, lachte sie, aber Bennet hielt mit dem silbernen Knauf seines Stockes die Gasse für sie frei.
»Vorfahrt hat die Schönheit«, meinte er lächelnd. Seine Stimme klang warm, und sein irischer Akzent verlieh ihr etwas Bäuerliches. »Um so mehr, als wir nur Zaungäste sind. Studiergäste sozusagen. Mein Name ist Bennet.« Er wechselte blitzschnell den Stock, um ihr die Hand zu reichen. »Doktor Igor Bennet.«
Es war nicht üblich, daß sich Angestellte und Gäste die Hände schüttelten. Es kam vor, daß Stammkunden, denen sie auf dem Weg zu oder von ihrem Croupierstuhl begegnete, »Hallo« sagten oder ihr sogar einen Kuß auf die Wange drückten, aber die kontinentale Art der Begrüßung durch Handschlag war ungewöhnlich.
Marisa lachte ein wenig geniert ob der formellen Begrüßung: »Nun Doktor, dann kommen Sie wohl, um künftige Patienten zu studieren?«
Bennet lehnte sich bequem an das Treppengeländer und wies mit dem Stock auf seine Begleitung:

»Meine Freunde und ich leben abgeschieden auf dem Lande. Wir« – er machte eine winzige Pause, um dem Folgenden Wirkung zu verleihen – »wir, äh, wirken und arbeiten in Klausur. Von Zeit zu Zeit jedoch muß auch der Eremit ins Dorf, um Nahrung zu holen, geistige und materielle.«
Etwas an der Art, wie er sprach und wie er lässig auf Stock und Geländer gestützt dastand, faszinierte sie. Sie mußte sich zwingen, seinem Blick auszuweichen:
»Na, dann viel Spaß im Dorf. *It was nice talking to you.*«
Sie winkte und lief die Treppe hinunter. Im Ruhezimmer legte sie sich auf eine freie Couch und schlief ein. Der Summer schnarrte, und als eine halbe Stunde später das Licht mit der Nummer ihres Tisches aufleuchtete, stand sie erfrischt auf, richtete ihre Frisur, pinselte Blau auf die Lider, zog mit einem braunroten Stift die Kontur der Lippen nach, rückte vor dem Wandspiegel die verschobene Blumenkrause zurecht, wohl darauf bedacht, die Brustspitzen durchblitzen zu lassen, strich die Naht der hüftlangen Strümpfe gerade und verließ den Raum. Draußen stand der junge Inder und überreichte ihr mit linkischer Verbeugung eine Karte.
»Der Meister würde sich sehr freuen, wenn Sie einmal nach Godslodge kämen. Er meint, ein paar Stunden Landluft, Ruhe und Meditation würden Ihnen sicher guttun.«
»Sie wissen wahrscheinlich nicht, daß es uns strikt untersagt ist, Visitenkarten anzunehmen oder Telefonnummern zu notieren.« Sie warf einen Blick auf die Karte. »Godslodge. Was ist das? Ein Sanatorium?«
Der Junge legte den Kopf ein wenig schief und lächelte verlegen. »Ja, und mehr als das. Kommen Sie, es wird Ihnen guttun, meint der Meister.«
»Ich will es mir überlegen«, sagte sie und gab ihm schnell die Karte zurück, denn der Korridor füllte sich gerade mit Blumen, die von der Ablösung kamen. Sie ließ ihn stehen und eilte die Treppe hinauf. Vor dem nächsten Absatz hatte er sie eingeholt und flüsterte:
»Aber die Adresse.«

»Machen Sie sich keine Sorgen, es ist seit einiger Zeit mein Beruf, mir Zahlen zu merken. Optisch! Auch Telefonnummern. 268 16 12. Sind Sie überzeugt?«
Der Junge blieb stehen und strahlte:
»Ich, wir bewundern Sie!«
Marisa tippte zum Dank für das Kompliment mit zwei Fingern salutierend an die Stirn und verschwand im Gewühl.
(Falsch! Ich gab ihm einen Stups an die Schulter. Das mit dem Salutieren gewöhnte ich mir erst später an, in Wien.)
Der Chef näselte *»La main change«*, und Marisa sortierte die restlichen Chips der letzten Runde. Dann, sie hatte die Kugel bereits zwischen Daumen und Mittelfinger und setzte das Rad in Bewegung, sah sie Dr. Bennet auf den Tisch zukommen, an ihr vorbeigehen und spürte, wie er hinter ihr stehenblieb. Sie fühlte fast seinen Blick wie ein Stechen in ihrem Genick und wandte den Kopf. Ein schmales Lächeln spielte um seine dünnen Lippen. Ihre Augen trafen sich, dann wanderten die Brillengläser den Tisch hinunter. Für den Bruchteil einer Sekunde spiegelte sich eine Nummer in den Gläsern, dort, wo seine Kopfbewegung endete: 22. Deutlich sah sie in jedem Brillenglas eine Zwei. Wieder das merkwürdige Prickeln in der Hand. Es setzte sich fort bis in die Fingerspitzen. Sanft und unendlich weich rollte sie die Kugel ab. Mehrere Spieler setzten noch, wiederholten die Einsätze, mit denen sie bei Marisas letzter Runde vor der Pause gewonnen hatten.
»Les jeux sont faits. Rien na va plus!«
Ihre Stimme ist flach, als rufe sie in einen wattierten Raum, der alle Schwingungen schluckt. Sie hört, wie die Kugel langsam ihre Bahn verläßt und über die Nummern hoppelt. Jetzt liegt die Kugel in ihrem Fach. Einen Augenblick lang herrscht Stille am Tisch. Wie immer, wenn die Kugel zur Ruhe kommt. Dann macht sich die aufgestaute Spannung Luft.
»Vingt-deux, noir, pair, passe.«

Der Teppich ist gut besetzt mit Jetons. Fast alle Nummern wurden gespielt, außer der Zweiundzwanzig? Sie kommt noch zweimal hintereinander. *»No fucking luck!«* ruft der ältere Herr auf Platz eins und schüttelt mißbilligend den Kopf.
Die Dicke knirscht mit den Zähnen im Schlaf. Das Geräusch tut weh. Marisa verstopft sich mit den Zipfeln der Decke die Ohren. Wie spät mag es sein? Habe ich geschlafen? Wie lange? Die kleine Uhr war schon auf der Heimfahrt vom Lokaltermin stehengeblieben. Sie hängt an einer goldenen Kette zwischen ihren Brüsten. Im Auto war sie zu faul gewesen, die Bluse aufzuknöpfen, um sie aufzuziehen. Außerdem wußte sie nicht, wie weit die Herren ihr von hinten in den Ausschnitt gucken konnten, wenn sie sich vorbeugten. Es war noch hell, als sie abfuhren. Das genügt. Die Nacht ist heute dunkler als sonst, wahrscheinlich, weil das Bett und die Dicke das Licht wegnehmen. Es riecht unangenehm nach Knoblauch.
Plötzlich stößt sie einen Schrei aus. Dicht über sie gebeugt hängt der Kopf der Dicken über ihr wie ein schwankender Ballon.
»Was machst du denn da. An meinem Bett. Willst du mir auch den Hals umdrehen wie den Hühnern?«
Die Dicke lacht. Es klingt wie das Meckern einer trächtigen Ziege.
»Haben sie mich dir schon vorgestellt? Ich muß sagen, für eine Mörderin hast du einen gesunden Schlaf.«
»Laß mich in Ruhe!«
»Ich hab' Durst. Du nicht?«
»Der Krug mit dem Wasser steht auf dem Tisch.«
»Wasser!« Sie macht eine verächtliche Handbewegung und watschelt zum Tisch. Klappert mit Becher und Krug, trinkt schmatzend: »Na, morgen bestellen wir uns Wein. Ist zwar selbst für Untersuchungshäftlinge verboten, aber die Alte wird sich schon erweichen lassen, wenn sie Scheine sieht.«
Marisa hört, wie die Dicke sich ächzend wieder auf die

Pritsche legt. Eine Weile ist es still, nur die Bronchien der Dicken quietschen. Dann sagt sie:
»Hast du ihn sehr geliebt?«
»Von wem sprichst du?«
»Du weißt schon, mein Täubchen. Von dem Mann, den du ermordet hast.«
»Ich habe in Notwehr auf einen Guerillero geschossen, der uns gekidnappt hatte. Haben sie dich vielleicht in meine Zelle gelegt, damit du mich aushorchen sollst?«
Pause. Schnaufen. Dann hört Marisa ein fettes Klatschen, wie es nur flamencogeübte Spanier oder Mexikaner beherrschen. Die Dicke macht Jagd auf Moskitos.
»Vielleicht spielen sie uns gegeneinander aus, und du sollst herausbringen, ob ich die gottverdammte Hure vergiften wollte, die meinen Mann, den Hurenbock, verhext hat. Mit Arsen, haha, das keine Spuren hinterläßt.«
»Du irrst dich. Arsen hinterläßt Spuren.«
»Die man aber nur bei der Obduktion feststellen kann. Und die Tochter einer Hündin lebt. Wahrscheinlich liegt sie jetzt in diesem Augenblick mit ihm im Bett, und er hat seinen Stummel in ihrem stinkenden Schoß. Ach, ich glaube, ich nehme doch eine Tablette.«
Ein fahler Morgen graut in die Zelle. Marisa sieht, wie die Dicke sich aufsetzt, in ihren Röcken wühlt und mit einer Flasche zum Tisch geht.
»Wie viele Tabletten hast du da drin?«
»Genug, um dich bis zum Jüngsten Tag schlafen zu lassen.«
Rosalía hat die Pille geschluckt und trinkt Wasser nach.
»Aber sag mir, was willst du erreichen mit deinem Hungerstreik?«
Marisa antwortet nicht. Es wird ihr klar, warum die alte Wärterin die dicke, verfressene Rosalía in ihre Zelle manövriert hat. Wahrscheinlich hofft sie, ihre Freßsucht werde Marisa anstecken. Eigentlich rührend, die Therapie, welche die Alte sich ausgedacht hat.
Rosalías Frage trifft sie, weil noch niemand aussprach, was

sie sich im Grunde selbst nicht eingesteht. Seit den Schüssen ist eine Veränderung mit ihr vorgegangen. Manchmal ertappt sie sich bei dem Gedanken, das Verweigern der Nahrung wäre ein Akt der Solidarität mit Luigi und den Genossen. Das Kokettieren mit der Verlogenheit ihres Märtyrertums ekelt sie weniger als die Vorstellung, weiterzumachen, sich den Bauch mit Essen, Trinken und gelegentlich einem Mann vollzuschlagen. Die Dicke hat diese Probleme nicht. So könnte ich auch werden. Schlafen, fressen, trinken, nachts eine Kuhle unterm Arsch und einen Kerl zwischen den Beinen. Und wenn er von mir genug hat, gibt es immer noch die Tabletten.

»Ich hab' keinen Hunger mehr. Das ist alles. Weder zum Essen noch zum Leben!«

Als sie vom Waschen zurückkommen und Rosalía über die Maisfladen mit der Rübenmarmelade herfällt, nestelt Marisa ihr Tagebuch, ein kleines Heftchen mit schwarzem Ledereinband, aus der Umhängetasche, nimmt das harte Kopfkissen als Unterlage und schreibt auf, was sie nachzuholen hat, seit ihre Eintragungen durch den Überfall und die nachfolgenden Ereignisse unterbrochen wurden. Dabei lächelt sie versonnen, obwohl das Schreiben ihr Mühe macht. Sie notiert unter dem Datum des übernächsten Tages:

Da du, lieber Rafael, mit gewohnter Diskretion erst einige Zeit verstreichen lassen wirst, bis dich deine Neugierde wie beim Schnüffeln in den Gräbern der vergammelten Toten auch in diesem Büchlein blättern lassen wird, will ich dein Gewissen beruhigen und versuchen, dich vor Selbstvorwürfen zu bewahren. Ich weiß nicht, ob ich morgen oder übermorgen noch Lust habe, zu schreiben. Ich muß alle Kraft zusammenhalten, um dieses Leben so leise wie möglich zu verlassen. Was ich vorhabe, geschieht nicht aus Trauer über den Mann, den ich getötet habe, nicht aus Verzweiflung über enttäuschte Liebe oder über ein mißratenes Leben. Auch nicht, wie ich kurze Zeit dachte, weil deine

Götter, die gefiederten Schlangen, mich gebissen haben, aus Rache dafür, daß ich keine Ehrfurcht vor ihnen habe! Ihr Gift war eher ein Serum, das mir die Augen öffnete. Nicht, weil mein Vater aus Gram über die verlorene Tochter sich aus dem Leben stahl, nicht, weil ich den Mut nicht hatte, Luigis Kind zur Welt zu bringen, auch nicht, weil ich mir nicht vorstellen kann, an deiner Seite zu leben oder an der Seite irgendeines Rafael oder Luigi oder weiß der Teufel, wie sie heißen mögen.
Bevor ich der liebsten Zelle im Hirn, dort, wo die Träume sitzen, die Nahrung entziehe, verweigere ich sie lieber dem Körper. Und wenn es zu lange dauert und Scherereien macht, werden Rosalías Tabletten nachhelfen. Denk, wenn du willst, ich wäre das kleine Mädchen aus New York, das seinen Eltern einen Brief auf den Frühstückstisch legte, bevor es sich aus dem siebenundzwanzigsten Stock des Ritz Tower stürzte. In dem Brief stand: ›Liebste Eltern, seid nicht böse, aber ich kann es nicht erwarten zu erfahren, wie es drüben im Jenseits aussieht.‹ Ich habe keine Lust auf die Sonnenfinsternis zu warten, bis Traum und Alltag sich vermählen, aufeinanderliegen wie der Mond auf der Sonne.

Rosalía ist damit einverstanden, die Betten zu tauschen.
Die Wärterin kommt am Abend und stellt Marisa den Kübel mit frischen Rosen ans Fenster. Dann legt sie der Dicken ein Paket auf den Tisch, und beim Hinausgehen, bevor sie die Tür verriegelt, zwinkert sie zum Fenster hin und murmelt: »Das Wechselgeld behalte ich … Laßt es euch schmecken!«
In der Nacht beginnt Marisa zu phantasieren, und Rosalías Schnarchen verfremdet sich zum Geräusch der rollenden Kugel des Roulettetisches. Ich muß noch zwei Figuren des Puzzle zusammensetzen, hämmert es in ihrem Kopf.
Der junge Inder grinst schon weniger verlegen, als sie im Hof den Mini-Cooper parkt, den sie von Luigi übernommen hat.

»Der Meister freut sich und erwartet dich.«
Das Haus, ein baufälliger Landsitz, versteckt hinter Ginster- und Rhododendronhecken, macht einen verwahrlosten Eindruck. Dr. Bennet erwartet sie in der »Bibliothek«, einem kahlen Raum mit leeren Bücherregalen bis zur Decke, einem Schreibtisch und zwei wackligen Stühlen, die sich gegenüberstehen.
»Ich fühlte es, als ich dich zum ersten Male sah. Du bist eine Suchende, die sich im Dickicht verirrt hat. Godslodge wird dir den Weg weisen. Godslodge und Gurschieff, der Prophet, durch mich, seinen Vollstrecker.«
Auf den Regalen hinter dem Schreibtisch stehen leere Coca-Cola-Flaschen und Broschüren mit Bennets Bild. Marisa weiß nicht, wohin mit ihrer strahlenden Laune und dem Vorsatz, mit einem Arzt über ihren Zustand zu sprechen. Sich Rat zu holen, wie sie von jetzt an leben müßte, mit etwas, das sich in ihrem Bauch manchmal schon ganz deutlich regt. Sie denkt an Ruhe, Spaziergänge, an eine Kur, um sich das Rauchen abzugewöhnen. Gymnastik, die die Bauchmuskeln stärkt. An Sonne, Regen und Wind, Kaminfeuer und Märchen, denen man lauschen kann, ohne Kritik. Nur mit der Neugierde: Wie geht es weiter? Wann kommt der Prinz? Sie denkt aber auch, wenn einer die Kugel in meiner Hand so beeinflussen kann, daß sie fällt, wohin er will, dann muß er auch imstande sein, das Leben in meinem Bauch in freundliche, harmonische Bahnen zu lenken.
»Bedeutet das alles, ich kann mich an Sie nicht als Patientin wenden, die den Arzt Doktor Bennet braucht?«
Bennet runzelt die Stirn. Nach einer winzigen Pause sagt er: »Selbstverständlich! Die Voraussetzung für die Vereinigung mit dem großen ES ist die Befreiung von Geist und Seele von den Schlacken der Zivilisation, die uns krank macht.«
»Dann raten Sie mir. Ich bin schwanger und bin nicht sicher, ob ich das da« – sie klopft sachte mit der Hand auf ihren Unterleib – »zur Welt bringen soll.«
»Mit Eintritt in Godslodge wirst du geboren, in das Leben,

das selig macht. Die Saat aus deinem früheren Versuch, Liebe zu finden, kann nicht aufgehen.«
Sie war überrascht. Sie hatte nicht erwartet, den freundlichen Arzt so unerbittlich zu finden. Der Vortrag, den er ihr nun hielt, dauerte fast eine Stunde. Er stand auf, ging um den Tisch herum, umkreiste sie mit kleinen tänzelnden Schritten, bis er schließlich hinter ihr stehenblieb, ihre Schultern umklammerte. Wieder spürte sie seinen brennenden Blick im Nacken. Das taube Gefühl im Kopf. Dann, plötzlich, hatte sie Schmerzen. So ungefähr stellte sie sich Wehen vor. Sie wurde müde und mußte sich zwingen, seiner Rede zu folgen und nicht einzuschlafen.
Dann führte er sie durch lange, leere, schmutzige Korridore, an deren Wänden Plakate mit Aufrufen, Gott in Godslodge zu finden, grell und schreiend wirkten, in den ersten Stock. Das Behandlungszimmer war sauber und erinnerte an irgendein altmodisches Krankenhaus, wie man sie noch immer häufig in England findet. Neben Vitrinen mit Injektionsspritzen und Medikamenten ein Operationsstuhl, der sie – sie war zu müde, um darüber nachzudenken – an den Massagestuhl in Gamesborough erinnerte.
Ein paar Stunden später erwachte sie in einer kleinen Kammer. Sie erinnerte sich nicht, wo sie war und wie sie hierher gekommen war. Sie rieb sich die Augen, wollte aufstehen. Da. Ein Ziehen im Bauch. Sie griff an die schmerzende Stelle. Ihr Unterleib war bandagiert, die Mullbinde blutig. Sie war zu schwach, um aufzuspringen, und fiel in die Kissen zurück. Entsetzen lähmte sie, als ihr klarwurde, was geschehen war. Etwas in ihr hatte sich immer geweigert, den Entschluß in die Tat umzusetzen. Jemand mußte es getan haben. Dr. Bennet, gegen ihren Willen. Das plötzliche Gefühl, nichts mehr ändern zu können, überfiel sie wie eine Ohnmacht, und wieder schlief sie ein. Als sie die Augen öffnete, saß Bennet neben ihrem Bett und fühlte ihren Puls. Ihre erste Frage war, ob sie nun für alle Zeit kein Kind mehr bekommen könne. Aber Bennet lächelte und meinte, im

Gegenteil, nun sei sie sauber, um wirkliche Liebe empfangen zu können. Er reichte ihr den Telefonhörer, nachdem er für sie die Verbindung hergestellt hatte, und sie meldete sich für zwei Tage vom Dienst ab, wie Bennet ihr riet.

Die Tage, die sie in Godslodge verbrachte, durchlebte sie wie in Trance. Der Kontakt mit den Jüngern gab ihr das Gefühl, in eine merkwürdig zusammengewürfelte Familie aufgenommen worden zu sein, deren Vater der Meister und deren Mutter das unheimliche, unsichtbare ES war. Und die Aufgabe der Kinder war es, die Mutter zu suchen.

Erst Wochen später – die Arbeit im Casino langweilte sie, machte sie zerstreut und unfreundlich – erfuhr sie, was es mit der »Familie« auf sich hatte. Die Erkenntnis traf sie wie ein Schlag. Es begann damit, daß der junge Inder an Vormittagen, die sie damit verbrachte, spazierenzugehen oder im Kreise einiger Jünger, stumm in Lotusstellung auf dem Boden sitzend, zu meditieren, ohne zu fragen ihr Auto benutzte. Zur Rede gestellt, erklärte er, sie müsse nun endlich neu zu denken beginnen. Alles, was sie besäße, gehöre der Familie. Auch ihr Gehalt müsse abgeliefert werden.

Dann, eines Abends, rief Bennet sie in die Bibliothek. Dort eröffnete er ihr, die Pflicht der Kinder von Godslodge sei es, alle Menschen von der Notwendigkeit zu überzeugen, dem geweihten Kreis beizutreten. Die armen unglücklichen Suchenden, die ihr Geld am Roulettetisch dem Mammon opferten, müsse sie auf den richtigen Weg führen. Im übrigen: »Von jedem, den du überzeugst und zum Eintritt in Godslodge bewegst, gehören dir zehn Prozent. Zehn Prozent des Beitrages, den sie leisten. Du siehst, also so ganz ohne weltliche Organisation können wir nicht auskommen.«

Wortlos hatte sie Godslodge verlassen, und eine Woche später, als sie Dr. Bennet mit dem jungen Inder an den Roulettetisch treten sah, raunte sie dem *Chef de table* zu: *»Those people overthere. They bother me. They don't*

gamble, they just stare and make me feel uncomfortable. I feel, they try to hypnotize me.«
Der Chef schaute sich von seinem erhöhten Sitz nach den Ankömmlingen um. Dann zischte er in der Art eines Bauchredners durch unbewegte Lippen:
»You are a bit nervous, lately! Concentrate on the players and their ›mise‹.«
Das war, kurz bevor sie am nächsten Wochenende der Hausdame den Parfümzerstäuber aus der Hand schlug und ihren Flugschein nach Wien über München kaufte.

Jetzt springen die Gedanken aus dem Puzzle wie gefangene Kolibris durch ein Loch im Netz des Vogelfängers.
»Ich will nicht noch einmal den Kopf heben, mühsam und gestützt, wenn Rafael kommt.
Ich will nicht, daß er mich ansieht mit seinen verwunderten blauen Augen, die so scheu und zärtlich schauen können, wenn er um mich besorgt ist.
Die grauen Morgennebel sollen mich entführen, bevor die Sonne Schatten wirft, bevor die Bienen ihre lächerliche Emsigkeit vertonen.«
Sie kritzelt es in ihr Tagebuch und schließt dabei die Augen, als wolle sie selber nicht lesen, was sie schreibt.
»Alle, die schweigen sollten, wissen immer so genau, was man tun und lassen muß. Alle, die reden sollten, sind stumm. Selbst die Erinnerung erzählt nichts mehr.«
Dreimal muß sie den Becher mit Wasser füllen, um den dicken Brei der gelblichen Tabletten schlucken zu können. Sie sind mehlig, ohne Glasur. Bevor sie sich auf der Pritsche ausstreckt, hat sie Mühe, die dicke braune Flasche durch den Spalt des geöffneten Fensters zu werfen. Sie hört, wie sie über den Boden des Hofes rollt. Wahrscheinlich unter das Wohnmobil.

Die Angst schmeckt säuerlich. Mit dem Mittelfinger verschließt sie den rechten Nasenflügel, bläht die linke Nüster und atmet tief ein. Bis hinunter zum Sonnengeflecht. Und tiefer. Zum »Hara«. Bevor sie den Atem entweichen läßt, lauscht sie auf das Rumoren im Magen. Jetzt zirpen die Bronchien wie Grillen.
»Blöder Saumagen! Ich befehle dir, die Revolution niederzuschlagen! Wer rebelliert, wird niedergeschlagen. So ist es. Punktum.«
Stöhnt Rosalía im Schlaf? Oder ich?

»Es ist richtig, wir haben Anfragen aus Mexiko erhalten.« Der Vertreter des Innenministers hat seinen Schnurrbart derart mit Pomade gewichst, daß man meinen könnte, das in den Mund tropfende Fett schmiere seine Artikulation. »Es ist uns jedoch nicht gelungen, Spuren eines Attentats oder einer Entführung durch subversive Gruppen zu entdecken. Alles spricht für einen Akt mexikanischer Krimineller, die Sie und Ihre Begleiterin auf mexikanischem Gebiet überfallen haben. Es besteht für uns, ohne Ihre Angaben anzweifeln zu wollen, kein Grund, an eine guatemaltekische Widerstandsbewegung zu glauben, die, wie Sie wissen, in unserem Land ihre Umtriebe vor Jahren eingestellt hat, als die Regierung die berechtigte Forderung nach Abschaffung der Ausbeutung und von Privilegien zum wesentlichen Bestandteil ihres Reformprogramms gemacht hat.«
Auf dem Weg zum Polizeipräsidenten fällt Rafael der Name Álvarez ein. Julia Álvarez. Bei der Nennung ihres Namens als erstem auf der Liste der Häftlinge, die in Beantwortung des Ultimatums liquidiert werden sollten, so hatte Marisa erzählt, war der Capitán in jenen Zustand der Entschlossenheit und kalten Wut geraten, der Marisa bewog zu handeln. Wie zu erwarten, ergibt die Unterredung keine neuen

Gesichtspunkte. Der Appell, einer Unschuldigen zu helfen – von Ferrero, wie Rafael zu verstehen glaubt, geschickt und diplomatisch vorgetragen –, wird vom Polizeipräsidenten mit einer höflichen Geste der Hilflosigkeit abgewiesen.
»Sie verlangen Unmögliches. Eine Ausländerin wird im Nachbarstaat überfallen und verletzt einen Unbekannten tödlich. Selbst wenn die Fahndung aufgrund Ihres Steckbriefes ergeben sollte, daß es sich um einen gesuchten Kriminellen unseres Landes handelt, der nach Ihren Angaben in staatsfeindlicher Absicht gehandelt hat, sehe ich keine Möglichkeit, einzugreifen.«
»Es sei denn, Sie bestätigen, daß Ihnen der in Notwehr Erschossene als Terrorist bekannt ist. Dann wäre der Fall klar, und die mexikanische Behörde könnte die Akte als geklärt schließen, ohne die Staatsanwaltschaft einzuschalten.«
Der Polizeichef hat Ferrero mit einem Hüsteln unterbrochen. Beide rauchen und benutzen denselben Aschenbecher. Er drückt die Zigarette aus, nimmt den Steckbrief und läutet:
»Um Ihnen dienlich zu sein, will ich gerne die Fahndung beauftragen, nach dem Gesuchten zu forschen, obwohl ...«
Ein Polizist in Uniform erscheint. Der Chef übergibt ihm den Steckbrief, donnert ein paar unverständliche Befehle. Der Polizist salutiert und verschwindet. Dann wendet er sich an Ferrero und beendet seinen Satz:
» ... obwohl ich Ihnen nicht versprechen kann, daß es so schnell geht, wie Sie meinen. Das Foto ist durch den Druck noch unschärfer geworden, und die Fingerabdrücke sind verschwommen.«
Ferrero legt seine Hand auf Rafaels Schulter, als er sagt: »Der Professor erinnert sich an den Namen einer Julia Álvarez. Sie war auf der Liste der Häftlinge, die im Austausch gegen die Geiseln befreit werden sollten. Wenn Sie in Erfahrung bringen könnten, ob eine Person dieses Namens

zum Zeitpunkt des Überfalls tatsächlich inhaftiert war, oder noch inhaftiert ist, ergäbe das einen Anhaltspunkt.«

Es entgeht Rafael nicht, daß bei der Nennung des Namens eine Veränderung im Verhalten des Polizeichefs zu erkennen ist. Er blickt für den Bruchteil einer Sekunde zum Fenster hinaus, ins Leere, dann nimmt er nachdenklich einen Bleistift und schreibt den Namen auf, steht auf und geht zur Tür:

»Auch das will ich für Sie tun und sei es nur, um Ihnen zu beweisen, daß bei uns Ordnung herrscht und wir alles tun, um Ungerechtigkeiten zu vermeiden.«

Als er draußen ist, herrscht einen Augenblick Stille im Raum. Man hört plötzlich den Ventilator, der an der Decke träge Kreise zieht. Dann sagt Ferrero: »Er kennt den Namen. Wahrscheinlich holt er sich jetzt beim Innenministerium Instruktionen, wie weiter zu verfahren sei. Es war gut, daß Sie sich an den Namen erinnert haben.«

Rafael hat das Gefühl, die Gummiwände, gegen die sie bisher anrannten, geben nach, lassen einen Spalt Hoffnung herein. Eine Viertelstunde vergeht, dann öffnet sich die Tür. Ein Polizist balanciert ein Tablett mit Kaffee und Eiswasser auf den Besuchertisch:

»*El Presidente* läßt sich entschuldigen. Er ist aufgehalten worden und bittet Sie, inzwischen eine Erfrischung zu nehmen.«

Sie schlürfen den Kaffee aus winzigen Tassen. Ferrero kratzt Zucker und Kaffeesatz auf den Löffel und leckt ihn ab. Dann rauchen beide schweigend, hängen ihren Gedanken nach. Das Zimmer des Präsidenten geht auf den schattigen Innenhof. Ab und zu kommen Polizeiwagen mit erstickenden Sirenen. Türenschlagen, manchmal Laufschritt. Dann wieder Stille, gefährlich, lastend.

»Ich habe mir überlegt, wie ich Ihnen helfen kann. Wir werden die Aussagen des Herrn Professors zu Protokoll nehmen und, wenn Sie wollen, ein Auslieferungsgesuch für Señorita Caspar an die mexikanischen Behörden richten. Ich

bin sicher, unsere Kollegen drüben werden positiv reagieren. Schon, um sich Scherereien zu ersparen.«
Der Polizeichef hat ein joviales Lächeln aufgesetzt. Sein Kragen ist offen, die schwarze Krawatte heruntergezogen. Sie baumelt vor dem Ledergürtel hin und her, als er spricht.
»Haben Sie Julia Álvarez in Ihrer Kartei gefunden?«
Der Polizeipräsident macht eine abwesende Handbewegung in Richtung Ferrero, als er sich massig in seinen Sessel hinter dem Schreibtisch setzt:
»Sie müssen nicht zuviel verlangen. Auch bei uns herrscht Bürokratie. In gewissem Sinne. Nun, sind Sie einverstanden?« Ferrero ist aufgestanden. Die Flecken seines schwarzen Serge-Anzuges blitzen im Licht der halbgeschlossenen Jalousien, als er zum Fenster tritt:
»So ein Verfahren dauert meist lange, und der Zustand meiner Klientin gibt, wie gesagt, zu Besorgnis Anlaß. Und dann, was erwartet sie hier? Verhöre? Neuerliche Inhaftierung?«
»Wir haben kein Interesse, einen Fall aufzuklären, der für uns nicht existiert.«
Ferrero ist, vom Fenster zurücktretend, hinter dem Schreibtisch stehengeblieben und macht Rafael Zeichen, zu verschwinden. Rafael begreift, daß bei dem, was nun besprochen werden soll, Zeugen unerwünscht sind. Er erhebt sich, murmelt ein *»Thank you, sir, I will think it over«* und verabschiedet sich. Der Präsident geleitet ihn zur Tür.
Eine Stunde später sitzen beide im Auto. Ferrero hat am Stadtausgang aufgetankt. Bald erreichen sie die Landstraße in Richtung Grenze.
»Er hat noch in meiner Gegenwart telefoniert. Ihre und Señorita Caspars Angaben dem Vertreter des Staatsanwalts in Palenque bestätigt. Nur mußte ich eins versprechen: Kein Bericht darf mehr an die Presse. Weder hier noch in Mexiko, noch nach Ihrer Rückkehr nach Europa. Sie können beruhigt sein. Ich gratuliere Ihnen.«
Man spricht so viel von Instinkt, Vorahnung. Rafael sieht,

auf der Fahrt durch die Nacht, nur Marisas schelmisches Lächeln, hört nur ihren burschikosen »Klartext«. »Wenn du via Guatemala City nach Europa abgehauen wärst, hätte ich mir wahrscheinlich Richter, Staatsanwalt, ja sogar den ekelhaften Dolmetscher auf die Pritsche geholt. Nun aber komm, laß uns fressen gehen, und nachher machen wir das Wohnmobil zum fahrenden Bordell.« Mitten in einer Kurve muß er laut lachen. Wieder sticht die Sonne schräg in die Augen, als der Ford, Baujahr 70, bei Sonnenaufgang über die gewölbte Zufahrtsstraße dem Zentrum des Städtchens entgegenrumpelt. Es muß hier geregnet haben, und in den Schlaglöchern steht noch dampfendes Wasser.

Ein Tag ist vergangen, seit die Wärterin Marisa zu wecken versuchte. Sie lag neben der Pritsche, zusammengekrümmt wie im Mutterleib, erstarrt, fliegenumsummte Bäche grauen Schleimes vor dem Mund. Als Rafael – plötzlich versagen die Englischkenntnisse des wachhabenden Polizisten, der Alten, ja selbst des Kommissars – sich zusammenreimen muß, was geschehen ist, kommt es ihm vor, als hätten sie die Mitteilung, die Konfrontation, geprobt wie ein Theaterstück. Mit Sätzen wie »Es war nämlich so« und »Ich hatte mir schon Gedanken gemacht, als sie nicht zum Austreten läutete.« Nicht nur Marisas Körper, ihr Gesicht ist präpariert, auch die Texte, mit denen sie Rafael erwarten.

Die Begegnung mit Rosalía. Rafael will noch einmal die Zelle sehen. Man hat die zweite Pritsche entfernt. In der dunklen Ecke steht noch der Kübel mit den Rosen.

»Sie hat immer wieder gefaselt, sie hätte keinen Hunger und keine Lust zu leben! Aus meinem Unterrock hier« – sie klatscht sich mit den fetten Händen auf die Schenkel – »hat sie die Flasche mit den Tabletten gestohlen, während ich schlief. Gott sei ihr gnädig, aber sie hatte keinen Respekt.

Sie hatte Rosinen im Kopf, die ihr das Gehirn aufgebläht haben wie giftige Dünste ...«

Schließlich ist es Rafael, der sie beruhigen muß. Er ertappt sich dabei, wie er noch vor sich hinmurmelt, während der Polizist – ihr guter Bekannter – bereits die Tür der Zelle verschließt.

Er verbringt die Nacht unter einer Platane am Marktplatz. In den Morgenstunden weckt ihn der süße Duft eines Eukalyptusbaumes, der die geruchlose Platane mit leisem, sanftem Wind heimsucht wie ein sehnsüchtiger Liebhaber. Rafael streckt sich und steht auf, geht taumelnd ein paar Schritte. Liegt wieder. Unter den riesigen Armen eines Jacarandabaumes, wie beschützt. Da wechselt der Wind. Und von der ockerfarbenen Mauer gegenüber umarmt ihn der Geruch der nachtmüden Jasminbüsche, bevor die Sonne ihn vertreibt.

Als er im Gefängnishof die Nummernschilder vom Wohnmobil abmontiert, findet er neben fliegenbedeckten Tortillabrocken eine braune Flasche mit handgeschriebenem Etikett.

Mörder, denkt er.

Die Sisalhütte, die er erwirbt, liegt auf halbem Weg zwischen dem Friedhof und dem Stadtzentrum.

Wenn er im Dunkeln die Tequilaflasche seinen Händen entgleiten läßt, schwankt die Hängematte noch ein wenig, bevor er einschläft. Ihr sanftes Schwingen erinnert ihn an nächtliche Fahrten, kurvenreiche, gewölbte Straßen. Er blinzelt aus dem Fenster des Wohnmobils, Blechhütten und winkende Palmblätter stürzen auf ihn ein, bevor die Scheinwerfer sie in Reih und Glied zurückkommandieren. Wenn Marisa am Steuer saß.

»Sie müssen verstehen, nach alldem möchte ich den Wagen nicht mehr fahren. Wenn Sie jemanden finden, der den Einfuhrzoll übernimmt, soll er ihm gehören. Die Versicherung ist bis Jahresende bezahlt.«

Rafael ist sicher, Ferrero wird noch ein letztes gutes

Geschäft in Sachen »Thalhammer – Caspar« machen. Auch den Preis für das Grab hat er mit ihm ausgehandelt.
Der Gedanke, heimzukehren, kommt ihm nicht. Nach den Formalitäten, dem Erwerb der Sisalhütte, nisten Fragen in seinem Hirn, die Beantwortung verlangen. Die Schwierigkeit, Marisas Familie zu verständigen, kostet Zeit. Er kauft einen blitzenden Aluminiumkoffer. Einen, der sich zum Verschiffen eignet. In ihm verstaut er Marisas Habseligkeiten. Die Jeans zuunterst, die Hemden und Blusen darüber, die zwei Kleider, spinnwebendünn, ordentlich gefaltet, Schuhe an den vier Ecken, Hacken gegen die Kofferwand. In der Mitte die Umhängetasche, so wie die alte Wärterin sie Rafael übergab. Dann macht er den Koffer zu. Verschließt ihn mit dem flachen Blechschlüssel. Erst jetzt fällt ihm ein, daß er nicht weiß, wohin damit. Macht ihn wieder auf. Steckt den Kopf hinein und schnuppert, bevor er die Tasche herausnimmt. Ein süßlicher Duft. Befühlt sie zuerst von außen. Der Paß. Zwei Führerscheine. Ein internationaler. Ein englischer. Das schwarze Notizbuch von Harrods: ein Tagebuch in Kürzeln, manchmal in unleserlichen Stichworten. Unter den Notizen vom Januar eine Adresse: »Mama in Bilbao: Calle Padua 92.« Auf der Post zerreißt er das ausgefüllte Telegrammformular, kurz bevor er an den Schalter tritt. Die junge Postbeamtin, halb versteckt hinter Briefen und Paketen, sieht ihn mitleidig lächelnd an. Er geht, eine Entschuldigung murmelnd, zurück zum Pult und kaut am Federhalter, bis er endlich schreibt:

SEÑORA CASPAR, CALLE PADUA 92, BILBAO, ESPAÑA. MARIA-ISABEL ERLITT TRAGISCHEN UNFALL STOP ERBITTE MITTEILUNG AN RECHTSANWALT DR. BRUGGER, MEXICO CITY, PASEO DE LA REFORMA 132, WELCHE SCHRITTE SIE ZU UNTERNEHMEN GEDENKEN. RAFAEL VON THALHAMMER.

Er ist sich der Brutalität seiner Formulierung bewußt. Andererseits glaubt er, mit diesem Text den Schlag, den die Nachricht auslösen wird, abgeschwächt zu haben. Daß Ungewißheit heilsame Vorbereitung auf Gewißheit gebiert.

Dann telefoniert er mit Dr. Brugger.
Seine Stimme klingt merkwürdig leise, fast erstickt.
»Ich habe die Auskunft, die Ferrero mir gab, respektiert und sie nicht belästigt. Ich bin erschüttert. Die Zeitungen, besonders die deutschsprachigen, haben die Sache groß herausgebracht. Sie müssen mit Journalisten rechnen, die Sie aufstöbern werden. Kann ich etwas für Sie tun?«
»Danke. Ich brauche Ruhe und Zeit zum Nachdenken.« Er berichtet von dem Telegramm an Marisas Mutter, und daß er den Koffer mit Marisas Habseligkeiten an seine Adresse schicken werde. Er werde wieder anrufen, oder man solle Nachricht im Hotel Majestic hinterlassen. Da käme er fast täglich vorbei. Dorthin könne er auch seine Honorarforderung schicken. Dann – er wollte schon aufhängen – treibt ihn etwas, in echt österreichischer Manier hinzuzufügen: »Meine Empfehlung an Ihre Frau Gemahlin.«
Knacken in der Leitung. Stille. Er glaubt schon, Brugger habe aufgehängt. Dann, von weither: »Die kann ich leider nicht ausrichten. Meine Frau hat das Wochenende in Palenque benutzt, um mich zu verlassen. Ich wünsche uns beiden Kraft und Mut für die schwere Zeit, die uns beiden bevorsteht.«
Auf dem Weg vom Postamt zum Stadtrand denkt Rafael über Bruggers Worte nach. Er erinnert sich plötzlich des betulichen Eifers, mit dem die hübsche Frau Rafaels Bitten, Brugger möge ihn begleiten, unterstützt hatte, trotz Wochenende und dem traditionellen Ausflug mit den Kindern. Er überlegt, wie viele geliebte Menschen in jeder Stunde sterben und wie viele einander verlassen, weil der süße Duft der Rebellion sie betäubt. Aufgeben und auflehnen gegen Bestehendes gehen Hand in Hand. Die Unbestechlichen geben auf. Die Bestechlichen rennen davon. Mut und Kraft gehören zu beidem. Doch die Feigen und die Kraftlosen bleiben stehen, erstarren, bis ihre Federn zu Schuppen werden und sie sich in Höhlen verkriechen, dort im Halbdunkel die Vergangenheit ausgraben, die Schutz vor

der Gegenwart liefern soll. Die gefiederte Schlange, denkt er, kann sich zurückentwickeln zum Wurm!
Er hat gelernt, Salz aus der Daumenmulde zu lecken, bevor er die Flasche Tequila ansetzt. Er hat den Vorhang an die Eingangspflöcke gebunden und blinzelt hinaus auf die Maisfelder. Ihre Blätter stechen wie Bajonette altmodischer Flinten in die untergehende Sonne. Wenn die Nacht keinen Wind mitbringt, stechen die Moskitos wie wild. Dann hängt er die Petroleumlampe an den Mast mit der Hängematte, deckt das Moskitonetz darüber und blättert in Marisas Tagebuch. Doch erst als er ihre Botschaft an ihn entdeckt, macht er sich daran, die Kritzeleien zu entziffern. Er lernt durch Vergleichen, die Abkürzungen zu verstehen, ermißt die Bedeutung eines Ereignisses an der Zahl der Ausrufungszeichen. Die lakonische Art der Eintragungen beruhigt allmählich sein schlechtes Gewissen, in ihre Intimsphäre einzudringen, läßt sie ihm doch Raum, das Ungeschriebene in seiner Phantasie zu ergänzen. Doch Antwort auf die entscheidende Frage findet er nicht. Da beschließt er, seiner Mutter zu schreiben. Er zimmert sich einen Tisch vor der Hütte. Denn er will bei Tag schreiben, im grellen Licht.
»Sie ist die klügste Frau, die ich kenne. Sie wird mir erklären können, was Marisa veranlaßt hat, den kurzen Weg zu gehen.«
Tequila im Sonnenlicht verwirrt schnell die Gedanken. Selbst wenn man den Saft einer Zitrone ins Glas preßt und Salz aus der Daumenmulde leckt. Immer wieder zerknüllt er einen Bogen, verbrennt ihn später auf der Feuerstelle, wenn er sich einen Fisch vom Markt grillt. Oft ist er zu träge, zum Brunnen zu gehen und sich die Hände zu waschen, nachdem er ihn entschuppt und aufgeschnitten hat. Dann riecht der Federhalter nach Fisch, und die Erinnerung an fröhliche Barbecues am Strand zwischen Veracruz und Villahermosa mischt sich in die Tinte.
»Zum Donnerwetter, versuche nichts zu sentimentalisieren, nichts zu dramatisieren. Ein Mädchen ist dir begegnet. Du

hast dich in sie verliebt, zu einer Reise überredet, und sie hat sich umgebracht! Es war programmiert. Die Götter der Maya oder weiß der Teufel wer hatten es so bestimmt. Ich war nicht der Stein, der die Lawine ihrer Verzweiflung in Bewegung brachte. Ich war hilfloser Zuschauer. Beobachter am gegenüberliegenden Hang. Das Echo der krachenden Schüsse auf den Capitán hat die Lawine ausgelöst. Der Schüsse, mit denen sie ihre verhunzte Vergangenheit auslöschen wollte. Quäl dich nur, erspar dir nichts. Laß den Film abrollen.«

So wird aus dem Brief an die Mutter dieser Bericht.

Am Anfang fällt es ihm schwer, in der dritten Person zu schreiben, sich und Marisa zu verfremden, um in historischem Abstand zu beleuchten, was geschehen ist. Doch vollzieht sich beim Schreiben die Verwandlung vom Handelnden zum Zuschauer. Er wird der Beobachter seiner Handlungen und ihres Verhaltens. Oft verfolgen ihn Einzelheiten seiner Erinnerung in die Träume, wenn er erschöpft vom Schreiben und benebelt vom Tequila in die Hängematte gestiegen ist, zu müde, das Moskitonetz zu entrollen. Dann geschieht es, daß er jäh erwacht, sich schweißgebadet, das Gesicht zerstochen, aufrichtet und ins Dunkel starrt:

»Du träumst falsch, Rafael, so war es nicht.«

Das Fieber, das ihn nachts schüttelt, spornt ihn bei Tageslicht zu hektischer Eile an, und erst wenn die Kirchturmglocke am Stadtrand zur Vesper läutet, steht er vom Tisch auf, stapft zum Brunnen, kühlt Kopf und Oberkörper. Längst hat er es aufgegeben, sich zu rasieren. Er zieht ein frisches Hemd an, kämmt sich vor dem Spiegel, den er im Wohnwagen abmontiert hat, betrachtet den struppigen, graumelierten Bart und macht sich auf den Weg in die Stadt. Die Straße wimmelt um diese Zeit von heimkehrenden Feldarbeitern, Handwerkern auf Fahrrädern und ratternden Lastern voller Menschen. Die Bewohner der umliegenden Hütten kennen ihn und grüßen artig. Er geht zum Marktplatz, kauft das Nötigste ein, Papier, Bohnen, Paprika,

Zwiebeln, einen Fisch oder eine Handvoll Muscheln, Tequila und Blumen. Die bringt er, nach einem Kaffee im Majestic, wo er der Ordnung halber den Portier nach Post fragt, auf den Friedhof. Wenn er heimkommt, ist es meist schon dunkel, und das Feuer zu entzünden braucht seine Zeit.
So vergeht der Juni. Am Morgen des zweiten Juli erwacht er, wie oft in den letzten Tagen, mit schwerem Kopf und bleiernen Gliedern. Er steigt nackt in den Brunnen. Das Wasser kühlt, aber der Schädel brummt weiter. Um diese Jahreszeit sticht die Sonne bereits eine Stunde nach dem Aufgehen. Er stellt den Aluminiumtopf mit Wasser auf den Spirituskocher und setzt sich, so wie er ist, an den Tisch. Im Nu ist seine Haut trocken und brennt. Beim Kaffee überlegt er, wo er heute beginnen soll.
Sein Hirn ist wie ausgebrannt. Der Tequila, denkt er. Ich muß mich mäßigen. Keine Vorräte mehr anlegen. Eine Halbliterflasche pro Tag, basta. Wenn ich sie am Abend um sechs kaufe, ist sie leer, bevor ich einschlafe. Dann besteht die Gefahr, daß mir morgens vor dem Aufstehen graust. So reduzieren sich allmählich die Gedanken, Herr Professor! Das Studium der Mayakulturen erschöpft sich in Meditationen über das tägliche Quantum Tequila!
Um diese Zeit spielen sie meist Mariachis im Radio. Mexikanische Subkultur. »Interessiert doch keinen Schwanz«, würde Marisa sagen. Als guter Österreicher werde ich jetzt gleich mit vorwurfsvollem Blick zum Himmel lamentieren: Gott, warum hast du mir das angetan! Mir, dem ehrenwerten Professor, dessen Arbeit über den Verfall der Khmerkultur im 12. Jahrhundert Aufsehen erregte, weltweites Echo gefunden hat. Welches Echo wird *mein* Verfall finden? Bestenfalls im Café Hawelka werden sie ein paar Tage lang die Köpfe zusammenstecken. Marisa, warum hast du mir das angetan?
Scheiße! Hör auf, du feiger, verlogener Hund? Warum hab' ich dir das angetan, wäre schon ehrlicher. Nun hast du

dreihundert Bogen vollgeschmiert, um dir klar darüber zu werden, warum sie sich das angetan hat. Und du redest immer nur von dir …

Mutter, kannst du mir helfen? Siehst du, schon bin ich dabei, die Schuld auf dich abzuwälzen. Du hast mich auf diese Reise geschickt. Das hast du schon vor fünfzig Jahren getan, als du mich in dieses Leben entließest. Vielleicht gehöre ich, wie Marisa, zu den Leuten, die nicht zum Reisen taugen. Deren Reisefieber tödlich ist. Die andere reisen lassen sollten. Selber vorm Fernseher oder im Kino sitzen sollten. Gestern blätterte ich in Marisas Tagebuch. Unter dem Datum des 14. August steht in derselben krakeligen Kinderschrift, mit der sie die Botschaft an mich schrieb:

26. GEBURTSTAG! MIERDA!

Und unter dem 17. Dezember steht:

GEBURTSTAG L.

Luigi?

Vielleicht sollte ich ihn im Gefängnis besuchen. Wenn ich jemals wieder heimkomme. Ihm von Marisa Grüße ausrichten. Sicher wird er weinen, wenn er erfährt, was geschehen ist. Als echter Italiener. Das letzte Mal habe ich geweint, als die Todesangst mir das Leben so lebenswert erscheinen ließ. Die Tränen schmeckten nach Whisky. Jetzt würden sie nach Tequila schmecken, wenn ich weinen könnte.

Am Nachmittag werde ich in die Stadt gehen, um Packpapier, Bindfaden und zu Siegellack kaufen. Und eine Halbliterflasche Tequila. Vom dunklen. Der ist stärker. Vielleicht komme ich bis morgen damit aus. Heute abend werde ich die Bogen in dickes braunes Papier wickeln. Bindfaden drumherum binden und die Knoten mit Siegellack sichern. Den Ring mit dem Wappen der Thalhammers in den Lack drücken. Ich bin nur nicht sicher, ob ich fähig sein werde, das Paket abzuschicken. Vielleicht brauche ich es noch. Sein Gewicht wird leichter, wenn es noch eine Weile neben der Hängematte liegt.

Manchmal, gegen Abend, wenn es kühler wird und die Kolibris aus dem Oleanderstrauch neben der Hütte davongeflogen sind, überfällt mich Heimweh, und ich denke an die heitere Dämmerung bei uns. Dort, wo die Stümpfe der Maulbeerbäume den Horizont und die Weinberge der Levante bewachen. Dort möchte dein Sohn begraben sein.

Die alte Dame hat die Lektüre beendet. Durch die Ritzen der Damaststores graut der Morgen. Sie sammelt die zu Boden gefallenen Seiten auf, ordnet sie in der richtigen Reihenfolge, löscht das Licht, öffnet Vorhänge und Fenster, schüttet den Inhalt des überquellenden Aschenbechers in den erloschenen Kamin. Ein kühler Luftzug macht sie frösteln. Bevor sie zur Treppe geht, wirft sie einen letzten prüfenden Blick auf den Tisch. Der Wind spielt in den übereinandergelegten Bogen. Sie geht zum Kamin zurück, nimmt vom Sims eine Bronzeplastik und beschwert damit die Blätter. Die Plastik ist ein Guß aus der Gründerzeit, Sankt Georg im Kampf mit dem Drachen. Als sie die Treppe hinaufgeht, spielt ein nachdenkliches Lächeln um ihre Lippen.
Sie schläft tief und traumlos bis acht Uhr. Josef bringt Tee und Toast ans Bett.
»Stelle eine Verbindung mit dem Ufficio Centrale Viaggi in der Via del Teatro her.«
Gegen zehn Uhr hat sie einen braunen Schweinslederkoffer gepackt. Josef verstaut ihn im Kofferraum der Fiat-Limousine, Baujahr 65. Sie trägt ein olivfarbenes Kostüm und hat einen zimtfarbenen Crêpe-de-Chine-Schal um den Kopf gebunden, als sie einsteigt. In der Stadt hält Josef vor der Banca d'Italia auf dem Corso Cavour. Dort läßt sie sich für fünftausend Dollar Travellerschecks zu hundert Dollar ausstellen, unterschreibt sie fein säuberlich an der angekreuzten Stelle, hebt noch hunderttausend Lire vom Konto ab, übergibt sie beim Einsteigen dem verdutzten Josef mit der Bemerkung:

»Hier. Haushaltsgeld. Ich verreise. Vergiß nicht, die Blumen im Wintergarten zu gießen.«
»Wie lange werden die Frau Baronin ausbleiben?«
Josefs Stimme klingt besorgt. In den Stoppeln an seinem Kinn sammeln sich Schweißperlen. Er ist es gewöhnt, sich mittags zu rasieren, bevor er den Lunch serviert. Der ungewohnte Aufbruch der Baronin hat seinen Tagesrhythmus durcheinandergebracht.
»Ich weiß nicht, Josef. Ich fahre zu meinem Sohn. Nach Mexiko. Ich melde mich in den nächsten Tagen. Abends. Stell das Telefon in dein Zimmer. Und jetzt beeile dich. Wir müssen pünktlich um zwölf am Flugplatz Malpenza sein.
Um keine Zeit zu verlieren, hat sie die Leute vom Reisebüro gebeten, ihr Ticket am Alitalia-Schalter zu hinterlegen.
Die Fahrt zur Autobahn über die neue Höhenstraße geht glatt vonstatten. Die Lastwagenkolonnen, die vom Hafen in Richtung Jugoslawien und Österreich die langen Serpentinen hinaufkriechen, halten sich brav rechts. Nur selten schert ein Ungeduldiger mit dem T.I.R.-Zeichen aus. Dann muß Josef in den dritten Gang zurückschalten, und bald sind die Brillengläser von seiner Ausdünstung beschlagen.
Die alte Dame hat das Fenster heruntergekurbelt und bei der Einfahrt in die E 13 hinter Mestre das Gebührenticket in Empfang genommen. Sie kennt Josefs umständliche Art, den Schein in seiner Brieftasche zu verstauen und dabei mit dem Ausziehen und Anziehen der Handschuhe, ohne die er nie fährt, Zeit zu vertrödeln.
Jetzt lehnt sie sich zurück und genießt den Fahrtwind, der Fisch- und Algengeruch von Venedig herüberweht, genießt ihr Reisefieber. Sie kramt das Etui mit den Muratti-Zigaretten aus der Krokodillederhandtasche, legt ihr Notizbuch neben sich auf den freien Sitz, kurbelt zum Anzünden das Fenster wieder herauf. Nach ein paar tiefen Zügen memoriert sie aus ihren Notizen: Flug AZ 602, Abflug Milano-Malpenza dreizehn Uhr, Ankunft New York fünfzehn Uhr vierzig Ortszeit. Weiterflug American Airlines Flug 401,

neunzehn Uhr, Ankunft Mexico City einundzwanzig Uhr fünfzig. Sie sieht auf die Armbanduhr. »Josef, die Straße ist frei. Du solltest schneller fahren.«
Josef verlangsamt das Tempo, zieht ein Taschentuch aus der Brusttasche, putzt damit die Brille. Dann gibt er Gas und setzt sich gerade hin.
»Jawohl, Frau Baronin, nur der Wagen!«
»Ich weiß, der Wagen ist alt. Aber hundertdreißig schafft er noch. Wenn du die durchhältst, können wir in einer Stunde in Malpenza sein.«
»Ich war nicht vorbereitet. Ich bitte um Vergebung. Ich werde noch tanken müssen.«
»Sieh zu, daß du eine Tankstelle findest, wo du nicht warten mußt!«
Sie reißt einen Zettel aus dem Notizbuch und formuliert den Text des Telegramms für Botschafter Thun.

Lieber Vetter, eintreffe heute 25.7., 21 Uhr 50 Flug AA 401. Bitte organisiere Übernachtung und Weiterflug morgen nach Palenque. Gruß Cathrin Thalhammer

Da sagt Josef in den Rückspiegel: »Vergebung. Es ist heiß. Erlauben Frau Baronin, daß ich die Mütze ablege?«
Für einen Augenblick treffen sich ihre Augen im Spiegel. Josef hat ein verlegenes Lächeln aufgesetzt. Die Adern an den Schläfen sind geschwollen. Die Baronin lächelt leutselig zurück: »Ungeniert, Josef, ungeniert!«
»Danke, Madame.«
Ohne Mütze geht's schneller. Der Tachometer pendelt zwischen 130 und 140. Die Baronin schließt die Augen und gähnt. Sie wird Kraft brauchen für die Reise, denkt sie. Acht Stunden Flug Economy-Klasse, die Wartezeit in New York nicht gerechnet. Besser, man versucht ein Nickerchen.
Josefs Autofahrkunst stammt noch aus der alten Schule.
Bevor er überholt, dreht er den Kopf und linst nach hinten. Vielleicht tut er es auch aus Diskretion. Um die Herrschaft

im Fond nicht durch indiskrete Blicke in den Rückspiegel zu stören. Seitliche Rückspiegel besitzt das Modell nicht.
An der Tankstelle öffnet sie die Augen und blickt auf die Uhr.
»Senta! Quanti kilometri per Milano?«
Der Tankwart putzt die Windschutzscheibe und antwortet:
»Quarantadue, signora!«
Josef vertritt sich die Beine, während das Benzin in den Tank rauscht. Die Baronin hat die Brille abgenommen. Ihr Ton ist scharf, ein wenig schrill:
»Du kannst auf dem Rückweg volltanken. Bis Malpenza haben wir genug! Beeil dich, bitte!« Josef zahlt und startet. Die Zufahrt auf die Autobahn ist kurz und unübersichtlich. Als er sich einordnen will, schaltet er in den dritten Gang. Darum wendet er den Kopf nicht. Schaut nur kurz in den Rückspiegel. Die Baronin setzt gerade die Brille wieder auf. Hebt dabei den linken Arm, um den Bügel unter das Kopftuch zu klemmen. Dadurch kann er den schlanken Alfa Romeo aus Turin mit der Nummer TO 2201740 nicht sehen. Der hat hundertachtzig drauf.
Der Aufprall schleudert die alte Dame vom Sitz. Sie fällt über die vordere Bank mit dem Kopf auf das Armaturenbrett. Dem Josef hat es das zum Bremsen durchgestemmte Knie zerschmettert. Zum Glück ist die Tür nicht verklemmt, und er kann sich herausfallen lassen. Aber aufstehen kann er nicht. Auch nicht schreien. Der Alfa ist auf dem Grünstreifen gelandet. Ein Mast der NEGRONI-Reklametafel hat ihn aufgehalten, bevor er in der Mitte durchbrach. Nun hängt das Schild mit dem strahlenden Negerkopf einbeinig über dem Dach des Alfas. Der Textilkaufmann Alberto Nicoletti bleibt still sitzen, als das Splittern aufhört. Dann dreht er den Zündschlüssel und betastet vorsichtig Kopf und Hals. Reckt sich zum Rückspiegel hoch. Starrt in sein grauweißes Gesicht. Dann löst er den Gurt. Bekreuzigt sich. Steigt aus. Erst als er sich vorsichtig überzeugt hat, daß Arme und Beine ihren Dienst tun, beginnt er zu fluchen.

»Va fa'n culo! Stronzo!«
Der Tankwart ist gleich losgelaufen, als er das Krachen gehört hat. Trotzdem kommt es Josef vor, als sei eine Ewigkeit vergangen, bis er ihn herankommen sieht. Im Wagen ist es still. Er kann sich nicht aufrichten und hineinsehen.
»La signora ...«
Der Textilkaufmann hilft, die alte Dame vorsichtig aus dem Wagen zu hieven. Dann legen sie den leblosen Körper ins Gras.
Die weiße Wanduhr des Operationssaales mit dem zitternden Sekundenzeiger zeigt zwei Minuten vor eins, als die alte Dame für einen Augenblick erwacht. Sie weiß nicht, wo sie ist. Sieht nicht die über sie gebeugten Schwestern. Spürt nicht die Stahlklammern um ihren kahlgeschorenen Kopf. Denkt, als die Augen wieder zufallen, sie säße angeschnallt im Flugzeug. Als der Anästhesist die Evipanspritze in die Vene jagt, schwebt sie. Schwerelos.

Rafael beeilt sich nicht sonderlich mit dem Aufbruch, als Botschafter Thun ihm eine gute Woche später die Nachricht persönlich überbringt. Er hört ihm schweigend zu, erfährt, daß die Familie am gleichen Tag vom alten Diener Josef benachrichtigt worden ist. Cousine Florence sei noch in der Nacht von ihrem Landsitz in der Toscana ans Sterbebett geeilt, Mutter aber aus der Narkose nicht mehr erwacht. Florence sei es auch gewesen, die alle notwendigen Schritte zur Überführung in die Via Gabriele D'Annunzio unternommen habe und schließlich, nachdem man erst drei Tage später Rafaels Aufenthaltsort eruieren konnte, Anordnungen für Begräbnis und Seelenmesse getroffen habe.
Trotzdem, meint Thun, als er sich mit herzlicher Umarmung auf dem kleinen Flugplatz von ihm verabschiedet,

werde seine Heimkehr dringend erwartet, und ob er für übermorgen den Air-France-Flug nach Paris mit Anschluß nach Mailand für ihn buchen könne?
Rafael winkt ab. Er erwähnt nicht, daß ihn hier vor seiner Abreise noch ähnliche Pflichten erwarten, wie sie die liebe Cousine Florence übernahm. Die Überführung eines schmalen Bleisarges nach Bilbao. Oder, wenn aus Spanien keine Nachricht kommt, vielleicht auch nach Triest – nach Triest, zu dem Hügel, wo die Maulbeerbäume die Weinberge bewachen.
Mitte August ist das Notwendigste geregelt. Das Haus in der Via Gabriele D'Annunzio einer bekannten Agentur zum Verkauf übergeben, der auf Krücken humpelnde Josef in ein Altersheim eingekauft, die Professur in Wien gekündigt, die Wohnung an der Bellaria aufgelöst. Die zwei Koffer, mit denen er das Motoscafo am Markusplatz verläßt, trägt er selbst. Die Wirtin der Pension »Del Moro« hat eingewilligt, ihm das kleine Appartement fest zu vermieten.
Tagsüber verbringt er Stunden in der Bibliothek des Archäologischen Museums, studiert Arbeiten über die Maya, Azteken und Olmeken. Doch die Seiten des aufgeschlagenen Notizbuches bleiben leer. Wenn es dunkelt, schlendert er unter den Arkaden, kauft Tabak, Zigaretten und Zeitungen, trinkt, an die Theke gelehnt, im Stehen ein Gläschen Sherry, kommt früh, so gegen acht, als einer der ersten ins »La Fenice«, inspiziert den bunt beladenen Tisch mit den Vorspeisen, wählt sorgfältig zwischen Makrelen in Weißwein mariniert, öltriefendem Calamarisalat oder saftigen Artischockenböden, trinkt eine gute Flasche Vino verde, bevor er sich genußvoll an die gegrillte Dorade oder ein blutiges Steak macht.
Gegen zehn nimmt er zum Espresso im »Quadri« einen Grappa, und oft kann man ihn schon gegen elf in Harry's Bar sitzen sehen, eine Flasche Black Label und einen Kübel Eis vor sich. Nicht lesend, nur die Zeitung als Schutz vor sich ausgebreitet. Manchmal versuchen Touristen aus Ame-

rika oder Deutschland den einsamen Herrn mit dem braungebrannten Gesicht und dem interessanten Vollbart in ein Gespräch zu verwickeln. Aber bald geben sie es auf. Denn er bleibt einsilbig, höflich, spricht höchstens vom Wetter und schaut durch sie hindurch.

Dies ist eine Erzählung, gewoben aus Träumen. Tagträumen, Alpträumen, Wunschträumen, die mich über Jahre begleiteten, verfolgten, nicht zur Ruhe kommen ließen. Seit ... seit nach einem Salzburger Sommer eine grünäugige »Undine« mein Fernweh weckte.

Seit Sandrine, die schwarzhaarige Demonstrantin mit der olivfarbenen Haut, im Mai 1968 mich im Café »Deux Magots« und in den Bistros der Rive Gauche den süßen Duft der Rebellion spüren ließ.

Seit im Sommer 1969 nach anstrengenden Dreharbeiten in Kambodscha mein Freund und Kollege Peter O'Toole und ich angesichts der Wunder von Angkor-Vat in whiskygetränkten Nächten dem Geheimnis der verschwundenen Kultur der Khmer auf die Spur zu kommen suchten.

Seit im Frühjahr 1973, wenige Tage vor ihrem schrecklichen Tod, nach glücklichen Umarmungen Mathildas erstickte Schreie in ihrem zuckenden Schlaf mich ihre Todessehnsucht und Todesahnung vermuten ließen.

Seit in den ersten Nachkriegsjahren ein Freund, Baron Camillo von Thalhammer, den Park seines Schlosses bei Knittelfeld wie einen Gefängnishof durchschritt, als er mir die Sackgasse beschrieb, in die »ein Leben in Tradition« führt.

Seit endlich bei Kriegsende die greise Gräfin Stürgkh in Radkersburg, im Dreiländereck, für mich zur Mutterfigur wurde, als sie dem entwichenen Häftling das Leben rettete.

Aus ihnen, denen Reverenz zu erweisen ich mich verpflichtet fühle, aus meiner Phantasie, meinen Ängsten, meiner Enttäuschung über eine unbelehrbare Welt, aus meiner

Sehnsucht nach der Utopie, aber auch aus meiner Neugierde und Lust am Fabulieren hat sich eine Geschichte zusammengebraut, die zu erzählen mir ein Bedürfnis war.

Saint-Paul-de-Vence, im August 1979

Curd Jürgens